BIENVENUE DANS LE MONDE DES FAË

La Reine des Éléments
Livre Un
Livre Deux
Livre Trois
la Nouvelle Génération

La Reine des Faë de Minuit
Livre Un
Livre Deux
Livre Trois
Livre Quatre
Le Conte de Faë d'Ella - Un préquel

l'Académie des Faë du Destin
Livre Un
Livre Deux

Faë de Lucifer
La Captive des Faë de Lucifer
Le Directeur des Faë de Lucifer
Le Commandant des Faë de Lucifer

La Reine des Faë de l'Hiver
La Reine des Faë de l'Hiver

Le Commandant des Faë de Lucifer

Par les auteures à succès USA Today

Lexi C. Foss & J.R. Thorn

Droits d'auteur

Il s'agit d'une œuvre de fiction. Les noms, personnages, lieux et incidents sont soit le fruit de l'imagination de l'auteur, soit utilisés de manière fictive. Toute ressemblance avec des personnes réelles, vivantes ou décédées, des établissements commerciaux, des événements ou des lieux est entièrement fortuite.

Le Commandant des Faë de Lucifer

Titre original : *Hell Fae Commander*

Édité par : Outthink Editing, LLC

Relecture par : Katie Schmahl et Jean Bachen

Traduit de l'anglais (US) par Jean-Marc Ligny

Conception de la couverture : Covers by Juan

Photographie de couverture : Wander Aguiar

Modèles de couverture : Sophie, Alex, Philippe, Forrest et Camden

Ornements des en-têtes de chapitres : Nathan Hansen Illustration

Ornements des chapitres : Ricky Gunawan

Filigranes de chapitres pour Ajax, Cami, Az et Typhos : Claire Holt

Filigrane de chapitres pour Melek : Covers by Aura

Publié par : Ninja Newt Publishing

Édition imprimée

ISBN : 978-1-68530-340-2

À Baby Foss et Little Thornie, vos mamans pensent toujours à vous, même lorsqu'elles travaillent. <3

À PROPOS DU COMMANDANT DES FAË DE LUCIFER

« Je ne te ferai jamais confiance. »
Ces mots résonnent au fond de mon âme.
Ils me donnent l'impression d'être mort.

Bien sûr, je ne peux pas mourir.
Je me réduirais en cendres et me réveillerais à nouveau avec le même fichu problème tourbillonnant dans mon cœur et mon esprit.
Ma bête intérieure pense qu'elle s'est imprimée sur une Faë de l'Enfer Halfeline.
Sans ma permission.

Maintenant, tout ce que je veux, c'est la prendre dans mes bras.
L'embrasser. La baiser. La *revendiquer.*
Mais je ne peux pas.
Pas tant que nous n'aurons pas résolu le mystère qui entoure la Source des Faë de l'Enfer et ces portails scélérats qui apparaissent partout.

Le royaume des Faë de l'Enfer est en plein chaos, et ma compagne potentielle pourrait en être responsable.
Le Gardien Ajax et le prince Melek la croient innocente.
Le roi des Faë de l'Enfer est sûr qu'elle ne l'est pas.
Et je suis trop occupé avec mon Phénix haletant pour choisir un camp.

Mon animal ne pense qu'à mordre sa promise.
Pendant ce temps, je n'ai qu'une idée en tête : comment l'arrêter.

Camillia devrait avoir le choix.
Seulement, elle ne semble pas vouloir choisir...

UN MOT DE LEXI ET JEN

Merci d'avoir choisi *Le Commandant des Faë de Lucifer* ! Nous espérons que vous appréciez ce monde ténébreux autant que nous.

À celles et ceux qui découvrent cette série, nous conseillons fortement de lire ces livres dans l'ordre, car il s'agit d'une histoire qui se suit.

Juste une petite mise en garde : cette série contient de fortes connotations sexuelles, des scènes violentes et des thèmes liés au consentement équivoque. Plusieurs relations fortes entre hommes existent également dans ce monde, et ceux-ci aiment particulièrement s'envoyer en l'air ensemble. Mais ils inviteront Cami à se joindre à eux… une fois qu'elle aura prouvé sa valeur. ;)

Cependant, Cami n'est pas le genre d'héroïne à se laisser faire. Elle se battra jusqu'au bout.

Ses compagnons ont du pain sur la planche.

Et ils devront aussi ramper un peu en cours de route.

Leur périple ne sera pas facile. Mais il aura le goût délicieux du péché.

Alors poursuivez votre randonnée dans le monde des Faë de l'Enfer. Prenez garde à qui vous faites confiance. Et attention aux fameux mirages.

Rien n'est ce qu'il paraît.

Tout comme nos compagnons Faë de l'Enfer…

INTRODUCTION

La flamme du Phénix noir brûle éternellement.
Les ténèbres s'installent et les cendres se répandent.
Celui qui se lèvera déterminera la fin du destin.
— *Az*

LES ROYAUMES DES FAË DE L'ENFER

UNE PAGE RÉVÉLÉE DE VITA, LE LIVRE DE LUCIFER

Il était une fois un ange qui chuta. Ses plumes lui furent arrachées, sa lumière s'éteignit et il atterrit dans les feux d'une terre brisée.

Mais ce n'était pas un ange ordinaire.

Il savait que son monde était sur le point de s'effondrer avant que ne survienne l'ultime trahison, et en lui, il cachait la source de sa lumière. Son véritable pouvoir. Son ultime vengeance.

À partir de cette braise ardente d'énergie, il créa un nouveau monde : le royaume des Faë de l'Enfer. Et en son sein, il accepta toutes les créatures que les autres royaumes Faë rejetaient.

Les Faë du Cauchemar. Des abominations. Des monstres.

À mesure que sa nouvelle cour se développait, plusieurs royaumes s'établirent. Chacun d'entre eux est gouverné par un Faë du Mythe protecteur et, en dessous de lui, par divers rois Faë.

Cette section est considérée comme un index de ces

royaumes et des espèces connues qui y vivent. Il change et s'enrichit chaque jour, mais je suis *Vita*, le livre le plus précieux de Lucifer. Je sais tout. Je documente tout. Et maintenant, je vais partager ce savoir avec vous, chers lecteurs...

Terres Stériles : Zones arides semblables à des déserts, aux paysages rocailleux et pratiquement dépourvus d'eau. Centaures, Manticores, Minotaures, Dragons des Airs, Griffons et Boggarts y ont élu domicile. Elles ont aussi récemment servi à abriter les candidates au mariage des Faë de l'Enfer dans un paradigme unique.

Royaume des Faë de l'Enfer : Un royaume centralisé que Typhos Lucifer appelle sa maison. Toutes les créatures qui ne sont pas des Faë du Cauchemar y résident, de même que les infâmes Cerbères de Lucifer.

Terres Marécageuses : Les eaux troubles et les plantes des marais en font un lieu de résidence idéal pour les Nagas et les Unseelies.

Royaume de Morphée : C'est le pays des rêves, où les Faë du Cauchemar se nourrissent de terreur et d'effroi. Les Goules et les Stigoris y vivent, mais on y trouve également l'une des créations personnelles de Lucifer : le Faë Kuntilanak.

Royaume de l'Au-delà : Les ténèbres et de ternes rayons de lune hantent les cimetières de ce royaume, ce qui en fait un havre parfait pour les Faë des Cadavres et les Faë de la Mort.

Royaume Sous-marin : De vastes océans et des châteaux semblables à des coraux peignent ce royaume d'une mer de couleurs uniques. Les Kelpies et les Dragons d'eau l'habitent, mais certaines créations personnelles de Lucifer, comme les Sirènes, y vivent également.

Domaine des Faë de l'Enfer
Terres marécageuses
Royaume des Faë de l'Enfer
Royaume de Morphée
Royaume Sous-marin
Terres stériles
Royaume de l'Au-delà

PROLOGUE : AZ

J'ai merdé.

Ces trois mots résonnèrent dans mon esprit sur un ton que je reconnus à peine. Surtout parce qu'il avait l'air contrit. Et je n'aimais pas être contrit.

Pourtant, je me sentais… en conflit.

Ce n'était pas comme si j'avais apprécié de voir Cami dans cette cage.

Bon, non, ce n'était pas tout à fait vrai. Une partie sombre et tordue de moi avait apprécié la vue à sa juste valeur. Et cette même partie de moi avait également désiré la rejoindre dans cette cage, ôter ses chaînes et la baiser devant tout le monde. La revendiquer d'une manière vile pour annoncer à tous ces bâtards de Faë affamés qu'elle était *à moi*.

Sauf qu'elle n'était pas du tout à moi. Ce qui rendait cette envie encore plus troublante.

Putain de Phénix, marmonnai-je. *Elle n'est pas à nous, espèce d'oiseau stupide.*

Un grognement sourd m'échappa tandis que je courais à travers les Terres Marécageuses à la poursuite d'une épouse en fuite. C'était la dernière chose que je voulais faire, mais je n'avais pas le choix. Elle était blessée et devait être ramenée au camp nuptial.

— Veronica ! criai-je, furieux qu'elle ait fui à travers les fourrés marécageux.

Le royaume tout entier était en train de s'effondrer à cause d'un sort magique inconnu, et cette femme avait décidé de tenter de s'échapper. Pour aller où, je n'en avais aucune idée. Si les Unseelie la trouvaient, elle regretterait de s'être enfuie.

Je l'appelai une fois de plus, sans le moindre effet apparemment.

Mon Phénix bourdonnait, mon aptitude de pisteur était pleinement sollicitée. La candidate au mariage n'était plus qu'à quelques mètres devant moi, mais l'air embrumé la masquait à ma vue. Un air épais et humide, un environnement marécageux apprécié des Unseelie et des Nagas de ce royaume. Je préférais de loin les flammes sulfureuses du royaume des Faë de l'Enfer.

— Veron...

La fureur de Typhos me submergea comme une vague brûlante, me faisant marquer un temps d'arrêt. Mon Phénix se redressa, distrait de notre chasse, et je me tournai lentement vers le roi des Faë de l'Enfer. Je ne pouvais pas le voir, il était trop loin. Mais je sentais son pouvoir onduler dans l'air.

Qu'est-ce qu'il y a ? lui envoyai-je en pensée.

Pas de réponse.

Or sa colère grandissait chaque seconde. Typhos n'avait pas l'habitude d'émettre des émotions, et encore moins de manière aussi palpable.

Fronçant les sourcils, j'engageai mon Phénix et me dissolus en cendres. Veronica allait devoir se débrouiller seule pour l'instant. Je la traquerais plus tard, ou j'enverrais quelqu'un d'autre.

La cour – ou ce qui servait de cour, en tout cas – apparut autour de moi tandis que je reprenais une forme solide. Le chaos régnait dans le ciel, un portail massif aspirant tout ce qui l'entourait dans ses profondeurs d'obsidienne, tandis que Nagas et Unseelie s'efforçaient tous ensemble de le refermer.

Merde. Le vortex s'était agrandi depuis mon arrivée, évoquant un dangereux trou noir qui menaçait de déchirer ce royaume.

Typhos était dans les airs, ses ailes de feu brillant furieusement dans son dos, tandis que Melek lui criait dessus depuis le sol. Toutefois Typhos ne se concentrait pas sur son compagnon princier, mais sur un phare de pouvoir au loin.

Camillia, réalisai-je dans un souffle. Elle dégageait de l'énergie, ses cheveux blond vénitien paraissaient plus clairs que d'habitude, et la vitalité tourbillonnait autour d'elle.

Typhos se dirigea vers elle. Le portail dans le ciel formait un trou éblouissant derrière lui.

Oh, merde… Camillia accède à la Source des Faë de l'Enfer. Je captai la confirmation de mes pensées dans l'esprit de Typhos, sa colère était un coup de fouet brûlant. Mais elle était trop perdue dans son pouvoir pour le remarquer, portant toute son attention dans le ciel.

Une lumière aveuglante apparut dans la seconde qui suivit, tandis qu'elle libérait une boule d'énergie chaude, dont le pouvoir se déversa directement dans le portail.

Le sol trembla en réaction, le ciel parut se fissurer. Seulement… seulement le vortex se referma. Et disparut.

Des feux, soufflai-je.

Camillia venait-elle d'utiliser le pouvoir de Lucifer pour colmater la brèche ?

Comment… ?

Cela… cela ne devrait pas être…

Je déglutis. *Putain.*

Typhos avait l'air prêt à la tuer. Il l'avait prévenue de ne plus toucher à sa source. Son exigence n'était pas une question de possession, mais de protection. Il avait déjà été brûlé de la pire façon qui soit. Par une femme. En qui il avait confiance. En qui moi aussi j'avais confiance.

Vivaxia.

Rien que penser à elle me donnait la chair de poule – une sensation qui s'aggrava quand Typhos atterrit devant Camillia.

Merde. Il allait la mettre en pièces, dans l'état qu'il était.

Je fis quelques pas vers eux, puis poussai un juron lorsqu'il l'attrapa et disparut.

Melek les suivit aussitôt, son expression reflétant une touche d'inquiétude – un sentiment rare chez ce prince habituellement insouciant. Je ne la perçus qu'une seconde avant qu'il disparaisse, mais elle était bien là.

Et elle rivalisait avec ma propre inquiétude.

Typhos s'emportait rarement. Il préférait les punitions sensuelles, comme celle qu'il avait infligée à Camillia plus tôt dans la soirée. Mais son humeur actuelle n'était pas enjouée ou charmante. Elle était mortelle.

Et Camillia venait de subir de plein fouet son courroux.

Merde. Merde. Merde.

CHAPITRE 1

CAMI

Si la mort avait un visage, ce serait celui de Typhos en ce moment.

Le roi des Faë de l'Enfer faisait les cent pas devant moi, sa magie formant des liens invisibles autour de mes poignets et de mes chevilles. Je supposais que c'était mieux que les lianes-serpents qu'Ajax avait utilisées lors de mon dernier interrogatoire, mais cela ne m'enchantait pas pour autant. Surtout parce que j'étais nue et entièrement exposée.

Et aussi parce que Typhos Lucifer avait l'air d'être sur le point de me tuer. Vraiment. Genre me déchirer à mains nues et réduire mes restes en cendres.

Sale façon de mourir, surtout sachant que tout ce que j'avais fait, c'était l'*aider.*

Je voulus le lui dire, mais mes lèvres refusèrent de bouger. *Encore de la magie*, reconnus-je. *Génial*.

Sans prononcer un mot, il me contourna en décrivant un cercle lent et délibéré. Tel un prédateur évaluant sa proie. Des braises rougeoyaient au fond de ses yeux qui ne cillaient pas, ce qui le rendait encore plus intimidant.

Je t'ai aidé, pensai-je en le regardant, incapable de parler à cause du sort qu'il avait jeté sur ma bouche. Je ne pouvais guère bouger non plus. Juste ma tête et mon cou.

Hélas, mon plaidoyer muet n'allait en rien étouffer sa rage. J'avais touché sa source, ce qu'il m'avait explicitement défendu de refaire sous peine de me tuer. Mais il m'avait juste attrapée par la nuque et téléportée dans son palais. Et dès que nos pieds avaient foulé les opulents tapis, il m'avait lâchée et s'était mis à faire les cent pas.

Un va-et-vient incessant. Des pas silencieux. Des yeux méchants. Un silence assourdissant.

C'est toi qui m'as enveloppée de ton pouvoir, dis-je muettement, consciente qu'il ne pouvait pas m'entendre. *Techniquement, ce n'est pas ma faute si ta source a décidé de changer et de se manifester en moi. J'essayais juste de sauver les épouses Faë de l'Enfer.*

Il cessa de marcher, puis s'accroupit lentement devant moi.

Euh, peut-être qu'il m'a entendue.

Non. Il ne peut pas lire dans mes pensées.

À moins que… le peut-il ?

Ces inquiétantes braises rouges scintillaient dans ses yeux d'une profondeur océanique, son regard m'évaluait.

Son costume taillé sur mesure s'ouvrit sur son torse musclé, révélant une chemise blanche impeccable. Grâce à son pouvoir, ou peut-être à la magie du tissu qu'il portait, il n'avait pas du tout l'air de sortir d'une zone de guerre.

Alors que moi, j'étais nue et vulnérable devant lui.

J'eus une boule dans la gorge quand ses yeux brasillants se plantèrent dans les miens à quelques centimètres de distance. Il ne disait toujours rien, se contentait d'incliner la tête, me rappelant un peu le Phénix d'Az. Sauf que c'était le Roi des Enfers, et qu'il paraissait sur le point de m'arracher la tête des épaules à mains nues.

Je n'ai rien fait de mal, tentai-je de faire passer dans mon regard.

Naturellement, il garda le silence. Donc, pour l'essentiel, je contrai son regard meurtrier avec le mien.

Ce portail aspirait ton *peuple et* tu *ne faisais qu'empirer les choses. J'étais capable d'arranger ça, alors je l'ai fait.*

Non pas que je comprenne les détails complexes de la façon dont j'avais arrangé les choses, mais ce n'était pas comme si j'avais voulu faire du mal à quelqu'un.

— N'essaie pas de faire l'innocente, Camillia. Tu as touché ma *source*, siffla-t-il. (Son souffle chaud caressait ma peau.) Tu te souviens de ce que je t'ai dit que je ferais si tu recommençais ?

Tu me tuerais, pensai-je sombrement. *Mais de toute évidence, je ne faisais rien d'abominable. Je sauvais des gens. Les* tiens.

Une bouffée d'air chaud fit onduler mes cheveux sur mes épaules nues. Je ne quittai pas Lucifer des yeux pour voir qui nous avait rejoints. Je savais qu'il ne fallait pas détourner le regard du prédateur en face de moi. La moindre faiblesse pourrait me coûter la vie.

— Arrête, dit Melek, s'adressant clairement au roi des Faë de l'Enfer.

Son seul mot était empreint d'une pointe qui ressemblait beaucoup à de la peur.

Ce n'est pas bon signe.

Un rare accès de désespoir me remua les tripes, mais je le refoulai avant d'agir stupidement, comme tenter de fuir. De toute façon, je ne pouvais pas me libérer des pouvoirs de Lucifer. Et je n'avais nulle part où aller.

— Arrête quoi ? lui demanda Lucifer.

Ses dents blanches brillaient en un sourire cruel, qui parut particulièrement méchant à la lumière sinistre qui luisait sur les murs de ce palais, semblables à de la lave.

— Tu dois te calmer avant de prononcer un verdict, reprit

Melek, ignorant le ton menaçant tapi dans la question de Lucifer. Pense à ce que ça va faire. Pense à *nous.*

— Je pense à nous, répondit Lucifer d'un ton empreint de colère. Je pense à tous les Faë de l'Enfer. À la *source*. Tu sais, le pouvoir même qu'elle vient de puiser et d'*utiliser*.

Un soupçon de magie réchauffa l'air lorsqu'il prononça ce dernier mot, et je tressaillis quand les liens invisibles autour de mes poignets et de mes chevilles se resserrèrent.

Mais je refusais de crier ou d'émettre le moindre son.

Une autre perturbation dans l'air m'indiqua que quelqu'un d'autre était entré dans la pièce. Lucifer ne bougea pas, mais contracta sa mâchoire quand Ajax et Az apparurent au bord de mon champ de vision.

Génial. Tout le monde est là pour assister à mon exécution. Je serrai les dents. *Oh, et au fait, ne me remerciez pas d'avoir sauvé les Terres Marécageuses. Enfoirés de Faë ingrats.*

— Des victimes parmi les épouses ? s'enquit Lucifer.

Une question inattendue, tout comme son ton ennuyé. Une minute plus tôt, il fulminait. L'instant d'après, il était tout à son affaire. Apparemment, il pouvait mettre temporairement sa colère de côté pour s'inquiéter de ses précieuses épouses – un titre qui ne s'appliquait plus à moi depuis l'annonce de Lucifer dans son club.

Rien que le souvenir de l'incident raviva ma rage, une émotion brûlante qui chassa vite toute la peur que j'avais éprouvée quand Lucifer m'avait attrapée et amenée ici.

Car comment avait-il osé ?

Ce n'était pas comme si j'avais eu l'intention de toucher sa source la première ou la dernière fois. J'essayais juste de survivre dans ce royaume infernal.

C'était *lui* qui avait passé le marché avec mon père et m'avait obligée à venir ici. Je n'avais aucun intérêt pour la Source des Faë de l'Enfer ou les pouvoirs de Lucifer. Je voulais simplement rentrer chez moi.

Mais ce fichu livre continuait à me parler. Et ce portail avait tué des épouses innocentes.

Qu'est-ce que j'étais censé faire ? M'asseoir et regarder Lucifer aggraver la situation ?

Non. J'avais compris ce qu'il fallait faire et je l'avais arrangée.

Ce n'était pas une réponse qui méritait la mort ou toute autre punition. Ce salaud devrait me remercier. D'autant plus que je l'avais fait après qu'il avait passé la soirée à me ridiculiser et à me faire honte avec cette fichue robe à chaînes.

L'énergie dansait sur ma peau, le pouvoir provenant de Lucifer. Ce qui allait sûrement l'exaspérer davantage, mais je ne pouvais pas le contrôler. Je ne pouvais que l'accepter.

— Six, répondit Az, ramenant mon attention sur la discussion à propos des épouses victimes. Le roi Viper dit qu'on en a perdu quatre dans le portail et deux autres dans les glissements de terrain.

Je jetai un coup d'œil en biais et vit Az lire un message sur un écran translucide, suggérant qu'il avait envoyé la question de Lucifer sur le nombre de victimes à quelqu'un – sans doute ce roi Viper qu'il venait de mentionner – pour avoir des nouvelles.

— Et l'une d'elles est toujours portée disparue, ajouta-t-il. Les autres ont été récupérées et sont soignées.

— Sept, corrigea Lucifer d'une voix grave et mortelle.

Az inclina la tête tel un oiseau, dénotant sa confusion.

— Le nombre de victimes, précisa le roi des Faë de l'Enfer. Tu as dit six épouses mortes, mais c'est sept en fait.

Lucifer ne me quittait pas des yeux, et son regard promettait le meurtre.

Je continuais à le fixer, une pensée me taraudant l'esprit. Une pensée que j'étais contente de ne pas pouvoir exprimer à voix haute, car cela me vaudrait sûrement sa rage.

Je ne suis plus une épouse, tu te souviens ? pensai-je. *Tu as dénoncé mon titre devant un club de Faë de l'Enfer en rut.*

Ouais, ce n'était pas un argument à avancer en ce moment.

Le silence emplit la pièce, tandis que des vagues d'énergie torrides déferlèrent dans l'air, comme un précurseur des flammes qui allaient me consumer.

S'ensuivit une présence glaciale qui se déposa sur ma peau telle une couverture rafraîchissante. Je déglutis, ne sachant trop si c'était réel ou une invention de mon esprit, mais Lucifer lança un vif regard par-dessus mon épaule.

— Tu as promis de ne pas lui faire de mal, dit Melek, comme s'il rappelait un accord entre eux.

Un frisson me parcourut le dos à l'idée que Melek se porte garant de moi. Je ne savais pas ce que j'avais fait pour mériter sa protection, mais je lui en étais reconnaissante. Je n'étais pas une damoiselle à sauver, mais parfois une fille peut avoir besoin d'un peu de soutien. Surtout si ce soutien prend la forme d'un délicieux prince Faë de l'Enfer.

— J'ai promis de ne pas lui faire de mal à moins qu'elle se révèle être une menace tangible, rétorqua Lucifer. (Ses yeux s'enflammèrent.) Je dirais qu'elle a suffisamment prouvé qu'elle était une menace aujourd'hui.

Ajax et Az se raidirent visiblement. Et la sensation de froid se renforça sur ma peau nue.

— Parfois, la frontière entre une menace perçue et un véritable atout peut s'estomper, mon roi, dit doucement Melek.

— Et parfois, un roi doit prendre des décisions difficiles pour protéger ceux qu'il aime, répliqua Lucifer. Surtout quand ceux qu'il aime sont aveuglés par la lubricité.

Az se hérissa, une réaction à laquelle je ne m'attendais pas. D'autant plus qu'il n'avait rien fait pendant que j'étais enfermée dans cette cage sur scène. Mais à présent, il paraissait se retenir.

Pourquoi ? me demandai-je en me tournant vers Ajax. *Est-ce qu'il te retient encore en captivité ?*

Les narines du Faë de Minuit se dilatèrent, suggérant qu'Az le contrôlait peut-être comme il l'avait fait au club.

Je déglutis, et mon cœur se mit à battre la chamade. Je ne connaissais pas toute l'histoire, mais j'avais perçu la douleur dans la voix d'Ajax lorsqu'il s'était adressé à Az dans les Terres Marécageuses. Sa fureur avait été évidente dans son ton et ses paroles, mais un passé douloureux avait assombri ses déclarations. Un passé impliquant un vieux monarque des Faë de Minuit qui avait tué la famille et les amis d'Ajax devant lui, tout en paralysant Ajax par magie et le forçant à regarder.

Il avait dit à Az que ce qu'il lui avait fait dans le club de Lucifer était similaire, précisant qu'il ne pardonnerait jamais au Commandant pour ses actes.

Et maintenant, on aurait dit qu'Az recommençait.

Des doigts puissants s'enroulèrent autour de ma gorge, bloquant ma respiration. Mes yeux s'écarquillèrent et mon cœur manqua plusieurs battements, tandis que Lucifer se mettait à serrer.

Et pas seulement avec sa main : les liens magiques autour de mes poignets et de mes chevilles se resserrèrent également, et la brûlure se propagea le long de mes membres jusqu'à mon torse.

Un gémissement m'échappa, une réaction traîtresse que je ne pus réfréner. Mais l'enchantement invisible qui me couvrait la bouche étouffa le son. Toutefois Lucifer le capta, comme en témoignait le sourire cruel dans son regard.

Connard, pensai-je, le souffle coupé. *Tu. Es. Un. Connard.*

— Stop ! lança Ajax.

Son apparition soudaine à mes côtés me choqua au plus haut point.

D'accord. Peut-être qu'il n'était pas entravé après tout. Ou bien il s'était libéré de l'emprise d'Az. Sauf que le

Commandant ne semblait pas vouloir l'arrêter. Au contraire, il avait l'air encore plus tendu qu'avant.

En un clin d'œil, le feu s'embrasa autour de moi, la chaleur faillit me roussir les sourcils et me força à me tourner vers Lucifer.

Et les ailes cendrées dans son dos.

Oh…

Elles battirent une fois, faisant pleuvoir des braises autour de nous, puis disparurent.

J'avais vu ces plumes enflammées lorsqu'il avait tenté de fermer le portail dans les Terres Marécageuses. Elles étaient magnifiques dans le ciel. Mais les revoir ici, dans cet espace clos, était plus terrifiant que magnifique.

— Qui es-*tu* pour *me* commander ?

Sa voix tonitruante fit trembler les murs, et mon dos se raidit. Mais Ajax ne bougea pas. Il ne broncha même pas. Il fixa simplement le roi des Faë de l'Enfer, son regard bleu nuit aussi dur que le granit.

L'énergie froide de Melek tourbillonnait autour de moi. Il posa une main sur mon épaule et traça du pouce une ligne le long de mon cou jusqu'au bout des doigts de Lucifer.

Répondant à sa caresse, le talisman qui pendait entre mes seins envoya une autre vague de froid sur ma peau qui chassa le contact ardent de Lucifer.

Mais je n'arrivais toujours pas à respirer.

— Je sais que tu n'as jamais accepté de conditions précises, mon roi, mais je t'implore de faire un pas en arrière, dit Melek d'un ton calme et empreint d'un sérieux que j'avais rarement entendu chez lui. Surtout avant de commettre quelque chose d'irrévocable qui pourrait entraîner des conséquences durables.

Lucifer contracta sa mâchoire et plissa ses yeux saphir. Mais il ne me lâcha pas, et fusilla du regard l'homme derrière moi.

— Il y a plus que sa vie qui est en jeu, reprit Melek. Elle a fermé un portail qui aurait probablement détruit la capitale des Unseelie si elle n'était pas intervenue. Nous devons maintenant nous occuper du nettoyage. Nous devons également concentrer nos efforts sur la recherche du coupable afin que cela ne se reproduise plus.

— Elle s'est servie de *ma* source pour fermer ce portail, rétorqua Lucifer, sans desserrer sa prise.

J'essayai d'avaler, en vain. Il n'y avait pas de place. Pas d'air. *Et wow, maintenant je vois des taches,* pensai-je étourdiment. *Ce n'est pas bon. Pas bon du tout.*

— Parce que tu n'as pas réussi à le fermer, reprit Melek, une note d'acier soulignant désormais son ton. Elle t'a *aidé.* Et c'est comme ça que tu vas lui rendre la pareille ? En l'étranglant ?

Az se racla la gorge.

— Il a raison, Typhos. Elle n'a pas aggravé les choses, elle a aidé. Lâche-la.

Lucifer sursauta et porta son regard sur son Commandant.

— Toi aussi ? (Il secoua la tête, ses longs cheveux ondulant sur ses épaules massives.) C'est vraiment ridicule. Cette femelle vous a tous pris par les couilles.

Il me lâcha si brusquement que je serais tombée si Melek n'avait pas été derrière moi.

Il entoura aussitôt ma taille de son bras et me maintint le dos contre sa poitrine tandis que j'aspirais goulûment de l'air, le monde tournant autour de moi à chaque respiration.

Lucifer jaugea son prince, la perplexité le disputant à la rage.

— Elle peut accéder à la Source des Faë de l'Enfer. En plus, elle peut même l'*utiliser*.

— Oui, et elle l'a fait pour fermer un portail qui devenait

incontrôlable parce que *tu* n'arrivais pas à le fermer, précisa Melek.

Je me figeai. Souligner l'échec de Lucifer n'était sûrement pas la meilleure façon de gérer cette situation. Pourtant, je ne pouvais m'empêcher de penser : *Il n'a pas tort...*

— Cami a éliminé un portail potentiellement destructeur de royaume, insista Melek. Nous vivons une époque sans précédent, mon roi. Agir de manière irréfléchie ne fera que mettre ton royaume encore plus en danger.

— Tu veux dire *notre* royaume, petit prince.

Melek haussa les épaules, ce qui fit planer un silence inquiétant autour de nous.

Je continuais à reprendre mon souffle, mes poumons me piquant à chaque inspiration.

Pendant ce temps, Lucifer se concentrait intensément sur l'homme derrière moi, tous deux avaient l'air de s'être lancés dans une sorte de concours de regards. Ou peut-être parlaient-ils par télépathie à présent. Je n'en étais pas sûre. Mais Melek captait toute l'attention de Lucifer, dont le regard brasillait d'une fureur irrésolue tandis qu'il fixait l'autre Faë.

Pendant qu'ils poursuivaient leur débat silencieux, Ajax se rapprocha de moi en douce. Je fis semblant de ne pas le remarquer, mais cela devint difficile lorsque sa magie rampa sur moi, la sensation me rappelant les lianes-serpents de son interrogatoire. Sauf qu'un chaud baiser de pouvoir suivit aussitôt cette sensation de glissement, dont l'impact détendit mes épaules.

Ohhh, me dis-je. *C'est... c'est très... agréable...*

De la magie curative, compris-je l'instant d'après. *Ajax me soigne.*

Je cillai à l'intention du Faë de Minuit, mais il se concentrait sur Lucifer et Melek. Pourtant sa magie continuait de me balayer, chaque coup me faisant me sentir plus légère, plus *libre*.

Parce que Lucifer a toujours une emprise sur moi. J'avais cru qu'il m'avait libérée de son pouvoir, mais ce n'était pas le cas. Il avait simplement lâché physiquement ma gorge et desserré mes liens suffisamment pour me déséquilibrer.

Foutu roi bâtard.

Il avait toujours un lien invisible sur ma bouche, un lien que la magie d'Ajax n'avait pas encore touché. *Parce qu'il fait exprès de me laisser muette.*

Je faillis le fusiller du regard, mais je ne voulais pas que Lucifer le remarque. Ajax me soulageait, peut-être même essayait-il de me libérer de l'emprise mentale de Lucifer. Je ne voulais pas risquer que le roi découvre son interférence, car à ça finirait mal à coup sûr.

Ce qui m'amena à me demander : *Pourquoi Ajax fait-il ça ?* Il avait déjà énervé Lucifer en lui disant d'arrêter. Et ceci… ceci portait certainement ce défi à un autre niveau.

— Ce n'est pas parce que le portail est fermé qu'il n'y a plus de travail, déclara soudain Melek. Tu devrais canaliser ton énergie pour reconstruire ce qui a été perdu dans les Terres Marécageuses et guider ton peuple qui a bien besoin de toi.

— *Notre* peuple, corrigea Lucifer, qui avait l'air las de rappeler à Melek qu'ils étaient censés être unis.

Malgré tout, les feux s'apaisèrent dans ses yeux perçants tandis qu'il s'adressait au prince, ne laissant couver que la faible combustion d'une flamme bleue.

— Notre peuple, acquiesça Melek en hochant la tête. (Il desserra un peu son bras autour de ma taille en venant à mes côtés.) Merci de protéger *notre* peuple, Camillia.

Le roi des Faë de l'Enfer émit un bruit de gorge.

— Oui, merci d'avoir fermé le portail, renchérit Az.

Lucifer se contenta de secouer la tête et de faire un autre pas en arrière, son pouvoir caressant toujours ma peau.

Ma peau nue, pensai-je en déglutissant – un mouvement qui me faisait mal à cause de la strangulation.

Tout le monde resta là à me regarder, comme s'ils attendaient que je parle. Ce que je ne pouvais pas faire à cause de Lucifer. Mais si j'avais pu, j'aurais sûrement dit : *C'est le moment idéal pour qu'on m'offre des vêtements.*

Le silence retomba, les quatre hommes échangèrent des regards.

Cela semblait être un instant décisif. Un instant qui déterminerait mon destin.

Soit le roi des Faë de l'Enfer me jugerait maintenant, ce que chaque fibre de son être désirait manifestement, soit il écouterait son prince et retournerait dans les Terres Marécageuses.

Melek n'avait pas tort. J'avais vu en partie la dévastation causée par le portail, ainsi que l'impact de sa fermeture. L'onde de choc s'était propagée sur des kilomètres. En tant que roi, Lucifer était absolument nécessaire en ce moment critique.

Les Faë du Cauchemar comptaient sur lui pour leur protection et leur reconnaissance. Sans lui… Eh bien, je ne savais pas trop. J'avais ouï dire que les Faë du Cauchemar étaient considérés comme des abominations par les autres Faë, ce qui faisait d'eux des sans-abris. Lucifer leur avait donné un endroit où nicher, où courir librement, où être *en vie*.

Mais quelqu'un avait attaqué ce havre de paix.

C'était le rôle de Lucifer de soigner ce royaume et les Faë du Cauchemar qui y résidaient. J'avais fait ma part. Que l'on m'en soit reconnaissant ou non, le problème était temporairement résolu. *Grâce à moi.* C'était pourquoi je ne méritais pas d'être traitée de la sorte. Je ne méritais pas son *jugement*, surtout que je n'avais fait que l'aider.

Je me forçai à soutenir son regard et à relever le menton lorsqu'il me jaugea une dernière fois. Son expression changea, et je ne sus pas trop comment l'interpréter.

Il y avait de la tristesse, de la frustration, certainement, et un soupçon d'inquiétude. Mais il y avait aussi autre chose que je n'arrivais pas à situer.

À ma grande surprise, il fut le premier à rompre le contact visuel. Son attention se porta sur Ajax, puis sur Az, et enfin sur Melek. Il les balaya lentement du regard, comme s'il essayait de comprendre. Quoi qu'il en soit, il n'émit aucun commentaire. À la place, il pinça ses lèvres tandis qu'une étrange vibration ondula dans l'air et fit se dresser les poils sur mes bras.

Quelque chose se prépare ? me demandai-je en parcourant la pièce du regard – celle où Ajax et moi avions été relégués dans les quartiers de Lucifer.

J'attendis que qui ou quoi que ce soit apparaisse, mais rien ne se passa. Cette étrange réverbération continuait, dont l'écho s'infiltra dans mes pensées et bourdonna le long de mon dos.

Qu'est-ce que c'est que ça ? Je jetai un œil à Lucifer pour voir s'il l'avait sentie aussi, mais son attention se fixait totalement sur moi et son regard s'enflammait de braises renouvelées. Toutes les émotions s'étaient envolées de ses traits, ne laissant que la rage.

Oh, merde. Il a décidé de me tuer, réalisai-je.

Melek resserra son bras autour de ma taille, me rappelant qu'il se tenait à mes côtés, tandis que le pouvoir d'Ajax reprenait vie sur ma peau.

— Ce n'est pas à toi de la protéger, Gardien, grogna Lucifer dans sa barbe.

— Ce n'est pas à toi d'en décider, Roi des Faë de l'Enfer, répliqua-t-il, prononçant le titre d'une façon qui fit presque sursauter Lucifer.

La vibration s'intensifia, me faisant tourner la tête. Quelques instants plus tard, des vertiges m'envahirent et les bords de ma vision s'assombrirent.

Lucifer me fait-il quelque chose ?

Malgré l'oppression croissante dans ma poitrine, ce

bourdonnement électrique se poursuivait dans ma tête, en une répétition régulière.

C'est… ça se répète comme une vibration de téléphone portable. Ou un bipeur ?

Personnellement, je n'en avais jamais vu, mais j'avais lu des choses à leur sujet.

— Surveillez-la, intima Lucifer.

Le monde qui m'entourait devient noir.

Melek replia son bras autour de moi, mes pieds flottant soudain dans l'air.

Parce qu'il m'a soulevée ? pensai-je avec lassitude.

— Je reviendrai en finir avec ça plus tard, ajouta Lucifer.

Puis il me laissa seule dans les ténèbres. *Non, seule avec Melek. Peut-être.* Sauf que… je ressentis… une nouvelle force autour de moi. *Ajax ?* Melek m'avait-il attrapée pour me livrer à l'autre homme ?

Personne ne parlait. Ou peut-être que je ne les entendais plus.

J'étais… jetée… dans la nuit. Seule. N'entendant plus que les derniers mots de Lucifer qui résonnaient dans ma tête : *« Je reviendrai en finir avec ça plus tard. »*

Finir quoi ? me demandai-je. *En finir avec ma vie ?*

Il pouvait toujours essayer, mais je ne lui faciliterais pas la tâche. C'était certain.

Car que Lucifer le réalise ou non, il avait besoin de moi.

Et je vais m'assurer qu'il le sache.

CHAPITRE 2
TYPHOS

Mon Gardien soutenait la femme inconsciente, et les narines de mon Commandant se dilataient. Manifestement, ils n'approuvaient pas la façon dont j'avais géré la situation.

Et mon prince non plus. La lueur de reproche dans ses iris multicolores me fit grogner. Il arqua un sourcil en réaction, me défiant de commenter ou de faire quoi que ce soit pour contrer sa désapprobation.

Il me provoque, réalisai-je. *Putain, il me provoque.*

Il devrait avoir plus de jugeote, surtout dans mon humeur actuelle.

— Soyez heureux que je ne l'aie pas tuée, grognai-je.

Puis j'activai ma capacité de téléportation et les laissai tous dans la pièce.

L'un d'eux pouvait surveiller la fille. Je me fichais de savoir lequel. Ils étaient assez intelligents pour la mettre à l'abri des ennuis jusqu'à mon retour.

Pour en finir avec ça. Quoi que cela veuille dire.

Je réapparus dans le vestibule de mon palais. Ma fureur était certainement palpable à tous ceux qui me croisaient. Ce qui expliquait que tous les chiens de l'Enfer aient reculé de plusieurs pas, préférant demeurer à distance.

Des Faë du Cauchemar malins.

Une rage irrésolue se heurtait à mes barrières mentales, attisant dans mes veines un feu infernal. Une énergie grésillante rampait sur ma peau, roussissant malgré moi le sol du palais tandis que je fonçais dans le couloir.

J'avais amené Camillia ici par réflexe, après avoir senti sa présence envahir mon esprit. Mon âme. Ma *source*.

Si Melek n'était pas apparu, je l'aurais tuée. Et après ? M'attendais-je à ce que mon prince garde éternellement les yeux fixés là où j'aurais assassiné sa jeune compagne ?

C'est lui qui a choisi de lier son âme à la sienne, murmurai-je mentalement.

Bien sûr, je ne voulais pas le voir souffrir pour autant. Putain, tout ce que j'avais toujours voulu dans la vie, c'était le bonheur de Melek. Mais je tenais aussi à sa vie. Et Camillia l'avait menacée aujourd'hui.

Les menaces étaient une chose que je traitais rapidement et sans pitié.

Sauf que cette jolie petite menace avait une chatte magique qui avait envoûté tous mes hommes.

Putain.

Un grognement résonna au fond de ma gorge. Je devrais y retourner et la tuer.

Ou je pourrais... Je pourrais essayer de la comprendre, envisageai-je. *Déterminer pourquoi tous mes hommes sont si entichés d'elle. Voir s'il y a un moyen de briser ce fichu sortilège qu'elle a tissé autour d'eux.*

Je grognai de nouveau devant ces pensées ineptes.

Camillia de la Croix était un mystère qu'aucun homme ne pouvait percer sans y laisser son âme.

Je poursuivis mon chemin jusqu'à la salle des trophées. Je contournai les crânes et les reliques de mes nombreuses victoires pour gagner un coin faiblement éclairé où était exposée mon œuvre d'art préférée. C'était ici que je venais quand j'avais besoin de réfléchir, de me remettre les idées en place. Quand j'avais besoin de... *me calmer*.

En passant mes doigts sur les aspérités de la peinture, je me remémorai l'époque où Melek avait créé cette œuvre. Elle représentait un mur de flammes qui ne signifiait pas grand-chose pour quiconque, mais qui représentait la façon dont Melek considérait mon amour.

Dévorant. Passionné. Éternel.

Mon amour pour Melek et mon peuple était un feu qui brûlait pour l'éternité parce que je le considérais ainsi. Toutefois, la présence de Camillia ici mettait en danger tout ce que j'avais construit. Tout ce que j'adorais. *Tout ce que je suis.*

J'avais senti ses doigts élégants dérouler délicatement mon âme comme les extrémités effilochées d'une tapisserie, menaçant de tout défaire.

Mon ongle accrocha le bord d'une des flammes et la peinture se décolla, révélant la toile dorée scintillante en dessous. Fronçant les sourcils, je décidai que je n'aimais pas la métaphore que représentait ce petit geste.

Elle va me dépouiller jusqu'à la moelle si je continue à la laisser respirer.

Et puis quoi ? Quelle utilité aurais-je pour Melek si une simple Faë de l'Enfer Halfeline pouvait manipuler un pouvoir qui sinon, serait éternel ?

Il y a autre chose qui se passe ici et qui m'échappe.

Mais je n'avais pas le temps de tout décortiquer maintenant pour trouver la pièce manquante. Comme Melek l'avait souligné, il y avait des choses plus importantes à faire pour le moment.

Comme le royaume qui venait d'être quasi déchiré par une magie étrangère. Et le roi Naga qui m'avait appelé pour une discussion.

Elle a senti cet appel, me rappelai-je, plissant les yeux. Je l'avais vu sur les traits de Camillia : elle avait senti la vibration de la magie dans l'air lorsque Viper avait tenté de me joindre. Personne d'autre n'avait réagi, juste Camillia. Était-ce parce qu'elle était encore liée à moi ? Ou bien continuait-elle à accéder à ma source sans autorisation ?

Même si elle ne le faisait pas exprès, c'était une violation qui ne pouvait être tolérée. Je l'avais plongée dans un profond sommeil pour l'empêcher d'intervenir davantage. C'était une pitié qu'elle ne méritait pas, alors que j'aurais plutôt dû arrêter son cœur.

Elle doit mourir.

Pourtant, mes hommes n'étaient manifestement pas d'accord avec ce verdict.

Merde.

Avec un grognement, je formai un portail vers les Terres Marécageuses et m'y glissai. Je franchis le mur de feu liquide et m'enfonçai dans le sol mou et humide d'un monde secoué par un portail que je n'avais pas réussi à refermer.

Non. La Faë de l'Enfer Halfeline l'avait fait pour moi.

Foutue Camillia. Sa présence hantait chacun de mes pas, me faisant grincer les dents d'exaspération. *Comment pouvait-elle savoir ce qui fermerait le portail ?* Elle l'avait frappé avec de la chaleur plutôt qu'avec de l'eau, ce qui était contre-intuitif pour éteindre un incendie.

Pourtant, elle l'avait fait avec aisance et sans hésitation.

Sait-elle qui l'a créé ? me demandai-je en marchant sur la terre turbide. *Est-ce* elle *qui l'a créé ?*

Un frou-frou d'ailes colorées me fit tourner mon regard sur ma gauche, où se dispersait un groupe d'Unseelie qui cherchaient sans doute à m'éviter.

Sage.

La destruction s'étendait partout où se portaient mes yeux.

Je m'étais éclipsé de l'autre côté du château des Unseelie, suivant la convocation de Viper.

Le lieutenant – que les Nagas appelaient leur roi – vint au portail. En tant que Naga et Faë du Cauchemar, il pouvait prendre une forme humaine ou celle d'un monstre. Il avait choisi sa forme humaine pour me parler, bien que sa longue queue ait été mieux adaptée pour traverser les marais. Mais c'était par respect qu'il me recevait habillé d'un costume. Toutefois, il ne portait pas de chemise sous son gilet déboutonné. Ni de chaussures.

Il ressemblait plutôt à un guerrier avec ses pieds nus plantés dans la boue et le bas de son pantalon en soie trempé d'avoir arpenté son territoire. Cela ne semblait pas le gêner. Son pantalon était porté bas, révélant des muscles qui trahissaient sa force.

En tant que Naga, il devait passer la plupart de ses journées à escalader les falaises rocheuses du royaume et à se faufiler dans les marécages pour y chasser des créatures invasives. Cela exigeait des compétences, des qualités athlétiques et un talent particulier pour la recherche de proies. Car les Unseelie et les Nagas avaient quelques ennemis naturels dans les Terres Marécageuses qui leur causaient des soucis. Vu le déclin de la population naga, l'alliance entre les deux espèces de Faë du Cauchemar leur avait été bénéfique.

Et Viper avait clairement joué son rôle. Il fit rouler ses muscles bien rodés qui auraient fait honte à certains de mes chiens de l'Enfer trop gâtés.

Jadis, j'avais envisagé de confier le poste de Gardien à Viper. Il était le candidat idéal, car il pouvait traquer n'importe quelle créature et l'apprivoiser grâce à son pouvoir hypnotique. Mais il excellait en tant que roi des Nagas et n'aurait pas accepté ce poste convoité, pas plus que je ne l'aurais vu se terrer dans les cachots souterrains secs du palais.

— Trente-cinq Unseelie morts, m'informa-t-il calmement, comme à son habitude.

Je comprenais maintenant pourquoi il m'avait appelé. La plupart de mes lieutenants – tous considérés comme des rois dans leurs régions – attendaient normalement que ce soit moi qui les contacte. Or les derniers incidents étaient sans précédent. Et Viper était tout à fait dans son droit de m'appeler après la destruction de son royaume aujourd'hui.

Je n'aurais jamais dû partir après la fermeture du portail, réalisai-je. *Mais j'ai été trop pris par la démonstration de pouvoir de Camillia pour y réfléchir.*

C'était ce que Melek avait essayé de me dire : que j'avais d'autres priorités à prendre en compte en ce moment. Des priorités comme Viper.

— Et les Nagas ? lui demandai-je, craignant déjà sa réponse.

Ce n'était pas pour rien qu'il avait commencé par le nombre d'Unseelie morts au lieu de celui de son propre peuple. Il devait s'agir d'un chiffre élevé, sinon il l'aurait donné en premier.

Il fit la moue avant de répondre :

— Presque une centaine. Quatre-vingt-dix-huit, pour être précis. Le portail s'est ouvert près d'une caverne naga.

Je baissai la tête, fermai les yeux et murmurai une ancienne prière de condoléances dans la langue naga. Il répondit de même, puis le silence tomba entre nous.

J'attendis quelques instants, conscient des rituels muets que pratiquait son espèce.

Aujourd'hui, une partie des épreuves nuptiales aurait porté sur le son, ou son absence, et sur la capacité de l'épouse à entendre la vérité de manière non conventionnelle.

Hélas, cette partie des épreuves ne s'était pas déroulée.

Je déglutis et hochai la tête.

— Leurs pertes seront vengées. Je le jure.

— Merci, mon seigneur, répondit-il de son ton doux, teinté d'une émotion que je comprenais : le besoin de vengeance.

Hélas, pour cela, il fallait savoir qui en était responsable.

Camillia semblait certainement coupable, d'autant plus qu'elle avait su comment fermer le portail. Cependant, nous étions intimement connectés lorsqu'elle avait puisé dans mon pouvoir, et j'avais ressenti son désir sincère d'aider. Mais ç'aurait pu être une sorte de manipulation. Et ça n'expliquait toujours pas comment elle avait su quoi faire.

Peut-être qu'elle travaille avec quelqu'un, songeai-je. Si c'était le cas, je devais découvrir qui l'aidait. *Ou l'utilisait*, ajoutai-je en fronçant les sourcils. Cette dernière pensée avait surgi instinctivement, comme si ma source me l'avait soufflée.

Cette femme se fout de moi, de tout ce qui m'est cher, de chaque parcelle de moi, magique ou non.

Je m'éclaircis la gorge, revins à Viper et lui demandai :

— Est-ce que tu as vu Erebus ?

Le roi des Nagas ricana au nom de son homologue des Unseelie, ce qui n'était pas dans son caractère.

Erebus et lui étaient amis. C'était grâce à leur camaraderie qu'ils avaient réussi à se partager les territoires des Terres Marécageuses.

Même le château des Unseelie contenait des cavernes et un repaire souterrain que les Nagas pouvaient utiliser à leur guise, et qui étaient reliés directement au domaine central des Nagas. Les autres royaumes ne connaissaient pas l'homéostasie que ces deux rois avaient établie ici. Bien sûr, le fait d'avoir un ennemi commun – les créatures sans âme qui sévissaient dans ce royaume – avait lié les Nagas et les Unseelie dans ce combat.

Parfois, je les aidais, mais le plus souvent, je restais en dehors de leur chemin.

Hélas, j'avais échoué aujourd'hui. Et je voyais bien les dégâts que mon échec avait provoqués. Ce n'étaient pas seulement des monuments détruits ou des vies perdues, mais la rupture d'affinités qui auraient dû persister des milliers d'années.

— La dernière fois que j'ai vu Erebus, il courait après une épouse, siffla Viper d'un ton insinuateur.

C'était clair qu'il désapprouvait.

Ce doit être la jeune épouse en fuite dont Az a parlé dans son rapport, me dis-je.

— Est-ce qu'elle était blessée ? m'enquis-je.

Car si le roi Erebus avait bien des défauts, il n'abandonnerait pas son peuple pour une femme esseulée. Il lui faudrait une bien meilleure raison de poursuivre la jeune épouse errante, comme le besoin de la soigner.

— *Toutes* les Terres Marécageuses sont blessées, répondit Viper. (Sa longue langue serpenta avant qu'il puisse la retenir.) Les blessés sont rassemblés dans le quadrant médical. On continue de trouver des survivants, et on vient de découvrir que des Nagas sont piégés dans des tunnels effondrés.

— Ils ne peuvent pas en sortir tout seuls ? m'étonnai-je.

C'étaient les Nagas qui avaient construit ces tunnels ; je trouvais bizarre qu'ils soient coincés sous terre.

— L'explosion en a plongé beaucoup dans l'inconscience, expliqua Viper. Ils sont impuissants et ils manquent d'air, donc si on ne fait rien, le nombre de victimes va augmenter.

— Je vois.

C'était sans doute pourquoi Viper était agacé par Erebus : le roi des Unseelie aurait pu employer sa magie à déplacer les pierres. Or il était parti à la poursuite d'une femme.

— Les gens d'Erebus ne parviennent-ils pas à le joindre ?

Certains Unseelie possédaient des capacités télépathiques avec leur roi ; ils devraient pouvoir le trouver assez facilement.

— Comme j'ai dit, il court après une épouse. Quand Erebus ne veut pas qu'on le trouve, personne ne peut l'atteindre.

Je hochai la tête.

— Je lui parlerai quand nous aurons sauvé tes Nagas.

Les épaules de Viper se détendirent, comme s'il craignait que je préfère rejoindre Erebus dans la chasse à la femelle au lieu d'aider son peuple.

Non. Je t'ai juste abandonné un moment pour une autre femme, songeai-je avec culpabilité. *Camillia de la Croix est un problème.*

Il fallait vraiment que j'arrête d'y penser.

— J'ai essayé de creuser dans les débris, mais ça ne va pas assez vite. (Viper inclina la tête en signe de respect.) Si vous le voulez bien, mon seigneur, je demande votre aide.

Libérer un peu de mon énergie de feu de l'enfer me paraissait une idée brillante.

— Bien sûr, Viper, répondis-je en lui rendant son geste formel par un léger hochement de tête. Montre-moi où ils se trouvent.

CHAPITRE 3

TYPHOS

C'ÉTAIT simple de déterrer les Nagas pris au piège. Simple ne voulait pas dire facile, pas dans mon humeur actuelle. Il me fallut plus d'efforts que je ne voulais l'admettre pour limiter le rayon de mon explosion afin que Viper et les autres Nagas puissent creuser. L'objectif était de sauver les survivants, pas de les anéantir.

Ce qui me donnait une certaine satisfaction pour la tâche qui m'incombait à présent de reconstruire une aile du château des Unseelie. Une fois les sauvetages assurés, il était temps de s'occuper de la réhabilitation. Une tâche que j'aurais normalement confiée aux sujets du territoire affecté, mais là, c'était de ma faute.

Je n'avais pas su les protéger. Donc maintenant, je réparerais les dégâts.

Je commençai par démolir cette partie du château pour repartir de zéro. C'était peut-être exagéré, mais cela convenait à ma tâche.

Je frappai du poing la pierre fissurée, l'éclatant sans peine tandis que le feu de l'Enfer en transformait une partie en roche en fusion. Le reste s'évapora complètement sous l'effet de ma rage incontrôlée. L'onde de choc se propagea dans mon corps et heurta ma poitrine au moment où l'odeur familière de la pierre brûlée s'emparait de mes sens.

Ce n'était pas la lave de mon palais, mais quelque chose d'un peu plus musqué et chargé d'humidité, propre aux Terres Marécageuses. Cela ajoutait de la vapeur au mur de feu que je construisais, masquant le ciel enténébré tandis que je lâchais une nouvelle salve. Celle-ci fut accompagnée d'un rugissement de rage qui contenait sa propre onde de choc. Le son provenait directement de mon âme, contenant toute ma frustration de voir que tout ce que j'avais construit s'écroulait lentement autour de moi et qu'il n'y avait rien que je puisse faire pour y remédier.

Contrairement aux pierres et aux structures, je ne pourrais pas reconstruire le cœur de Melek si la mort de Camillia le brisait.

Je ne pourrais même pas protéger mon propre peuple, d'où mon embarras actuel.

Par instinct, je vérifiai ma source une fois de plus, et la trouvai satisfaite. La sensation me déconcerta. Je *sentais* l'intrusion de Camillia.

C'était mauvais. Inacceptable.

Je m'en occuperais dès que j'en aurais fini avec les Terres Marécageuses.

Alors que je me débattais dans une mer de frustration, la source ronronnait pratiquement. Elle avait *apprécié* ses soins, approuvé son ingérence. Ce qui était incroyable, vraiment. Ma source n'avait jamais aimé personne d'autre que moi. Parce que c'était la *mienne.*

C'est parce qu'elle a pu fermer le portail ? lui demandai-je. *C'est pour ça que tu débordes de fierté ?*

Avec un soupir, je me penchai sur le tas de pierres brûlantes que j'avais créé, et mon front tomba sur les ardentes roches brisées.

Qui a fait ça ? murmurai-je au royaume. *Qui a ouvert une brèche dans mes murs ?* Au sens figuré comme au sens propre.

Les seuls assez puissants pour cela étaient les Faë Vertueux, mais que pouvaient-ils bien me vouloir ? Et à mon peuple ? Prouver quelque chose ? Me faire passer pour un roi incompétent, incapable de protéger les siens ?

Si c'était le cas, ils avaient réussi.

Mais pourquoi franchiraient-ils mes murs maintenant ? Après tout ce temps ?

Et si j'avais été trahi ? me demandai-je, un goût amer me montant à la gorge à cette éventualité. *Quelqu'un essaie-t-il de s'emparer de mon royaume ?*

Quelqu'un comme Camillia ? Mais qu'aurait-elle à y gagner ?

Je fronçai les sourcils, revenant à l'idée qu'elle travaillait avec quelqu'un – ou qu'elle était *utilisée* par quelqu'un.

Ne serait-elle qu'une jolie diversion ?

De toute évidence, mes hommes étaient influencés par l'envoûtement qu'elle avait jeté sur eux. Elle n'en avait peut-être pas conscience, mais les preuves étaient là.

Mes ordres avaient déjà été défiés. Sans retombées rapides, la désobéissance pourrait virer en quelque chose de plus sinistre.

Melek ne me trahirait jamais. Mais Azazel, après tout ce que nous avons vécu, en serait-il capable ?

Peut-être pas, en temps normal. Mais il était avec Ajax. Et Ajax était jeune et instable. Son âme brisée le rendait malléable, ce que j'avais l'intention d'utiliser à mon avantage, afin de rendre mon Gardien fort et imbattable. La révocation de son titre ne devait être que temporaire. J'attendais de sa part qu'il reprenne sa place. Tout comme le château des Unseelie, je pourrais reconstruire ce qui avait été brisé si je repartais de zéro.

Or ma punition n'avait fait que briser davantage mon

Gardien, créant ainsi une situation potentiellement irréparable. Il m'avait dit d'*arrêter*. Comme si, tout à coup, c'était lui qui commandait et pas moi.

Putain, Az avait aussi pris son parti. Melek également.

Tous les trois étaient contre moi. *Pour elle*.

Le lien qui unissait Melek à Camillia le rendait peu fiable pour prendre une décision la concernant. Ajax... Je soupirai. C'était trop difficile à supporter pour Ajax, compte tenu de son passé et de ce que Constantin lui avait fait subir. Et Azazel, mon Commandant, était lié à Ajax. Son Phénix s'était également imprimé sur la fille, ce qui avait de quoi le troubler, pour le moins.

Ils étaient mon cercle intime. Les trois seuls qui pouvaient vraiment me blesser.

Mais est-ce suffisant pour que l'un d'entre eux me trahisse ?

Non.

Ils pourraient me tenir tête, mais la trahison...

Non, me répétai-je. *Non.*

Pourtant, je ne pouvais m'empêcher de penser à la dernière fois que j'avais été trahi. Ce souvenir persistait derrière une barrière solide que je ne levais jamais. Mais à présent, je grattais ces murs comme une peinture fragile sur une toile dorée, exposant la vérité crue en dessous.

Vivaxia était la dernière Faë Vertueuse dont j'avais senti la présence près de mes portes. C'était la traîtresse qui avait causé ma chute. Ses fils de pouvoir étaient uniques.

Elle avait siphonné mon énergie et tenté de l'utiliser à ses propres fins, en affaiblissant mes capacités. *Tout mon être*. Je ne l'avais pas vu au début. J'avais été aveuglé par ma foi en elle. Par notre amitié. Mais Az... il avait vu ce qui se passait. Il m'avait prévenu. Mais c'était déjà presque trop tard.

Une vision de l'air – aucune terre, juste un abîme – se forma dans mon esprit. La tension de mes épaules alors que j'essayais d'enflammer des ailes qui n'existaient plus. Juste un squelette. Trop diminuées pour former des plumes. Pour voler. *Pour survivre.*

Je frappai du poing une colonne, faisant s'effondrer tout le segment autour de moi. Dans une ruée de pouvoir flamboyant, je me protégeai des chutes de pierres, faisant apparaître mes ailes de feu qui frôlèrent mes épaules une brève seconde. Elles n'étaient plus qu'un vestige de ce qu'elles étaient auparavant.

Et qu'elles ne pourront plus jamais être.

Parce que j'avais été trahi.

Les cendres pleuvaient tandis que le grondement de la destruction roulait autour de moi comme un coup de tonnerre.

Ma poitrine se gonflait sous l'effort. Je me sentais *bien.* Mais ce n'était pas suffisant.

J'étais sur le point de réparer les dégâts quand le regard de cristal de Melek traversa les décombres, ses iris irradiant sa déception.

— Tu as fini de piquer ta crise ? demanda-t-il.

Ma crise, répétai-je en grognant intérieurement. Bien sûr qu'il le verrait ainsi.

Je me frayai un chemin vers lui parmi les pierres brisées.

— Une fois que j'aurai reconstruit ici, je trouverai le responsable et j'*en finirai avec ça*.

Il arqua un sourcil blond vénitien.

— Ça veut dire que tu as toujours l'intention de tuer Cami ?

Une question audacieuse. Mais je n'en attendais pas moins de mon prince. Cependant, je n'étais vraiment pas prêt pour cette discussion, ce qu'il devait savoir, puisque j'étais apparemment en train de *piquer ma crise*.

— Elle est une menace, lui grognai-je. Fin de la discussion.

— Une menace qui a aidé à colmater la brèche, répondit-il,

ignorant mes derniers mots. Ça paraît incroyablement dangereux.

Son ton pince-sans-rire fit dresser les cheveux sur ma nuque. Il était presque moqueur. *Impoli* aussi.

— Elle a accédé à *mon* pouvoir pour le faire.

— Et ça a marché. Quel est le problème ?

— *Quel est le problème ?* répétai-je, irrité par sa nonchalance persistante.

Ma colère explosa, dont la puissance résonnait à chaque pas que je faisais vers lui. Melek n'avait pas l'air de s'inquiéter, mais n'importe qui d'autre à sa place aurait fui avec effroi. Certes, personne ne serait assez courageux pour m'affronter dans cet état.

J'empoignai le col de sa chemise impeccable, mon nez effleurant le sien.

— Tu ne m'as pas entendu ?

— Si, dit-il doucement, son souffle étant une provocation sur mes lèvres. Et toi, tu n'as pas entendu quand j'ai souligné comment elle a *colmaté* la brèche ?

Ma frustration se retourna sans mal contre mon prince tandis que je glissai ma main le long de son torse dur et musclé et enroulai mes doigts autour de sa gorge. J'étais encore furieux, surtout à cause de ce qui s'était passé ce soir – et depuis un mois et demi.

Mais j'étais aussi en colère contre Melek qui m'avait refusé mon exutoire tout à l'heure.

Camillia était un problème qui aurait dû être traité promptement. Mais à la place, elle était en vie, et mon prince était là, adossé à une colonne comme une sorte d'offrande.

Hmm, bourdonnai-je en le dévisageant de nouveau, répétant mentalement le mot *offrande*. Car c'était exactement ce qu'il essayait d'être : un exutoire alternatif.

Oh, je vois. Il veut jouer.

Une proposition risquée, vu mon humeur.

Je le bloquai d'un bras, faisant monter la pierre derrière lui à une température dangereuse. Mes hanches frôlèrent les siennes, le maintenant en place pendant que ma violence virait à l'excitation. Ce qui était très certainement ce que Melek avait prévu.

— Pourquoi tu me provoques ? lui demandai-je, voyant enfin ce qu'il était en train de faire à travers la brume de ma colère.

Melek sourit contre ma bouche.

— Ça marche ?

Je lui mordis la lèvre assez fort pour faire couler le sang. Il ne broncha pas. Au contraire, il passa sa langue sur la petite blessure, comme s'il en redemandait.

— Tu as besoin d'une échappatoire, Ty, dit-il plus doucement cette fois. Je te l'ai refusée tout à l'heure. Si tu as besoin de déverser ta colère sur moi, je la supporterai avec plaisir.

Je repensai aux flammes que Melek avait peintes, une représentation fidèle de mon amour en ce moment. Toute personne proche de moi était susceptible d'être brûlée.

— Je ne veux pas te faire de mal, murmurai-je contre ses lèvres, enfonçant déjà ma langue dans sa bouche.

Il encaissa mes violentes poussées, et ne parla que lorsque je descendis sur son cou pour mordiller son pouls :

— J'étais fait pour toi, Ty. Il n'y a rien que tu puisses m'infliger que tu ne m'aies pas déjà infligé auparavant.

J'en doutais. Je ne me souvenais pas d'avoir été aussi furax. Aussi refoulé.

Lorsque Melek murmura un sort qui le mit nu devant moi, tout en muscles et en virilité, avec une érection qui ne laissait guère de doute sur son enthousiasme, ma détermination vacilla.

— Tu m'as dit de régler le problème ici, lui rappelai-je, mes sens se dissolvant lentement en cendres. Et maintenant tu me distrais.

— Parce que tu es ici depuis des heures, Ty. Ça va te prendre des semaines pour reconstruire le château tout seul. Tu as besoin de faire une pause.

— Je dois découvrir qui a fait ça.

— Oui, acquiesça-t-il. Mais tu n'y arriveras pas dans cet état. Tu dois d'abord te calmer. Penser clairement. (Il effleura ma lèvre inférieure avec ses dents.) Baise-moi, mon roi. Échappe-toi un moment. Vide ta tête de tout ce qui s'y trouve à part nous.

Je plantai mon regard sur son beau visage.

— Je n'arrive pas à savoir si tu veux que je me serve de toi ou si tu veux me distraire de quelque chose.

— Les deux, admit-il. Je veux que tu sois en moi. Et je veux te distraire pour que tu ne tues pas Cami ce soir.

Je levai les yeux au ciel.

— Tout tourne autour d'elle ces temps.

— Non, chuchota-t-il. Tout tourne autour de *toi*. Mais tu ne le vois pas encore, Ty. Un jour, j'espère que tu le verras. Mais pour ça, tu dois te concentrer. Et je connais un bon moyen de t'y aider.

— Le sexe.

— Le sexe, opina-t-il. (Ses doigts remontèrent le long de mes bras tandis que je resserrais mon étreinte autour de sa gorge.) Aucune limite ce soir. Tout ce que tu veux.

Mon sang s'échauffait à la perspective de jouer avec mon prince de cette manière. Il était un cadeau. Un prix à chérir. *Le compagnon idéal.*

Je le suis, confirma-t-il, ayant manifestement entendu ma pensée. *Maintenant, fais-moi plaisir, mon roi. Sinon, j'irai chercher un Unseelie pour jouer avec.*

Je plissai les yeux.

M'asticoter n'est pas conseillé, petit prince.

Qui a dit que je t'asticotais, mon roi ? Peut-être que je parle sérieusement.

Ce n'est pas vrai.

Il haussa une épaule.

Je le ferai si tu ne…

Je serrai sa gorge et activai mes talents de téléportation. Notre chambre apparut autour de nous l'instant suivant.

— J'ai bien envie de t'attacher à ce lit et de t'y garder pendant des heures.

Il haussa les commissures de ses lèvres pleines.

— Oui, s'il te plaît.

— Toujours aussi pénible, dis-je en le tirant par la gorge sur le matelas.

— C'est mon deuxième prénom, répondit-il contre ma bouche. Maintenant, arrête de parler et abuse de moi.

J'étais le Faë le plus fort de ce royaume, pourtant j'étais incapable de résister aux exigences de Melek. Parfois, je me demandais qui était vraiment le chef ici. Car on dirait bien qu'il me dominait comme jamais je ne pourrais le dominer.

Posant ma bouche sur la sienne, je murmurai :

— Comme tu le souhaites, petit prince.

CHAPITRE 4

AZ

QUELQUES MINUTES PLUS TÔT

Quatre heures de silence.

Pas de commentaire. Aucune réponse. *Rien*.

Je parlais juste à un putain de mur qui ressemblait à Ajax.

— C'est ridicule, lui dis-je. Tu as pardonné à mon Phénix de t'avoir attaqué indûment, mais tu ne peux même pas envisager de me pardonner d'avoir fait mon travail ?

Ajax se contenta de faire tourner sa baguette en guise de réponse, les yeux baissés sur une Cami toujours inconsciente. Il ne voulut même pas me regarder, sans parler de reconnaître ma présence. Il continua simplement à faire les cent pas en contemplant la femme endormie sur le canapé. Le Faë de Minuit l'avait tenue pendant deux bonnes heures avant de l'allonger là. Il avait également fait apparaître une couverture pour couvrir sa nudité, la bordant avec des gestes protecteurs.

Puis il s'était mis à marcher de long en large.

De long en large.

Encore et encore.

Tout en faisant comme si je n'étais pas assis dans le fauteuil en face de Cami.

Ajax faisait sans cesse tourner sa baguette, la magie

étincelait autour de lui comme un furieux petit feu d'artifice. Il n'avait pas besoin de me répéter qu'il ne me pardonnerait pas. Tout son corps le criait.

Ça me coupait le souffle, comme si mes poumons refusaient de me donner l'oxygène dont j'avais besoin. Les justifications de mes actions – et de mon inaction – me picotaient le bout de la langue, mais toutes tombaient à plat dans le silence. Car il n'allait plus m'écouter. Selon Ajax, j'avais franchi une ligne invisible, et maintenant je ne savais pas trop comment revenir vers lui.

Je ne l'avais jamais vu aussi furieux. Sa colère rivalisait presque avec l'état actuel de Typhos, mais la flamme qui l'animait n'aurait pas pu être plus différente.

Typhos craignait ce que Camillia pourrait faire au royaume des Faë de l'Enfer et le risque qu'elle représentait pour tout ce qu'il avait construit. J'avais été avec lui dès le début. Personne ne comprenait mieux son inquiétude que moi, à part Melek, bien sûr.

Mais Ajax était beaucoup plus jeune selon les normes surnaturelles. Il ne supportait pas le poids des millénaires sur ses épaules.

Cami était la première étincelle de vie qu'il avait laissée brasiller entre ses murs émotionnels. Il m'avait aussi accordé un coup d'œil entre ces murs, mais Cami était différente. Elle était... *plus*. Une bouffée d'air frais. Une âme qu'il devait sauver.

Une âme comme celle d'Emelyn.

À bien des égards, la vision d'Ajax était simpliste : Camillia était à lui. Elle devait donc être protégée.

Mon Phénix se hérissa au fond de mon esprit, griffant la barrière de mon âme, tout à fait d'accord. Il voulait régler ce problème.

Alors que Typhos, mon roi, voulait *en finir*.

C'était une chose que je n'étais pas sûr de pouvoir accepter.

C'est pourquoi je m'étais opposé à lui ce soir. J'avais senti qu'il avait été choqué lorsque j'avais pris le parti de Melek, mais sur ce point, j'étais d'accord avec le prince Faë de l'Enfer. Tuer Cami serait imprudent. J'avais été témoin de son explosion de pouvoir, de son énergie énigmatique, et j'avais vu en elle une alliée, pas une ennemie.

Elle avait aidé à réparer la barrière.

Oui, elle avait utilisé les pouvoirs de Typhos pour cela, mais elle aurait pu s'en servir pour quelque chose de bien pire. Pourquoi la punir d'avoir fait ce qu'il fallait ?

Soupirant, je portai mon regard sur la petite Halfeline au centre de tout ce chaos. Elle avait l'air si innocente sur le canapé. Il avait rabattu la couverture sur ses seins nus, mais l'étoffe était suffisamment fine pour m'offrir une vue complète de ses formes somptueuses. Ses mamelons perlés dérangeaient les plis du tissu, réclamant de l'attention.

Mon esprit revint sans peine au moment où elle était quasi nue dans la cage au club. Toute sa peau délicieuse avait été exhibée et...

Grrrr.

Mon Phénix gronda au fond de mon esprit, coupant le souvenir, mais pas seulement parce qu'il voulait que je la baise. Non, c'était plus possessif que cela. Sa perception était possessive. *Pulsionnelle.* Et il était *furieux* que tant d'autres Faë aient vu *sa* femelle dans un état aussi vulnérable.

J'étudiai ses traits en essayant de comprendre cette fascination que mon Phénix avait pour elle.

Bon, peut-être pas seulement mon oiseau, mais moi aussi.

Elle était stupéfiante. Intelligente. Forte. Une survivante.

Malgré sa disqualification des épreuves, elle était une épouse Faë de l'Enfer selon toutes les définitions du terme, mais elle était bien davantage. Ses cheveux multicolores ne semblaient pas décider s'ils devaient être blonds ou bruns, le mélange des tons s'entrelaçant dans les mèches soyeuses qui encadraient son visage angélique. Elle avait l'air si vulnérable endormie, mais ses sourcils se fronçaient comme si même ses rêves n'étaient pas exempts d'épreuves interminables.

L'envie d'effacer l'inquiétude de son front me consumait. Cependant, ma loyauté envers Typhos, mon compagnon et mon roi, m'empêchait de bouger.

Compagne, reprit mon Phénix – un mot destiné à la belle sur le canapé, pas à Typhos.

Ce fossé entre ces deux loyautés m'ébranlait jusqu'à l'âme, me faisant trembler d'indécision. Mon Phénix m'attirait vers la femme, tandis que mon passé m'obligeait à obéir aux ordres.

Compagne, insista encore mon Phénix. Mes dents me faisaient mal à cause de son désir de la mordre.

Mais cela la marquerait comme mienne, de façon *permanente.* Ce serait une trahison que Lucifer ne me pardonnerait pas, car cela le mettrait dans une situation encore plus délicate. Il avait déjà Melek à affronter, il n'avait pas besoin que je sois impliqué à mon tour.

Et puis j'étais plus fort que mes instincts primaires, n'est-ce pas ?

Peut-être.

Le désir semblait croître de jour en jour, mon Phénix s'irritant de mon refus d'écouter son besoin irrationnel. Il était ainsi depuis qu'il avait pris le dessus l'autre jour, ses envies se mêlant aux miennes et brouillant mes sens.

Si je la mordais, je pourrais vraiment la protéger, mais cette revendication détruirait tout ce que j'avais construit avec Typhos.

La poitrine oppressée, je luttais pour respirer.

Mon oiseau n'y voyait qu'une simple revendication, mais j'avais plus de discernement. Rien de tout cela n'était *simple.* Sans parler du fait qu'elle n'accepterait pas ma revendication maintenant, de toute façon.

J'avais merdé.

Mais je ne faisais que mon travail.

Je ne savais même pas par où commencer à m'expliquer. Ni à elle, et encore moins à Ajax.

Ce dernier vint se placer entre moi et la femme sur le canapé, me bouchant la vue. Comme il ne bougeait pas, c'était évident qu'il le faisait exprès.

— Tu agis comme si j'allais lui faire du mal, l'accusai-je, sans cacher la pointe d'agacement dans ma voix.

Il fronça un sourcil en retour. *Tu vas lui en faire ?* semblèrent dire ses yeux.

Est-ce qu'il n'avait pas compris ce qui s'était passé ?

— Nous avions des ordres, grognai-je, ignorant la sensation de mon Phénix qui me griffait la peau. On ne baise pas les candidates. Cet ordre n'a pas été respecté, donc les conséquences ont été ce qui s'est passé au club.

Typhos était un Faë de parole. On ne pouvait pas lui reprocher de nous punir pour nos péchés. C'est ce que faisait le roi des Faë de l'Enfer. S'il n'était pas allé jusqu'au bout, il n'aurait pas été le chef inébranlable dont les royaumes des Faë de l'Enfer avaient besoin.

Les royaumes des Faë du Cauchemar et des Faë de l'Enfer étaient à deux doigts de sombrer dans le chaos sans un roi puissant et prévisible. Typhos était celui qui avait apporté l'organisation et la paix là où il n'y avait que souffrance et désespoir.

Je le savais bien. J'avais été l'un de ses premiers projets.

Je me levai et me rapprochai d'Ajax, jusqu'à frôler sa poitrine de la mienne. Respirer m'était presque impossible en sentant sa chaleur traverser mes vêtements, mais je devais lui faire comprendre.

Il ne recula pas, ses yeux sombres brûlant d'intenses flammes bleues de défi. Au lieu d'engager le dialogue avec moi comme il le ferait normalement, il demeura tel un foutu roc qui n'allait pas plier.

— Typhos a aussi dit ce qui se passerait si Camillia touchait de nouveau sa source, lui rappelai-je.

Bien que je n'aie pas assisté à cette conversation, Typhos avait transmis ses paroles dans mon esprit et celui de Melek. J'avais écouté attentivement, car Typhos Lucifer passait des marchés, ce qui rendait chaque terme important.

Malgré ma résolution d'expliquer les complexités de la situation à Ajax, je voulais désespérément trouver une faille dans ce qui se passait entre Cami et Typhos. C'était le seul moyen de parvenir à une certaine forme de paix sans trahir ma loyauté.

L'alternative était d'aller à l'encontre de tout ce que je représentais et en quoi je croyais. Typhos m'avait libéré d'une vie de postures et de servitude. Je n'avais été rien de plus qu'un simple animal de compagnie. Mais depuis que j'étais devenu son Commandant, ma vie avait pris un sacré sens.

Il méritait ma loyauté éternelle et inébranlable.

Mais d'une manière ou d'une autre, Camillia avait tout bouleversé par sa simple existence.

Ajax montra les dents face à mes tentatives de rationalisation. Mon Phénix réagit à ce geste en grognant dans ma tête. Un grognement qui n'était pas destiné à Ajax, mais à moi. Parce qu'il était d'accord avec l'ex-Gardien.

Tout ça va me rendre dingue.

— Tu suis toujours aveuglément les ordres ? demanda enfin Ajax. (À peine un chuchotement, mais ses mots contenaient des couteaux mortels. Il donna une chiquenaude sur ma tête.) Il y a un cerveau quelque part là-dedans ? Ou tout est en plumes ?

Je me hérissai. Ajax et moi n'avions jamais été en conflit comme ça. Nous nous étions déjà battus, mais c'était généralement parce que ma bête avait été un peu trop brutale et l'avait blessé physiquement. Une telle situation était facilement apaisée par le plaisir sensuel.

Là, c'était clair que mes méthodes d'excuses habituelles n'allaient pas marcher.

Il pointa un doigt vers la femme sur le canapé.

— Je t'ai dit ce que Camillia représentait pour moi. Je l'ai dit une fois, mais apparemment, je dois te le répéter. C'est la première femme qui m'a fait ressentir autre chose que la mort depuis ces dix dernières années. J'étais chargé de sa protection, et pourtant elle a été exhibée à la vue de tous les Faë de l'Enfer. Puis, quand elle nous a aidés à fermer un portail destructeur, le remerciement qu'elle a reçu a été une menace de mort.

Sa main retomba sur son flanc et il serra le poing.

— Je t'ai dit que je ne te le pardonnerais jamais, et c'était *avant* que tu regardes Lucifer presque l'exécuter devant nous. Si je ne le pensais pas après le club, alors je le pense maintenant, putain. (Son nez frôla le mien et il me grogna au visage :) Je ne te pardonnerai pas, Az.

Merde.

La douleur me poignarda le cœur à l'idée de perdre Ajax, ainsi que Camillia, et cette sensation me surprit.

Je suis royalement baisé.

Parce que je ne pouvais pas non plus trahir Typhos.

Heureusement, Melek semblait vouloir garder Camillia en vie. J'en tirerais profit et lui ferais confiance pour raisonner le roi des Faë de l'Enfer. En attendant, je suivrais l'ordre qu'il m'avait donné : la surveiller. Ce qui impliquait qu'Ajax et moi réparions ce schisme avant qu'il devienne irréparable.

En supposant qu'il ne soit pas trop tard.

Les mots me parurent étrangers quand je les forçai à rouler sur ma langue :

— Je suis désolé. (Je fus le premier à reculer. Je trouvai cette concession verbale et corporelle étrange et erronée.) C'est ce que tu veux entendre de moi ? *Je suis désolé.*

Trois mots que je prononçais rarement devant quelqu'un. Pourtant, c'était la seconde fois que je m'excusais auprès d'Ajax en l'espace de quelques jours. Sauf que cette fois, j'exprimais ces mots à voix haute au lieu de les garder dans ma tête.

Je ne savais pas trop à quel genre de réaction je m'attendais, mais pas à voir Ajax me tourner le dos.

Je grinçai des dents car ça m'avait coûté *beaucoup* de m'excuser.

— Et je lui ai *dit* quelque chose à ce moment-là. Je ne suis pas juste resté là à regarder comment il a failli l'exécuter, le corrigeai-je. Je… j'aurais sans doute pu en dire plus, mais je l'ai défendue.

Il ricana.

— Verbalement, peut-être. Mais physiquement, tu t'es écrasé et l'as laissé faire.

— Tu n'en sais rien, rétorquai-je, exaspéré par son accusation et son incapacité à comprendre. Tu n'es pas non plus le seul à ne pas avoir eu le choix au club. Typhos est mon compagnon. Mon plus vieil ami. Je le ferai toujours passer en premier.

C'était un vœu que j'avais fait il y avait plus de mille ans, et que je ne pourrais jamais trahir. Même si une partie de moi le voulait.

— Je sais, répondit finalement Ajax d'un ton plat. C'est très clair.

Je tendis la main, ayant envie de le toucher, mais je me rétractai juste avant d'effleurer son épaule. Je forçai ma main à retomber sur mon flanc.

— Ça ne veut pas dire que je ne me soucie pas de toi, Ajax. (Putain, je m'en souciais plus que tout. Je le considérais comme *mien*.) J'ai fait ce qu'il fallait pour te protéger.

Comment pouvait-il ne pas le voir ? Pourquoi ne pouvait-il pas comprendre ?

— Et Cami ? (Ajax se remit à faire les cent pas, sa baguette réapparut et se remit à tourner.) Tu l'as protégée aussi ? En la laissant exposée là pour que tout le monde la mate ? En la regardant perdre son combat pour une espèce de punition de merde ? (Il ricana de nouveau et fit tourner sa baguette plus vite.) Va te faire foutre, Az. Fin de la discussion.

Mon exaspération m'enflamma, et je m'avançai vers lui. Une poussée d'excitation sexuelle ne m'aida pas. Quand Ajax et moi nous battions, ça se terminait souvent par du sexe. Mais je me rendis compte que ce désir vibrant ne venait pas que de moi. Une vague de chaleur parcourait mon lien avec Typhos, me faisant grogner.

Typhos et Melek s'amusent. Génial. Juste ce dont j'ai besoin, putain.

Mais ce n'était pas la sensation ludique normale que je ressentais quand tous deux baisaient ensemble. Cette fois, c'était primitif, violent et *dangereux*.

La frustration et le désarroi face à cette foutue situation, mêlés à tant d'agressivité et d'excitation palpitant dans mon corps, se mélangèrent en une détermination à *faire comprendre* à Ajax.

À le forcer à parler. À *pardonner*.

Sa baguette claqua et sa magie m'enveloppa. Il connaissait le regard que j'avais quand un combat se préparait. Mais cette fois, ce fut son poing qui vint ensuite, frappant ma mâchoire et faisant gicler du sang de ma lèvre.

À bout de patience, mon Phénix s'anima en moi tandis que des ombres noires explosaient tout autour de moi. Je rugis en réaction, en colère à la fois contre ma bête et contre Ajax. Je plongeai sur l'ex-Gardien avec un coup qui n'avait rien de retenu.

Mais il était prêt. Il esquiva, adoptant facilement une posture de guerrier où il donnait libre cours à ses émotions. Sa fureur déclencha une série d'attaques, certaines sous la forme de minuscules dagues qui s'enfonçaient dans ma peau pour se dissoudre un instant plus tard, d'autres sous la forme d'une force physique brute.

Nous nous écrasâmes sur un bureau, le faisant voler en éclats, puis le poing d'Ajax créa un nouveau trou dans le mur.

Un unique bruit nous figea tous deux sur-le-champ.

Je tenais le poignet d'Ajax tandis qu'il plantait ses doigts dans ma hanche, mais nous étions maintenant concentrés sur Camillia.

Elle était devenue d'une pâleur mortelle, et le petit son avait été un gémissement provenant de ses lèvres pulpeuses. Cette chair à croquer aurait dû être d'un rouge délicieux, mais elle était devenue d'un bleu maladif.

Une trêve tacite s'instaura entre Ajax et moi, nous nous détachâmes l'un de l'autre et nous précipitâmes à ses côtés. Ajax posa une main sur son épaule et ne m'empêcha pas de me pencher sur le canapé de l'autre côté pour chercher la cause de sa détresse.

Le grognement de mon Phénix s'échappa de mes lèvres lorsque je sentis une étrange énergie magique ramper sur sa peau. Une larme roula sur sa joue, me faisant sursauter.

Cami n'était pas du genre à pleurer.

— C'est Lucifer qui fait ça ? demanda Ajax.

— Je ne sais pas, répondis-je honnêtement.

Je ressentais encore les effets des activités brutales et primitives de Typhos et Melek. Peut-être que la magie de Typhos se vengeait d'une manière ou d'une autre.

Je croisai le regard d'Ajax. Les flammes bleues de ses yeux d'obsidienne brûlaient encore plus fort, et je n'allais pas le blâmer pour ça.

— Je vais voir ce qui se passe, lui promis-je.

Heureusement, Ajax m'adressa un hochement de tête.

Au moins, on est d'accord sur quelque chose.

Laissant Camillia à sa garde, je tournai les talons et me ruai dans le couloir pour aller affronter Lucifer. Je ne l'avais jamais physiquement interrompu lorsqu'il était aussi intime avec son prince. Je n'avais jamais eu de raison de le faire.

Typhos Lucifer était mon compagnon au sens platonique du terme. Il me protégeait, m'honorait, et je le servais en retour.

Compagne, me dit mon Phénix en écho, à propos de Camillia et de toute la justification nécessaire pour interrompre le roi des Faë de l'Enfer.

— Je sais, lui répondis-je tandis que nous atteignions la porte de Typhos.

Je fis une pause pour me préparer à ce qui m'attendait à l'intérieur.

C'était un petit acte de défi. Je craignais qu'il soit le précurseur d'autres à venir.

L'ancien vœu que j'avais fait à Typhos résonnait dans mon esprit, et je le sentais fragile maintenant que je tendais la main vers la poignée de la porte.

Je te jure fidélité, Typhos Lucifer, mon compagnon, mon roi. Tes ennemis sont mes ennemis. Tes alliés sont mes alliés. Tes désirs sont mes désirs. En cela, nous sommes liés l'un à l'autre comme les égaux que tu prétends que nous sommes - un titre qu'aucun de tes semblables n'a jamais proclamé pour l'un des miens. Mon Phénix ne goûtera plus jamais à la cendre. Mon âme ne brûlera plus jamais, car ta source brûle pour nous tous. Tu as ma loyauté éternelle. Mon amour éternel.

Rien ne pourra briser mon vœu. Je le promets avec mon sang.

Vive le Roi des Faë de l'Enfer.

CHAPITRE 5
CAMI

Un boum retentit, dont l'écho résonna dans ma poitrine et me coupa le souffle.

Qu'est-ce que... ?

Je clignai des yeux, le sommeil pesant sur mes cils et brouillant ma vision. Je me frottai la figure, et fronçai le nez à la texture salée qui s'en dégageait.

C'est... bizarre.

Je baissai mes mains et clignai de nouveau des yeux, pour voir cette fois ce qui m'entourait.

Oh... qu'est-ce que... ?

Un océan. Vaste. Profond. Étalant devant moi son eau bleue à l'infini.

J'étais assise sur une sorte de jetée en pierre.

D'où est venu ce boum ? me demandai-je en scrutant les vagues et la brume qui m'entourait. Mais la brume ne venait pas de l'eau. Elle tombait du ciel.

Ou peut-être... que ça vient de moi ?

Non...

Je me relevai et plissai les yeux devant le soleil flou pour mieux distinguer le ciel. L'air tournoyait comme si un portail venait de se refermer, et en dessous l'eau tourbillonnait en un vortex qui s'élargissait au lieu de rétrécir.

La gorge nouée, je me retournai pour voir si je pouvais courir. Être piégée dans un vortex océanique mortel ne me paraissait pas une façon attrayante de mourir. Mais quand je pivotai pour découvrir où menait la jetée de pierre, je fis face au visage de Lucifer.

Aucune terre en vue. Juste une statue massive qui me regardait avec désapprobation.

C'est quoi ce bordel ?

C'était une île. Une île dédiée au visage courroucé de Lucifer.

C'est une autre épreuve ? me demandai-je, constatant que la plate-forme était assez grande pour accueillir une foule importante. Comme ce qui restait des 666 épouses.

Sauf que j'étais toute seule.

Et je ne suis plus une épouse.

Cet endroit ne semblait pas non plus naturel.

L'air s'agitait autour de moi, mais je ne sentais rien. Pas le baiser chaud du soleil. Aucun frisson dû à la brise marine. Pas d'humidité dans la brume. C'était comme si une sorte de torpeur avait pris le dessus, me procurant l'étrange sensation d'être enfermée dans une bulle invisible. J'aurais dû être gelée, mon corps étant exposé aux éléments – parce que, bien sûr, j'étais encore nue. Pourtant je ne sentais rien.

C'était comme si quelque chose brûlait au fond de mon âme et me tenait chaud. *Le pouvoir de Lucifer,* songeai-je en fronçant les sourcils.

Cami, me parvint une voix lointaine qui ressemblait bizarrement à celle de ma mère.

Mes yeux s'écarquillèrent quand je me tournai en direction de la voix et découvris le vortex qui scintillait à nouveau dans l'air. Il était encore plus grand maintenant, plus intense, et tourbillonnait en vagues de puissance enragées.

Hum...

Soudain, un éclair jaillit du centre et me frappa en pleine poitrine. Je hurlai, et mon cri se perdit dans les vagues qui s'abattaient sur les pierres.

Putain de merde !

La chaleur se répandait dans tout mon être et poussait le pouvoir jusqu'aux tréfonds de mon âme. Je me frottai la poitrine, où mon cœur battait beaucoup trop vite. Mes veines brûlaient. Ma respiration devint pénible.

Puis cela se... *stabilisa*.

L'électricité bourdonnait dans mon corps tandis que le sol sous mes pieds se fracturait, les pierres se brisant en cailloux.

Qu'est-ce que c'est ? m'étonnai-je. *Qu'est-ce qui se passe ?*

Suis-le, murmura la voix de ma mère. *Suis le pouvoir.*

Je cillai. *Quoi ? Est-ce que je deviens folle ? Ma mère ne peut pas être ici.*

Elle était humaine. Et n'était pas vraiment du genre mère poule.

Est-ce un rêve ? me demandai-je, cherchant du regard des réponses dans l'étendue marine. *Ou bien la voix est-elle créée par la magie de l'épreuve ? Quel en est le but ?*

Peut-être que Lucifer essayait de me manipuler pour me faire commettre une erreur ? De me convaincre de toucher à nouveau sa source pour me brûler vive avec elle ?

Parce qu'il ne pouvait s'agir d'une épreuve.

Je ne suis plus une épouse. Alors pourquoi...

Les cailloux sous mes pieds s'effritèrent en poussière à la texture granuleuse, qui engloutit mes pieds et me fit m'enfoncer dans le sol.

Un tourbillon. Qui ressemblait à des sables mouvants.

Un autre cri se logea dans ma gorge tandis que je tombais à travers la pierre, le ciel me surplombant de façon menaçante.

Non, pas le ciel. *L'eau.*

Merde !

Je pris une grande goulée d'air et la retins juste avant qu'une vague s'abatte sur ma tête, mais je ne ressentis aucune température, ce qui me figea de nouveau.

Ça n'a aucun sens.

Je devrais être mouillée. Avoir froid. *Frissonner*. Pourtant… je ne sentais… rien.

Peu importait, car je tombais, les yeux levés vers un ciel nuageux avant que l'eau me passe par-dessus la tête. Car je pouvais tout voir, comme si cette bulle qui m'entourait formait un bouclier magique.

J'entrouvris les lèvres pour tenter de respirer, m'attendant à tousser. Sauf que je ne bus pas la tasse ; j'inhalai de l'air.

Clignant des yeux, je regardai autour de moi, surprise par l'environnement marin. Non seulement il y avait une étrange source de lumière – qui ne devrait pas exister si profond sous l'eau – mais en plus je n'étais pas seule.

Des créatures marines, m'émerveillai-je en observant des bêtes à forme humaine et à queue de poisson. Certaines me rappelaient les sirènes que j'avais vues dans le cachot d'Ajax, d'autres étaient différentes. Elles avaient l'air d'éviter le vortex qui tourbillonnait autour de moi, trop éloignées pour que je puisse distinguer leurs auras. J'essayai malgré tout d'entrevoir les couleurs qui les entouraient.

Mais tout devint d'un noir d'encre en un clin d'œil.

J'écarquillai les yeux lorsqu'un scintillement subtil apparut dans mon champ de vision. Non. Pas un scintillement. *Des écailles.*

C'est un putain de dragon d'eau ?

Je battis des pieds par réflexe, voulant m'éloigner le plus possible de cette chose. Mais je n'avais nulle part où aller, le tourbillon ayant trop d'emprise sur mon corps pour que je puisse m'échapper. Je ne savais même pas comment faire. J'étais piégée dans ce maudit tourbillon en forme de portail, m'enfonçant de plus en plus dans les abysses.

Est-ce que je vais toucher le fond ? me demandai-je en regardant vers le bas. *Comment se fait-il qu'il y ait encore des lueurs autour de moi ?* Quand la créature écailleuse se déplaça, quelques rayons de soleil me parvinrent d'en haut. Pourtant, je devais être au moins à quinze mètres sous l'eau, vu la vitesse à laquelle je m'enfonçais.

Ça... défie la logique.

J'aurais dû me noyer. Mais cette bulle magique me protégeait, tout en me propulsant vers le fond au lieu de la surface. *Où allons-nous ?* lui demandai-je. *Pourquoi m'entraînes-tu au fond de cet océan ?*

Suis-le, oui, c'est ça, répondit ma mère – des mots qui n'avaient aucun sens. Ils résonnaient en écho dans ma tête, tournoyant en une lente répétition, comme si elle était sous l'eau avec moi et parlait à travers les vagues. *Tu t'en sors très bien, Cami. Continue.*

Je fronçai les sourcils. *Quoi ?* Ses compliments suggéraient que c'était moi qui faisais ça, d'une manière ou d'une autre. Mais comment ? *Pourquoi ?*

L'obscurité continuait à fluctuer, mon environnement était sombre et lumineux tour à tour. Je respirais avec peine, surtout parce que ce n'était pas naturel. Pourtant l'oxygène circulait sans problème, ma température restait stable, et je sentais même des odeurs familières autour de moi.

Ce dernier point me fit sourciller.

Attends...

Ça... ça ne devrait pas être possible non plus. *Rien* de tout ça ne devrait être possible. Mais... ce parfum... Je fermai les yeux et humai à fond : un parfum d'after-shave mentholé mêlé à une senteur d'aiguilles de pin infiltra mes sens.

Ajax, reconnus-je. Battant des cils une fois de plus, je me mis à en chercher la source. Seulement, j'étais toujours perdue dans cette mer de ténèbres perpétuelles.

Un rêve, me dis-je. *Je dois rêver.*

À moins qu'il s'agisse d'un nouveau tour de passe-passe.

Mais pourquoi l'eau ? Pourquoi ici ?

Et même si je rêvais, ce n'était pas pour autant que je n'étais pas en danger.

Comme pour confirmer ma pensée, une créature massive passa à côté de moi en nageant, mais elle s'éloigna quand l'électricité se mit à bourdonner dans mon corps, paraissant provenir d'en dessous. Un nouveau coup d'œil en bas ne révéla rien de significatif, pourtant je sentais les volts ruisseler sur mon corps, hérissant les poils de mes bras.

Cela me rappelait la source de Lucifer, les vagues de puissance laissant des baisers familiers sur ma peau nue. Bizarre que je puisse ressentir cela et rien d'autre.

À moins que ça se produise réellement en dehors de ce rêve, pensai-je en grimaçant. *Est-ce possible ? Ou tout ça n'est-il qu'une punition tordue ?*

Avec Lucifer, c'était difficile à dire. Mais il semblait que la solution était d'absorber plus de cette énergie magnétique. Parce que chaque impact me procurait plus de pouvoir. Me rafraîchissait. *Très bien.*

Je commençais à mieux comprendre la source de Lucifer. C'était une bête sauvage et incontrôlable, un reflet de son cœur. Ce qui n'était pas mauvais, décidai-je. Elle était juste prudente, passionnée, et manquait un peu de retenue.

C'est peut-être pour ça que son pouvoir m'aime, songeai-je. *Parce que je suis comme ça aussi.*

Je ne me laissais pas marcher sur les pieds, mais je croyais aussi à l'équilibre. Lucifer, lui, devait croire au contrôle, comme en témoignait le portail qu'il avait tenté de dominer pour le soumettre.

Parfois, il fallait aller dans le sens de l'énergie pour la dompter correctement. C'était la leçon que j'avais apprise bien des années plus tôt avec l'incendie que mon père avait allumé : la magie avait voulu un partenaire, pas un dictateur.

Je soupirai, me délectant de la caresse de l'énergie sur mon corps, une vitalité qui me donnait l'impression d'être encore plus vivante. Je pouvais presque ignorer mon entourage, presque oublier que rien de tout cela n'était réaliste ou naturel.

Flotter, flotter, flotter, murmurai-je, satisfaite.

Attends.

Je regardai vers le bas.

Pas flotter… couler.

C'était… hmm.

Non, je veux flotter.

Or mes pieds étaient ancrés dans la bulle et un fil invisible m'entraînait dans la mauvaise direction. Un peu comme si j'étais contrôlée par une force indéfinissable.

Je ne veux pas aller par là, lui dis-je. *Fais-moi remonter.*

Le vortex n'écoutait pas, et la voix de ma mère serinant *Ne le combats pas* était un mantra constant dans mon esprit.

Connaissant Lucifer, le but était de le combattre. De percer la façade. De trouver le vrai sens de ce… ce… quoi que ce soit. Une punition. Un rêve. Une épreuve. La *mort.* Qu'importe. Je ne voulais pas continuer à suivre le courant. Je voulais franchir la barrière, voler, me libérer de cette étrange emprise.

Je battis des pieds, mes mouvements étant stimulés par l'électricité qui circulait dans mes veines. Tout se mit à onduler autour de moi, la spirale chancela un instant.

Encore, décidai-je en tirant sur l'essence qui me donnait de la force. *Il m'en faut plus.* J'inspirai à fond. Le parfum d'Ajax flottait autour de moi tandis que la source de Lucifer répondait à mon appel. Des éclairs frappèrent les vagues, confirmant qu'il ne s'agissait pas d'une mer ordinaire. Les créatures marines se dispersèrent. Le tourbillon ralentit.

Maintenant. Je donnai un autre puissant coup de pied qui me projeta dans l'eau glacée hors de la bulle. Ma peau se refroidit, mes entrailles protestèrent contre le choc subi par mon corps.

Mais je voulais *sortir*.

Je frappai de nouveau du pied. Et encore. Et encore.

Mes poumons brûlaient, l'eau menaçait de pénétrer dans ma bouche. Peut-être que quitter le confort de ma spirale était une mauvaise idée, mais si c'était un tour de passe-passe de Lucifer – ce dont je ne doutais pas –, il fallait que je m'en libère. Que je rompe ce sort onirique. Que je me *réveille*, réalisai-je.

Mes jambes s'épuisaient dans leur effort à rejoindre la surface, ma progression ralentissait à mesure que l'énergie s'écoulait de moi.

Donne-m'en plus, demandai-je à la source de Lucifer. *Aide-moi.*

Mes doigts effleurèrent le talisman de Melek entre mes seins – le seul objet que je portais. Le collier bourdonna en réponse, et tout à coup mes poumons se remplirent à nouveau d'air, comme si le cristal me protégeait et ramenait la vie dans mes veines.

Le serrant dans ma main, je me propulsai vers le haut, les yeux clos. La magie de Lucifer m'envahit, se diffusa en moi, son essence sauvage me revitalisant jusqu'à l'âme.

Pourtant, c'était le talisman de Melek qui semblait m'ancrer. Me protéger. Me *guider*.

Son charme m'aidait à apprivoiser la magie de Lucifer pour en faire des fils utilisables. Ce qui était un exploit, étant donné que la source était littéralement une boule de feu de l'Enfer.

Je tissai la magie en une sorte d'échelle avec laquelle je pus remonter vers le monde d'en haut.

Ce fut alors que je remarquai d'étranges cordes qui sinuaient autour de moi et qui semblaient liées au vortex en contrebas. Elles s'enroulèrent autour de mes jambes et de mes pieds et tentèrent de me tirer vers les abysses, tandis que je me cramponnais aux invisibles échelons de pouvoir qui menaient à la surface.

C'était une danse délicate, la magie s'opposant aux cordes provoquait une sensation bizarre de poussée/traction qui me donnait le vertige. Cela s'ajoutant au manque d'oxygène, je commençais à voir des étoiles.

Continue de monter, m'exhortai-je avec lassitude. *Tu y es... presque...*

Tu te trompes de chemin, m'avertit ma mère. *Le centre, Camillia. Va au centre.*

C'est une ruse, me dis-je. *Ne l'écoute pas.*

Camillia, insista-t-elle, sur un ton recelant une pointe d'avertissement.

Non.

Fais ce que je te dis, exigea-t-elle.

Non.

Camillia de la Croix, arrête ces bêtises et redescends.

Non ! criai-je en crevant la surface en un dernier sursaut. Les cordes autour de mes chevilles se détachèrent et retombèrent dans les flots.

J'agrippai l'île rocheuse, remarquant la statue en ruine qui la surmontait. Les yeux de Lucifer ne me fixaient plus avec désapprobation. Ils avaient disparu. Tout comme son visage. Quoi que j'aie fait, son mirage s'était effondré en un tas de pierres.

La voix de ma mère ne chuchotait plus dans ma tête, sa présence semblait avoir coulé dans les profondeurs de la mer.

Utiliser ma mère pour me guider avait été la grosse erreur de Lucifer. Elle ne se soucierait jamais assez de moi pour m'aider à survivre. Tout ce qu'elle avait fait, c'était regarder mon père me torturer. Quelques fois, elle lui avait dit de prendre un peu soin de moi, mais c'était vain. C'était juste une façon de faire semblant d'être un parent. De feindre de s'intéresser à moi.

J'avais appris depuis longtemps que je ne pouvais compter que sur moi-même.

Règle n°4 des Faë de l'Enfer : ne fais confiance à personne.

Elle s'accordait bien avec la *règle n°6 des Faë de l'Enfer : ne t'occupe que de toi-même et de personne d'autre.*

Je me hissai sur les rochers et secouai mes cheveux, frissonnant au contact de la forte brise sur ma peau trempée. La bulle qui me protégeait des éléments avait bel et bien disparu.

Alors j'avais gagné. Je sentais dans mon âme que je m'étais libérée du sort que Lucifer avait jeté sur moi. Il ne me restait plus qu'à me réveiller.

— J'en ai marre de cette merde, émis-je à l'attention de Lucifer. (Je ramassai une pierre et l'effritai entre mes doigts.) Laisse-moi me réveiller maintenant.

Pas de réponse.

Je me levai et j'écrasai d'autres pierres sous mes pieds. Le résultat était plutôt du gravier ou du gros sable, toutefois c'était assez solide pour que je puisse grimper jusqu'à l'endroit où s'était dressée sa tête. Je baissai les yeux sur cette masse indéfinissable.

Il m'avait jetée dans cette prison mentale en guise de punition, ou de leçon. Mais j'avais bien l'intention de m'en évader. En commençant par détruire ce qui restait de son visage.

Je frappai les pierres avec mes paumes, les pulvérisant comme le reste.

— Laisse-moi sortir, exigeai-je.

L'ironie de ces mots ne m'échappa pas. Quelques heures plus tôt, dans les Terres Marécageuses, j'avais exigé qu'il me *laisse entrer*. Maintenant, je voulais sortir. M'éloigner de lui. M'éloigner de cet endroit.

Son pouvoir réchauffa ma peau, répondant à mon appel.

Mais au lieu de me libérer, il m'entoura, me remplit de chaleur, d'énergie et de vitalité.

Embrasse-moi, semblait-il dire. *Embrasse-moi et nous te libérerons.*

Je grognai, irritée par tous ces jeux d'esprit. Agacée par le besoin incessant de Lucifer de me tester. Ou de me punir. Ou quel que soit le nom qu'il donnait à tout ça.

— Oui, j'ai touché ta source, lui dis-je. Pour t'*aider* quand tu en avais besoin. De rien, putain.

Ce n'étaient sans doute pas les mots plus sages à dire au roi des Faë de l'Enfer, mais j'en avais marre de ces conneries. Marre de lui. De ses marchés. De sa torture. De *tout* ce qui le concernait.

S'il voulait me punir d'avoir fait quelque chose de bien, il n'avait qu'à m'affronter lui-même. Pas me laisser coincée dans ce dangereux simulacre d'épreuve et me narguer avec des vagues déferlantes.

J'écrasai de nouveau les pierres, un grognement remontant dans ma poitrine et ma gorge.

— J'en ai marre de cette merde, lançai-je, fermant les yeux. Laisse-moi sortir !

Le parfum mentholé d'Ajax me balaya dans la seconde, son pouvoir à l'odeur de pin me tiraillant l'esprit. Je l'entendis chuchoter mon nom, me guider vers lui.

Je plissai le front. Puis mes cils papillotèrent.

Et lorsque le monde se stabilisa autour de moi, je me retrouvai à fixer une paire d'yeux bleu nuit.

Ajax. Mon ravisseur. Mon Gardien.

CHAPITRE 6

AJAX

— Cami, soufflai-je, soulagé de la voir réveillée.

Az était parti voir Lucifer depuis des heures semblait-il, me laissant seul avec une Cami grelottante.

Elle avait inspiré une grande bouffée l'air, comme si elle avait eu du mal à respirer. Puis avait marmonné quelque chose à propos de la laisser sortir en balançant de violents coups de pied.

J'avais fait tout mon possible pour la tirer de son cauchemar, j'avais même jeté des sorts de Faë de Minuit sur son corps étendu pour tenter de la libérer. Mais ce que Lucifer lui avait fait subir l'avait retenue captive, rendant sa libération impossible.

Maintenant elle me fixait, ses pupilles dilatées par un soulagement évident.

Si me voir la mettait à l'aise, c'est qu'elle avait dû être piégée dans une sorte de prison mentale infernale. Car je devais être la dernière personne qu'elle aurait envie de côtoyer. Enfin, peut-être moi plus que Lucifer, Melek et Az. Mais ils ne devaient pas être très loin derrière.

Cami gémit en s'efforçant de se redresser sur le canapé, les yeux encore un peu hagards. Je tendis la main pour l'aider, mais elle l'écarta aussitôt.

— Je peux le faire, m'intima-t-elle.

La couverture glissa et tomba sur ses reins quand elle parvint à s'asseoir. En temps normal, j'aurais profité de la vue, mais là je me préoccupais avant tout de sa sécurité.

Et de sa stabilité. Qui semblait lui manquer, puisqu'elle vacillait même assise.

Elle grimaça lorsque ses orteils nus touchèrent le sol, et son air déterminé se teinta de méfiance. Comme si elle n'était pas sûre de sa réalité, ou avait oublié comment bouger son corps.

Qu'est-ce que Lucifer lui a fait ?

Elle parvint enfin à se redresser complètement, avec un soupir qui me bouleversa. Pourtant, la détermination s'afficha de nouveau sur ses traits tandis qu'elle tentait de se mettre debout, mais elle perdit aussitôt l'équilibre. Je l'attrapai par la taille et l'attirai sur mes genoux, mon désir de la garder en sécurité l'emportant sur tout autre instinct.

Elle ne protesta pas. Au contraire, elle s'effondra sur moi et enfouit son visage contre ma poitrine en gémissant. Je caressai ses cheveux, ne sachant trop quoi dire.

Car je détestais ça.

Je détestais avoir joué un rôle dans sa souffrance. Cami n'aurait pas dû subir tout ce qui s'était passé au club, ni ce qui était arrivé dans les Terres Marécageuses, et encore moins ce qui l'avait mise dans cet état.

Pendant tout ce temps, elle avait juste essayé de survivre, et j'avais été trop pris dans ma propre merde pour lui venir en aide.

Plus jamais, décidai-je.

J'avais déjà été forcé de rester planté à regarder souffrir ceux que j'aimais. J'avais tout perdu à cause de cela. Je ne voudrais pas répéter l'histoire avec Cami.

Elle tremblait à chacun de ses mouvements, démontrant

qu'elle était encore incapable de se lever. Son corps brûlait contre le mien comme si elle souffrait d'une terrible fièvre.

Les Faë n'ont pas de fièvre. Les humains, si.

Bien que Cami soit censée être une Halfeline – mi-humaine, mi-Faë –, il me parut assez clair qu'elle était tout autre chose.

— Est-ce que tu… (Je déglutis, ne sachant toujours pas comment la réconforter.) Est-ce tu veux en parler ?

Emelyn parlait rarement lorsqu'elle était contrariée. Mais parfois, elle vidait son sac, ce qui paraissait la soulager.

— Pas vraiment, marmonna-t-elle en se laissant aller contre moi. Statue de Lucifer. Océan. Vortex. Épreuve bizarre.

Elle se tut. Ses paroles n'étaient pas très claires. J'allais lui demander de préciser quand elle se remit à trembler.

Elle était réveillée, mais tout ce que je pouvais faire était de lui caresser le dos tandis qu'elle luttait contre l'épuisement et la magie qui la brûlait encore.

Un grondement roula dans ma poitrine. Son état était le résultat probant des mauvais traitements qu'elle avait subis. De son *châtiment* pour n'avoir rien fait de mal, si ce n'est d'être fidèle à ce qu'elle était – quoi que ce soit. Mais je n'avais pas besoin de connaître ses origines pour savoir qu'elle ne méritait pas ce qui allait suivre.

Je n'aurais jamais dû la laisser endurer tout cela. Non pas que j'aurais pu l'empêcher. Lucifer était le roi des Faë de l'Enfer. Lui dire non n'était pas possible. Il possédait tout dans son royaume. Tout le monde lui rendait des comptes, moi y compris.

Bien que, pratiquement, je sois toujours un Faë de Minuit.

Il m'avait peut-être confié le poste de Gardien, mais je n'étais pas l'un de ses Faë. C'était évident depuis le début. J'avais juste espéré qu'il me prendrait un jour sous son aile, m'octroierait le statut de Faë de l'Enfer et ferait de moi l'un des siens.

Mais de quelle façon m'attendais-je à ce que cela se produise ? J'étais son Gardien, mais qu'est-ce que ça voulait dire au juste ? Je luttais contre les Faë du Cauchemar, des êtres que je considérais comme des bêtes à enfermer dans des cages.

Mais est-ce bien vrai ? me demandais-je en repensant à tout ce dont j'avais été témoin ces dernières semaines. *Pourquoi certains Faë du Cauchemar se voient-ils offrir des épouses alors que d'autres sont enfermés ?* Lucifer ne me l'avait jamais dit.

Parce que je ne fais pas partie de son cercle intime.

Et tout ce qui s'était passé avec Camillia m'en avait écarté encore plus.

Un mois plus tôt, j'aurais été impatient de prouver ma valeur, de trouver un moyen de rentrer dans ses bonnes grâces, de gagner son approbation une fois de plus.

Mais quelque chose avait changé. *Moi* j'avais changé.

Ce qu'il avait fait à Camillia ce soir... ce n'était pas bien. Il l'avait exhibée nue, et avait ordonné à Az de me retenir en otage pendant qu'il l'humiliait. En entravant mon pouvoir. En m'enracinant sur place. En me forçant à regarder pendant qu'il cherchait à briser l'esprit de Camillia.

Tout comme Constantin.

Peut-être pas aussi extrême. Mais la fureur muette de Lucifer m'avait informé qu'il pouvait certainement atteindre de telles profondeurs, voire aller plus loin.

Il avait torturé Camillia avec ces chaînes, puis l'avait plongée dans une sorte de coma. Qu'allait-il faire ensuite ?

Quelle sanction allait-il décider au final ?

La mort, me répondis-je. *Il va carrément la tuer.* Lucifer l'avait signifié clairement.

Est-ce que je vais rester là à la regarder mourir ? Je contemplai son corps tremblant, notant la façon dont elle pressait fort ses paupières, comme si elle voulait se cacher de sa propre faiblesse.

Ou peut-être me cacher son désir d'être dans mes bras. Son besoin d'être protégée. D'être aimée.

Est-ce que je l'aime vraiment en restant ici à attendre que le roi des Faë de l'Enfer revienne faire ce qu'il a en tête ?

Le coma dans lequel il l'avait plongée avait manifestement épuisé son énergie. Elle avait tremblé, *pleuré*, poussé Az à agir. Or il n'était pas encore revenu, et cela faisait bien trente minutes, voire plus.

Qu'est-ce qui prend autant de temps ? me demandai-je. *Qu'est-ce que Lucifer et lui mijotent maintenant ?*

Az était du côté de Lucifer, et le serait toujours. Jamais du mien. Ses actions de ce soir l'avaient prouvé. Ce qui me faisait bien plus mal que je ne voulais l'admettre. Mais je n'en étais guère surpris. Je connaissais les paramètres de leur lien. Je ne passerai jamais en premier pour Az.

Et Camillia non plus, pensai-je en promenant mes doigts dans ses cheveux tandis que je la serrais contre ma poitrine. *Elle n'est passée en premier pour aucun d'entre nous, moi y compris.*

Mais Lucifer, si. À chaque étape, je l'avais soutenu. Lui avais obéi. Avais fait pratiquement tout ce qu'il m'avait demandé.

Puis il m'avait tendu un piège avec Camillia, attendant de voir combien de temps il me faudrait pour finir au lit avec elle. Juste pour pouvoir me punir. Or ce n'était pas seulement moi qu'il avait puni.

Camillia déglutit. Son corps me paraissait presque frêle contre le mien. Faible. *Vaincu*. Et je détestais ça.

Elle n'était plus la petite Halfeline fougueuse qui m'avait défié lors de notre première rencontre. C'était une coquille de la femme qu'elle était auparavant. Une âme épuisée qui ne méritait rien de tout cela. Elle avait aidé à combattre l'entité qui avait déchiré les Terres Marécageuses. Elle avait sauvé ces

Faë. Et Lucifer l'avait récompensée en la plongeant dans le coma ? L'avait remerciée en menaçant de la tuer ?

Certes, elle avait puisé dans son pouvoir – ce dont elle ne devrait pas être capable –, mais peut-être devrait-il chercher des réponses auprès de son *compagnon* au lieu de Camillia. Car c'était Melek qui lui avait fait quelque chose. Les avait liés. Avait joué avec le destin. S'était livré à des tours de passe-passe. L'avait entraînée dans son penchant pour les *jeux*.

Camillia avait assez souffert. Et j'en avais marre de rester là à regarder passivement.

Je te choisis, décidai-je.

Quelque chose bougea dans mon âme suite à cette décision.

J'avais fait alliance avec Lucifer, Az et le royaume des Faë de l'Enfer. Or ils ne méritaient pas ma loyauté, si c'était ainsi qu'ils traitaient les femmes censées être leurs épouses. Si c'était ainsi qu'ils *contrôlaient* ceux qui possédaient un pouvoir inattendu, comme Constantin l'avait fait. Le Conseil des Faë de Minuit avait considéré ses actions comme *normales*. Et il semblait bien que les Faë de l'Enfer pensaient la même chose à propos de Lucifer.

J'avais vécu le tourment de voir tous ceux que j'aimais mourir aux mains d'un chef à l'esprit borné.

Je ne recommencerai pas.

Je serrai dans mes bras une Camillia alanguie tandis que des ombres commençaient à se déployer autour de nous.

Je savais ce que je devais faire.

Au fond de moi, j'étais toujours un Faë de Minuit. Et il y avait encore des personnes à qui je pouvais faire confiance dans leur royaume. Ils avaient éliminé un être aussi puissant que Lucifer. Avaient ouvert leurs terres à ceux qui possédaient des dons pareils à ceux de Camillia. Avaient permis à une reine aux origines mixtes de régner.

Ils nous fourniraient un sanctuaire. Et donneraient à Cami une sacrée chance de se battre.

La porte s'ouvrit en grinçant, et j'aperçus à travers les ombres croissantes Az et Typhos qui me fixaient.

Az écarquilla les yeux de stupeur, et Typhos, qui ne portait rien d'autre qu'un royal peignoir, posa son regard vide sur la femme que je tenais dans mes bras.

Il n'y avait plus de retour en arrière possible à présent.

Az osa paraître blessé, comme s'il n'arrivait pas à croire que je l'abandonne ainsi.

Je l'avais rejoint en tant que Gardien, avec pour mission de traquer les monstres et les garder sous contrôle. Mais Cami n'était pas un monstre. C'était *nous* les monstres.

Ce n'était pas pour ça que j'ai signé, me dis-je.

Puis le royaume des Faë de l'Enfer se dissolut autour de moi tandis que je m'éclipsais avec Cami vers le seul endroit où elle serait la bienvenue.

Vers la seule personne qui comprendrait.

J'espère que vous êtes prête à nous accueillir, Reine Aflora.

Parce que je rentre à la maison.

CHAPITRE 7

AZ

Putain.

Quand Ajax s'éclipsa, ses traits étaient empreints à la fois de résignation et de détermination.

Il avait fait son choix : *Cami.*

Et maintenant, il était parti.

Je clignai des yeux devant l'espace vide qu'ils avaient occupé, l'esprit en ébullition. La seule preuve qu'Ajax et Camillia étaient là un instant plus tôt était les ombres résiduelles qui se dissipaient sur le canapé. *Comment tout ça a pu autant parti en vrille ?*

Je... je n'avais pas dit... *Je faisais mon* boulot. *Pourquoi ne le comprend-il pas ?*

Je pliai les doigts, ma main me démangea de l'envie de la poser sur mon cœur. C'était une réaction exaspérante, à laquelle je n'avais pas le temps de me livrer. Pourtant, je ne pouvais m'empêcher de me sentir... *trahi.*

Sauf que c'était de ma faute. J'avais poussé Ajax à bout, et maintenant... *Ça doit être réparable.* Nous avions une histoire étalée sur dix ans au moins. Il ne pouvait pas – ne *voudrait* pas – me larguer pour une femme, après tout ce temps ensemble.

Mon Phénix se hérissa en moi, provoquant une sensation brûlante dans mes veines. Il avait l'air de dire : *il le voudrait et le devrait.*

Car mon oiseau était en colère lui aussi. En colère contre moi pour mes décisions. Pour avoir laissé Typhos blesser Cami. Pour avoir contrarié Ajax. Ma bête interne voulait contrôler, voler, retrouver ses *compagnons* blessés et implorer leur pardon.

Ce ne sont pas les nôtres, lui rappelai-je. *Ce ne sont pas des Phénix.*

Le maudit oiseau répondit par un grognement. Je l'ignorai, déterminé à écouter mon esprit et non mes instincts animaux. *Ajax a juste besoin d'espace. Tout ira bien. On va... on va arranger ça.*

— Chasse-les, ordonna Typhos, employant le ton de commandement réservé à mon Phénix lorsqu'il voulait que nous traquions des âmes errantes. Retrouve-les.

— Je le ferai, promis-je. Mais pas tout de suite.

Typhos haussa les sourcils en me fixant, sa surprise était palpable à travers le lien. Il s'attendait à ce que je vire en cendres et me mette immédiatement sur la piste. Ce que je faisais généralement quand on me donnait un ordre, mais je ne pouvais pas exécuter celui-ci. *Pas encore.*

Mon compagnon roi des Faë de l'Enfer m'étudia un long moment, ses yeux bleu océan tourbillonnant de questions auxquelles il cherchait des réponses dans mon esprit. Je ne le repoussai pas, ne dressai pas de murs, ne tentai pas de me cacher. Parce qu'il avait besoin de comprendre ce conflit, de voir comment ma loyauté envers lui avait pu mettre en péril ma relation avec Ajax.

Ma relation avec Cami.

Ma relation avec mon Phénix.

Je crispai ma mâchoire, car mon oiseau repoussait mes contraintes mentales dans une demande flagrante d'être libéré de sa cage. Mais il ne voulait pas *chasser*, il voulait *traquer*. Et il y avait une différence subtile entre les deux.

La *chasse* était réservée aux âmes sombres, aux Faë infâmes qui n'avaient pas respecté leurs accords avec le roi des Faë de l'Enfer. Des êtres qui méritaient d'être punis.

La *traque* était plutôt une activité plaisante, avec une récompense à la clé. Dans le cas présent, la récompense consistait à localiser Ajax et Cami. Mon oiseau n'aimait pas être séparé d'eux. Il voulait les rejoindre. Être avec eux. Mériter leur pardon.

Les mordre. S'accoupler.

Je serrai les poings. *Foutu Phénix.*

— Je vois, dit finalement Typhos au bout d'un moment.

Ces deux mots étaient un écho de ceux qu'il avait prononcés dans sa chambre quand je lui avais raconté ce qui arrivait à Cami. Il m'avait fallu plus de temps que je l'aurais souhaité pour le rejoindre, surtout parce qu'il était trop occupé avec son prince pour m'entendre. Et je n'avais pas voulu les déranger.

Malheureusement, nous avions été interrompus en pleine conversation par Loch, le roi Kelpie du royaume Sous-marin. Typhos avait ordonné à tous les rois des Faë du Cauchemar de signaler toute perturbation, aussi minime soit-elle. Heureusement, celle signalée par Loch ne semblait pas liée aux problèmes de portail actuels. Mais il avait fallu quelques minutes à Typhos pour s'en rendre compte. Après quoi il avait reporté son attention sur moi. Ce qui nous avait amenés ici parce que Typhos avait voulu examiner Cami lui-même.

— Tout ce que j'ai fait, c'est la plonger dans un état onirique, m'avait-il expliqué. Je ne veux pas qu'elle s'approche de ma magie.

Je l'avais cru. Je le croyais encore. Malgré tout, Cami avait bien rayonné de pouvoir quelques instants plus tôt. *D'un pouvoir inconnu.*

Et maintenant, elle n'était plus là. En fuite avec Ajax.

Il la protégera, me dis-je. Seulement, je ne savais pas trop si cette pensée était liée au fait que je les poursuivais et que Typhos voulait la mort de Cami, ou à l'étrange pouvoir qui avait bourdonné sur sa peau pendant qu'elle dormait.

Je me frottai la nuque, le cœur soudain serré. Je… Je ne savais pas comment faire.

Typhos était mon compagnon. Mon meilleur ami. Mon *roi*. Ajax… Ajax était censé n'être qu'une passade. Or il était devenu bien plus que ça. Et Cami…

Je déglutis.

Tu me prends la tête, accusai-je mon Phénix.

Ma bête interne souffla en guise de réponse.

Typhos se racla la gorge.

— Tu m'as juré fidélité, lança-t-il, semblant s'adresser plutôt à mon animal qu'à moi-même. *Par le sang.*

— Fidélité, oui, admis-je, percevant l'irritation de ma bête. Mais fidélité ne signifie pas obéissance aveugle.

C'était précisément ce que mon oiseau essayait de me communiquer : il avait beau être mon autre moitié, mon esprit intérieur, ce n'était pas pour autant que nous étions toujours d'accord sur la voie à suivre. Nous étions juste généralement en phase l'un avec l'autre, glissant le long du même courant dans le vent.

Cependant, Cami créait une ondulation dans notre courant aérien. Une fracture que je ne pouvais pas ignorer. Parce qu'elle me faisait aller dans une direction et envoyait mon oiseau dans la direction opposée.

— Il serait peut-être judicieux d'entamer la poursuite dans la matinée. Ça laisserait à chacun le temps d'analyser en profondeur les événements de ce soir, proposa Melek.

— Tu parles de l'événement où une *Halfeline* a non seulement accédé à mon pouvoir, mais l'a également utilisé ? releva Typhos, toujours tourné vers moi bien que sa réplique soit destinée à son prince Faë de l'Enfer. Un événement qui s'est produit *après* que je l'ai avertie de ne plus toucher à ma source ?

— Un événement qui a sauvé des vies dans ton royaume, rétorqua Melek. Un événement qui a mis en évidence un talent que nous devons étudier et analyser, et non pas gaspiller et détruire.

Serrant les dents, Typhos reporta son attention sur son royal compagnon. Le silence retomba tandis qu'ils entamaient une conversation silencieuse, que je ne pouvais pas entendre malgré mon lien avec l'esprit de Typhos. Tout comme Melek ne pourrait pas m'entendre lui parler. Cependant, je ressentais les émotions inspirées par leur conversation. En ce moment, Typhos bouillonnait d'une colère à peine contenue. En surface, il paraissait calme et concentré, l'air presque ennuyé. Mais en lui-même, il était furieux. Heureusement, Melek savait bien tempérer la rage du roi des Faë de l'Enfer, ce qui devint apparent dans la minute, quand l'esprit de Typhos commença à se calmer.

— Ajax a choisi la fille plutôt que nous, conclut-il finalement à voix haute, son regard passant de Melek à moi. Il a renié notre accord, Az. Tu sais ce que ça signifie. Mais si tu souhaites prolonger ses souffrances, vas-y.

Je plissai les yeux. Le roi des Faë de l'Enfer m'appâtait en m'offrant un choix. Il me disait en substance : *Trouve Ajax maintenant, et peut-être que je réduirai sa punition. Attends, et je déchaînerai ma colère sur sa sentence.*

— Camillia n'a jamais fait partie de son accord avec toi, signalai-je.

— Non. Notre accord tournait autour de sa promesse de nous protéger, les Faë de l'Enfer et moi, et il a tourné le dos à tout ce que nous lui avons donné en choisissant la Halfeline.

— Nous avons aussi promis de le protéger, soulignai-je. Pourtant, nous l'avons laissé tomber ce soir. Nous avons renié l'accord en premier. Par conséquent, il était déjà nul et non avenu.

Typhos haussa les sourcils.

— Tu oses m'accuser d'avoir rompu l'un de mes propres contrats ?

— Oui.

Je fis un pas en avant, soutenant son regard sans remords. Sans peur. Sans hésitation.

Parce que j'étais son Commandant des Faë de l'Enfer. Son bras droit. Son *compagnon*. Il me gardait ici pour une bonne raison : l'aider à maintenir l'équilibre. Le protéger, lui et les siens. Rester à ses côtés pour l'éternité et veiller à ce que personne ne lui fasse plus jamais de mal.

Ce droit qu'il m'avait accordé, je l'avais gagné grâce à ma foi en lui. Et cette foi impliquait entre autres une infaillible honnêteté sous-jacente entre nous.

— Nos actions de ce soir ont rappelé Constantin à Ajax. Je l'ai figé avec mon pouvoir pour le protéger, mais ce n'est pas ainsi qu'il a perçu mon acte. Il a estimé qu'on le forçait à te regarder torturer Cami, tout comme l'a fait Constantin quand il a tué ses proches.

Les narines de Typhos se dilatèrent à la mention de Constantin, ses iris bleu marine parcourus de vagues violentes.

— Je ne suis pas Constantin.

— Non, en effet, acquiesçai-je.

Constantin était un tyran qui détestait les abominations. Typhos était tout à fait son opposé, bien qu'il ait pu agir comme un tyran d'autres façons. Mais ce n'était pas le but de cette discussion.

— Nos actions de ce soir ont rappelé son passé à Ajax. Il se sent trahi. Et maintenant, il réagit à cette trahison perçue.

Au lieu de développer davantage, je le laissai entendre mon souvenir des paroles d'Ajax lorsqu'il m'avait dit qu'il ne me pardonnerait jamais mon rôle dans la punition de Typhos :

« Un jour, Constantin m'a tenu captif à l'aide d'un sortilège. Il m'a forcé à regarder tous ceux que j'aimais perdre leur volonté de vivre juste avant de les cimenter dans la pierre. » Ses yeux sombres avaient étincelé de chagrin quand il les avait levés sur moi, et le poids de sa souffrance avait lourdement pesé sur mes épaules. *« Maintenant, tu me forces à regarder Cami perdre son combat. Elle n'est peut-être pas ma compagne ni ma famille, mais c'est la première femme qui m'a fait ressentir autre chose que la mort depuis dix ans. Et tu me forces à la regarder souffrir. Tu m'attaches. Me rends impuissant. Tout comme Constantin.*

— *Ajax*, avais-je grimacé.

— *Non,* avait-il tranché, me coupant la parole. *C'est mal. Je ne te pardonnerai jamais ça. »*

Et il avait continué à respecter ce serment dans cette pièce lorsqu'il avait refusé de me parler pendant des heures, ce que je partageais mentalement avec Typhos à présent.

Quand Ajax s'était enfin remis à me parler, cela n'avait pas été mieux.

— Il est furieux, résumai-je d'une voix douce. Mais plus que ça, il est blessé. Et si je m'en prends à lui maintenant, ça finira mal pour chacun de nous.

Nous nous étions battus, ce qui menait d'habitude au sexe. Or cela ne s'était pas produit cette fois-ci.

— Je ne l'ai jamais vu aussi vexé, ajoutai-je. On lui a rappelé une expérience qui a failli le briser.

— Sauf que cette fois, il pouvait sauver la fille, releva pensivement Melek. Donc il l'a fait.

Oui, pensai-je. *Oui, il l'a fait.*

Mon oiseau se hérissa de nouveau, irrité que ce ne soit pas *nous* qui l'ayons sauvée. Que ce soit de *nous* qu'Ajax avait voulu protéger Cami.

C'était mal. Cruel, même.

Elle n'est pas à nous, lui répétai-je. Mais ce maudit Phénix ne voulait rien entendre. Il était convaincu d'avoir enfin trouvé une compagne digne de ce nom, qui pourrait vraiment être la *nôtre*.

Contrairement au roi des Faë de l'Enfer devant moi.

Il était mien en esprit. Mon meilleur ami. Un être que je respectais et que j'aimais d'une manière fraternelle. Mais il n'était pas *à moi*. Il appartenait à Melek. *C'est Ajax qui m'appartient*, pensai-je. En quelque sorte. Notre dynamique était unique, c'était le moins que l'on puisse dire.

Maintenant, notre dynamique était à jamais altérée à cause de Cami. À moins que je puisse réparer ça.

Putain. Je passai une main sur ma figure et m'écartai d'un pas de Typhos.

— Je ne peux pas les *chasser* pour l'instant, marmonnai-je, le laissant percevoir la frustration dans ma voix et dans mon esprit. Mais je promets de les *traquer* après que…

Je m'interrompis, ne sachant comment terminer cette phrase. Après avoir dompté mon oiseau ? Après avoir su quoi dire ? Après avoir trouvé la solution ?

— Je ne suis pas Constantin, répéta Typhos, visiblement obsédé par cette partie de la discussion. Il a assassiné des centaines, voire des *milliers* de Faë. Il a presque anéanti une secte entière de Faë de Minuit. Tout ça parce qu'il était avide de pouvoir et voulait conserver son précieux trône. Je ne suis *pas* lui.

— Les Dilemmes possédaient la capacité de réécrire la magie, ce qui menaçait ses liens avec la Source des Faë de Minuit, précisa Melek, ses iris chamarrés scintillant tandis qu'il soutenait hardiment le regard du roi des Faë de l'Enfer. Constantin a réagi à cette *menace potentielle*. De la même façon que tu réagis avec Cami.

Typhos fixa son prince, bouche bée.

— Je ne réagis pas en voulant exterminer une espèce entière de Faë.

— Non, bien sûr, admit Melek. Mais Constantin n'a pas commencé comme ça non plus. (Il leva la main pour faire taire Typhos et ajouta :) Je ne dis pas que tu es comme lui, Ty. Je dis qu'Ajax est sensible à ce genre de comportement de la part d'un Faë au pouvoir. Surtout quand ça vise une personne qui commence à lui tenir à cœur.

— Je ne l'ai même pas blessée, argua Typhos.

— Non, tu l'as habillée de chaînes et exhibée sur une scène pendant que ton Commandant bloquait mentalement Ajax sur place.

Typhos plissa ses yeux bleus.

— Tu ne t'es pas plaint quand c'est arrivé, petit prince.

— Bien sûr que non. J'adore les punitions sensuelles, répondit Melek du tac au tac. Mais il manquait quelque chose à cette exhibition, quelque chose que je n'ai pas saisi à ce moment-là mais que je réalise maintenant.

— Et qu'est-ce qui *manquait ?* le pressa Typhos, croisant ses bras musclés sur sa large poitrine.

— Son consentement.

Ce mot fit l'effet d'une bombe à Typhos, qui serra de nouveau les dents.

— C'est une prisonnière. Les prisonniers n'ont aucun droit. De plus...

— Je l'ai marquée comme promise, le coupa Melek. Ça lui accorde plus de droits que quiconque dans cette situation.

Son ton sérieux ne correspondait pas du tout son humeur enjouée habituelle. Ce qui fit hésiter Typhos. Ou peut-être que ses paroles avaient fini par briser l'épais mur d'obstination du roi des Faë de l'Enfer.

— Je sais que tu es intimidé par ses capacités, poursuivit Melek d'un ton plus doux. Et tu as raison de protéger ta source. Mais Vita a choisi Cami pour une bonne raison. Ta source la laisse venir pour une bonne raison, elle aussi. Déterminons cette raison avant de porter un jugement.

Typhos grogna, laissant filtrer sa colère malgré le contrôle qu'il exerçait habituellement sur ses émotions. Toutefois, il était dans son cercle de confiance à présent, ce qui lui permettait de réagir comme il l'entendait. Il n'y avait pas de masques entre nous. Juste des vérités. Et en ce moment, ces vérités étaient du genre que Typhos ne voulait pas entendre. Mais elles étaient nécessaires.

— Ajax et Cami seront tranquilles une nuit ou deux. Laisse-leur le temps de guérir. Et donne à ton Commandant un peu de répit aussi. (Melek me jeta un coup d'œil inquiet, ce qui était inhabituel chez lui.) Ton Phénix a besoin de voler.

Ma bête a besoin de bien plus que ça, faillis-je répondre. Mais un bourdonnement d'électricité me coupa la parole, provenant de l'esprit de Typhos. J'étais bien en phase avec lui en ce moment, ce qui me permit de capter sa réaction à un appel entrant.

Il était irrité. Soulagé. Épuisé.

Toutes ces émotions déferlaient en moi en pulsations magnétiques, son trouble intérieur égalant le mien, mais pour des raisons très différentes.

Il agita la main dans l'air pour faire apparaître un écran de fumée.

— C'est Erebus, grogna-t-il. Je dois prendre cet appel. (Ses yeux saphir croisèrent les miens.) Deux jours, Az. Je te donne deux jours. Ensuite, je veux des nouvelles.

Sans me laisser le temps de répondre, le roi des Faë de l'Enfer disparut dans l'un de ses nuages ardents et me laissa seul avec son prince.

Melek soupira, écartant de ses longs doigts des mèches rebelles de son visage.

— Il est têtu.

— Oui.

— Mais ses intentions sont bonnes, ajouta-t-il.

— En général, concédai-je.

— En général, acquiesça Melek. (Il laissa retomber sa main et secoua la tête.) Camillia lui rappelle Vivaxia. Et pas seulement parce que c'est une femme.

— Parce qu'elle peut puiser dans ses pouvoirs, traduisis-je. Comme un siphon.

— En effet, opina Melek avec une moue. Ce n'est pas une coïncidence si les Faë Vertueux ont choisi de s'immiscer dans nos vies maintenant. Peut-être que tout est lié. L'arrivée de Cami. Ses compétences uniques. Les portails. Mais je ne crois pas que ça vienne d'*elle*, nécessairement. Elle a l'air innocente.

— Vivaxia aussi, remarquai-je.

Son nom me donna des frissons dans le dos. En repensant à notre passé commun, le temps me parut inexistant, son côté cruel était un souvenir persistant qui refusait de s'estomper malgré les milliers d'années qui s'étaient écoulées depuis la dernière fois que je l'avais vue. *Maléfique* n'était pas suffisant pour décrire la Faë diabolique qui avait failli tuer Typhos. J'avais percé sa vraie nature à jour dès le début. Mais tout le monde l'avait vue comme une petite Faë docile et douce.

— Tu crois que Cami est comme elle ? demanda Melek, inclinant légèrement la tête.

— Et toi ?

— Mon jugement a été altéré une fois. Je préfère m'appuyer sur le tien, Commandant. Typhos est en vie aujourd'hui pour une bonne raison, après tout. Que dit ton instinct ?

Je contractai mes doigts, mon esprit luttant contre la revendication immédiate de mon oiseau : *Elle est à nous. Non, elle ne l'est pas. Elle l'est. Elle ne l'est pas. Elle l'est.*

Je fermai les yeux et secouai la tête.

— Je ne sais pas. Mon Phénix est confus.

Ma bête intérieure ricana, comme si elle se moquait de mon affirmation. *C'est toi qui es confus*, disait ce son. Du moins c'était ainsi que je l'interprétais.

— Alors envole-toi et traque-les, suggéra Melek. Tu suis ton instinct et moi le mien. Ensemble, nous parviendrons à une conclusion et nous partirons de là.

J'arquai un sourcil.

— Qu'est-ce que tu as l'intention de faire ?

Il retroussa ses lèvres, son espièglerie habituelle revenant en un clin d'œil.

— Ce que je fais le mieux : interférer. (Ses plumes apparurent l'instant d'après, blanches et scintillant de poussière d'or.) À bientôt, Commandant.

Avant que je puisse répondre, il s'évapora de la même façon que le roi des Faë de l'Enfer, sauf qu'il laissa derrière lui un nuage de poudre plutôt que de la fumée.

Je supposais qu'on avait tous nos excentricités. La mienne, c'était la cendre. Ce que je prouvai en faisant de même et en me téléportant hors des terres du palais.

Car Melek avait raison : mon Phénix avait besoin de voler.

Je me transformai et m'envolai dans les nuages sombres, mon Phénix exigeant que nous traquions Ajax et Cami.

Pas encore, lui intimai-je, ce qui fit grommeler mon oiseau d'indignation.

J'avais beau être sous la forme d'un Phénix, j'étais toujours aux commandes. Cependant, cela ne l'empêcha pas de menacer de prendre le dessus. Il me fallut un effort considérable pour garder le contrôle, et je n'étais pas tout à fait sûr d'y être parvenu, car on dérivait vers les portes du royaume.

Putain, j'avais du mal à dompter ma propre bête en ce moment.

Ma vie entière avait été bouleversée. Tout ça à cause d'une femme – *Cami.*

Je voulais la détester pour ça. Bon sang, je *devrais* la détester. Pourtant, une partie de moi se sentait... *vivante.* Comme si je n'avais pas vraiment vécu jusqu'à récemment.

Je ne m'en étais pas rendu compte, mais je le ressentais

maintenant : mon Phénix s'ennuyait avant l'arrivée de Cami. Rien n'avait piqué son intérêt. Pendant des milliers d'années, j'avais sombré dans la monotonie, trouvant de l'excitation là où je pouvais en tant que Commandant des Faë de l'Enfer.

Jusqu'à Ajax. Jusqu'à Cami. Ils avaient allumé en moi une nouvelle étincelle que je n'avais jamais connue jusque là.

Et j'en voulais davantage. D'*elle*. De tous les deux.

Je vous retrouverai, jurai-je, m'adressant à Cami et Ajax bien qu'ils ne puissent pas m'entendre. *Je vous retrouverai et nous parlerons. Demain.*

CHAPITRE 8
AJAX

Un chœur sifflant de serpents me confirma que je nous avais éclipsés au bon endroit, Cami et moi, juste à l'extérieur des portes massives en fer forgé du nouveau palais des Faë de Minuit.

La reine Aflora et ses compagnons avaient construit cet endroit peu après avoir renversé le Conseil des Faë de Minuit. Il représentait tout ce que le Conseil détestait : un foyer pour les abominations.

Des abominations comme la reine des Faë de Minuit elle-même.

Je marmonnai un sort aux lianes-serpents hostiles, et leurs corps rocailleux se mirent à glisser en silence. J'aurais bien utilisé ma baguette pour les chasser, mais mes mains étaient occupées à porter Camillia. Elles ne mordraient pas, bien que Cami soit une intruse. Surtout parce que c'était moi qui la tenais. Les lianes protectrices me reconnaîtraient comme un hôte acceptable. Ou le devraient, du moins.

Malgré tout, je franchis les portes à pas lents, évitant de tenter le sort. Heureusement, elles nous laissèrent tranquilles. Je m'arrêtai juste après le seuil. Un paysage floral s'offrait à ma vue, une variété d'arbres et de fleurs qui n'étaient pas caractéristiques du royaume des Faë de Minuit. Toutefois notre reine faisait partie des Faë de la Terre, je supposais donc que ce style d'aménagement paysager était normal.

— Ajax, me salua mon plus vieil ami, qui apparut dans la cour à quelques pas devant moi.

— Shade, soupirai-je. Bien sûr, tu savais que je venais.

— Bien sûr, je savais que tu venais, répéta-t-il en souriant, révélant une paire de fossettes désarmantes.

C'était un leurre. Ce Faë n'avait rien d'innocent. Son aura de Mortel - toute d'énergie noire et de magie violette - trahissait sa nature sinistre. Je supposais qu'il en était de même pour moi, mais Shade était d'un calibre autrement dangereux, grâce à ses racines de Faë de la Fortune.

Ses iris glacés scintillèrent au clair de lune quand il se pencha sur la femme dans mes bras.

— Tu as l'air d'aimer laisser ton Halfeline nue. Ça me surprend qu'elle le permette, elle qui est en partie humaine et tout ça.

Je baissai les yeux sur Cami et grimaçai. Merde. J'avais complètement oublié de lui donner des vêtements, entièrement concentré sur ma fuite du royaume des Faë de l'Enfer pour venir ici.

Chuchotant un autre sort, je fis apparaître une couverture pour la draper. Le tissu était doux contre mes bras.

— On dirait que tu as traversé l'enfer, constata Shade en haussant un sourcil.

— Très drôle, marmonnai-je.

J'installai mieux Cami dans mes bras, m'assurai qu'elle était à l'aise, sa tête reposant contre ma poitrine. Elle était réveillée, mais pas vraiment consciente. Ses longs cils blond vénitien battirent plusieurs fois, mais elle ne se focalisait sur rien de particulier.

La sentant frissonner, j'ajoutai une seconde couverture. Le

royaume des Faë de Minuit était beaucoup plus frais que celui des Faë de l'Enfer. Il faudrait s'y habituer après avoir vécu si longtemps dans une chaleur torride.

— J'aurais aimé plaisanter, murmura-t-il. Mais tu as vraiment une sale tête.

— Tes commentaires sont toujours aussi utiles.

— À quoi servent les amis ? dit-il d'une voix traînante.

— De refuge, j'espère, marmonnai-je, ce qui lui fit incliner la tête de côté.

Les vagues indisciplinées de ses épais cheveux noirs tombaient sur l'un de ses yeux bleus glacés tandis qu'il me dévisageait. Il avait l'air de scruter au fond de l'âme quand il faisait cela. Cela ne m'avait jamais perturbé, mais c'était le cas à présent.

Parce qu'il pouvait dire non.

Il pouvait refuser de m'accueillir, ne me laissant nulle part où aller.

Et alors quoi ? me demandai-je.

J'avais quitté l'endroit que j'appelais chez moi. J'avais tourné le dos à mes compagnons Faë de Minuit. Et maintenant j'étais de retour, espérant de tout mon cœur que mon plus vieil ami m'aiderait. *Nous* aiderait.

— Lucifer va la tuer, murmurai-je. Et il va sans doute me tuer aussi.

Shade ne dit rien, conservant son regard évaluateur. Peut-être ne m'évaluait-il pas vraiment, mais plutôt les divers chemins qui s'ouvraient devant nous.

Je ne savais pas trop comment fonctionnait le don de clairvoyance des Faë de la Fortune, surtout concernant les capacités de Shade. Son héritage mixte le distinguait clairement des autres. Ses liens avec Aflora et tous les compagnons qu'ils partageaient l'avaient encore plus modifié.

Qui savait ce qu'il voyait ? Ce qu'il disait ? Ce qu'il faisait ?

Je déglutis, resserrant mes bras autour de Camillia en un

geste protecteur. Shade ne lui ferait pas de mal, j'en étais certain. Mais certains autres compagnons d'Aflora ne seraient peut-être pas aussi indulgents face à notre arrivée inattendue.

— Si je me souviens bien, les termes de l'accord de Zakkai avec Lucifer étaient d'altérer ta magie pour te rendre plus infernal par nature, pas d'arracher toutes tes racines de Faë de Minuit. Par conséquent... (Il s'interrompit et haussa les épaules.) Tu es toujours chez toi ici, hein ?

— C'est vrai ? lui demandai-je, incertain de sa réponse.

Car j'avais quitté ce lieu dix ans plus tôt en me jurant de ne jamais y revenir. Pourtant je me tenais là, au cœur du royaume des Faë de Minuit, à supplier mon plus vieil ami de nous offrir protection, à Cami et moi.

Lucifer allait venir nous chercher, sûrement en envoyant Az.

Comment Aflora et ses compagnons vont-ils réagir ? Nous livreront-ils ? Ou ma décision irréfléchie de venir ici aura-t-elle des conséquences catastrophiques ?

— Ne nous préoccupons pas encore de sémantique ou d'avenirs potentiels, murmura Shade, son regard étincelant de connaissance étrangère.

Je me demandais parfois s'il pouvait lire dans les pensées, son intuition étant un peu trop vive pour être considérée comme une coïncidence.

Hélas, ce n'était que Shade. Le pouvoir coulait littéralement dans ses veines.

— Par ici, indiqua-t-il en désignant du menton un long chemin bordé de fleurs noires et bleues.

Elles formaient un parterre délicat, du moins à première vue. Mais un examen plus approfondi confirma ce que je soupçonnais : ces fleurs avaient des épines. Et pas n'importe lesquelles – des épines *tranchantes*. Comme l'herbe-rasoir de l'Académie des Faë de Minuit.

Aflora avait manifestement marié son héritage de Faë de la

Terre à sa magie de reine Faë de Minuit, créant ainsi de nouvelles formes de vie autour de son palais. Cet enchantement s'étendait devant moi tandis qu'on avançait, et je portai mon attention sur les cogneurs brûlants au loin. Je grimaçai en voyant leurs branches nues souffler une fumée céruléenne au lieu de leur feu habituel.

Puis je m'arrêtai lorsqu'une rafale colorée apparut brièvement le long des branches noires des cogneurs.

— Des moucherons de feu ? devinai-je, fronçant les sourcils devant les lueurs vacillantes.

D'habitude, c'était de petites boules de flammes agaçantes, mais celles-ci me faisaient penser à des décorations de fête.

— Mmmh, fredonna Shade, qui suivit mon regard et inclina la tête. Aflora a contraint les murs du palais à transformer certains irritants en espèces plus douces. Dans ce cas, elle a fait en sorte que tous les moucherons de feu qui traversent les murs se changent en papillons de foudre. (Il me lança un coup d'œil.) Si tu trouves ça drôle, tu devrais voir ce qu'elle a fait aux pics-pierres.

Je haussai les sourcils.

— Est-ce qu'ils ne peuvent pas simplement picorer à travers l'enchantement ?

C'était ce que faisaient les pics-pierres, des créatures ressemblant à des oiseaux qui se servaient de leur long bec pour picorer des pierres et d'autres objets afin d'absorber les sortilèges. Des petites bestioles bien casse-pieds.

— Son sort se réécrit constamment, ce qui le rend impossible à absorber par les pics-pierres. (Il sourit.) Du coup ils changent sans cesse de forme et d'espèce.

— Je ne peux qu'imaginer pourquoi ça t'amuse.

Parce qu'il les utilisait forcément pour quelque chose d'infâme. C'était Shade, après tout.

— Zakkai les déteste.

— Je n'en doute pas.

— Zeph aussi.

— Donc toi tu les aimes, présumai-je.

— Naturellement. (Ses iris glacés se teintèrent d'un éclat sournois.) J'ai appris à Florica à les chasser.

— Et qu'en fait-elle quand elle en attrape ?

— Elle les cache. (Ses yeux rieurs me suggéraient qu'il aimait beaucoup l'endroit où Florica choisissait de les cacher.) L'un d'eux s'est transformé en sphinx-porc-épic l'autre jour. (Ses fossettes apparurent.) Dans le lit de Zeph. Pendant qu'il dormait.

Malgré mon humeur sombre, je ne pus empêcher le coin de mes lèvres de se retrousser. Zeph avait été directeur de l'Académie pendant ma dernière année avec Shade. En tant que Guerrier, il avait géré tout l'entraînement aux arts défensifs, et parfois il s'était montré un peu con.

L'idée qu'il soit attaqué par un sphinx-porc-épic était quelque peu divertissante.

— Qu'est-ce qu'il a fait ?

— Il l'a tué et donné à manger à Raph. (Shade s'assombrit à la mention du familier de Zeph, Raph le serpent à trois têtes.) Florica... ressemble beaucoup à sa mère. Elle ne l'a pas bien pris.

— Je vois.

— Zeph est toujours en train de ramper.

— Et toi ?

Il me lança un regard innocent.

— Je n'ai rien à voir avec ça. J'ai enseigné à ma fille une compétence précieuse. Ce n'est pas ma faute si Zeph n'apprécie pas ses talents.

Un petit rire m'échappa et je secouai la tête. Cela faisait plus de dix ans que nous formions un cercle d'amis et, manifestement, peu de choses avaient changé.

À quoi ça ressemble ? songeai-je. *D'avoir une famille qui tolère toutes tes manies et tes choix ? Même ceux qui sont carrément tortueux par nature ?*

Je ne le saurais jamais. Car mes décisions allaient probablement me faire tuer.

Je baissai les yeux sur Cami, remarquant qu'elle avait fermé les siens. Elle appuyait sa tête contre ma poitrine, et ses traits délicats la faisaient paraître plus jeune que d'habitude. Confiante, aussi. Gentille. Douce. *Sans défense.*

Mon cœur se serra à la vue de son épuisement évident. Les frasques de Lucifer avaient littéralement aspiré la vie de la guerrière dans mes bras, laissant une femme vulnérable que je reconnaissais à peine.

Je déglutis. Un vœu menaçait de sortir de mes lèvres, que je ne pouvais pas formuler parce que je n'étais pas sûr de le respecter. *Lucifer ne te touchera plus jamais* n'était pas une promesse que je pouvais tenir, même si je le voulais. En vérité, je ne resterais sûrement pas en vie assez longtemps pour la protéger vraiment.

Mais je ne regrettais pas ma décision : mon choix était fait.

Il n'y aurait plus de conflit entre mes alliances. Plus de quiproquo entre honorer les lois de Lucifer ou les exigences de mon cœur. J'avais appris de mes erreurs. Des erreurs qui ne se reproduiraient plus.

Cela me rendit plus léger, comme si je pouvais déployer des ailes et m'envoler dans les cieux obscurs des Faë de Minuit.

Je me demande si c'est ce que ressent Az lorsqu'il est sous sa forme de Phénix.

Probablement pas, car il réprimait la pauvre bête à la moindre occasion.

Ce que je ne donnerais pas pour lui donner un avant-goût de son propre traitement !

Shade m'étudia un long moment, son amusement s'étant évaporé suite à ce qu'il avait décelé dans mon expression.

— On va remettre la visite à plus tard, décida-t-il. Viens.

Je n'avais même pas remarqué que nous visitions, mais comme c'était la première fois que je venais ici, c'était logique. Sauf que je portais dans mes bras une femme désormais inconsciente.

Mon vieil ami nous mena en silence, d'un pas assuré, le long du chemin dans la cour, où nous croisâmes plusieurs autres bestioles et animaux uniques en leur genre. Tous semblaient avoir subi des altérations magiques, ce qui confirmait les propos de Shade sur le sort d'Aflora. Je n'étais donc pas si surpris que cela. L'ancienne reine Faë de la Terre aimait la nature et la vie, les modifications qu'elle avait apportées au paysage et à l'extérieur du palais en étaient la preuve. Jusqu'aux pierres terreuses et aux briques noires qui pavaient le chemin sous mes pieds.

Shade s'arrêta au pied d'un escalier en blocs d'obsidienne qui encadrait le patio du palais.

— Il y a plein de racines à l'intérieur, prévint-il. Fais attention où tu mets les pieds.

Je fronçai les sourcils.

— Genre des racines d'arbres ?

— Parmi d'autres espèces animales et végétales, répondit-il en haussant les épaules – une manie chez lui.

Les *racines* commençaient dans le patio. De la taille d'une liane, elles se faufilaient entre les mousses et les roches noires partout sur le sol. Nombre d'entre elles appartenaient à des arbres qui faisaient partie des murs du palais, ce qui me fis écarquiller les yeux de curiosité.

Un surplomb feuillu décorait une double porte qui donnait sur une salle de séjour confortable, dotée d'une quantité de fenêtres. C'était un peu du gaspillage car le soleil ne se levait jamais dans ce royaume, mais l'éclat de la lune créait une sorte d'ambiance romantique dans cette pièce surdimensionnée.

— C'est l'aile familiale, expliqua Shade. Il m'a paru plus

approprié que vous demeuriez ici plutôt que dans l'aile des invités.

— On serait très bien dans l'aile des invités.

— Sans doute, convint-il. Mais vous avoir ici sera plus amusant.

— Parce que Florica pourrait cacher un pic-pierre dans notre chambre ?

— Non, sourit-il. Parce que ça va royalement énerver Zakkai, et c'est toujours drôle.

— C'est incroyable que tu sois encore en vie, remarquai-je.

— C'est le moins qu'on puisse dire, rétorqua-t-il du tac au tac.

Il me conduisit au bout d'un couloir vers un escalier de service, puis enjamba une racine particulièrement épaisse avant de monter à l'étage. Je calai Cami dans mes bras et le suivis. Une partie de moi souhaitait juste m'éclipser dans une chambre et l'allonger sur un lit. Hélas, je ne pouvais le faire que vers des endroits que j'avais déjà vus.

Shade sifflait en marchant, faisant glisser les murs autour de nous pour révéler plusieurs portes sans poignée. Lorsqu'il en apparut une avec une tête de gargouille en son centre, il s'arrêta.

— Sir Silber, salua-t-il. Nos invités sont arrivés.

— Invités, répéta Sir Silber d'une voix rocailleuse, sa bouche et sa gorge pierreuses s'efforçant d'articuler le mot. Comme c'est désuet.

Le panneau de bois glissa avant que l'on puisse répondre à la gargouille hargneuse, et la porte s'ouvrit pour révéler la pièce au-delà. Ses petits pieds de pierre martelèrent le sol, la gargouille assumant son rôle de protectrice des lieux. La plupart des Faë de Minuit employaient des gargouilles dans ce but. Elles s'épanouissaient dans les tâches liées à la sécurité.

Sir Silber trottina dans des quartiers opulents. Le tapis en peluche évoquant de la mousse adoucissait ses pas.

— Wow ! m'exclamai-je, admirant la décoration intérieure et le balcon massif qui encadrait le mur du fond. C'est la chambre d'amis ?

— Oui, pour la famille et les membres royaux en visite, répondit Shade. Sol et ses compagnons séjournent souvent ici, d'où le lit géant.

Il désigna le matelas assez grand pour accueillir une famille de dix personnes.

Sol était un Faë de la Terre accouplé à la reine des Faë Élémentaires. Ils avaient tout un cercle de compagnons, mais je ne les connaissais pas bien.

— Tu es sûr qu'on devrait rester ici ? demandai-je avec méfiance. On n'est pas vraiment de la famille…

Cela me fit plus de mal de l'admettre que je m'y attendais, mais ce n'était pas faux. Même si je respectais Shade, nous n'avions pas été très proches ces dernières années. Je l'avais repoussé, ainsi que tous les autres souvenirs de mon passé.

— On n'est pas non plus d'une famille royale, ajoutai-je d'une voix un peu plus bourrue que je ne l'aurais voulu.

— La famille, ce n'est pas que le sang, Ajax, répliqua-t-il. Et non, vous n'êtes pas encore royaux. Mais ta petite compagne pourrait bien le devenir bientôt.

— Ma petite compagne ? répétai-je. (Et qu'est-ce qu'il entendait par « bientôt » ?) Elle n'est pas ma compagne.

— Non, pas encore, je suppose. (Il se retourna et s'approcha d'une table.) Au fait, ma grand-mère vous embrasse. Et vous offre des biscuits.

Il montra les friandises – qui me mettraient normalement l'eau à la bouche parce que j'adorais les biscuits de sa grand-mère – mais j'étais toujours suspendu à ses conneries énigmatiques.

— Je ne la mordrai jamais sans son consentement. (Une action qui mettrait en place le lien d'accouplement contre la volonté de Cami. C'était justement ce que Shade avait fait à Aflora.) Cami n'est pas ma compagne et ne le sera jamais.

En premier lieu parce qu'elle me détestait. Mais aussi parce que je refusais d'envisager seulement la possibilité de la faire mienne. La revendiquer pourrait facilement devenir un fantasme. Mais ce n'était pas notre réalité. Nous vivions dans une boucle infernale dictée par les désirs et bons vouloirs de Lucifer. Croire le contraire m'exposerait à un monde de souffrance.

— Tu as de la chance que ton parcours t'offre une telle liberté, répondit-il, une étincelle dans le regard. Le mien ne l'a pas fait.

— Je ne faisais pas de raillerie sur Aflora et toi. Je disais juste… (*Qu'est-ce que je disais ?*) Je disais que… ce que je ressens avec Cami est différent.

Voilà. C'était la vérité.

Car la question n'était pas comment il s'était accouplé avec Aflora. Consentement ou pas, ils avaient tout réglé entre eux. Mais Cami… Je n'étais pas sûr que nous puissions tourner la page sur nos problèmes actuels, et je n'allais certainement pas en rajouter en la mordant contre sa volonté. Même si l'accouplement permettrait de la protéger plus facilement.

Ce n'est pas du tout envisageable, me persuadai-je.

— On verra bien, murmura-t-il à sa façon cryptique. Mémé t'a glissé une carte avec les biscuits. Lis-la quand tu pourras. (Il gagna les fenêtres donnant sur le balcon.) Il y a des stores occultants en cas de besoin. Sir Silber te montrera comment t'en servir.

— Sir Silber fera tout ce que vous voudrez, ricana la gargouille de pierre. Sir Silber n'a pas besoin d'être présenté, car il vit pour servir.

— Je t'ai présenté, protesta Shade. Bon, techniquement, je t'ai salué. Mais le sentiment était là.

— Homph, grommela la gargouille.

— Je te dois un pétard, d'accord ? soupira Shade.

Je haussai les sourcils à ce mot, *pétard*. Shade faisait référence à un cigare feuillu fourré d'herbes toxiques provenant de la MorteForêt, des bois dangereux situés près de l'Académie des Faë de Minuit.

— Disons trois et je considérerai que nous sommes quittes.

— Trois ? (Shade secoua la tête.) *Deux* et tu aides Florica pour sa prochaine mission.

La gargouille se gratta le menton.

— Des torches de cogneur ?

— Ouaip.

— Ça me va.

— Parfait.

Shade tendit son poing pour que la gargouille le checke.

— Voulez-vous que je prépare le lit pour la dame ? me demanda Sir Silber d'un ton plus léger, bien que conservant une touche graveleuse à cause de sa bouche de pierre.

— Oui, j'apprécierais.

Cami ne pesait pas lourd et cela ne me dérangeait pas de la porter, mais elle avait besoin de repos et ce lit géant lui conviendrait parfaitement.

— Bon, je vous laisse entre les griffes expertes de Sir Silber. (La gargouille grogna à l'autre bout de la pièce, ce qui fit sourire Shade.) Rejoignez-nous au petit-déjeuner de minuit demain, si vous êtes reposés tous les deux. Je suis sûr qu'Aflora voudra rencontrer ta promise.

— Elle n'est pas…

Shade disparut dans un nuage de fumée. L'écho de son gloussement s'estompa dans la pièce tandis que des volutes de son pouvoir s'évaporaient dans l'air.

— Enfoiré, gommelai-je.

— Il est meilleur que l'Architecte, grinça Sir Silber près du lit. Celui-là me fait vraiment peur.

Oui, moi aussi, pensai-je. Mais je ne l'aurais pas avoué à voix haute. Quoique ce ne soit pas nécessaire.

Zakkai était l'Architecte des Faë de Minuit, et il était quasiment aussi puissant que Lucifer. Avoir les Faë de Minuit de mon côté pourrait être une bonne chose quand Az se pointerait enfin. Mais convaincre Zakkai de m'aider ne serait pas facile.

Un problème pour demain. Peut-être au petit-déjeuner de minuit.

— Le lit est prêt, annonça Sir Silber. Il y a des serviettes sur le porte-serviette chauffant, si vous voulez prendre une douche ou un bain. Avez-vous besoin d'autre chose ?

Je secouai la tête.

— Merci pour votre aide, Sir Silber. N'hésitez pas à faire une pause ou à aller embêter Shade à propos de vos pétards.

La gargouille s'inclina.

— Je serai à mon poste.

Ce n'était pas du tout ce que je recommandais, mais il ne valait mieux pas discuter avec une gargouille. Je le remerciai de nouveau et portai Cami jusqu'à l'immense lit.

Sol était un Faë de la Terre massif, d'une taille intimidante. Pourtant ce lit pouvait facilement en accueillir dix comme lui.

— Chambre d'amis, râlai-je en posant Cami sur le lit. Plutôt une salle d'orgie, oui.

Je tressaillis, n'ayant pas du tout envie de penser à cela en ce moment.

Cami au centre d'une orgie… ça pourrait me plaire. Elle serait une déesse séduisante au milieu, ses beaux yeux gris lançant les éclairs d'un orage passionné tandis qu'elle crierait de plaisir. *Oui, s'il te plaît,* songeai-je. Puis la vision s'affina, les participants au fantasme devinrent plus clairs : Az la pénétrait par-derrière tandis qu'elle me chevauchait, ma bite enfouie dans sa douce chaleur. Melek pompait la sienne dans sa bouche.

Et Lucifer dirigerait le tout. Il serait assis dans ce fauteuil – celui qui faisait face au lit dans le coin de la pièce –, vêtu d'un de ses costumes emblématiques. La puissance brute du roi des Faë de l'Enfer vibrerait dans la pièce, faisant onduler ses cheveux noirs autour de ses épaules en vagues énergiques. Ses yeux sombres et scintillants recèleraient des intentions violentes tandis qu'il serait concentré sur Melek. Sur Cami. *Sur moi.*

Je frissonnai, la vision était si vive qu'elle semblait presque réelle.

Mais le souffle léger de Cami me ramena au présent, à son corps épuisé qui se pelotonnait naturellement dans les draps. Je secouai la tête, l'intensité du fantasme me laissant un peu étourdi. Je n'aurais su dire si j'avais eu juste un moment d'égarement ou si l'épuisement menaçait ma santé mentale. Car la scène que j'avais eue en tête ne se produirait jamais.

La seule chose que Lucifer exigerait serait notre mort.

— Putain. (Je passai ma main sur ma figure.) *Putain.*

Cami répondit par un doux soupir en se blottissant dans la taie d'oreiller fleurie, dont le design contrastait fortement avec les tons rouges et noirs du royaume des Faë de l'Enfer. Ce n'était pas trop mon décor préféré, mais il convenait à Cami en ce moment. Et elle avait l'air plutôt satisfaite.

Dors bien, petite rebelle.

La laissant à son repos fort mérité, je m'aventurai sur le balcon.

Le poids de ma décision me frappa quand j'aspirai une bouffée d'air frais.

J'ai vraiment réussi, n'est-ce pas ?

La cour du palais s'étendait devant moi, présentant un vaste étalage d'arbres, de fleurs et de vie. Si calme, et pourtant si vivante. De la nature partout, illuminée par la lune. Y compris un verger de pêchers – quelque chose de nature très humaine, pas du tout originaire de ce royaume. Je pris note de questionner Shade à ce propos plus tard. Cette étrange création devait être l'œuvre d'Aflora. De même pour la parcelle de champignons et de plantes à feuilles violettes à côté.

Des aliments de Faë Élémentaire, de toute évidence. C'est peut-être le jardin personnel d'Aflora. Comme c'est irréel, m'émerveillai-je.

Je n'aurais jamais cru revenir ici. Malgré l'invitation ouverte de Shade, j'avais pensé avoir choisi ce à quoi ma vie ressemblerait après avoir rencontré Az. Il avait été la mort incarnée, le genre d'invitation dont j'avais le plus besoin après que les tortures de Constantin m'avaient brisé le cœur.

Lors de ma première rencontre avec Az, il m'avait défié au combat et avait paru surpris que j'accepte. Un large tatouage noir de son Phénix s'étalait sur ses muscles puissants, et une lueur de magie noire scintillait dans ses cruels yeux violets.

J'avais donc relevé son défi, m'attendant à mourir. Mais j'avais survécu, et c'est ainsi que mon poste de Gardien m'avait été attribué.

Imaginer le Commandant me fit agripper la balustrade jusqu'à ce qu'elle craque.

J'avais pensé que prendre le poste de Gardien avait été une solution. À défaut de la mort, la servitude auprès du roi des Faë de l'Enfer en tant que dresseur de monstres. Un but qui me dépassait, quelque chose dont Emelyn aurait été fière – mais si elle me voyait maintenant, elle aurait été dégoûtée.

Quelle est ma place ? Qui suis-je ? Quel avenir puis-je espérer ?

Je ne pouvais répondre à aucune de ces questions. Plus maintenant. Je venais de prendre une décision qui allait bouleverser ma vie. Qui pourrait apporter la guerre à mes amis ici si je n'étais pas prudent. *Mais quel choix avais-je ?*

Cami ne pouvait pas être abandonnée dans le royaume des Faë de l'Enfer pour y être maltraitée, abusée et inévitablement tuée pour la seule raison qu'elle tentait de survivre. D'être fidèle à qui elle était. Ce n'était pas parce qu'aucun de nous ne l'avait compris que ça nous donnait le droit de mettre un terme à sa vie.

Comme l'aurait fait Constantin.

Je lâchai un juron et retournai à l'intérieur, mon nez me rappelant que la grand-mère de Shade, Zenaida, avait envoyé ses fameux biscuits. Car elle avait su que je viendrais ici. Tout comme Shade. Leurs penchants pour la voyance étaient intimidants mais utiles.

Surtout considérant que j'étais à moitié affamé.

Je pris un biscuit dans l'assiette et examinai la carte à côté. *Bien sûr que tu as glissé un mot,* me dis-je en roulant des yeux amusés. J'engloutis le biscuit en une bouchée – j'avais *très* faim – et ramassai la note.

Je fis la moue devant les mots griffonnés dessus. *Un sort.* Pas n'importe lequel, mais un qu'un Faë de Minuit peut lancer avec une baguette. D'accord…

Dessous, une petite inscription manuscrite disait : *Vous pourriez en avoir besoin pour dompter une certaine bête. Bonne chance.*

J'y réfléchis un moment, me demandant si Zenaida avait prédit quelque chose dont je devrais me préoccuper, mais j'étais trop épuisé pour en deviner la teneur.

Foutue longue journée.

J'ôtai ma chemise, mes chaussures et chaussettes et m'effondrai sur le canapé. Le lit était plus qu'assez large pour que Cami et moi puissions le partager, mais je ne voulais pas risquer de la contrarier en me faisant des idées. D'autant plus qu'elle m'en voulait encore.

Je ne voulais pas y penser et préférai mémoriser l'incantation de Zenaida. Si la vieille Faë de la Fortune voulait que je connaisse ce sort, c'était pour une bonne raison.

Ce fut avec cette pensée en tête que je prononçai un enchantement périmétrique, destiné à me réveiller au cas où quelqu'un entrerait dans la pièce sans ma permission. Puis je glissai la carte dans ma poche.

Ça ira pour le moment.

Cami avait besoin de repos et moi aussi. On dresserait un plan de bataille au réveil.

En supposant qu'elle reste assez longtemps pour qu'on parle.

Je sortis ma baguette pour modifier l'incantation et me réveiller si quelqu'un quittait aussi la pièce. *Au cas où...*

CHAPITRE 9

CAMI

ARRÊTE, me dis-je en me tortillant. *Laisse-moi tranquille.*

Je tapai sur mon bras, mais la sensation d'une reptation continuait sur ma peau.

Saloperie de fourmi. Je tentai de la balayer, mais plusieurs autres apparurent. C'était du moins l'impression que j'avais.

J'écrasai les insectes en grognant, déterminée à les éliminer. J'étais trop épuisée pour ces conneries. Trop diminuée. *Trop...* Je fronçai les sourcils. *Trop froid ?* Une température que je n'avais pas ressentie depuis... *Depuis le jour où Ajax et Az m'ont attachée à une chaise dans le royaume des Faë de Minuit.*

Je me redressai d'un coup et observai les alentours, les yeux écarquillés, m'attendant à moitié à voir un cachot familier peuplé de serpents ondulants. Sauf que... ce n'était pas du tout ce que je voyais. À la place, j'étais dans des draps en soie aux motifs floraux, dans une chambre dont les meubles semblaient pousser à même le sol.

Je cillai. *Où diable suis-je ?* Ce n'était certainement pas le palais de Lucifer.

Cependant, il semblait que certaines choses m'avaient suivi

depuis ce palais. Des choses comme l'air suffisant de Melek qui se prélassait à côté de moi dans ce lit étranger.

Ses yeux tombèrent sur mes seins tandis qu'il glissait un grain de raisin dans ma bouche ouverte.

— Bonjour, mon ange. Ravi de te revoir.

Je suivis son regard et fis la moue. *Merde.* J'attrapai une couverture pour cacher ma nudité, avant de me rappeler qu'il m'avait vue dans ces chaînes... *hier ? Avant-hier ? Il y a quelques heures ?* Bon sang, je n'en avais aucune idée.

Quoi qu'il en soit, ce n'était pas une vision nouvelle pour lui.

Ce qui me mit direct hors de moi.

Écrasant le grain entre mes molaires, je forçai à contrecœur le morceau sucré à descendre dans ma gorge. Sa saveur et son jus vibrants me firent un bien fou. Je devais admettre que j'étais assoiffée et que j'avais *faim.*

Mais j'étais tout aussi furieuse. Voire encore plus.

Or mon estomac choisit ce moment pour gronder, en désaccord avec mes priorités. *Mange d'abord. Ensuite, châtie le prince Faë de l'Enfer,* semblait-il dire.

— Où suis-je ? m'enquis-je en tendant la main pour prendre un autre grain de raisin dans le bol posé sur les genoux de Melek.

Au moins, il est habillé. Bien que son expression laisse deviner qu'il aurait préféré ôter ses vêtements et me rejoindre sous les draps. À un autre moment, j'y aurais probablement consenti, rien que pour voir ce qu'il cachait sous ses costumes sexy. Mais là, tout de suite ? Non. Je ne voulais rien avoir à faire avec cet enfoiré.

À part, peut-être, obtenir des réponses.

Et manger tout ce raisin. J'en picorai un autre grain avec cette idée en tête, arquant les sourcils dans l'attente qu'il réponde.

— Au royaume des Faë de Minuit. Plus précisément, dans

le palais des Faë de Minuit. (Il marqua une pause.) Il est plein de pouvoir. Tu ne le sens pas ?

Si, me dis-je, dents serrées. *J'ai l'impression que des fourmis courent partout sur ma peau.*

— Pourquoi suis-je ici ? demandai-je au lieu de confirmer son commentaire.

— Il faudrait poser cette question à notre cher Gardien, murmura-t-il.

Melek jeta un coup d'œil par-dessus son épaule vers la salle de séjour au-delà de la chambre. À première vue, j'étais dans une suite excessivement vaste, dont un mur était percé de fenêtres qui s'ouvraient sur un grand balcon.

La lune dans le ciel m'interloqua. *Quelle heure est-il ?*

— Mais je lui laisserais encore une heure ou deux de repos, reprit Melek. Il va en avoir besoin.

Je fronçai les sourcils une fois de plus – une expression qui risquait de devenir permanente si je n'y prenais pas garde –, tandis que mon esprit reconstituait lentement les événements de la nuit dernière.

Mon rêve. Mon réveil avec Ajax. Mon évanouissement. Lui qui m'éclipse...

— Est-ce que je suis-je encore ici pour un interrogatoire ? demandai-je.

J'observai de nouveau la pièce décorée. C'était certainement une amélioration par rapport au cachot.

— Non, je crois qu'Ajax a l'intention de te sauver, répondit Melek. (Ses iris multicolores scintillèrent.) Il souhaite te mettre à l'abri de Ty. Un geste audacieux, je dois dire, bien qu'un peu précipité. Mais l'objectif est respectable.

Il me tendit le bol de fruits.

— Tiens, mange. Toi aussi tu as besoin de reprendre des forces. Car Az ne mettra pas longtemps à vous retrouver tous les deux, surtout vu la rapidité avec laquelle j'ai réussi à vous pister. (Il pencha la tête de côté, faisant tomber ses cheveux blond-brun sur ses yeux expressifs.) Je me demande comment tu vas le convaincre de ne pas te ramener à Ty. Dommage que je ne puisse pas rester dans les parages pour observer.

Il s'éclipsa sur ces mots, me laissant fusiller du regard le vide qu'il avait occupé.

— Typique, marmonnai-je en mangeant le raisin. Toujours à parler par énigmes sans jamais me donner d'informations valables.

— Alors ça, ce n'est pas vrai, répliqua-t-il. (Sa voix me fit sursauter alors qu'il réapparaissait à mes côtés, un plateau sur les genoux.) Tout ce que je te dis est valable. Ce n'est pas ma faute si tu l'interprètes mal. (Il me tendit une tasse de café.) Tiens.

J'avais vraiment envie de le refuser par principe, mais son parfum s'enroula autour de moi en tourbillons hypnotiques et me fit saliver.

Chocolat. Crème fouettée. Café.

Délicieux.

Je saisis la tasse et goûtai prudemment une gorgée pour tester la température, puis je gémis quand elle apaisa ma gorge douloureuse – dont je ne m'étais même pas rendu compte qu'elle m'irritait jusqu'à ce que je l'avale.

Carrément déshydratée et affamée. Très bien, j'accepte ce repas. Mais je ne l'accepterai pas lui. *Même s'il a apporté des fraises nappées de chocolat.*

Qu'il me tendit ensuite. J'en pris une parce que, eh bien, elles avaient l'air bonnes. Toutefois, ce n'était pas pour autant que je croyais à toute cette gentillesse.

Il me regarda porter la fraise à ma bouche et la mordre, suivit ma langue des yeux quand je la passai sur mes lèvres. Il avait l'air d'être d'une humeur particulière, avec laquelle je n'avais vraiment pas envie de jouer en ce moment.

— Tu es ici pour me ramener auprès de Lucifer ? l'interrogeai-je. Ou pour baiser avec moi ?

Son expression flirta avec l'amusement.

— J'ai vraiment envie de te baiser, mon ange. Mais...

— Ce n'est pas ce que j'ai demandé, le coupai-je.

— Je suis venu prendre de tes nouvelles, reprit-il, ignorant mon interruption. Comment te sens-tu, petit ange ?

Je plissai les yeux.

— Comme si mes jours étaient comptés, *prince Melek.*

— Hmm, fredonna-t-il, son amusement semblant s'accentuer.

Il est bien le seul, me dis-je, renfrognée. Car cela ne m'amusait *pas du tout.*

Ajax avait essayé de me sauver. Je me souvenais d'éléments de cet événement supposé qui me permettaient de croire un peu à cette information. Mais cela voulait dire aussi qu'il avait défié Lucifer. Ce qui, à son tour, signifiait que nous étions tous les deux des Faë morts. Je ne doutais pas une seconde que lorsque le roi des Faë de l'Enfer me trouverait, il me tirerait par les cheveux et m'exécuterait devant tout le monde.

En fait, non. Il enverrait sûrement Az ici pour me tirer par les cheveux. *Puis* Lucifer m'exécuterait en public d'une manière horrible. Et m'obligerait certainement à être nue, puisque cela semblait être un thème commun dans ma relation avec ces hommes.

Je pris une autre fraise et me concentrai sur mon café tandis que le prince Faë de l'Enfer m'étudiait en silence.

Il a sans doute ensorcelé ce fruit, réalisai-je. *Et maintenant, il attend que ça fasse effet.*

J'avais été naïve de lui faire confiance avant et idiote de lui faire confiance maintenant. Mais j'avais tellement faim.

— Combien de temps j'ai dormi ? songeai-je à haute voix.

— Un moment, répondit-il d'un ton énigmatique.

Car bien sûr, ce Faë n'allait pas me donner une réponse claire à quoi que ce soit. Quand s'avérerait-il jamais utile ou communicatif ?

Je finis le café et posai la tasse sur la table de nuit près de moi. Une bouteille d'eau apparut à côté, ce qui me fit lever les yeux au ciel, puis je me repenchai sur le raisin.

— Tu n'achèteras pas mon pardon avec de la nourriture, marmonnai-je.

— Je n'essaie pas d'acheter quoi que ce soit, Cami. Je veux juste prendre soin de toi.

— Ah ? (J'arquai un sourcil.) En faisant quoi au juste ? En me faisant grossir avant que Lucifer m'exhibe à nouveau ?

Ses iris bigarrés scintillèrent et une émotion inhabituelle traversa ses traits. Ce fut trop bref pour que je puisse la définir, juste un léger tiraillement de ses lèvres qui parut contredire son habituel sourire en coin. Comme s'il avait failli se renfrogner.

— Je comprends que les actions de Ty étaient, disons, *inconfortables* pour toi. Cependant, il devait faire quelque chose pour maintenir l'ordre. Son Gardien et son Commandant ont pris une épouse sans permission. Ça ne pouvait pas être pris à la légère, sinon d'autres Faë de l'Enfer réagiraient en conséquence et voleraient leurs propres épouses.

— Tu veux dire choper des captives qui étaient déjà là contre leur volonté et les forcer à s'accoupler ? Ce qui est précisément le but des jeux de toute façon ? rétorquai-je.

L'expression de Melek s'assombrit.

— En sommes-nous encore à cette incompréhension délibérée des événements ? Où tu fais semblant de ne pas saisir tout l'objectif des épreuves ?

— Et toi, tu vas ignorer le fait que la *plupart* des femmes ne veulent pas ? lui lançai-je.

J'avais bien conscience de me comporter comme une sale gosse râleuse, mais je ne m'en souciais pas le moins du monde. Qu'il aille se faire foutre. Et son roi aussi.

Melek soupira et secoua la tête.

— Le destin agit d'une manière qu'aucun de nous ne peut

appréhender, Camillia. Ta démonstration dans les Terres Marécageuses l'a prouvé, non ?

Ma mâchoire se crispa.

— Ça n'a rien à voir avec le destin.

— Non ? Tu as juste été baignée par hasard dans assez de magie de Ty pour la manipuler et sauver un royaume entier de Faë du Cauchemar ? C'était fascinant de voir comment ça s'est passé.

— De quoi m'accuses-tu ?

— Je ne t'accuse de rien, petit ange. Je souligne simplement que le destin a joué en notre faveur la nuit dernière. Ce que notre roi Faë de l'Enfer a manifestement du mal à *appréhender*, tout comme ta réaction aux épreuves nuptiales. Ty et toi avez des traits de caractère remarquablement similaires, l'entêtement étant un travers typique.

Je pris un grain de raisin dans le bol sur mes genoux.

— Je ne suis pas du tout comme lui.

— Ce qui est intéressant, c'est qu'il serait d'accord avec toi sur ce point. Bien sûr, vous avez tort tous les deux, mais aucun de vous ne l'admettra.

Melek souleva une épaule et s'appuya contre la tête du lit géant ; sa posture détendue était l'archétype de la nonchalance.

— Peu importe, *prince Melek.* Si tu n'es pas là pour me ramener à Lucifer, et que tout ce que tu veux, c'est savoir comment je vais, sache que je vais bien pour une morte, merci. N'hésite pas à aller te faire foutre à présent.

Avais-je été impolie ? Oui. Mais ce connard le méritait.

Lucifer m'avait habillée de chaînes et mise en cage. *Sur une putain de scène.* Tout ça pour quoi ? M'humilier ? Parce que j'avais touché à sa précieuse source ? Puis je l'avais utilisée pour l'*aider*, et il avait réagi en voulant me tuer. D'accord, Melek m'avait peut-être sauvée temporairement de la colère du roi des Faë de l'Enfer. Et oui, ce n'était sans doute pas une bonne idée d'énerver le seul Faë qui semblait capable de me protéger du diable au sens propre. Mais j'en avais marre de jouer à ces jeux avec Melek. Marre d'être un pion, un jouet, ou quoi qu'il me considère.

— Va-t'en, répétai-je. Et emmène tes conneries cryptiques avec toi.

Sa mâchoire se crispa, mes paroles ayant dû toucher un point sensible. Mais au lieu de s'éclipser, il fit apparaître un verre de vin en cristal et en but une gorgée gourmande.

— Quand Ty a révélé ses plans pour ta punition, j'avoue qu'ils m'ont intrigué. Surtout parce que j'ai une fascination particulière pour le bondage, et que les chaînes convenaient à ce fétichisme.

— Comme c'est mignon, dis-je d'un ton pince-sans-rire.

— Mais j'ai réalisé depuis que dans ce genre d'activité, le consentement verbal est tout aussi important, poursuivit-il, ignorant de nouveau mon interruption. Si nos corps peuvent apprécier une certaine sensation, ça ne veut pas dire que nos cœurs et nos esprits soient forcément d'accord.

Je le fixai. *Qu'est-ce que je suis censée répondre à ça ?* me demandai-je. Heureusement, il ne semblait pas vouloir que je dise quoi que ce soit, car il n'avait pas fini :

— Je suis désolé, Cami. (Tous les signes de son enjouement habituel s'effacèrent sous le poids de ses mots.) Ty a choisi cette punition sensuelle dans le but de me faire plaisir. Il ne l'a pas admis, bien sûr, mais ses méthodes ont clairement été conçues en tenant compte de mes penchants. Je pense que c'était sa façon de me montrer son soutien.

J'affichai un air ébahi.

— Son soutien à quoi ? Me torturer ?

— Son soutien à mes intentions à ton égard. Il n'a pas été très satisfait de mes décisions en ce qui te concerne, comme les cadeaux que je t'ai offerts, les infos que je t'ai révélées, le fait de t'embrasser. Mais je crois qu'il essayait d'apporter un peu de lumière à une situation autrement sombre. C'est comme ça qu'il agit.

— Je…

Je ne savais pas non plus que répondre à ça. Melek n'avait jamais été aussi direct avec moi, et cela n'avait toujours aucun sens.

— Quelles intentions ? m'enquis-je finalement, car je ne comprenais toujours pas ce qu'il attendait de moi.

— Mon intention de m'accoupler avec toi, précisa-t-il d'un ton patient.

Il m'avait déjà dit ça : « *Alors on va dire que j'ai l'intention d'être à toi, si tu choisis de m'avoir un jour.* » Il m'avait laissée entendre que c'était un choix. *En est-ce toujours un ?*

— Je n'essaie pas de t'accabler, murmura-t-il. Je sais que tu es contrariée, et je suis désolé. Vraiment. Ty essaie juste de gérer tous ces changements, et pour être franc, il ne s'y prend pas bien.

Sans déconner, faillis-je répondre.

— Je dois aussi des excuses à Ajax. Bien qu'Az et Ty…

Melek grimaça et porta soudain son regard vers le salon. Je le suivis, pensant qu'Ajax nous avait peut-être entendus et s'était réveillé. Mais il était toujours blotti dans les coussins, un bras jeté sur son visage, l'autre posé sur son torse nu.

En fait, Melek se focalisait sur l'entrée. Un frisson me parcourut l'échine et hérissa les poils dans ma nuque. *Ty est-il ici ? Az ? Quelqu'un d'autre ?*

Le pouvoir rayonnait de Melek en une fine poussière d'étincelles dorées qui scintillaient dans l'air et tourbillonnaient vers la porte.

— Qu'est-ce que c'est ? chuchotai-je.

— Zakkai, murmura Melek. Il joue avec mon essence.

Je déglutis à ce nom qui m'était très familier. *Zakkai, l'Architecte de la Source.* C'était un Faë de Minuit au pouvoir impressionnant, capable de réécrire la magie. Il m'avait aussi jeté un sort de vérité qui avait prouvé mon innocence.

Il m'avait qualifiée de puissante et lorsqu'on lui avait demandé de préciser ce qu'il ressentait, il avait répondu : « Une égale. » Quoi que cela ait pu signifier.

— Je ne devrais pas être ici, et il fait en sorte que je le sache, reprit Melek. Je lui montre que je pourrais riposter, mais je ne le fais pas. Je le laisse jouer plutôt.

— Et comment réagit-il à ça ? demandai-je avec méfiance.

— Ce n'est pas clair, murmura Melek en haussant les épaules. Quoi qu'il en soit, je crois qu'on parlait d'excuses ? (Ses jolis yeux spiralaient d'énergie et de puissance à peine contenue tandis qu'il me regardait.) Je suis désolé de t'avoir blessée, Camillia. Je ne le ferais jamais de mon plein gré. Tout ce que je veux, c'est te protéger.

Je serrai et desserrai les dents, sa sincérité titillant mes barrières. Mais c'était loin d'être suffisant pour que je lui pardonne. Et encore moins Lucifer. Il s'était passé trop de choses pour que je fasse confiance à l'un ou l'autre. *À aucun d'eux*, corrigeai-je en reportant mon regard sur Ajax. *Enfin, peut-être pas tous.*

Règle n°10 des Faë de l'Enfer : les actes sont plus éloquents que les mots.

Et les actions d'Ajax jusqu'à présent suggéraient qu'il était plus que désolé ; il était prêt à tout sacrifier pour moi. Y compris sa relation avec Az.

Je continuai à grincer des dents. Je ne savais pas trop que penser des choix d'Ajax. Il n'aurait pas dû renoncer à tant de choses pour moi. N'aurait pas dû fuir les ordres de Lucifer. Maintenant, il allait être chassé lui aussi. Peut-être même tué. *À cause de moi.* Je... je n'aimais pas ça.

— Est-ce que Lucifer me croirait si je disais que j'ai jeté un sort à Ajax et l'ai forcé à m'amener ici ? demandai-je à Melek, pliant et dépliant mes doigts sur mes flancs. Ou Ajax va-t-il payer de sa vie de toute façon ?

— Il ne va pas tuer Ajax, Cami. Et il ne va pas te tuer non plus.

Je lui biaisai un coup d'œil.

— J'ai beaucoup de mal à le croire.

— Je sais. Mais Az lui a donné beaucoup à réfléchir hier soir. Et je vais m'assurer qu'il continue à y réfléchir.

Melek tendit la main, effleura presque ma joue de ses doigts. À la dernière seconde, il se rétracta et secoua de nouveau la tête, un autre soupir s'échappant de ses lèvres trop parfaites.

Pourquoi doit-il être si séduisant ? Je *détestais* être si attirée par lui. Je refusais d'être l'une de ces femmes qui pardonnent à un homme de leur faire du mal juste parce qu'il affiche un sourire enjôleur.

Ou a présenté des excuses sincères.

C'était peut-être un pas dans la bonne direction, mais il avait encore quelques kilomètres à parcourir avant que j'envisage de lui pardonner. Toutefois, l'absence de commentaires sibyllins était une autre avancée positive.

— Mon objectif est l'unité, petit ange. Un avenir plus solide. Devenir impénétrable et indestructible aux yeux de nos ennemis, dit-il, ruinant tout ce que je venais de penser.

Finie, *l'absence de commentaires sibyllins.*

— Ça ne me dit absolument rien, Melek.

Ce n'était que des mots prétentieux qui n'avaient aucun sens. *Les ennemis de qui ? Les miens ? Les vôtres ? Et c'est quoi cette histoire d'unité et d'avenir plus solide ?*

— Peut-être que ça te dit tout, mais que tu n'en comprends pas encore tous les éléments.

Il passa ses doigts dans ses cheveux, un geste plutôt inhabituel chez lui. Comme s'il était stressé et cherchait les bons mots. Cela ne ressemblait pas du tout à Melek.

— Je sais que tu es en colère, mon ange. Tu fais bien. Ty essaie de te contrôler pour mieux contrôler sa réaction envers toi. Continue à le combattre. C'est ce dont vous avez besoin tous les deux.

— Peut-être que ce dont j'ai besoin, c'est de ne plus rien avoir à faire avec lui ou avec toi, rétorquai-je. Ni avec *aucun* de vous.

— Si seulement c'était une option, petit ange, répondit-il avec un soupir. Mais le livre t'a choisie, donc à un certain niveau, l'âme de Ty t'a marquée. Aucun de nous n'a jamais eu le choix dans les événements qui ont suivi.

Si j'avais su cela, je n'aurais jamais pris ce fichu livre à la bibliothèque.

— La seule qui n'ait pas eu le choix dans tout ça, c'est moi, l'épouse Faë de l'Enfer captive. C'est la conséquence d'un marché que mon père a passé avec le diable. Depuis ce jour, plus rien n'a jamais été un *choix*.

— On en revient là, hmm ?

— C'est vrai, rétorquai-je.

— Hmm, eh bien, je pense que tu as fait plein de choix, Cami, murmura-t-il avec un regard entendu. Beaucoup de décisions *agréables*, pour être précis.

Je restai bouche bée.

— Pardon ?

— Tu m'as bien entendu, petit ange. (Un peu de son espièglerie revint dans son regard tandis qu'un tas de poussière dorée se formait dans sa paume.) Malheureusement, je n'ai pas le temps de poursuivre cette conversation.

Sur ce, il me souffla la poudre au visage, ce qui me fit tousser.

— C'est quoi ce bordel ?

— À bientôt, petit ange, murmura-t-il, portant soudain ses lèvres à mon oreille. (Je tressaillis quand sa bouche effleura ma tempe.) Essaie de ne pas tuer Az quand il se pointera.

Puis il disparut en un clin d'œil, me laissant couverte de son essence dorée.

— *Melek*, grognai-je, essuyant futilement mon visage.

Je n'avais pas besoin d'un miroir pour voir qu'il venait de saturer ma peau de paillettes chatoyantes.

Un juron s'éleva de la salle de séjour où Ajax se leva d'un bond, baguette en main. Il balaya la pièce du regard en quête d'une menace, et se figea lorsqu'il le posa sur moi dans le lit. Il arqua les sourcils à la vue de ma peau scintillante.

Putain, il y en avait aussi sur mes épaules et mon cou. *Et sur mes seins*, réalisai-je en baissant les yeux. Car j'avais lâché le drap quand je m'étais mise à m'essuyer frénétiquement la figure. Il était resté coincé sous mes bras pendant que je mangeais, et maintenant... oui, maintenant il était tombé sur ma taille.

Rien à foutre, me dis-je. *Rien à foutre de tout ça.*

Quelle importance avait ma nudité maintenant de toute façon ? Entre l'interrogatoire, la robe à chaînes et maintenant ça... ça n'avait plus aucune importance.

Alors pourquoi pas avoir des nichons scintillants ?

Argh !

Je pris ma tête dans mes mains et gémis assez fort pour que tout le royaume des Faë de Minuit m'entende.

— Melek ? devina Ajax.

Je ne hochai même pas la tête. Je marmonnai simplement :

— Évidemment.

Puis je m'affalai dans le lit et criai dans l'oreiller.

Foutus Faë mâles. Je les déteste. Tous.

CHAPITRE 10

CAMI

Ma gorge me faisait mal, mes cris étaient plus croassants qu'assourdissants.

Sans doute un signe que je dois arrêter de piquer ma crise et passer à autre chose, songeai-je, irritée contre moi-même. Mais une partie de moi se sentait également soulagée. J'avais besoin de me laisser aller. Heureusement, Ajax n'avait pas essayé de m'en empêcher.

Mais malheureusement, il était adossé au mur dans la chambre, bras croisés sur son torse sculpté, à m'observer de ses yeux sombres. D'ici, je ne distinguais pas le bord bleu de ses iris d'obsidienne, ce qui lui conférait quelque part un attrait encore plus sinistre.

— Tu m'as amenée dans le royaume des Faë de Minuit, constatai-je d'une voix rauque. (J'attrapai la bouteille d'eau sur la table de nuit et en engloutis la moitié avant d'ajouter :) Pourquoi diable as-tu fait ça ? Lucifer va te tuer.

À cause de moi.

Ajax haussa simplement les épaules.

— C'était la bonne chose à faire. S'il veut me tuer pour ça, il ne fera que me prouver que ma réaction était la bonne.

Il s'avança et me tendit une serviette qu'il tenait contre sa poitrine. Sans le remercier, je posai la bouteille d'eau et pris la serviette humide pour me frotter la figure. Mais un bref coup d'œil dessus me révéla ce que je soupçonnais déjà :

— Ça ne part pas.

— Non, en effet.

— Foutu Melek, dis-je entre mes dents serrées.

— On dirait que c'est en train de pénétrer, remarqua Ajax, glissant ses mains dans les poches de son jean.

— Pénétrer ?

— Ta peau l'absorbe, un peu comme une lotion, précisa-t-il.

— Évidemment, grognai-je. Il a dû me marquer avec un genre de sort de traçage.

Quoiqu'il n'en ait visiblement pas eu besoin puisqu'il m'avait déjà retrouvée.

Je fourrai de nouveau ma figure dans mes mains en grognant. Tout ça était vraiment dégueulasse. De bout en bout.

— J'essayais juste d'aider ces Faë, dis-je à Ajax, me fichant que le changement de sujet puisse le heurter. Mais j'ai dû utiliser le pouvoir de Lucifer pour ça.

— Je sais. J'ai vu ce qui s'est passé.

— Et lui aussi, mais tu vois où ça nous a menés, grommelai-je.

— Je ne peux pas expliquer ses réactions. Az ou Melek seraient plus à même de le faire. Je peux seulement dire que je désapprouve ce qu'il a fait. Et… (Il dansa d'un pied sur l'autre, un mouvement bizarrement enfantin, très différent de celui du Gardien Faë de l'Enfer que je connaissais.) Et tout ce que je peux faire, c'est m'excuser pour mon rôle dans tout ça.

J'arquai les sourcils.

— Toi aussi tu t'excuses ?

— Melek s'est excusé ?

— Oui.

— Oh. (Son front se plissa.) Ça... ça devait être intéressant à observer.

— C'était quelque chose en effet, admis-je.

Mais je ne savais pas encore quoi en penser. Melek avait parlé de consentement, tout comme il avait laissé entendre que c'était à moi de choisir de le prendre ou non comme compagnon.

Puis il m'avait aspergée de son essence dorée comme une sorte de spray revendicatif. Je la sentais se répandre dans mon corps, son pouvoir réchauffant ma peau et laissant au passage un subtil baiser d'électricité qui bourdonnait le long de mes bras nus.

Poussant un juron, je jetai la serviette par terre. Tout ça... c'était... *argh*.

J'avais envie de crier de nouveau, mais ma gorge encore douloureuse ne me le permettrait pas. Donc je pris la bouteille d'eau et la vidai cul sec. Elle disparut sitôt finie, ainsi que la tasse à café et tous les autres plats que Melek avait apportés – dont le raisin.

— Qu'est-ce que... ?

Je regardai autour de moi, puis remarquai qu'Ajax tenait une baguette.

— Si tu veux autre chose, je peux l'invoquer. Je ne fais pas confiance à la nourriture de Melek, expliqua-t-il. Du moins je suppose que c'était sa nourriture ?

— Oui, confirmai-je d'un ton grognon.

Ajax hocha la tête.

— J'ignore comment il a contourné mon sort pour entrer, mais ma magie l'a chopé à la sortie. C'est ce qui m'a réveillé.

— Oh. (Pas vraiment ma réponse la plus inspirée...)

— Mais le fait qu'il nous ait retrouvés aussi vite est un problème. On n'est pas seulement dans le royaume des Faë de

Minuit, mais dans leur palais. Il a évité tous les protocoles pour entrer ici, donc Lucifer le peut aussi.

Je ne répondis pas car je n'étais guère surprise. Lucifer était le diable en personne. Bien sûr qu'il pouvait aisément traverser d'autres royaumes. Et Melek était... eh bien, je ne savais pas trop ce qu'était Melek, mais il était vraiment puissant.

Ajax s'assit au bord du lit en soupirant et fit rapidement tourner sa baguette entre ses doigts.

— Shade nous a invités au petit-déjeuner de minuit. (Il prononça un sort pour avoir l'heure.) Dans deux heures environ. Ils auront peut-être des suggestions à nous faire.

— Melek a dit que Zakkai jouait avec ses pouvoirs. (J'ignorais si cette information serait utile ou non, mais elle semblait importante.) Donc Zakkai sait au moins qu'il était ici.

— J'imagine qu'il n'était pas très content. Zakkai et Shade ont toujours rencontré Lucifer dans le paradigme, jamais ici. Du moins, pas à ma connaissance.

Il passa sa main libre sur son visage, son épuisement était palpable. Je me demandais combien de temps il avait dormi, car moi je me sentais à peu près reposée.

Parce qu'il m'a amenée ici, me dis-je. *Il a choisi de me protéger.*

— Pourquoi ? chuchotai-je. Pourquoi tu m'as amenée ici ?

Je le lui avais déjà demandé, mais je... je n'arrivais pas à croire qu'il l'avait vraiment fait. Qu'il avait risqué sa vie... *pour moi.* Personne n'avait jamais fait ça. Personne ne s'était jamais approché de moi pour me soutenir d'une manière ou d'une autre. Pas même mes parents. Putain, mon père m'avait vendue au diable pour ses jeux nuptiaux de Faë de l'Enfer. Ma mère se rappelait à peine que j'existais. Et mes meilleurs amis – si je peux les appeler ainsi – n'avaient sans doute même pas réalisé que j'étais partie.

Certes, je n'avais pas vraiment favorisé les relations personnelles.

Règle des Faë de l'Enfer n°4 : ne fais confiance à personne.

Mais une partie de moi avait envie de faire confiance à Ajax, malgré tout ce que nous avions vécu.

Ses actes prouvent clairement son intention, pensai-je, me référant à la règle numéro dix : *les actes sont plus éloquents que les mots.*

— Je n'avais nulle part où aller, répondit Ajax tandis que sa baguette s'évaporait dans l'air. J'ai quitté le royaume des Faë de Minuit pour échapper à mes souvenirs. Mais ce qui s'est passé hier… ce qu'Az et Lucifer ont fait… (Il déglutit et secoua la tête.) Ils m'ont fait comprendre que ces souvenirs me hanteront toujours.

La douleur dans sa voix me serra le cœur. Je devrais le haïr, je devrais *tous* les haïr, mais je ne pouvais pas fortifier mes barrières maintenant, avec cette émotion essentielle.

Il a voulu me sauver, me répétai-je. *Il a sacrifié ses relations avec Az et Lucifer… pour moi.*

Ce n'était pas du tout ce que je voulais.

Personne ne devrait jamais avoir à renoncer à sa loyauté pour quelqu'un d'autre. Personne ne devrait jamais être obligé de choisir.

— Je pensais que Lucifer voulait juste me punir, poursuivit-il. J'ai touché à quelque chose qui ne m'appartenait pas. Je l'ai reconnu. Mais je ne m'attendais pas à ce qu'il te punisse aussi. (Ses yeux sombres s'embrasèrent lorsqu'il me regarda enfin.) Je n'aurais jamais dû te dire de mettre ces chaînes. Je suis désolé, Cami. Tu n'as pas idée à quel point je suis désolé… pour tout.

La sincérité de son expression égalait celle de Melek quelques instants plus tôt. Ces deux hommes me faisaient tourner la tête avec leurs excuses inattendues.

Peut-être que je suis morte, songeai-je. *Peut-être que Lucifer m'a tuée et que c'est là une forme de vie après la mort. Mais est-ce le Paradis ou l'Enfer ?*

Le concept très humain de la mort me fit presque rire. J'avais déjà connu l'Enfer au sens propre du terme. Je savais ce que c'était. Et ce n'était pas si infernal que ça. C'était même… plutôt agréable.

Bien sûr, cela n'apaisa pas complètement ma colère. Lucifer m'avait humiliée sous les yeux d'Ajax et des autres.

Mais Ajax n'avait pas été un participant volontaire. Az l'avait forcé à se soumettre à la punition de Lucifer, lui procurant son propre enfer. Il m'avait raconté ce qui était arrivé à sa famille et à Emelyn, comment Constantin l'avait obligé à les regarder mourir.

Les actions de Lucifer n'avaient pas été aussi violentes, du moins pas sur la scène de son club. Il avait juste été maniaque et cruel. Mais je finirais par surmonter le traumatisme de l'incident. D'ailleurs, je l'avais déjà surmonté en grande partie.

Donc une bande de Faë de l'Enfer m'avait vue quasi nue sur une scène. Ce n'était guère différent de ce qu'ils avaient vu lors des épreuves. Ils n'avaient pas eu le droit de me toucher, seulement de me parler. Et la plupart d'entre eux n'avaient même pas proféré de paroles inconvenantes.

Est-ce que j'allais un jour pardonner à Lucifer son rôle dans cette histoire ? Non. Je ne pardonnerais sans doute pas à Az non plus, surtout sachant ce qu'il avait fait à Ajax.

Quant à Melek, je ne savais même pas par où le prendre, lui et ses interventions sibyllines.

Alors qu'Ajax… Je pourrais peut-être lui pardonner. Pas encore. Pas maintenant. C'était trop frais. Mais à terme, je pourrais y arriver.

— Je ne peux pas dire que je te pardonne, avouai-je. Mais ma colère n'est pas tant contre toi que contre Az et Lucifer.

Il déglutit et inclina le menton en signe de reconnaissance.

— Je comprends. (Il lâcha un rire sans joie.) Je comprends

tout à fait. Je leur en veux aussi. Ils… (Il s'interrompit et secoua la tête.) Il ne s'agit pas de moi. Peu importe.

— Non, dis-moi. (Je remontai le drap pour couvrir ma nudité et me penchai un peu en avant.) Ça me distraira. Ou peut-être que j'arriverai à comprendre.

Il me dévisagea un moment, puis posa une jambe sur le lit pour me faire face, l'autre restant le pied posé par terre.

— J'avais confiance en eux, et ils ont cramé cette confiance en m'ôtant toute possibilité de choisir. Ils ne savent peut-être pas tout sur ce qui m'est arrivé, mais ils en connaissent assez. Et se servir de mon passé contre moi en guise de punition… (Il grimaça.) Intentionnel ou non, je ne pense pas pouvoir pardonner ça.

— Je ne sais pas si j'en serais capable non plus, opinai-je.

Ajax et Az avaient un passé commun, que je n'appréhendais peut-être pas entièrement, mais que j'avais assurément remarqué depuis qu'on était ensemble. Qu'Az soit si obtus, si *indélicat*, était inexcusable.

Et Lucifer… eh bien, je doutais fort qu'il ait été inconscient de ses méthodes. Il savait ce qu'il faisait. *Le mal incarné.* J'étais peut-être un peu partiale, tout bien réfléchi, mais Lucifer m'avait l'air assez sinistre pour concevoir délibérément un châtiment destiné à toucher les cordes sensibles.

Cependant, Melek m'avait laissé entendre que tout cet arrangement avait été fait à son profit.

« Ses méthodes ont clairement été conçues en tenant compte de mes penchants. Je pense que c'était sa façon de me montrer son soutien. »

Est-ce qu'il a raison ? me demandai-je. *Ou s'agit-il d'une sorte de combinaison ?*

Ajax soupira et s'affala sur le lit, son torse près de mes pieds, mais il était sur les couvertures et non dessous comme moi.

— Faë, ce matelas est confortable, marmonna-t-il en levant

l'autre jambe et en s'allongeant sur le lit. Putain, c'est carrément un appel au sexe. (Un rire m'échappa tandis qu'il rampait au milieu et s'affalait de nouveau.) Le canapé doit être ensorcelé pour le mal de dos. C'est peut-être une sorte de punition tordue pour avoir été expulsé de ce lit monstrueux. Quiconque dort sur le canapé a manifestement fait quelque chose de mal.

— Je ne t'ai pas obligé à y dormir, lui fis-je remarquer.

— Non, mais c'était ce que je méritais. D'où le mal de dos. (Il s'étira sur le lit en soupirant.) Je crois que je vais vivre ici maintenant. Profiter du petit-déjeuner de minuit avec Shade. Ses énigmes sont presque aussi ennuyeuses que celles de Melek.

Sa voix n'était plus qu'un marmonnement tandis que ses yeux se fermaient.

— Peut-être que le lit est un appel au sommeil, pas au sexe, supposai-je.

— Un lit de cette taille est carrément prévu pour le sexe, murmura-t-il. Le sexe en groupe. (Il leva une main pour désigner le fauteuil dans le coin.) Avec un public.

— On dirait que ça t'est venu à l'esprit, remarquai-je en m'allongeant à ses côtés, toujours sous les couvertures et lui dessus.

— Le sexe est une pensée fréquente en ta présence, admit-il, me dévisageant entre ses cils épais. Je suis quasi sûr d'être accro à toi, Cami.

Je fis la moue.

— Je ne sais pas trop si c'est une insulte ou un compliment.

— C'est un compliment. Tu es la première femme que je désire depuis plus de dix ans. La première Faë à qui j'ai envie de me confier, aussi. Je crois que je t'en ai dit plus que je n'en ai jamais dit à Az, qui n'a peut-être pas pleinement réalisé l'impact de ses actions sur moi, je suppose. Mais... (Il haussa les épaules.) Ça ne veut pas dire que je peux oublier ça.

Un peu comme moi, incapable d'oublier la punition de Lucifer – et l'implication d'Ajax. Mais pour des raisons différentes.

— Je vais faire tout mon possible pour te protéger, Cami, promit-il. J'espère juste que ce sera suffisant.

Je posai ma paume sur sa joue.

— J'apprécie ce sentiment, Gardien.

C'était vrai. Car je voyais bien qu'il était sincère.

Hélas, nous étions tous deux conscients que Lucifer finirait par gagner cette bataille. Nous ne savions pas comment le combattre et n'étions pas assez forts pour cela.

Ajax pencha la tête pour embrasser mon poignet, puis referma les yeux.

— L'instinct de te mordre me tue, Cami.

Je commençai à m'écarter, mais il attrapa ma main et porta mon poignet à sa bouche.

— Je ne te mordrais jamais sans ta permission, jura-t-il. Rien qu'en connectant ma magie, j'initierais des liens de Faë de Minuit. Et je refuse de prendre une compagne sans son consentement. (Il rouvrit les yeux, les bords bleus de ses iris scintillèrent.) Je te prouverai que tu peux me faire confiance, Cami.

Il mordilla mon pouls, pas assez fort pour entailler la peau, puis déposa un baiser sur ma paume ouverte.

— Ça prendra du temps, mais je la gagnerai si tu me laisses faire.

Est-ce que je voulais cela ? Est-ce que je voulais le laisser gagner ma confiance ? Mon affection ? *Mon... cœur ?*

Je l'étudiais, la gorge nouée, la bouche soudain sèche. *Les actes sont plus éloquents que les mots,* me répétais-je. *Et ses actes... sont très éloquents.* Comment pouvait-il être le même homme qui m'avait interrogée l'autre jour ? M'attachant à une chaise, me menaçant avec des serpents... et contrit après coup quand il avait réalisé que je ne l'avais pas trompé. N'avais pas brisé sa foi en moi. Ne l'avais pas blessé délibérément.

Nous avions tellement évolué depuis ces moments-là, en si peu de temps.

Jusqu'à quel point pouvons-nous évoluer ? me demandai-je. *À quoi pourrait ressembler une vie commune ?*

Nous aurions toujours Lucifer au-dessus de nos têtes, qui compterait probablement nos jours. Bon sang, on pourrait mourir aujourd'hui. Demain. La semaine prochaine.

Voulais-je vraiment passer les dernières heures qui me restaient à en vouloir au seul Faë qui avait essayé de m'aider ?

Il n'avait pas su ce que Lucifer ferait de ces chaînes. Bon, il avait sûrement eu une idée de ce qu'elles entraîneraient, mais pas une vision complète de ce qui se passerait réellement. Il avait été figé par son meilleur ami, contraint de regarder Lucifer m'exhiber sur la scène comme une sorte de prix à gagner.

On souffrait tous les deux pour des raisons très différentes, mais néanmoins liées. Et je ne voulais vraiment pas perdre mon temps à haïr le seul Faë de cet univers qui avait tenté de me soutenir. *Trop peu, trop tard* ne s'appliquait pas ici. On ne se connaissait pas depuis assez longtemps pour que je lui reproche ses choix. Il avait fait ce qu'il pensait être juste. Y compris en m'aidant à la fin.

Il ne s'agissait pas de pardonner. Il s'agissait de vivre. D'accepter. De compatir avec quelqu'un dont le destin était désormais sombrement lié au mien.

Parce qu'il m'a choisie. Il a choisi de faire ce qu'il pensait être juste. Il a essayé de me sauver.

J'écartai ma main de sa bouche pour prendre de nouveau sa joue en coupe, mais cette fois, ce mouvement fit bouger tout mon corps et me pencher sur lui. Il était resté près de moi sans vraiment me toucher, et je m'empressai de combler le vide entre nous.

Il planta ses yeux dans les miens pendant que je bougeais et enroula ses doigts autour de mon poignet, son autre bras demeurant immobile entre nous.

Le drap glissa sur moi, révélant ma nudité. Toutefois son regard ne fléchit pas, resta concentré sur mon visage plutôt que sur mes seins tandis que je le chevauchais. Il était torse nu lui aussi, ce qui m'offrait une vue délectable de tous ces muscles bien dessinés, mais je gardais mes yeux dans les siens, l'intimité de notre connexion étant indubitable.

Sans dévier mon regard, je me baissai pour l'embrasser, pressant ma poitrine contre la sienne comme si ç'avait toujours été là sa place. Ses lèvres s'ouvrirent sous les miennes en un contact à la fois respectueux et complice. Comme si cela devait arriver. Comme si nos destinées avaient été liées ensemble spécifiquement pour ce moment, sachant exactement ce dont nous aurions besoin l'un de l'autre. Que nous aurions besoin l'un de l'autre. Besoin de *cela*.

Peut-être que Melek avait raison à propos du destin, songeai-je. *Ou peut-être qu'Ajax a raison quand il dit que ce lit est un appel au sexe.*

Mais j'en avais marre de cogiter. Marre de me tracasser à propos de l'avenir, du passé, de Lucifer, de tout ça.

Maintenant, j'avais envie de crier d'une manière tout à fait différente.

— Distrais-moi, Ajax, murmurai-je contre sa bouche. Donne-moi un moment de paix.

— Je te donnerai tout ce que tu veux, Cami, répondit-il. Je te donnerai tout.

CHAPITRE 11

AJAX

C'ÉTAIT un vœu que je ne devrais pas faire. Que je ne pourrais pas tenir longtemps.

Mais au moins, je pourrais emporter cette promesse dans ma tombe.

Car je ne doutais pas une seconde que Lucifer allait venir. Le fait que Melek nous ait retrouvés si facilement indiquait qu'Az se mettrait en route d'une minute à l'autre. Cependant, je refusais de me tourmenter à propos de l'inévitable. Cami voulait vivre ce moment – ce que j'avais bien compris car je l'avais senti dans son baiser – et j'avais bien l'intention de satisfaire son désir.

Je glissai ma langue sur ses lèvres, quêtant la permission d'en faire plus. Un baiser plus profond. Une déclaration tacite de partenariat. Un moment intime réservé à nous deux.

C'était plus que ce que je méritais. Plus que ce que j'aurais osé espérer. Plus que ce que je n'avais jamais cru désirer.

Mais j'avais besoin d'elle. J'avais besoin de *ça*. J'avais besoin de ce *moment de paix* qu'elle m'avait demandé et de tout ce qu'elle serait prête à me donner.

Le temps était précieux et il nous en restait si peu.

À moins qu'on trouve un moyen de traiter avec Lucifer, me dis-je. Pas en le tuant, mais en passant un vrai accord. Un contrat qui nous permettrait de vivre.

C'était un fantasme, un désir onirique qui ne se réaliserait sans doute jamais. Tout comme la scène de sexe que j'avais imaginée la nuit dernière, où je baisais Cami dans ce lit avec Melek et Az sous le regard de Typhos.

Ce lit est définitivement enchanté, décidai-je. Mais je n'en avais plus rien à foutre de tout ça maintenant. Je voulais juste Cami, et je l'avais. Nue. À califourchon sur moi. M'embrassant. Ses mains sur mes épaules, ses seins pressés contre ma poitrine. Une sacrée perfection.

Il faut juste que je quitte ce satané pantalon.

Cami se colla à mes hanches, comme si elle suivait mes pensées. Putain, c'était comme si nous étions connectés, bien que ce ne soit pas le cas. Nous nous comprenions simplement.

Elle planta ses ongles dans mes épaules, sa bouche répondit à la mienne et laissa ma langue y entrer. Notre baiser fut lent. Complet. *Intentionnel.* Une promesse chuchotée entre nos deux âmes. *C'est notre moment et nous en profitons.*

Ce n'était pas une question de pardon. Il ne s'agissait pas de tourner la page sur notre passé ou de guérir. Il s'agissait de plaisir. D'évasion. *D'assouvissement.*

Elle m'embrassa avec ferveur, sa passion déferlant sur moi en une vague intense et brûlante. Je la laissai m'y noyer, étouffer mes instincts et faire taire tous mes doutes. Bien qu'il n'en reste guère.

Cette femme avait brisé toutes mes barrières et m'avait forcé à *ressentir.*

J'avais irrémédiablement changé, et n'en éprouvais aucun regret.

Plutôt que de prononcer ces mots à haute voix, je les murmurai dans sa bouche avec ma langue.

Elle gémit. Je grognai.

Cami provoquait chacun de mes instincts de prédateur, sa simple présence me faisait mal aux incisives. Je n'avais pas menti en disant que j'avais envie de la mordre. C'était ce désir intrinsèque au fond de moi qui menaçait de prendre le contrôle.

La revendiquer me permettrait de la protéger. La marquer comme mienne pourrait nous sécuriser tous les deux. Elle serait accueillie dans la société des Faë de Minuit. Elle aurait accès au royaume grâce à notre lien. Peut-être même gagnerait-elle de nouveaux pouvoirs et traits de caractère au fur et à mesure que nos âmes s'uniraient.

En supposant que je sois vraiment le bienvenu ici, songeai-je.

Mais c'était une préoccupation pour un autre jour. Une autre fois. Pas maintenant. Pas tant que j'avais le corps sensuel de Cami pressé contre le mien.

Je nous fis rouler et la mis sur le dos tout en approfondissant notre baiser. En réaction, elle promena ses mains sur mes omoplates, grattant ma peau de ses ongles. Une revendication subtile, à laquelle je fis écho en mordillant sa lèvre inférieure. Pas assez fort pour entailler la peau, juste une réponse qui rivalisait avec la sienne.

Avec un grand sourire, Cami serra ses cuisses autour des miennes et croisa ses chevilles sur mes fesses.

— Ce pantalon doit disparaître.

— Impatiente, petite rebelle ? lui demandai-je, souriant à mon tour. Où sont les préliminaires ?

— Toute notre relation n'a été que préliminaires, Ajax. Baise-moi maintenant.

— Mmmh...

Je voulais la baiser. La posséder. La *mordre*. La faire mienne. Nous *lier*.

C'est trop, me dis-je dit. *Trop vite.*

Nous avions vécu l'enfer. *Littéralement. On ne devrait pas... bouger comme ça...*

Elle se cambra contre moi, son corps répétant son ordre, ce qui me fit jurer. Cami semblait aussi perdue que moi dans cette connexion. Complètement captivée. Prête à tout. *Suppliant* pour mes caresses. Ma bite. *Mes crocs.*

Non. C'est ce putain de lit, réalisai-je. *Il est vraiment enchanté. Peut-être même par Melek.*

Cette dernière pensée me fit grogner, une idée irritante qui me donna juste assez de répit pour agir.

— Pas ici, dis-je à Cami. (Je glissai du matelas et l'entraînai avec moi.) La douche.

De toute façon, nous devions nous laver.

Et si nous voulions toujours baiser là-dedans, alors je laisserais faire. Car cela voudrait dire que c'était réel. Qu'elle me désirait vraiment et n'était pas sous l'emprise d'un sort de luxure.

— La douche ? répéta Cami. Ajax, c'est pour ap–

Je la pris dans mes bras, lui coupant la parole, et la berçai contre ma poitrine. Elle leva les yeux sur moi.

— Tu es sérieux ?

— Tout à fait. (Je pris le chemin de la salle de bains.) Tu es couverte de l'essence de Melek. Il est temps de t'en débarrasser.

Et d'être sûre que c'est vraiment ce que tu veux, ajoutai-je mentalement.

Cami émit un bruit qui me fit retrousser les lèvres d'amusement. C'était un grognement d'agacement et de frustration à la fois, dont je soupçonnais qu'il ne m'était pas entièrement destiné.

J'entrai dans la salle de bains et remarquai la baignoire surdimensionnée, puis la douche à l'italienne géante.

— On a le choix, hésitai-je entre les deux. Mais je crois que je te veux là.

Je désignai le mur carrelé et les rebords encastrés. Il y avait aussi un banc. Et trois pommeaux de douche.

Cami suivit mon regard et ses yeux gris s'illuminèrent à cette perspective.

— Ça a l'air sympa.

— Ça l'est, opinai-je en la reposant par terre. Mais d'abord, il faut que tu enlèves mon pantalon.

Cela confirmerait si oui ou non elle en avait vraiment envie, lui donnerait le choix de faire marche arrière. Un moment de clarté pour voir au-delà de ce sort de luxure que le lit aurait pu déclencher en elle. *Ou les paillettes dorées de Melek,* pensai-je avec aigreur.

Cami se tourna vers moi, ses beaux yeux se posèrent sur mon jean.

— Est-ce que j'aurai une récompense si je te déshabille ?

— Plusieurs, promis-je.

— Hmm.

Elle promena son ongle sur mon bas-ventre en mordillant sa lèvre inférieure, puis elle s'agenouilla. Ce n'était pas du tout ce à quoi je m'attendais. J'avais pensé entre autres à un refus, parce qu'elle aurait repris ses esprits. Mais ça ? Je ne m'y attendais pas du tout. Ni à cette lueur malicieuse dans ses yeux quand elle saisit le bouton de mon jean.

Je déglutis, la gorge soudain sèche. Je ne savais pas si elle voulait me faire plaisir ou me manger. *Peut-être qu'elle prévoit de me torturer. Me punir. Me* posséder.

Mon cœur manqua un battement à cette idée, mes veines brûlant aussitôt d'un désir renouvelé.

Je ferais tout ce qu'elle désirait. M'incliner. Supplier. La satisfaire pendant des heures, des jours, des *années.* La suivre de toutes les façons imaginables. Me plier à toutes ses volontés.

C'était un constat terrifiant. Mais cette femme... je l'avais dans la peau. Elle s'était insérée dans mon âme sans la moindre morsure.

Comment est-ce possible ? m'émerveillai-je tandis qu'elle ouvrait la fermeture éclair de mon pantalon. *Quand est-elle devenue mienne ?* Était-ce parce que j'avais goûté à son sang ? Parce que nous avions traversé l'enfer ensemble ?

Mon jean froufrouta sur ma peau lorsqu'elle le baissa, m'exposant devant elle de plus de façons qu'elle ne le savait sans doute.

Cela l'effraierait-il si je lui disais ? Si je lui avouais que mes incisives me brûlaient d'envie de la marquer ? Comment mon esprit Faë de Minuit désirait ardemment épouser le sien ?

Qui suis-je au juste ? me demandai-je en secouant la tête pour m'éclaircir les idées.

Mais le désir ne fit que croître quand Cami déposa un baiser humide sur ma queue. Tout à fait spontané. Totalement inattendu. Mais si parfait.

J'empoignai ses cheveux par réflexe, mes couilles rendues sensibles par cette subtile taquinerie. Elle me récompensa en écartant ses douces lèvres et me prenant dans sa bouche, glissant sa langue sur le dessous de ma bite.

— *Putain*, Cami, exhalai-je.

Elle ronronna contre ma hampe palpitante, son regard lubrique captant le mien. Cette femme savait ce qu'elle faisait, ce qu'elle prouva en jouant avec mes piercings d'une manière qui faillit me rendre fou.

— Je ne sais pas ce que j'ai fait pour te mériter, avouai-je. Mais je remercie chaque jour le destin de t'avoir mis sur mon chemin.

Elle grignota l'haltère qui ornait mon gland, puis se retira pour me fixer.

— Tu dis ça uniquement parce que j'avais ta bite dans ma bouche.

Je lâchai un rire plus proche d'un grognement et la soulevai pour la poser sur le plan des lavabos.

— Je dis ça parce que tout ce que je veux, c'est te mordre et te revendiquer, corrigeai-je en me penchant pour mordiller le pouls emballé dans son cou. Je dis ça parce que tu as tout changé en moi, Cami. *Tout.*

Elle m'avait fait *ressentir*. Ramené à la vie. Donné une nouvelle raison d'être. Rappelé à me battre pour ce en quoi je croyais.

— Tu m'as appris à respirer de nouveau, lui dis-je respectueusement. Je n'avais pas réalisé à quel point j'étais perdu… jusqu'à toi.

Des paroles lourdes, chargées d'émotion. Mais je ne pouvais pas les lui taire, ni cacher l'impact qu'elle avait eu sur moi.

Je ne m'étais jamais vraiment ouvert à Emelyn, mes barrières ayant toujours été dressées à cause de la situation obscure que nous vivions. Elle avait été fiancée à un autre Faë. Je n'étais qu'une passade. Peu importe que nous nous soyons crus amoureux l'un de l'autre. Nous n'avions pas l'ombre d'une chance.

C'était du moins ce que je m'étais dit à cette époque. La raison de ma retenue.

Sauf que c'était différent à ce moment-là. Différent de *maintenant*.

Oui, j'avais aimé Emelyn. Mais Cami… *Cami est tellement plus que ça.*

Je ne commettrai plus l'erreur de me retenir, décidai-je. *Je ne laisserai pas tomber Cami.* Elle devait connaître la vérité. *Ma* vérité. Surtout parce que cette vérité était tout ce qui me restait encore. Cami représentait plus pour moi que je ne pouvais l'imaginer. Et j'en avais assez d'essayer de déterminer le *pourquoi* et le *comment* de tout ça. Nous pourrions nous éterniser sur ce point toute la journée sans jamais en trouver la cause. Et hors de question que je perde plus de temps.

Je refuse d'emporter ces vérités dans la tombe.

Je plaquai mes mains sur ses cuisses et les écartai pour me

glisser entre elles. Ma bouche descendit sur ses seins et s'arrêta pour mordiller ses délicieux mamelons.

— Tu es si parfaite, Cami. Rebelle. Forte. *Déterminée.*

Elle avait été la captive la plus difficile à attraper pour les épreuves. Puis elle avait créé des problèmes à chaque occasion.

Et je l'aimais foutrement pour ça.

Ç'avait été ces prises de tête qui m'avaient décillé. Ses déclarations et ses affirmations sincères qui m'avaient sorti du brouillard de mon esprit, m'obligeant à vivre dans le présent. À tourner la page sur le passé. À envisager un avenir potentiel.

Je continuai à descendre le long de son ventre plat, plongeant ma langue dans son nombril en chemin. Pendant ce temps, je lui exprimai le fond de ma pensée, comment elle avait changé mon point de vue sur la vie, m'avait offert de nouvelles opportunités, avait redéfini toute mon existence.

— C'est beaucoup, je sais, chuchotai-je, ma bouche près de son clitoris. Mais, Cami, je le pense vraiment : je suis tellement reconnaissant de t'avoir dans ma vie. Peu importe combien de temps elle va durer, tu valais chaque moment de douleur et de souffrance de mon passé. Et tu continueras à en valoir la peine à l'avenir aussi.

CHAPITRE 12

CAMI

LES YEUX d'Ajax étaient un sombre tourbillon d'émotions, ses mots un baiser respectueux à mes oreilles.

Je… je ne savais pas quoi dire. Il venait de déverser son âme dans ces déclarations, me laissant franchir ses barrières et accéder au cœur de son existence. Je pouvais presque ressentir sa douleur comme si c'était la mienne, la solitude qui en découlait était une présence tangible que je comprenais parfaitement. Car moi aussi, j'avais été seule pendant la majeure partie de ma vie. Bien que ma solitude ait été motivée par des raisons très différentes, je comprenais toujours la détresse de n'avoir personne d'autre sur qui compter. Personne d'autre à qui faire confiance. Personne d'autre à *aimer*.

Or nous étions ensemble maintenant.

Deux rebelles s'échappant d'une cour dangereuse. Deux Faë fuyant un roi mortel.

Ajax m'avait choisi, et maintenant… maintenant je voulais le choisir moi aussi. Nos jours étaient comptés. Pourquoi les passer seuls ? Pourquoi lutter contre nos sentiments l'un pour l'autre ?

Ses lèvres se refermèrent sur mon clitoris, me faisant

cambrer le dos et pousser un cri. Avec un grognement d'approbation, il remonta ses mains le long de mes cuisses jusqu'à mes hanches et me maintint en place pendant qu'il me dévorait.

Putain. Je lui avais dit qu'on pouvait sauter les préliminaires. J'avais eu tort. Les préliminaires sont *toujours* appréciables.

J'attrapai l'arrière de sa tête, plantai mes ongles dans ses cheveux noirs. *Si doux. Si épais. Si... ohhh.*

Ses incisives contre ma chair tendre envoyèrent une onde de choc dans mon organisme et mon souffle se bloqua dans ma gorge. Puis sa langue suivit, tournoyant sur ma peau pour apaiser la piqûre.

— Tu as... tu as... percé la peau ? demandai-je, le souffle coupé par les sensations qui parcouraient mon corps.

Si proche. Trop proche. Putain, ça... oui...

— Non. (Il se remit à mordiller et ses dents pointues provoquèrent une nouvelle secousse, encore plus intense que la précédente.) Je t'ai dit que je ne te mordrais pas sans ta permission. Je suis sincère. (Il lécha de nouveau la douleur.) Je ne fais que me délecter de ta douce chatte, petite rebelle. J'aime te faire sursauter.

Il recommença une troisième fois, ce qui me fit gémir. Parce que bon sang, c'était... *bon.* Différent. Un peu dangereux. Et tout aussi érotique.

— J'aime bien, avouai-je.

— Je sais.

Il prononça ces deux mots contre ma chaleur moite, et l'assurance de son ton me fit crisper les cuisses. Il avait énuméré plusieurs de mes qualités qu'il appréciait chez moi. Eh bien, son assurance était l'une des nombreuses que j'aimais chez lui.

J'appréciais aussi beaucoup sa bouche. Et sa langue. Et ses *mains,* qui glissaient toutes deux vers mes seins. Ses pouces taquinèrent mes mamelons tandis qu'il me narguait plus bas avec son baiser vampirique.

J'en voulais plus. Tout de lui. Tout ce que nous pourrions être.

— Je veux que tu me mordes, lui dis-je. Mords-moi *vraiment.*

— Ça va déclencher les liens d'accouplement, me rappela-t-il contre mon clitoris.

— Je sais, répondis-je, insufflant la même assurance dans ces deux mots que celle qu'il avait eue. Je veux que tu me mordes, Ajax.

Ses pouces s'immobilisèrent sur ma peau, et il détourna son attention de mon centre chaud pour lever les yeux sur mon visage.

— Tu veux ma morsure revendicatrice ?

— Oui, acquiesçai-je en déglutissant.

Ce mot sortit avec moins d'assurance, mais ce n'était pas parce que je n'en avais pas envie. Je le voulais vraiment.

Mais si je l'avais mal entendu tout à l'heure ? Ou si j'avais mal compris ?

Non. Il n'arrête pas de dire qu'il veut me mordre. À moins que...

— Tu veux me mordre seulement pour mon sang ? lui demandai-je.

J'ignorais à quelle fréquence il devait se nourrir. C'était peut-être pour ça qu'il voulait me mordre : pour assouvir sa faim. Il avait déjà eu envie de mon essence. Az l'avait aidé en me mordant à sa place. Et une autre fois, nous avions utilisé un couteau.

Peut-être...

— Est-ce que tu peux invoquer une lame ? (Je fronçai les sourcils, une autre idée me venant à l'esprit.) Où est ta baguette ?

Il l'avait dans la chambre, mais elle semblait avoir disparu. Je secouai la tête.

Arrête d'être ridicule, Cami.

— Laisse tomber. (J'étais en train de divaguer, ce qui ne me ressemblait pas du tout.) Baise-moi, c'est tout. Oublie ce que j'ai dit.

Ajax releva la tête de mon centre et m'étudia de ses yeux bleu nuit.

— Que j'oublie que tu m'as demandé de te mordre ? (Il retroussa ses lèvres.) Que j'oublie que tu m'as demandé de te *revendiquer ?*

— Ajax...

— Je ne vais rien oublier, petite rebelle. (Il empoigna le comptoir de chaque côté de mes hanches et pencha son corps musclé sur moi.) Quand j'aurai fait ça, nous serons connectés pour toujours. Tu es sûre de le vouloir, Cami ? Tu es sûre de me vouloir en toi ? Relié à ton âme ? Capable d'entendre tes pensées, de capter ton esprit ?

Je frissonnai, l'intensité de ses paroles enflammant mon âme. Car *oui*, c'était ce que je voulais. Tout cela. Avec lui. Ne plus être seule. Avoir un partenaire. Survivre avec quelqu'un plutôt que seule. Vivre le peu de temps qu'il me restait avec un amant - un *compagnon* - au lieu de le gaspiller dans la solitude.

Mais ce n'était pas tout.

J'avais sympathisé avec Ajax dès le début, même quand il était un Gardien intimidant et cruel. À mon corps défendant, je l'avais même désiré à l'époque. Et il m'avait soutenu à sa manière, lui aussi. Il m'avait fait des confidences malgré sa propension à ne faire confiance à personne. Il m'avait aidée dans les épreuves. Même son comportement, quand il avait cru que je l'avais trahi, avait été plus sensuel que sévère. Et quand il avait réalisé que j'étais innocente... il s'était écrasé.

Il avait fait la paix avec moi. Il avait été là pour moi. Il avait même essayé de m'aider.

Puis il m'avait sauvée. *Au détriment de tout le reste.*

Est-ce que je veux m'accoupler avec lui ?

— Oui, lui répondis-je, posant ma main sur sa joue. (C'était sûrement dingue, voire imprudent. *Mais...*) Je le sens bien. Ça. Nous. Maintenant.

Je ne voulais plus en débattre. Je voulais juste que cela se produise. Avec *lui*.

Je me soulevai pour effleurer ses lèvres.

— Veux-tu me mordre, Ajax ? Veux-tu initier le lien de revendication ?

Il frémit sous ma paume, ses cils s'abaissèrent et son regard se voila.

— J'ai l'impression de vivre un rêve.

— Peut-être que c'en est un.

— Ou peut-être pas.

— Ça ne changera pas ce que je désire, affirmai-je. Maintenant, dis-moi ce que toi tu veux.

— Je préfère te montrer.

Il souffla ces paroles contre mes lèvres, une réponse absolument parfaite.

Les actes sont plus éloquents que les mots, songeai-je, cette règle tournant en boucle dans mes pensées tandis que sa langue plongeait dans ma bouche. La saveur de mon excitation sur ses lèvres fit s'emballer mon pouls.

Mon désir s'enflamma lorsqu'il me souleva et m'emmena dans la douche. La peau surchauffée de mon dos rencontra le carrelage froid, et un jet d'eau chaude tomba aussitôt autour de nous. J'ignorais si la douche était équipée d'un détecteur de mouvement ou si elle était contrôlée par magie, mais je m'en fichais.

Tout ce qui comptait, c'étaient les baisers d'Ajax. Ses

mains. Sa bite contre mon vagin trempé tandis que j'enroulais mes jambes autour de ses hanches.

Je gémis quand il se glissa en moi, son mouvement expert me confirmant à quel point nous étions faits l'un pour l'autre.

Ce mâle. Ce Faë. Ce *Gardien*. J'étais éperdue de lui. De ce moment. De ses attouchements. Ses coups mesurés. Ses baisers addictifs. *Ses mains magiques.*

Il me caressait d'une manière qui me donnait l'impression d'être vénérée. Prenait ma bouche avec une passion qui me faisait vibrer jusqu'au fond de l'âme. Et me prenait dans ses bras avec tant d'attention que je me sentais protégée. Sécurisée. Unie. *Plus seule.*

Ses poussées étaient profondes, me frappant au bon endroit encore et encore. Je resserrai mes cuisses autour de lui et cambrai le dos en gémissant dans sa bouche.

C'était plus que du sexe. C'était un vœu. Une promesse formée entre deux âmes, nos corps cimentant les termes. *À moi*, disaient ses mouvements. *À moi*, répondait ma matrice en se resserrant autour de lui. *Mords-moi. Prends-moi. Fais-moi tienne.*

Ajax grogna, sans doute parce que je lui avais transmis ces pensées avec mes ongles dans son dos. Il n'était pas le seul à pouvoir faire couler le sang.

Sa bouche s'écarta de la mienne, son expression était vraiment sauvage.

— Dis-moi de te revendiquer, Cami. Dis-le-moi et je le ferai.

— Dis-moi que tu veux me revendiquer d'abord, intimai-je.

Ou tentai-je d'intimer, du moins. C'était plus sensuel que je l'aurais voulu, mais il me baisait à mort. Et vraiment, il n'y avait pas de meilleure façon de mourir…

— Je veux faire plus que te revendiquer. (Il s'enfonça en

moi.) Je veux passer l'éternité avec toi. Même si cette éternité est de courte durée. Même si…

Je pressai mes lèvres contre les siennes, coupant ses élucubrations sur l'éternité. Voudrais-je passer l'éternité avec lui ? Oui. Mais nous savions tous deux que cela n'arriverait peut-être pas, et je ne voulais pas que de fausses promesses entachent cet accouplement. Nous vivions dans *l'instant.* Le présent. *Aujourd'hui.*

— Revendique-moi, Ajax, chuchotai-je contre sa bouche. Mords-moi et *revendique-moi.*

— Putain, Cami. (Ses lèvres effleurèrent les miennes, ses hanches heurtèrent durement les miennes.) C'est peut-être un sort.

— Ce n'en est pas un.

— Et si ça l'était ?

— Alors laissons-le nous enchanter. *Mords-moi.*

Le grognement qu'il poussa fit vibrer ma poitrine, son corps tendu et chaud contre le mien. Je promenai mes ongles le long de son dos musclé, me délectant des lignes dures et sculpturales de son physique athlétique. Il était parfait. *Et à moi.*

Je plantai mes dents dans sa lèvre inférieure par réflexe, mon envie de le provoquer l'emportant sur ma raison. Son sang coula aussitôt sur ma langue, ce qui me fit gémir. *À moi. À moi. À moi.*

C'est peut-être un sort, avait-il dit. *On s'en fout, putain !* me disais-je maintenant.

J'étais ivre de son essence. Noyée dans ce moment. Solidifiant mon avenir. *Choisissant mon compagnon.* Personne ne pouvait me prendre ça. *Personne.*

Ajax gémit, sa langue se mêla à la mienne, son goût décadent emplit nos bouches. Il resserra sa prise sur mes hanches, ses poussées devinrent presque punitives. Je pouvais à peine respirer. À peine penser. Pourtant, je ne m'étais jamais sentie aussi vivante de toute ma vie.

Maintenant, pensai-je à son intention, vaguement consciente qu'il ne pouvait pas vraiment m'entendre. Mais cela ne saurait tarder. Il le pourrait dès qu'il...

Sa bouche quitta la mienne, et mon monde tourneboula tandis que je perdais mon ancrage dans cette réalité. Une protestation m'échappa, mi-gémissement mi-miaulement, qui s'acheva en un hoquet quand il frotta son nez dans mon cou. *Là. Sur mon pouls. Ses dents... ses crocs... tranchants... et...*

Des étoiles éclatèrent dans ma vision, mon clitoris palpita en réponse à son pouce. Je n'avais même pas senti sa main bouger, concentrée sur sa bouche.

Je me cramponnai à lui, son nom chantant sur ma langue, mon corps tremblant autour de lui tandis qu'un orgasme inattendu explosait en moi. C'était intense. Chaud. Insensé. Le *plaisir.*

Ajax...

Il tournait son pouce autour de mon nœud sensible, ralentissant ses mouvements à mesure qu'il prolongeait mon extase. Puis il toucha mon pouls du bout de la langue. Une taquinerie. Une promesse. Je ne savais pas trop. J'avais juste besoin de plus. Besoin de lui. Besoin de *ça.*

Je prononçai son nom encore une fois et tendis bras et jambes afin de l'attirer encore plus près, si possible. En réponse, il appuya son pouce sur mon clitoris, la pression sur ma chair gonflée fut presque trop forte. Mes yeux s'embuèrent, la puissance de l'instant se prolongeant tandis que des vagues extatiques continuaient à assaillir tout mon être. Me noyant dans le désir, un désir irrésistible. Suscitant de nouvelles envies.

M'asphyxiant de sensations en fusion.

Je n'avais jamais rien ressenti de tel, sa force spiralant autour de moi en un tourbillon de folie.

Un prédateur qui capture sa proie. Un Faë de Minuit sur le point de mordre.

Des ombres dansaient dans la douche autour de nous. Ou peut-être était-ce ma vision qui s'osbcurcissait.

Est-ce que je respire au moins ? me demandai-je, haletante. *Est-ce bien réel ? Il vaudrait mieux que ce soit foutrement réel.*

Les lèvres d'Ajax se posèrent sur ma gorge.

— Dis-le encore une fois, Cami. Dis-moi ce que tu veux. Ce que tu *désires.*

Je déglutis, mon cœur battant la chamade. Je n'avais que deux mots à dire. Deux mots que j'avais déjà exprimés, mais de manière différente. Maintenant, je devais faire en sorte qu'il sache *exactement* ce que je désirais.

— *Accouple-moi.*

Ses incisives acérées me transpercèrent le cou l'instant suivant, son corps dur s'empara du mien tandis que la magie dansait dans l'air autour de nous. Je la sentais qui reliait nos âmes, son sang de Faë se mêlant au mien tandis qu'il avalait mon essence.

C'était enivrant. Envahissant. *Très réel.*

Je ne m'attendais pas à le ressentir aussi durement, à ce que le lien soit aussi tangible. Mais la puissance de ce lien tourbillonnait entre nous, bourdonnait sur ma peau, coulait dans tout mon être.

Ajax me relâcha et me regarda, le bord bleu nuit de ses yeux brûlant comme des saphirs liquides.

— Encore deux, dit-il, lâchant mon clito. Encore deux et tu es *à moi.*

Je sursautai lorsqu'il se pencha pour me mordre le sein. Les mains sur mes hanches, il me hissa plus haut sur le mur, ne laissant en moi que son gland percé.

— *Putain,* soufflai-je en me cambrant contre lui.

Puis il me rabaissa sur lui, sa queue palpitante m'emplissant entièrement.

— Une dernière, petit rebelle, prononça-t-il contre ma bouche.

Je tremblais tandis qu'il promenait ses crocs le long de ma lèvre inférieure. Les deux morsures picotantes sur mon corps guérissaient déjà grâce à mon patrimoine génétique Faë.

— Où la veux-tu ? me demanda-t-il. (Il cessa de bouger et resta enfoui en moi.) Ici ? (Son souffle se mêlait à mon inspiration.) Ou as-tu une autre idée en tête ?

Mes cils papillotaient tandis que je m'efforçais de soutenir son regard, mes entrailles étant un mélange brûlant de besoin et d'attente. Il y avait tant d'endroits où j'aimerais qu'il me morde, mais l'un d'eux me vint en premier à l'esprit. Qui me rappela notre première fois ensemble. *Là où Az m'a mordu au lieu d'Ajax.*

J'inclinai la tête, et mes doigts dansèrent le long de son dos et sur son épaule avant d'atteindre ma gorge.

— Ici. (C'était du côté opposé où il m'avait déjà mordue, pas exactement sur mon pouls mais toujours dans mon cou.) Revendique-moi ici.

Ses narines s'évasèrent, sa mémoire lui fournissant sans doute la raison pour laquelle j'avais choisi cet endroit. Peut-être même pouvait-il capter les souvenirs qui défilaient dans mon esprit, comment Az m'avait tenue comme une offrande pour la bite d'Ajax, me soutenant pendant qu'il me prenait. Et me mordant alors qu'Ajax ne le pouvait pas.

Mais il le pouvait maintenant.

Il peut me mordre où il veut, quand il veut, comme il veut, me dis-je.

Oui, murmura Ajax, son esprit déjà connecté au mien par les deux premiers niveaux de son lien Faë de Minuit qui se mettaient en place. *Et je vais te mordre partout, Cami.*

Alors fais-le.

Les lèvres d'Ajax se retroussèrent sur les miennes. *Pas*

besoin de me le dire deux fois. Sa tête descendit sur mon cou, sa bouche effleura l'endroit que je venais d'indiquer.

L'électricité fusa le long de mon dos quand le troisième niveau se mit instantanément en place entre nous, le pouvoir semblant presque précéder sa morsure. Mais ce fut aussi rapide que ça, nos âmes se réjouissant de la connexion potentielle qu'elles avaient pressentie dès le début.

Les compagnons prédestinés n'existent pas, m'étonnais-je. *Mais ça...*

Ressemble au destin, compléta Ajax à ma place, son grognement mental enflammant mon sang. Ou peut-être que c'était sa morsure. Car une nouvelle vague de passion torride m'inonda l'instant suivant, tout mon corps s'embrasant aussitôt.

Baise-moi, le suppliai-je. *Oh, Faë, baise-moi.*

Ajax obéit, ses mains marquant mes hanches que les siennes punissaient, menaçant de me faire passer à travers le mur.

Il était sauvage. Parfait. Exactement ce que nous voulions tous les deux : un accouplement mortel pour solidifier le mariage de nos âmes.

À moi, clamaient ses mouvements.

À moi, répliquais-je avec mes hanches. Mes ongles. *Ma morsure.*

Il grogna quand j'enfonçai mes dents dans ses épaules, mon besoin de le goûter étant une envie débordante que je ne pouvais pas ignorer. Donc je m'y livrai. Tout comme il n'ignora pas son désir de m'empoigner les cheveux et tirer ma bouche contre la sienne.

Nos langues se disputaient la domination, nos sangs se mêlaient dans nos bouches tandis que nos corps s'engageaient dans un rythme sensuel.

La chaleur cascadait dans mon corps, mes mamelons dressés en pointes dures contre la poitrine d'Ajax. Je sentais qu'une autre vague euphorique menaçait de m'emporter, de me faire tourbillonner jusqu'à l'inconscience, de m'entraîner dans les profondeurs des sensations et d'une pure chaleur. C'était encore plus puissant qu'avant, les sensations avaient doublé en force. *Parce que je ressens aussi l'excitation d'Ajax*, réalisai-je. *Son désir. Sa montée. La tension qui s'enroule dans son bas-ventre. Sa passion brûlante qui menace d'exploser.*

Oh, Faë... Je resserrai mes cuisses autour de lui et bloquai mon esprit sur le sien, me livrant à son expérience plus qu'à la mienne. C'était si unique. Si viril. Si *animal*.

Je l'entendais grogner en lui-même, sa faim sauvage était une présence violente qu'il gardait cachée au plus profond de lui. Je voulais jouer avec cette bête, l'inciter à sortir et à mordre. Me repaître de sa revendication.

Il rugit en réponse. Puis mordit ma lèvre inférieure, durement, *sauvagement*.

Je gémis. *Encore.*

La poigne d'Ajax me meurtrissait, son côté ténébreux se manifestant avec impatience tandis qu'il léchait ma blessure. *J'ai envie que tu jouisses, Cami.*

Alors fais-moi jouir, Ajax.

Il sourit contre ma bouche. *Très bien.*

Quelque chose dans cette réponse me parut sinistre. Limite cruel. Mais j'ignorais quoi jusqu'à ce qu'il abaisse à nouveau ses lèvres sur mon cou, ses dents effleurant sa marque de revendication.

Ajax ? demandai-je doucement, ne saisissant pas vraiment son intention. *Qu'est-ce que tu...*

Il y enfonça ses dents tout mon corps se figea.

Ses premières morsures avaient été plus superficielles. Revendicatrices, mais pas trop profondes. Et ses ponctions de mon sang n'avaient guère été vigoureuses.

Mais maintenant ? *Ça ?* Oh, c'était tout autre chose.

Il me mordait vraiment à présent, son baiser vampirique

était imprégné d'une sorte de venin brûlant qui m'atteignit en plein cœur. Je me cramponnai à lui tandis qu'un maelström attaquait mes entrailles et me forçait à basculer dans une inconscience catastrophique.

Des cris déchiraient l'air. *Mes* cris.

Du sang perla au bout de mes doigts quand j'agrippai les épaules d'Ajax.

Des spasmes me secouèrent, la tension se répandit jusqu'à mes orteils.

L'orgasme d'Ajax explosa en moi l'instant d'après, tout aussi global et puissant. Peut-être même plus. Son rugissement emplissait mon esprit, son euphorie était une douce dépendance dont je ne savais même pas que j'avais envie.

C'était… incroyable. Une union d'extase comme je n'en avais jamais connue.

Parce que c'est avec mon compagnon. Mon Faë. Mon Ajax.

Il appuya son front contre le mien, les vestiges de notre passion commune ondulant encore sur nous en impulsions magnétiques. *À moi,* souffla-t-il. *Tu es à moi.*

Tu es à moi, répétai-je.

Aucun de nous n'ajouta *pour toujours*. Aucun d'entre nous ne se soucia du temps.

Parce que nous vivions dans le *présent*. Aujourd'hui. Ce moment.

Et ce moment… était un pur bonheur. C'était parfait. C'était le *nôtre*.

— Encore, lui dis-je d'une voix rauque. Je veux ressentir ça *encore*.

— Oui, acquiesça-t-il. Oui.

CHAPITRE 13
MELEK

— Tu ne devrais pas écouter aux portes, me lança une voix grave dans l'ombre du couloir du palais.

J'étais tapi devant la suite des invités, me délectant des sensations d'Ajax qui revendiquait Cami. *Enfin, putain.*

— Il paraît que c'est impoli, ajouta cette voix d'un ton ennuyé.

— Hmm, peut-être, acquiesçai-je, ébouriffant mes ailes dans mon dos. Mais on pourrait dire la même chose de l'ingérence dans le pouvoir d'autrui.

Je me matérialisai sous ma forme corporelle, mes plumes s'éclipsant en un éclair. Quoique je soupçonnais Zakkai de les avoir vues de toute façon. Le puissant Faë de Minuit n'était peut-être pas capable de définir mon existence par un terme – très peu le pouvaient –, mais il savait que j'étais distinctement différent. C'est sans doute pour cela qu'il flirtait avec ma magie depuis une heure ou deux. Il avait commencé son tripatouillage dès mon arrivée, mais je l'avais ignoré la plupart du temps. C'était ma façon de lui dire que je n'étais pas ici pour faire du mal.

Bien sûr, cela ne comptait pas pour lui. Je n'avais pas ma place dans ce royaume, et ma présence ici enfreignait plusieurs règles entre les royaumes Faë.

Je pouvais venir en visite si l'on m'invitait. Et je n'avais pas été invité.

C'était d'ailleurs le but de l'ingérence de Zakkai. Il me faisait savoir que non seulement je me trouvais dans son royaume – *et dans sa maison* –, mais aussi qu'il n'avait aucun scrupule à profiter de ma visite illégale pour explorer ma magie.

La plupart des Faë seraient morts pour avoir touché mon essence. Je pouvais afficher une façade calme et nonchalante, mais j'étais plus que capable de me protéger contre les menaces. Y compris venant de la présente compagnie.

La plupart des Faë commettaient l'erreur de ne craindre que Ty. La petite exploration de Zakkai aurait dû lui permettre de ne pas commettre cette courante erreur de jugement. Toutefois, je le soupçonnais de ne craindre personne. Ce n'était pas de l'arrogance de sa part, simplement de la confiance en soi.

Et la confiance en soi, je la respectais.

— Je vais revenir souvent, l'avertis-je. Du moins tant que Cami sera là. (Je croisai son regard bleu argenté.) Elle est ma promise. Et maintenant, ça n'enfreint plus les règles.

Parce qu'elle était officiellement accouplée à un Faë de Minuit, ce qui faisait d'elle une Faë bienvenue dans ce royaume. Et en tant que son autre compagnon – le niveau de lien n'avait pas d'importance –, j'avais le droit de la suivre ici aussi.

— Du moins selon les nouvelles lois Faë interroyaumes, que ce royaume applique désormais, ajoutai-je à voix haute. Non ?

Zakkai ne répondit pas, m'évaluant du regard tandis qu'il

testait mon pouvoir une fois de plus. J'autorisai l'intrusion, amusé par ses tentatives incessantes de jouer avec mon esprit. Peu importait combien de fois il avait tenté de manipuler ma magie, les fils se remettaient tout bonnement en place.

Car je n'étais pas un Faë ordinaire. Ce qu'il savait déjà clairement.

— Bon, comme j'ai dit, je vais passer souvent ces temps-ci, repris-je, pas du tout dérangé par son silence. Au moins tant qu'Ajax gardera Camillia dans ce royaume.

Toujours rien. Pas le moindre soupçon d'intérêt. Son expression stoïque était admirable. Tout comme sa persistance à s'immiscer dans mes capacités.

Zakkai était le plus fort des Faë de Minuit, bien que je soupçonne sa reine de rivaliser avec lui en termes de talents. Son cercle de compagnons était exceptionnel.

C'était pourquoi j'avais été très content quand Ty s'était mis à conclure des marchés avec eux – à commencer par le recrutement d'Ajax et son accord avec Zakkai pour réécrire les pouvoirs du Gardien. Mais ce n'était pas pour autant que Zakkai ou son entourage nous faisaient confiance.

Peut-être que ça changera un jour. Ou peut-être que leur méfiance sera justifiée. Hmm. Ça dépend en grande partie de Cami et Ty.

J'inclinai la tête sur le côté.

— Je pense que le bal Faë interroyaume pourrait constituer une bonne échéance pour nous tous. Ça donnera à Ty quelques semaines pour se calmer. Ça me donnera également assez de temps pour m'assurer que Cami est bien préparée à traiter avec lui lorsqu'ils se reverront.

Bien sûr, il faudrait que je parvienne à convaincre Ty de les laisser seuls, Ajax et elle, aussi longtemps. *À moins que…*

— Est-ce que ton cercle et toi seriez d'accord pour honorer Camillia et Ajax en tant qu'invités pendant ce temps ?

demandai-je à Zakkai. Si oui, ils seront considérés comme des invités estimés du Cercle royal des Faë de Minuit. Et nul ne souhaiterait déshonorer une telle invitation.

Même pas un roi des Faë de l'Enfer, songeai-je.

Zakkai croisa les bras et s'adossa au mur, toujours silencieux. S'il croyait m'intimider, il se trompait. J'excellais dans les jeux. Surtout ceux qui impliquaient du pouvoir et des grands airs.

— Peut-être que tu détermineras mon origine d'ici le bal interroyaume, compte tenu de mes fréquentes visites et tout ça. En supposant que Camillia et Ajax restent ici, je veux dire. (Je souris.) Ou je pourrais te le dire, si tu préfères. C'est peut-être le seul moyen pour toi de connaître ma lointaine ascendance.

Il pinça une autre de mes vrilles de Faë Vertueux, sa prise devenant plus vive.

Malheureusement pour lui, la vrille se remit en place comme toutes les autres.

— La plupart des Faë mixtes ont une myriade de fils de pouvoir, tous tissés ensemble de manière aléatoire pour créer un hybride unique – ou une *abomination*, comme certains les appellent, dit finalement Zakkai. Tes fils de pouvoir sont tous intacts. Tu n'es pas un hybride Faë d'aucune sorte.

— En effet, concédai-je. Je suis un pur sang.

— Un pur sang quoi ?

— Tu n'as pas vraiment envie que je te le dise. Une partie de ton plaisir réside dans la résolution de l'énigme.

Tous les Faë du Dilemme – la secte spécifique à laquelle appartenait Zakkai au sein du royaume des Faë de Minuit – adoraient les énigmes. Et j'étais peut-être l'énigme la plus fascinante de toute l'existence de Zakkai. Quoique peut-être pas. Ty pourrait le fasciner un peu plus que moi.

Il se décolla du mur, ses bras retombant sur ses flancs.

— Que pense Lucifer du fait que son compagnon se lie à une autre ?

Je haussai une épaule.

— C'est à lui qu'il faut poser la question.

— C'est à toi que je la pose, rétorqua Zakkai. J'ai besoin de savoir jusqu'où Typhos Lucifer est prêt à aller pour récupérer Camillia De la Croix.

— Jusqu'au bout des royaumes, lui répondis-je.

Surtout quand il se rendra compte à quel point elle est faite pour notre cercle, ajoutai-je en moi-même. Toutefois je précisai à voix haute :

— Mais je ne pense pas qu'il mettra en péril son début d'alliance avec vous pour la récupérer alors qu'elle est sous votre protection par le biais d'une invitation. Il n'est pas du genre à forcer l'entrée. Il essaiera plutôt de conclure un marché.

— Et si le marché échoue ?

J'esquissai un sourire.

— Ses marchés n'échouent jamais. Cependant, si vous étiez les premiers à accomplir un tel exploit, il trouverait simplement un moyen plus astucieux de la ramener à la maison.

— Comme tu l'as souligné, elle vient de s'accoupler avec un Faë de Minuit. Cela fait de ce royaume sa maison maintenant. Indéfiniment.

— C'est juste, opinai-je. Mais son compagnon a une magie unique, n'est-ce pas ?

Il ne répondit pas. Je ne m'attendais pas à ce qu'il le fasse. Après tout, c'était lui qui avait réécrit les liens entre Ajax et les sources des Faë de Minuit et des Faë de l'Enfer.

— Comme j'ai dit, les marchés de Ty n'échouent jamais. C'est aussi un grand amateur d'échappatoires. (Je jetai un coup d'œil à la porte donnant sur la suite des invités, puis reportai mon attention sur Zakkai.) Ça veut dire qu'Ajax a deux chez lui, je suppose, tout comme Camillia. Ce qui me ramène à ma suggestion concernant les *invités*.

Zakkai demeura muet, mais cette fois, je soupçonnai qu'il parlait à ses amis plutôt que de jouer le jeu du silence. Je le laissai faire et me détendis contre le mur, me concentrant sur ma future compagne et sur le plaisir exquis qui ronronnait dans tout son être.

Ajax était très consciencieux. Comme toujours.

Je fermai les yeux et me délectai de l'extase de Cami, souriant à l'idée d'être un jour à l'origine de telles sensations.

Melek ?

Mon sourire s'élargit. *Mon amour. Ton timing est toujours aussi impeccable.* Bien que j'aie joué avec Ty à peine quelques heures plus tôt, j'étais tout à fait prêt à remettre ça. Et il le sentait sans aucun doute, d'où son appel mental.

J'ai besoin de toi dans les Terres Marécageuses, répondit-il.

Son ton et ses mots effacèrent mon sourire.

Il s'est passé quelque chose ?

Je m'étais aventuré à la recherche de Cami pendant que Ty interrogeait un Unseelie qu'Erebus avait trouvé en train d'errer dans le royaume. Cela n'aurait normalement pas été rare dans les Terres Marécageuses, car c'était là que vivaient les Unseelie. Mais celui-ci ne faisait pas partie de la cour d'Erebus. C'était un étranger. Et le père d'une épouse Faë de l'Enfer.

J'ai enfin terminé de démêler tous les fils du Faë Vertueux. Ty avait l'air épuisé. *Mais soit j'en oublie un, soit la magie a effacé ses souvenirs. Parce qu'il ne se souvient pas d'avoir créé le portail bien qu'il soit couvert de preuves du contraire.*

Il voulait dire par là que l'Unseelie était couvert de restes du sort de portail, pensai-je.

J'ai besoin de tes yeux, ajouta-t-il. *Je... je dois m'assurer que je ne rate pas quelque chose d'évident.*

Donc il doutait de son propre travail, ce qui ne ressemblait pas du tout à mon Ty. *Je te rejoins de suite. Et je t'apporterai à manger.* Ce serait mon prétexte pour lui rendre visite, pour masquer le fait qu'il avait besoin de mon aide pour l'interrogatoire.

La plupart des Faë du Cauchemar croyaient que je m'occupais simplement des besoins du roi des Faë de l'Enfer et rien de plus. Peu leur importait que je sois enveloppé de pouvoir – un pouvoir que je ne prenais pas la peine de cacher, d'ailleurs. Ils supposaient simplement que Ty faisait tout le travail à ma place. Je ne cherchais pas à dissiper ces idées fausses. Il valait mieux les laisser me sous-estimer.

À propos de sous-estimation, Zakkai n'était certainement pas en train de le faire en ce qui me concernait. Au contraire, l'Architecte de la Source m'examinait toujours sans manifester la moindre émotion.

— Tu commences à me faire sentir comme un sujet de recherche.

— Tu l'es, affirma-t-il. Je n'aime pas les inconnus. Et tu es vraiment un inconnu.

— Eh bien, tu apprendras peut-être à mieux me connaître lors de mes prochaines visites. (J'attendis qu'il me corrige. Comme il ne le faisait pas, j'ajoutai :) Je ne manquerai pas de faire savoir à Ty qu'Ajax et Cami sont actuellement les invités de la reine des Faë de Minuit et de ses compagnons.

Pas de réponse.

Comme ce n'était pas non plus un refus, j'acceptai son silence.

— Il faudra peut-être ajouter Az à cette liste d'invités, repris-je. J'ai non seulement entendu Cami et Ajax s'accoupler, mais je l'ai aussi ressenti. Le Phénix a donc dû le capter également. Je pense qu'il sera bientôt là.

En fait, j'étais surpris qu'il ne soit pas déjà arrivé. Sa bête devait être sur le point de prendre le contrôle maintenant, son besoin d'assouvir ses intentions d'accouplement l'emportant sur tout le reste. Cependant, si quelqu'un pouvait dompter cet animal dangereux, c'était bien Az. C'était pourquoi le destin l'avait doté de son côté Phénix.

Bien sûr, Az ne devinerait peut-être pas la cause de l'agitation de son Phénix. Il ne semblait pas comprendre que sa bête s'était imprimée sur Cami par l'intermédiaire d'Ajax, les liant ainsi tous les trois pour la vie.

Ou peut-être n'était-ce pas du tout de l'incompréhension mais juste un déni.

Quoi qu'il en soit, cela allait certainement s'avérer divertissant dans les heures ou les jours à venir.

— Bonne chance, souhaitai-je à Zakkai. Je crois que tu vas vivre une sacrée expérience.

— Chaque jour est une expérience dans ce palais, grommela-t-il.

Vu les braises magiques qui flottaient autour de nous, je n'en doutais pas.

— À bientôt, Architecte.

Je disparus avant qu'il me contredise.

Non pas qu'il le ferait. Je l'intriguais trop pour qu'il m'écarte. Oh, je ne doutais pas qu'il tenterait de me tuer s'il pensait que je représentais une menace. Il échouerait, bien entendu. Mais il essaierait sans aucun doute. Il protégeait son entourage. Sa famille. Sa compagne.

Je comprenais. Je ressentais la même chose pour mon roi et notre future reine.

C'était pourquoi j'approuvai le choix d'Ajax pour leur déménagement provisoire. Cami serait en sécurité auprès des Faë de Minuit. Au moins pour le moment. Et cela me donnerait le temps de persuader Ty de travailler avec elle, non contre elle. Ce qui prendrait une importance croissante quand il se rendrait compte qu'Ajax s'était accouplé avec Cami. Il ne l'aurait pas ressenti comme Az et moi.

Mais il l'apprendrait bien assez tôt. Soit par moi, soit par Az.

Remercie les Faë pour la politique Faë interroyaume. Cela ralentirait un peu Ty. Avec un peu de chance, assez longtemps pour qu'il entende raison.

Sinon, tout cela n'aurait servi à rien.

Et Ty pourrait bien se retrouver le perdant d'un marché...

CHAPITRE 14

AZ

J'EMPOIGNAI ma queue avec un gémissement que j'étouffai sous les draps d'Ajax.

Pourquoi j'ai fait mon nid ici ? me demandai-je. *Je suis entouré de roses, de menthe et de* sexe.

Un grondement roula dans ma poitrine tandis que je me vautrais dans les couvertures, les souvenirs des jeux avec Ajax et Cami se bousculant dans mon esprit.

Le parfum de notre exploration sensuelle persistait encore, bien qu'elle se soit déroulée plus d'un mois auparavant. Ou peut-être que c'était dans mon esprit. Un écho du passé.

J'avais volé pendant des heures, épuisant mon Phénix, apaisant mon besoin d'exister tout simplement. D'être *libre*. Pourtant, j'avais atterri dans l'ancienne chambre d'Ajax, dans la prison des Faë de l'Enfer, mon envie de revenir à une époque plus facile l'emportant sur ma raison.

Et maintenant, j'étais tourmenté par un désir sexuel si puissant que j'avais du mal à respirer. *Putain.* Mon Phénix brûlait pratiquement en moi, son urgence était une flamme palpable qui menaçait de roussir tout mon être.

Je pompai de la main ma hampe douloureuse tandis que

des visions d'Ajax en train de baiser Cami envahissaient mon esprit.

Il la prenait avec rudesse, ses coups de boutoir forçaient Cami à se frotter contre moi tandis que je la tenais pour qu'elle subisse son assaut. Ces cuisses crémeuses étaient si douces sur mes paumes, son dos nu pressait mon aine palpitante.

— *Feux*, chuchotai-je, déglutissant avec peine et resserrant encore ma prise.

Il m'en fallait plus. J'avais besoin d'*eux*.

Qu'est-ce qui ne va pas chez moi ? m'étonnai-je. *Pourquoi je perds le contrôle ?*

La gratification différée était l'un de mes jeux préférés. J'aimais me forcer à attendre. Ça laissait la violence en moi monter en puissance – puis je me défoulais généralement sur le cul d'Ajax.

Mais oh, comme j'aimerais avoir l'occasion de tester l'endurance de Cami. Voir à quel point elle pourrait supporter mon explosion de puissance. Ma force. *Mon besoin sauvage.* Allait-elle pleurer ? Allait-elle en redemander ? Répondrait-elle de la même manière ? Je me doutais que ce serait tout cela à la fois. Elle essaierait de me blesser comme je la blesserais. Et nous finirions tous deux dans les affres d'un bonheur exquis. Noyés dans un plaisir douloureux. Submergés par un tourment sensuel.

Je mordrais ces petits tétons roses. Torturerais son clito avec ma langue et mes dents. La retournerais et pilonnerais sa douce chatte de toutes mes forces. Puis prendrais son cul avec autant de vigueur.

Tout ça sous les yeux d'Ajax, pensai-je, le fantasme se déroulant avec vivacité dans mon imagination tandis que je caressais ma bite. *Je l'obligerais à la nettoyer en guise de dessert.*

Puis je la baiserais à nouveau, pendant qu'il pilonnerait sa chatte. On la coincerait entre nous, pour qu'elle nous prenne.

On la ferait *jouir*, encore et encore. Jusqu'à ce qu'elle ne puisse plus parler, penser, *respirer*.

Faë, oui, songeai-je, imaginant son petit corps ferme bien repu, meurtri et ensanglanté par nos morsures. Elle serait tellement satisfaite. Si belle. *Tellement* à nous.

Je gémis de nouveau et enfonçai ma tête dans l'oreiller d'Ajax tandis que mon membre pulsait dans ma paume. *C'est si bon. Tellement bon, putain.* Mais je n'avais pas la douce chatte de Cami ni la bouche addictive d'Ajax. J'avais juste ma main. Ce qui devait suffire. *Pour l'instant.*

Ma poigne devint blessante tandis que j'étranglai ma bite, lui infligeant la pression parfaite qu'il me fallait pour exploser.

De haut en bas. Torsion. Putain…

J'aimerais apprendre à Cami comment faire cela, comment me donner du plaisir. Puis je lui rendrais la pareille avec ma langue, je ferais tout ce qu'elle désire et lui ferais voir des étoiles.

En supposant qu'elle me pardonne un jour.

Putain, je ne pense pas à ça en ce moment. Juste cette chatte étroite. Qui me serre. Si humide. Si parfaite. Tellement à moi.

Ajax aussi. Sa bouche habile. Son cul ferme. Ses grognements de colère. Toute cette magie.

Je voulais Ajax à genoux, vénérant le clito de Cami tandis que je la baiserais par-derrière. Je lui ferais lécher chaque goutte tout en m'enfonçant dans la bouche de Cami, tous deux se tortillant dans les draps, jouant l'un avec l'autre pendant que je regarderais.

Tant de fantasmes. Tant d'*idées*.

Mon pouce effleura ma fente humide, mes couilles se contractèrent de désir. *Si près. Si foutrement près.*

L'oreiller d'Ajax faillit m'étouffer quand je mordis le tissu, ma poitrine grondant d'un besoin intrinsèque. C'était si intense. Ça ne me ressemblait pas du tout. D'habitude, je me contrôlais mieux que ça.

Que se passe-t-il ? Pourquoi je suis si excité ? D'où vient tout ce désir refoulé ?

Mon Phénix griffait mes instincts, de plus en plus insistant. Il avait besoin de cette explosion, cette expulsion de pouvoir. Il me brûlait de l'intérieur. *Littéralement.*

Je pompai fort ma bite, exigeant qu'elle réponde pour libérer un peu de cette folie. Mais cela ne fit que me brûler davantage.

Je lâchai ma queue en grognant et m'affalai dans les draps, haletant. Quelque chose ne tournait pas rond. Je ne devrais pas perdre le contrôle de moi-même comme ça.

Parle-moi, dis-je à mon oiseau. *De quoi tu as vraiment besoin ?*

Je me transformai en mon Phénix et laissai les rênes à ma bête.

Fais ce que tu as à faire, lui dis-je.

Je réalisai trop tard à quel point c'était une mauvaise idée, quand le monde se désintégra aussitôt autour de moi et se reforma en un clin d'œil pour révéler une chambre à coucher décorée de motifs floraux et de tons ocrés.

Putain. Bien sûr que mon animal nous amènerait ici – pile auprès d'Ajax et Cami. Au cœur du royaume des Faë de Minuit. *Dans le palais des Faë de Minuit.*

Je maîtrisai immédiatement mon Phénix, ma forme humaine reprit le dessus. Il se hérissa en réponse, furieux que je ne lui aie donné que quelques secondes de domination sur notre existence commune. Mais c'était moi le dominant. Celui qui *réfléchissait*. Celui qui raisonnait. Tout l'opposé de mon oiseau.

Lequel venait de nous éclipser dans un territoire où nous pourrions être invités – ou pas. L'interrogatoire avait été différent : j'avais été l'invité d'Ajax. Mais maintenant ? Plus trop. D'autant plus qu'il était actuellement sur le lit et *dans* Cami.

À cette vue, ma bite se redressa aussitôt, mon désir déferlant en moi en une vague de vertige ardent. Ma bête grondait à l'intérieur, *affamée*. Je fis écho à ce sentiment, l'estomac noué à la vue d'Ajax s'enfonçant dans le vagin mielleux de Cami.

Putain. Putain !

Il fallait que je m'éclipse, que je disparaisse, mais mon Phénix s'y refusa, trop fasciné par cette vision. Par les cris de plaisir de Cami. Par les grognements satisfaits d'Ajax. Par leurs silhouettes sensuelles illuminées par le clair de lune pénétrant par les fenêtres.

C'était une scène enivrante. Une invitation que ma bête avait envie d'accepter.

Pas maintenant, répétai-je, même si je fis un pas en avant. *Arrête !*

Mais mon animal ne m'entendait pas. Il voyait ce qu'il voulait et se battait comme un diable pour prendre le contrôle, exigeant que je les *rejoigne. Baise. Prenne. Morde.*

Je secouai la tête, et un grognement s'échappa de ma gorge alors que je combattais ma maudite bête.

Pile au mauvais moment.

Ajax fut sur pied en un instant, sa baguette en main, sa bite luisant de l'excitation de Cami. Cette vision me mit l'eau à la bouche, ma langue me suppliant de goûter à leur passion commune.

Cami glapit et attrapa les draps de ses doigts délicats pour se couvrir – un geste que mon Phénix ne comprit pas. *Pourquoi te cacher ?* semblait-il demander. Moi je savais pourquoi : *parce qu'elle nous craint.* Je sentais cette peur dans l'air. Tout comme je goûtais la fureur d'Ajax.

Je levai les mains.

— Ajax, je...

Un sort se forma sur ses lèvres, que je n'avais pas entendu

depuis des milliers d'années. Mes lèvres se figèrent, mon corps fit de même. *Ce... ? Comment ?*

Il... il ne pouvait pas savoir... ?

Mais à mesure que les mots étaient chuchotés autour de moi, que l'enchantement faisait effet, il devint évident qu'il savait. Au moins en partie. *Ou bien tout ?* me demandai-je, abasourdi par la magie qui cascadait sur mon corps. C'était le début d'un cauchemar dont je m'étais réveillé il y avait des lustres. Un cauchemar que j'avais *quitté*.

Vivaxia.

Ma vision vacilla et s'enténébra tandis que mon Phénix reprenait le contrôle de mon corps. Cette magie familière me donna la nausée. Je n'avais aucun pouvoir sur mon corps, mon esprit, ma *volonté*. J'étais prisonnier de mon moi animal.

Mais mon Phénix ne contrôlait pas la situation non plus.

Il était *dompté*. Battu. *Possédé* par un ancien sort. *Possédé par Ajax.*

Je le fixai bouche bée, incapable de comprendre comment il avait pu me faire ça. Comment il avait pu apprendre un enchantement aussi cruel. Pour me *dompter* de la sorte... *Pourquoi ?*

— *À genoux*, exigea-t-il.

Mon estomac se retourna tandis qu'un poids invisible s'abattait sur mes épaules. Mon oiseau s'inclina immédiatement, confirmant la domination d'Ajax sur nous.

Où diable a-t-il obtenu ce fichu sort ? De Vivaxia ? Un frisson me parcourut les entrailles. *Oh, feux, est-ce qu'elle est* là ?

D'anciens souvenirs me harcelaient, la voix de Vivaxia était un son strident que j'avais cru avoir effacé pour toujours. *Chasser*, disait-elle souvent. C'était très différent de la façon dont Typhos prononçait le mot. Il l'offrait à mon Phénix comme une récompense, un jeu, un moyen de reprendre le contrôle. Mais avec Vivaxia, ce mot était un ordre. Il n'y avait jamais de choix. Je n'avais jamais eu la possibilité de refuser ou de me défendre.

Elle me disait de m'incliner et je le faisais.

Elle me disait de chasser et je le faisais.

Elle me disait de tuer… et je le faisais.

Comment tu as pu me faire ça ? voulus-je demander à Ajax. *Tu te rends compte de ton acte ?*

— Comment se sent-on lorsqu'on est privé de sa volonté ? me jeta-t-il d'un ton furax, celui qu'il réservait généralement aux Faë du Cauchemar qui se conduisaient mal.

Mais là, c'était encore plus sinistre. *Plus colérique.* Empreint d'une fureur palpable qui me glaça le sang.

— Pas très marrant, pas vrai ?

— Qu'est-ce que tu as fait ? demanda Cami, dans le lit, qui nous fixait les yeux écarquillés.

Az ? chuchota Typhos dans mon esprit. *Je ressens… de la douleur.*

Je déglutis, mon cœur palpitant sous l'intensité du sort et des souvenirs qu'il avait ravivés. *Ajax…* Je m'interrompis. *Je…* je ne savais pas trop comment expliquer. Si je disais à Typhos ce qu'Ajax m'avait fait, il viendrait me chercher. Il viendrait chercher *Ajax* et le tuerait. Sans poser de questions.

Cet enchantement me touchait de trop près.

— C'est un sort de domptage, expliqua Ajax à Cami, tout en restant concentré sur moi. C'est la grand-mère de Shade qui me l'a transmis, disant que j'en aurais besoin. Je comprends pourquoi maintenant.

Je cillai. C'est *Zenaida qui te l'a donné ?*

Azazel ? insista Typhos. *Ajax quoi ?*

Je… je l'ai trouvé, répondis-je lentement. *J'ai besoin d'une minute pour me concentrer.*

Typhos garda le silence, m'indiquant qu'il accédait à ma demande pour le moment.

C'est Zenaida qui a donné le sort à Ajax, me répétai-je. *Pas*

Vivaxia. Mais alors, où l'a-t-elle acquis ? Comment l'a-t-elle appris ?

C'était une Faë de la Fortune qui avait passé un accord avec Lucifer concernant le paradigme qui abritait les épreuves nuptiales des Faë de l'Enfer. Elle avait contribué à la création du territoire magique des Terres Stériles. Seuls ceux qui savaient où chercher pouvaient le trouver, et même là, tout le monde ne pouvait pas y entrer.

Pourquoi se mêle-t-elle des affaires d'Ajax avec moi ? m'étonnai-je. *Pourquoi lui donner un sort aussi blessant ?*

— Qu'est-ce que ça fait ? demanda Cami en glissant hors du lit, le drap toujours enroulé autour d'elle.

Ajax, quant à lui, restait nu, sans se soucier de se cacher de moi ou d'elle. Et il avait toujours sa baguette pointée sur moi, comme s'il pensait que je pouvais représenter une menace.

Est-ce que ça veut dire que je pourrais briser l'emprise de ce sort sur moi ? Ou est-ce parce qu'il ne comprend pas vraiment ce qu'il a fait ?

— Je ne sais pas trop, répondit-il à Cami, confirmant ainsi ma dernière impression : *il ne saisit pas pleinement la gravité de ce sort.*

Donc il n'avait pas eu l'intention de me blesser de cette façon. Ou peut-être que si, mais il n'avait pas réalisé à quel point ce serait efficace.

— Hum, et maintenant, alors ? demanda Cami, l'air méfiant.

— Je ne sais pas trop, répéta Ajax en s'approchant de moi.

Mon Phénix détourna aussitôt le regard, se soumettant à celui qui détenait l'autorité dans la pièce. C'était une réaction entraînée par des siècles d'abus de la part de celle qui avait eu l'habitude d'invoquer un tel sort. C'était une réaction que je croyais avoir brisée, tout comme je croyais avoir chassé ce cauchemar de mon esprit. Mais l'enchantement avait provoqué un retour en force. *Putain de Zenaida. Qu'est-ce que tu as fait ?*

Ajax s'accroupit. Mon Phénix ne leva pas les yeux vers lui, restant soumis de peur d'être à nouveau commandé. L'incantation faisait *mal*, putain.

— On dirait qu'il a relégué Az à l'arrière-plan et laissé sortir son Phénix. (Il agita sa baguette dans mon champ de vision et ordonna :) *Assis*.

Je serrai intérieurement la mâchoire tandis que mon Phénix recula pour s'*asseoir*, comme Ajax nous l'avait ordonné.

Une telle obéissance me ramena à l'époque où ç'avait été ma vie. Quand je n'avais aucun sens du libre arbitre. Quand chacun de mes mouvements était dicté par les instructions d'une vicieuse Faë Vertueuse.

Ses traits se dessinèrent dans mon esprit, ses cruels yeux gris scintillants de venin, ses longs cheveux d'un noir d'encre encadrant son visage d'une élégante beauté. Car elle était magnifique. Une femme que beaucoup de Faë désiraient et enviaient à la fois. Mais je ne connaissais que trop bien la froideur de son cœur.

Avec le temps, Typhos avait fini par être averti de sa cruauté et de la douleur qu'elle avait infligée aux autres. Dont lui-même.

La trahison se répandit dans mon sang en entendant Ajax glousser.

— On dirait qu'il fait tout ce que je demande, aussi.

— Comme retourner au royaume des Faë de l'Enfer et nous laisser tranquilles ? s'enquit Cami.

— Peut-être. (Ajax parut hésiter.) Mais le sort pourrait s'estomper s'il partait. On n'aura plus l'élément de surprise à son retour.

— C'est vrai. (Les pieds nus de Cami froufroutèrent sur le sol quand elle se mit à faire les cent pas.) Alors qu'est-ce qu'on fait ?

— Je ne sais pas, répondit Ajax, l'air troublé. Je peux l'enchaîner et le mettre en cage, si tu veux.

Cami arrêta de marcher.

— C'est une offre très tentante.

— Si je l'obligeais à reprendre sa forme humaine, on pourrait aussi lui faire enrouler une chaîne autour de sa bite, ajouta Ajax – une proposition sinistre qui me fit tressaillir intérieurement. Un peu comme ce que Lucifer t'a fait.

Cette phrase-là me fit grimacer. Parce qu'il n'avait pas tort : les chaînes de Typhos avaient été conçues dans le but de provoquer l'excitation de Cami. Je supposai que me faire la même chose serait juste, en termes de vengeance.

Mais comme ça ? pensai-je en déglutissant de nouveau. *Sous le poids de mon passé ? En lançant un sort qui me prive de mon libre arbitre et nous laisse sans défense, moi et mon Phénix ?*

Mon oiseau émit un petit son doux et triste, comprenant peut-être les intentions qui tourbillonnaient dans l'air. Ou peut-être se faisait-il l'écho de la douleur qui me transperçait le cœur.

Car c'était plus qu'une punition. C'était une vengeance. Dure. Cruelle.

Tout comme Vivaxia.

CHAPITRE 15

AZ

CAMI S'ACCROUPIT à côté d'Ajax et son odeur de luxure attira sur elle l'attention de mon Phénix. Ce n'était pas elle qui avait jeté le sort, donc il ne la craignait pas. Il semblait penser plutôt qu'elle l'aiderait.

Ses yeux gris m'étudièrent, son expression ne laissant rien transparaître tandis qu'elle assimilait ma forme bestiale. Je n'étais pas un petit Phénix mais une créature imposante qui la regardait de haut, même en étant assise.

Elle n'avait pas l'air effrayée, cependant. Au contraire, elle paraissait curieuse. Émerveillée, même. Sa franche admiration poussa mon oiseau à se pavaner devant elle, son plaisir se répandant dans notre être commun malgré les souvenirs obsédants qui tournaient en boucle dans mon esprit.

— Combien de temps ce sort va durer, d'après toi ? s'enquit-elle à mi-voix, sans relever l'offre d'Ajax de m'enchaîner dans une cage.

— Je ne sais pas. (Il n'était pas aussi séduit qu'elle par ma bête, son regard était plus méfiant qu'admiratif.) Je dois trouver un moyen de le retenir, car dès qu'Az sera libre, il nous conduira à Lucifer.

Je fronçai les sourcils intérieurement. *C'est ce que tu penses ? Que je suis ici pour te ramener à Typhos sans remords ? Sans même te proposer de discuter d'abord ?*

J'avais dit au roi des Faë de l'Enfer que je *traquerais* Cami et Ajax. Je n'avais pas accepté de les *chasser*. Mais Ajax l'ignorait et ne m'avait pas non plus laissé le temps de m'expliquer.

Parce qu'il ne me fait plus confiance.

Je l'avais lié avec mon pouvoir, et maintenant, il me liait avec sa magie.

Mon Phénix pencha la tête, toujours focalisé sur Cami qui continuait de l'observer. Il cligna des yeux à plusieurs reprises, son attitude était bien plus douce que d'habitude. Presque contrite, même. Il sentait qu'elle était contrariée et il n'aimait pas ça. Tout comme il savait qu'Ajax était en colère. C'est sans doute pour ça qu'il ne luttait pas contre son emprise sur nous. Il l'acceptait au contraire.

Il est vrai qu'il avait fait de même avec Vivaxia. L'enchantement exigeait une soumission totale. Il s'enroulait autour de mon âme et liait l'esprit du Phénix au sort d'obéissance, comme une laisse. *Ou des chaînes.*

Cette pensée me fit de nouveau froncer les sourcils, le parallèle entre le sort de Vivaxia et la punition de Lucifer brillant vivement dans mon esprit.

Non, me dis-je. *Lucifer n'est pas Vivaxia.*

Tout comme il n'était pas Constantin.

Il avait conçu une punition sensuelle pour Cami, et qui nous avait essentiellement remis à notre place, Ajax et moi. Elle n'avait pas été violente. Quoique les dommages émotionnels…

Est-ce que c'est pire ? me questionnai-je.

Ajax ne me faisait plus confiance. Plus de dix ans de camaraderie avaient été démantelés en une nuit. Tout ça parce que j'avais essayé de le protéger pour qu'il n'empire pas les choses. J'avais juste voulu que nous survivions à l'incident et que nous allions de l'avant. Or mes actions avaient fait plus de mal que de bien.

Mais s'il avait réagi ? Qu'est-ce que Typhos lui aurait fait en réponse ? Qu'est-ce qu'il aurait fait à Cami ?

La culpabilité m'envahit tandis que la femme en question continuait de me fixer.

Rien de tout cela n'était de sa faute. Elle avait simplement été poussée dans une vie qu'elle n'avait jamais demandée, entraînée dans une série d'épreuves dont elle n'avait même pas soupçonné l'existence, et finalement exhibée comme un trophée simplement à cause de ce qu'elle était.

Rare. Convoitée. Puissante.

Elle et moi ne sommes pas si différents, réalisai-je. *Parce que Vivaxia m'a fait la même chose.*

— Az n'est donc pas du tout aux commandes en ce moment, dit lentement Cami. Ce qui veut dire que tout ce qu'on lui ordonne de faire… c'est à son Phénix qu'on l'ordonne en réalité ?

Ajax me considéra un long moment, puis hocha la tête.

— Le sort était destiné à dompter sa bête, je pense donc que c'est le cas.

— Et tu ne connais pas les limites ou les autres effets de ce sort ?

— Non.

— Pourtant, tu l'as quand même utilisé ? insista-t-elle, plissant le front. Et si ça lui fait du mal ?

Il haussa les sourcils.

— Tu t'en soucierais ? Après ce qu'il a fait ?

— En fait, non. (Elle lui lança un coup d'œil.) Je ne sais pas. (Son regard revint sur mon Phénix.) Mais ce n'est pas sa bête le problème. Elle a plutôt l'air de bien m'aimer.

Je t'aime bien aussi, lui dis-je en pensée, irrité qu'elle insinue que seul mon Phénix l'aimait bien. *Comment se fait-il que ce ne soit pas évident maintenant ?*

Je l'avais défendue devant Typhos, j'avais pris son parti et l'avais *remerciée* d'avoir fermé le portail. Et je n'étais allé le voir que pour lui demander de m'aider à combattre la magie qui avait l'air de lui faire du mal pendant qu'elle dormait.

Mais je n'avais pas eu l'opportunité de dire quoi que ce soit avant qu'Ajax disparaisse avec elle. Et voilà que cette opportunité m'était à nouveau retirée à cause de ce fichu sortilège.

Ma bête se hérissa, apparemment agacée pour moi également. Peut-être percevait-elle mes émotions, ma consternation que Cami puisse penser que je ne l'*aimais pas*. Ma tristesse devant le manque de confiance d'Ajax. Ma frustration de ne pas pouvoir m'exprimer.

Cami tendit la main vers mon Phénix, ce qui figea Ajax.

— Cami, je ne crois pas que ce soit une bonne idée, avertit-il.

Waouh, pensai-je. *Tu crois vraiment que ma bête va l'attaquer ? Il s'est entiché d'elle, putain. Tout ce qu'il va faire, c'est ronronner pour elle.*

Ce qu'il fit, évidemment, des vibrations fortes et énervantes qui noyèrent tout autre son dans mon esprit. Esquissant un sourire, Cami gratta mon Phénix derrière l'oreille comme si c'était un chien.

— Tu es plutôt mignon comme ça, me dit-elle.

Ou bien elle parlait plus à mon oiseau qu'à moi. Ou peut-être aux deux. Qui savait ?

Ajax leva les yeux au ciel.

Mon oiseau ronronna encore plus fort et frotta son bec sur le poignet de Cami.

Une rose dans la pénombre du soir, entourée d'un champ de menthe et de pins, m'émerveillai-je, mon Phénix inspirant profondément. *Putain, ce parfum rend accro.* Pas étonnant que ma bête ronronne.

Ça sent le chez-soi. Comme là d'où nous venons. Où nous voulons être. Pour l'éternité.

Je soupirai en moi-même, brièvement satisfait malgré cette situation dangereuse.

Cami soupira elle aussi, et ce fut une mélodie pour les oreilles de mon oiseau.

— Je crois qu'il est fatigué, dit-elle à Ajax. Il a l'air tout rêveur et... *Aïe !*

Elle retira vivement sa main, les yeux ronds à la vue de la vive morsure en forme de croissant infligée à son poignet.

Oh, pu–

Ajax plaqua mon oiseau à terre avant que je saisisse vraiment ce qui venait de se passer, et lui envoya un coup de poing sur le bec. Mon Phénix réagit en poussant un croassement excité, son cerveau d'oiseau n'interprétant pas du tout la situation. Il devait penser que c'était l'*heure de l'accouplement.* Ce qui était certainement dû au fait que la plupart de mes bagarres avec Ajax se terminaient au lit.

Il effectua une puissante poussée qui envoya Ajax s'étaler au sol, puis plongea sur le Faë de Minuit dans une manœuvre ludique pour le plaquer sous son bec.

Ajax rugit. Mon Phénix ronronna.

Et le goût du sang d'Ajax emplit ma bouche, rejoignant l'essence de Cami.

Bordel de merde ! criai-je à mon Phénix. *Qu'est-ce que tu as fait, putain ?*

Il venait de mordre Cami *et* Ajax.

Et maintenant, il se pavanait en un cercle victorieux, croassant comme une foutue bête en chaleur. Car il voulait *s'accoupler.*

Cependant, lorsqu'il essaya de me rendre le contrôle, de me laisser reprendre ma forme humaine pour m'offrir à nos nouveaux compagnons, ce fut impossible. Le sort ne le permettait pas.

Ajax se palpa le cou, ses yeux bleu nuit étincelants de fureur, tandis que ma bête se mettait à faire les cent pas, sa confusion virant à la panique. Mon Phénix ne comprenait pas pourquoi je ne prenais pas les choses en main pour achever cet acte.

Or il n'y avait pas grand-chose à achever. Il suffisait d'une seule morsure pour solidifier le lien d'un Faë métamorphe – une morsure sous forme *animale*.

Ce qu'il avait fait. *À Ajax et Cami*, m'étonnai-je encore. *Feu d'enfer, c'est mauvais. Sacrément mauvais.*

Az ? chuchota Typhos dans son esprit. *Qu'est-ce qui se passe ?*

Je serrai les dents.

— *J'ai encore besoin de temps. S'il te plaît.*

Je ne savais pas trop quoi lui dire, comment lui expliquer tout ce qui s'était passé. Et ça... ça rendait les choses mille fois pires.

Typhos n'insista pas, sa patience et sa compréhension touchant mon esprit. Mais il devait savoir qu'un événement important venait de se produire. Bon sang, il pouvait sûrement ressentir le changement grâce à notre lien de Faë Vertueux.

Nous n'étions pas liés par mon Phénix, donc ma bête n'avait jamais été accouplée à Typhos, supposais-je. Mais elle était clairement accouplée à Ajax et Cami maintenant.

Comment tu as pu faire ça ? m'effarai-je. *Comment tu as pu faire ça sans mon consentement ?*

Mon oiseau ne m'écoutait pas. De toute façon, il ne me comprenait pas. Il était trop désemparé par son incapacité à me rendre le contrôle.

Il n'aimait pas ce sort. Le poids des chaînes invisibles. Le besoin d'obéir à une force extérieure.

Cela faisait longtemps qu'on ne nous avait pas fait ça. Il

n'avait pas trop compris le sort d'Ajax jusqu'à cet instant, et maintenant qu'il le comprenait, il regardait le Faë de Minuit avec étonnement, s'estimant trahi et l'exprimant par un croassement bas qui me brisa le cœur.

Comment tu as pu nous faire ça ? semblait demander mon Phénix. *Qu'est-ce que j'ai fait de mal ?*

Il savait que nous les avions contrariés. Il le savait parce qu'il ressentait mes propres remords. Mais il avait pensé à tort que venir ici allait tout arranger. Que mordre ses compagnons réglerait les problèmes que j'avais créés.

Ma bête ne gérait pas les émotions de la même façon que moi. Elle ne comprenait pas non plus les situations complexes. *Ce sont nos compagnons, alors je les mords.* Voilà sa logique. Le consentement n'avait pas d'importance pour lui. Il était trop pris par ses instincts animaux pour envisager le fait qu'Ajax et Cami pourraient ne pas le vouloir. Pour mon Phénix, il n'y avait pas d'autre façon d'agir.

Merde. Je savais ce qu'il ressentait, à quel point il avait été proche de prendre le dessus et de les revendiquer comme siens, mais j'avais géré son instinct. Je l'avais géré *lui*. Cependant, le sort d'Ajax m'avait relégué au fond de mon esprit, lâchant les rênes à mon oiseau.

Et maintenant...

— Maintenant nous sommes compagnons, siffla Ajax, plissant les yeux sur moi. Tu me reproches vraiment ça ?

Je cillai en moi-même. *Quoi ? Non, je ne te reproche rien,* aurais-je voulu dire. *Comment diable en es-tu arrivé à cette conclusion ?*

— Parce que tes pensées sont foutrement *bruyantes*, rétorqua-t-il. Mon sort t'a écarté et a lâché les rênes à ton oiseau. C'est ce que tu pensais.

Tu peux entendre mon esprit ? Si je le pouvais, je plisserais le front direct. *Bien sûr qu'il le peut,* pensai-je l'instant suivant.

Nous étions compagnons maintenant. Et les liens des Faë métamorphes nécessitaient un *esprit ouvert.*

C'était différent des liens de Faë Vertueux avec Typhos, où nous percevions vaguement les émotions fortes de l'un et de l'autre, mais ne communiquions par télépathie que lorsque nous en avions envie. Mais les liens de Faë métamorphe étaient une toute nouvelle forme de télépathie, qui fonctionnait dans les deux sens. Donc je pouvais aussi entendre Ajax et Cami.

Merde. Il devait y avoir un moyen de cloisonner nos pensées. *Réfléchis, Az.* Ma mère m'avait appris des trucs quand j'étais jeune. Des moyens de protéger mon esprit, et de protéger les autres également, car j'étais trop puissant pour laisser libre accès à mes pensées. Une explosion d'énergie pourrait rendre mes compagnons inconscients.

Cami disait quelque chose mais je l'ignorai, trop concentré sur la fermeture de nos connexions mentales. Je devais les limiter à une conversation télépathique uniquement, comme avec Typhos.

Le ton grave d'Ajax résonna l'air, répondant sans doute à Cami. Ou s'adressant peut-être à moi, mais je ne pouvais pas l'entendre. J'étais trop occupé à chercher dans ma mémoire la connaissance dont j'avais besoin.

J'avais toujours désiré un compagnon, mais après tant de millénaires vécus sans trouver personne digne de mon Phénix, j'avais oublié cet aspect de mon passé. Pourquoi conserver des informations qui, de toute évidence, ne s'appliqueraient jamais ?

Sauf qu'elles s'appliquaient aujourd'hui.

Parce que mon Phénix a finalement choisi ses compagnons.

Est-ce qu'Ajax avait toujours été un candidat, et que j'avais mal interprété l'intérêt de mon oiseau pour lui ? Ou bien tout cela était-il lié à Cami ?

Je l'avais mordue pour Ajax, mais j'étais sous forme humaine.

Cependant, peut-être… peut-être que tout cela était lié ? Peut-être que j'avais provoqué mon Phénix en jouant avec Ajax et Cami ?

Ou peut-être qu'elle a toujours été la compagne idéale, et que c'est pourquoi elle m'a tant attiré.

Le but principal de mon Phénix était de *s'accoupler*. Pas seulement pour trouver un partenaire, mais pour *se reproduire*. Cami était-elle la mère idéale pour ma future progéniture ?

C'est pour ça que tu la voulais tant ? demandai-je à mon oiseau. *Pour le rut ?*

Est-ce important ? se demanda une autre partie de moi. *C'est fait. On ne peut pas revenir en arrière.* Ce dont je n'avais pas du tout envie non plus. Malgré les circonstances, c'était une bonne chose.

Mon oiseau souffrait du sort, son sentiment d'avoir été trahi bourdonnait encore dans nos veines, mais en elle-même, ma bête était enfin satisfaite. Elle avait trouvé l'autre moitié de son âme. *En Cami et en Ajax.*

Ils équilibraient ma fougue. *Mais moi, est-ce que je les équilibre ?*

Je parvins enfin à m'arracher à mes pensées pour observer mon entourage une fois de plus. Ajax se tenait devant moi, bras croisés, affichant un air meurtrier. Et Cami… Je voulus tourner la tête pour la chercher, mais mon Phénix était assis et fixait Ajax.

Tu as donné d'autres ordres, réalisai-je en soupirant intérieurement. Au moins, ceux-là n'avaient pas fait *mal*.

En effet, confirma-t-il d'un ton mental tranchant.

Oh. Qu'est-ce qu'a fait mon Phénix ?

Il arqua les sourcils.

Ton Phénix vient de nous accoupler *de force. Ai-je besoin d'une autre raison pour le mater ?*

Son ton et sa question me hérissèrent.

Il a réagi à l'instinct. Un peu comme toi quand je suis

arrivé – pour qu'on parle, d'ailleurs, pas pour te ramener à Typhos.

Il grogna.

Il t'a ordonné de nous chasser. Tu réalises que j'ai entendu ça dans tes pensées, hein ?

Je lui ai dit que j'allais vous traquer, *Ajax. Pas vous* chasser. *Il y a une différence.*

Il leva les yeux au ciel.

Pour moi c'est du pareil au même.

Eh bien, pour ma bête, ce sont deux sens très différents.

Je retournai dans les recoins de ma psyché en quête des blocs dont j'avais besoin pour cloisonner mon esprit.

Le comportement d'Ajax me disait clairement ce qu'il pensait de cet *accouplement forcé.* Et Cami, eh bien, il semblait qu'elle soit partie. Je ne le savais que grâce à mon lien avec ses pensées. Je ne voulais pas l'importuner davantage, alors je me reculai et la laissai réfléchir toute seule.

Tout comme je laissai Ajax seul devant moi.

S'il voulait jouer à un jeu d'obéissance avec mon oiseau, qu'il fasse donc. J'avais un travail à accomplir. *Dans mon esprit.*

CHAPITRE 16

CAMI

Qu'est-ce qui vient de se passer, bordel ?

À un moment donné, j'étais en train d'admirer le Phénix. Et puis... *puis il m'a mordue.*

Il m'a accouplée. Il m'a revendiquée.

Tout comme Ajax. Sauf que non. C'était complètement différent.

Je viens de me faire mordre par un foutu Phénix. Cette pensée ne cessait de tourner dans mon esprit tandis que je marchais à grands pas dans le palais. Je n'avais aucune idée d'où j'allais et je m'en fichais. J'avais dit à Ajax de m'invoquer des vêtements et j'étais partie.

— Je vais faire un tour, lui avais-je dit avant de quitter la pièce.

Ce n'était sans doute pas prudent de traîner par ici, ni très approprié en tant qu'invitée, mais *merde*. Qu'est-ce que j'étais censée faire ? J'avais besoin d'air. De respirer. D'être *libre*.

Seulement, je ne serais plus jamais libre car j'avais maintenant *deux* compagnons.

En fait, non. J'en avais *trois* : *Melek.*

— *Putain*, marmonnai-je à voix haute.

Je suppose que c'est une façon de mourir – connectée à une bande d'âmes masculines.

Au moins, ils pourraient tous m'offrir quelques centaines d'orgasmes avant que Lucifer me tue. Ce serait la meilleure chose à faire dans cette situation, n'est-ce pas ?

Je faillis rire de ce concept inepte.

C'est de la folie. J'ai perdu la tête. Et j'ai trois compagnons.

— Complètement dingue, dis-je en tournant dans un couloir au hasard. Cet endroit est un vrai labyrinthe.

Je n'errais que depuis quelques minutes, mais j'étais déjà perdue.

— Une visite guidée pourrait être utile, proposa une voix douce derrière moi.

Je regardai par-dessus mon épaule en grimaçant : une femme aux cheveux bleu nuit se tenait à quelques pas derrière moi.

— Désolée, je t'ai entendue en sortant de ma chambre.

Elle désigna un panneau de bois qui ressemblait à une porte, sauf qu'il n'y avait pas de poignée. En fait, toutes les « portes » de ce couloir étaient décorées de la même manière.

— Comment on entre et on sort sans poignée de porte ? demandai-je naïvement.

— Les gargouilles s'en chargent, répondit-elle avec un petit sourire en coin. Il faut s'y habituer. (Elle fronça le nez.) En fait, il y a beaucoup de choses qui prennent du temps à les accepter. Comme le ciel nocturne perpétuel. L'absence de fleurs. Les animaux pelucheux qui veulent tuer tout ce qui se trouve sur leur chemin. Hmm. (Elle haussa les épaules.) Mais c'est chez moi.

— Oh, fis-je en cillant.

Ce royaume semblait avoir ses bizarreries en effet. Ce qui devint de plus en plus évident à mesure que je promenais mon regard dans le couloir. Il y avait des arbres encastrés dans les murs, dont les racines couraient partout sur le sol. C'était un miracle que je n'aie pas trébuché. Peut-être avais-je été plus consciente de mon environnement que je le croyais. Simplement, je n'avais guère remarqué le décor que j'avais traversé.

Je tâtai du bout des doigts l'arbre le plus proche, m'attendant à ce qu'il soit en plastique texturé, comme un vase de fausses fleurs. Mais non. *C'est un vrai,* m'émerveillai-je en m'approchant de l'écorce noire.

— C'est quelle espèce d'arbre ? m'enquis-je, troublée par sa couleur et son emplacement.

— Ma reconstitution d'un cogneur brûlant, répondit la femme. Je les appelle des cogneurs robustes.

Des cogneurs robustes ? me répétai-je. *Drôle de nom.*

— Ils sont jolis.

— Merci. (Elle parut contente de mon compliment.) Mon jardin en est plein, si tu veux en voir d'autres. Mais il y a aussi d'autres choses. Comme des pêchers.

Je la fixai de nouveau.

— Des pêchers ?

— L'un de mes plus vieux amis adore les pêches des humains. Il m'a rendue fan d'elles aussi. Alors maintenant, je les cultive.

— Oh.

J'étais une Faë en verve aujourd'hui, apparemment. *Je me demande bien pourquoi,* pensai-je sardoniquement.

Je serrai le poing en regardant la source de mon exaspération actuelle. La marque vive en croissant sur mon poignet s'était déjà cautérisée, mais n'avait pas encore complètement cicatrisé.

Ta morsure va laisser une cicatrice, n'est-ce pas ? pensai-je à l'intention d'Az.

Il ne répondit pas, l'esprit fermé et silencieux. Je fronçai les sourcils. *Az ?*

Rien.

Je me retournai face au couloir que je venais d'emprunter, comme si je pouvais retrouver la pièce que j'avais quittée depuis je ne savais combien de temps.

Ajax ?

Oui ? répondit-il.

Tu as assommé Az ? demandai-je, le cœur battant la chamade.

Ajax ne l'aurait pas tué, quand même ?

Non. Mais je peux, si tu veux.

Je... non, je ne veux pas ça. (Du moins, je ne le pensais pas.) *Je ne l'entends pas.*

Il érige une sorte de mur mental, murmura Ajax. *C'est du moins ce que j'ai tiré de son esprit. Il craignait ce qu'une explosion de puissance nous ferait subir s'il gardait son esprit ouvert.*

Oh. (Encore ce mot brillant.) *Est-ce qu'il va bien ?*

Je ne pouvais pas voir Ajax, mais je le sentis se hérisser.

Il va bien.

Et toi, ça va ?

Le silence perdura un bon moment. Puis j'entendis Ajax soupirer mentalement.

Ouais, ça va, petite rebelle. Et toi ?

Je fis la moue.

Je ne sais pas. Je suis un peu...

— Est-ce que l'une de mes créatures t'a mordue ? s'enquit soudain la femme, me rappelant sa présence.

Ses yeux bleu céruléen étaient braqués sur ma poitrine. Baissant les miens, je me rendis compte que j'avais pressé mon poing sur mon cœur, mais qu'il était légèrement tourné et révélait la marque sombre en croissant sur ma peau.

— Non, c'était un Phénix, lui répondis-je.

Ses yeux s'écarquillèrent.

— Un Phénix ? Vraiment ? Ils sont si dociles d'habitude.

Je ne pus réfréner le rire qui m'échappa. C'était plus

sarcastique qu'humoristique, mais penser qu'Az soit *docile* était tordant.

— Pas celui-ci, lui assurai-je. Ce Phénix-là est intimidant et carrément dominant.

— Dominant ? releva-t-elle en fronçant les sourcils. Je suppose qu'on peut les percevoir ainsi. Ce sont des êtres majestueux et royaux qui... (Elle s'interrompit et inclina la tête.) Attends, tu parles d'un homme, n'est-ce pas ? Pas de l'animal lui-même ?

— Eh bien, c'est son *animal* qui m'a mordue. (Je fis pivoter mon poignet pour qu'elle voie mieux.) Et j'imagine que ça ne va pas disparaître puisqu'apparemment on est maintenant accouplés pour l'éternité.

C'était pourquoi j'avais quitté la pièce pour aller marcher. *Bien.* Je jetai un coup d'œil autour de moi, impatiente de poursuivre ma route, mon besoin de réfléchir et de m'évader l'emportant sur tout le reste.

— Hmm, bourdonna la femme, insensible à mon désir de fuir. Accouplée contre ta volonté. Je connais un ou deux trucs à ce sujet.

Mon instinct de fuite momentanément stoppé, je levai les yeux sur la femme.

— Ah oui ?

— Oh oui. (Elle se renfrogna quelque peu.) Je sais aussi ce que l'on ressent quand on est mordu sans consentement.

D'accord. Elle avait toute mon attention.

— Qui es-tu ?

Ses lèvres se retroussèrent.

— Aflora.

J'en restai bouche bée.

— Aflora. Comme dans... *Reine Aflora ?*

Putain.

Qu'est-ce qu'il y a ? demanda aussitôt Ajax, mon juron

mental l'ayant atteint apparemment. Il fallait vraiment que je trouve un moyen de contrôler cela.

Cami ? insista-t-il. *Est-ce que tu vas bien ?*

Je crois que je viens de rencontrer la reine des Faë de Minuit, lui dis-je.

Aflora n'était guère un nom commun, et je l'avais entendu à plusieurs reprises.

— Je préfère juste Aflora, murmura-t-elle, fronçant de nouveau le nez comme si elle avait goûté quelque chose d'acide. Pas besoin de titre.

Ses compagnons sont là ? s'enquit Ajax.

Non, elle est seule, répondis-je après un regard circulaire. *Pourquoi ?*

Je me demande si je dois venir te sauver.

Je... ça va aller. Du moins, je l'espérais.

— Toi aussi tu as été accouplée contre ton gré ? demandai-je à Aflora, revenant à ce qu'elle avait dit, comme quoi elle savait un ou deux trucs à ce sujet.

— Oui, par une morsure. (Ses longs cils battirent tandis qu'elle se penchait sur mon poignet.) Mais la mienne était dans mon cou.

J'examinai sa peau sans défaut.

— On dirait que tu as guéri.

Elle acquiesça.

— Les marques des Faë de Minuit apparaissent sur l'âme, pas sur la peau.

— Je pense que la mienne restera sur les deux.

— Je le pense aussi. (Son expression devint pensive.) Tu as besoin d'aide ?

Je déglutis et secouai la tête.

— Non. (Surtout que je n'avais aucune idée de l'aide qu'elle pourrait m'apporter. Et je n'étais pas vraiment blessée, juste... tiraillée.) Je voulais simplement prendre l'air.

— Eh bien, puis-je au moins t'aider là-dessus ? proposa-t-elle avec un sourire. Je peux t'emmener dans mes jardins.

— Oh, euh, je ne veux pas m'imposer. (C'était une reine. Elle avait sûrement des « choses royales » à faire.) Je peux… les trouver toute seule.

Elle secoua la tête en riant.

— Aucun souci, vraiment. J'y allai de toute façon. Je dois chercher Dragonya pour Florica.

Dragonya ? me répétai-je. *Aucune idée de ce que c'est, mais…*

— OK.

— Excellent. Suis-moi.

Quand elle se retourna, sa longue jupe noire tourbillonna autour d'elle en bruissant. Une tenue qui conviendrait certainement à une reine des vampires.

Pour ma part, je portais un simple jean, un débardeur, une veste en cuir et des chaussures plates. Une tenue pratique pour une promenade, qui n'avait rien de royal. C'était ce que j'avais demandé à Ajax de me conjurer. Et moi, la roturière, je ne le regrettais pas, même face à une royauté éblouissante.

Melek l'adorerait sans doute, songeai-je. *Elle correspondrait à son penchant et à celui de Lucifer pour les costumes.*

Ils seraient fous de la toucher, rétorqua Ajax qui avait manifestement capté mes pensées. *Zakkai est terrifiant. Même eux le savent. Et il n'est que l'un de ses quatre compagnons.*

Celui qui l'a mordue sans sa permission ? supposai-je.

Non, c'est Shade, grogna Ajax. *Et comment le sais-tu ?*

Elle m'en a parlé.

Ah. (Il marqua une pause.) *Vous avez ça en commun maintenant, je suppose.*

Il s'est transformé en Phénix et l'a revendiquée ?

Ajax lâcha un rire.

Non. Il l'a juste plaquée contre un mur et l'a séduite avec son charme vampirique. Puis il a planté ses crocs dans son cou.

Sans son consentement ?

Sans son consentement, confirma-t-il. *Et sans même lui donner son nom. Le Conseil des Faë de Minuit était furieux.*

Et Aflora ?

Tout aussi furax.

Sans déconner, me dis-je.

— Pourquoi tu ne l'as pas tué ? demandai-je à haute voix à Aflora.

Nous atteignions un couloir plus large qui menait à une sorte de grand vestibule.

— Qui ? fit-elle, manifestement surprise.

— Le compagnon qui t'a mordu sans ton consentement.

Elle me fixa un moment, ralentissant ses pas.

— Je suis une Faë de la Terre dans l'âme. Nous avons tendance à préférer la paix à la violence.

— Alors tu l'as juste... laissé t'accoupler ?

Elle émit un rire qui m'évoqua des carillons magiques.

— Non. Il a rampé. *Beaucoup*. Ils l'ont tous fait.

— Tous... ? (J'ouvris des yeux ronds.) Plusieurs hommes se sont accouplés avec toi sans ton consentement ?

Et moi qui pensais que ma situation était mauvaise...

— Non. C'est... Non. Il n'y en a qu'un qui l'a fait. Les autres... (Elle fit la moue et secoua de nouveau la tête.) Honnêtement, c'est une très longue histoire. Mais elle s'est bien terminée. Et je n'y changerais rien maintenant.

Le principal élément de son histoire que je connaissais concernait l'élimination, par elle et son cercle de compagnons, d'un Faë de Minuit maléfique, Constantin.

Si j'étais à sa place, je suppose que je ne le regretterais pas non plus.

— Sans vouloir ressembler à Shade – qui, soit dit en passant, est la souche de saule qui m'a mordue contre mon gré –, le destin peut être parfois cruel. Cependant, il finit presque toujours par s'arranger.

— Souche de saule ? relevai-je.

— Elle veut dire enfoiré ou crétin, intervint une voix masculine. (Un homme émergea de la nuit au moment où nous sortions.) J'ai entendu mon surnom et j'ai pensé que tu pourrais avoir besoin de moi.

Aflora leva les yeux au ciel.

— Tu me files depuis que j'ai quitté la chambre.

Shade posa une main sur son cœur, ses yeux de glace s'écarquillant de fausse innocence.

— Moi ? Te filer ? Je n'y songerais pas, petite rose.

Aflora émit un bruit.

— Je vais montrer les jardins à notre invitée.

— Une invitée que tu n'as pas encore bien rencontrée. (Shade me jeta un regard acéré.) La plupart des gens se présentent avant de demander un nom. Surtout quand on est *invitée* dans le palais d'autrui.

— Tu me réprimandes ? (J'arquai un sourcil.) Après que j'ai appris comment tu as imposé ta morsure à la reine Aflora ?

— Juste Aflora, corrigea la reine. Et ce n'est pas grave, Shade. Je sais que c'est Cami. Elle n'a pas besoin de se présenter.

— C'est plus formel et poli.

— Shade qui parle de choses *formelles* et *polies* ? intervint un deuxième homme derrière nous. Est-ce que je suis entré dans une réalité alternative ?

Je regardai le nouvel arrivant, un grand homme aux cheveux auburn parsemés de mèches grises et blanches. Ses yeux d'or brûlé scintillaient d'humour tandis qu'il franchissait le seuil pour nous rejoindre à l'extérieur.

Aflora soupira.

— Je voulais juste me promener avec Cami.

— Je croyais que tu cherchais Dragonya ? demanda Shade, confirmant qu'il avait entendu cette partie de notre conversation.

— Oui, ça aussi. (Elle arqua un sourcil à l'intention de

l'homme.) *Quelqu'un* a lancé une boule de feu dans mon jardin et Dragonya a couru après. Je dois m'assurer qu'il n'y a pas de dégâts et ramener le petit familier à notre fille.

— Ah, une boule de feu, tu dis ?

Il leva les bras au-dessus de sa tête, ce qui souleva un peu sa chemise cintrée au niveau de l'abdomen. Le regard d'Aflora suivit l'action et ses joues rosirent à la vue du ventre musclé de son compagnon. Je n'allais pas l'en blâmer : le Faë de Minuit était sexy. Bon sang, ils l'étaient tous les deux. Mais Shade était plus mon genre, avec son allure de mauvais garçon et son charme diabolique.

C'est avec Shade que tu es ami, n'est-ce pas ? demandai-je à Ajax, me souvenant de la camaraderie dont ils avaient fait preuve pendant mon interrogatoire.

Oui. Pourquoi ?

Pour rien, mentis-je.

Ajax et Shade dégageaient certainement la même vibration, sauf qu'Ajax paraissait plus dangereux. Peut-être était-ce l'influence des Faë de l'Enfer qui lui donnait cet attrait sinistre.

— Arrête de distraire notre reine, Shade, dit l'autre homme. Elle était en train de faire visiter Cami.

— Et tu ne l'aurais su qu'en me filant toi aussi, répondit-elle du tac au tac, son sourcil arqué maintenant dirigé vers le mâle aux yeux d'or.

Il leva les mains.

— Je cherchais Shade.

L'expression d'Aflora indiqua qu'elle n'y croyait pas une seconde. Et Shade non plus, ce que confirma son ricanement.

— Zeph veut s'entraîner, ajouta-t-il. Je demande donc cette faveur.

Shade ricana de nouveau.

— Un timing astucieux.

— N'est-ce pas ? (Ses iris dorés scintillaient malgré leur

couleur brûlée.) On ferait mieux d'y aller. Tu sais à quel point notre ancien directeur déteste les retards.

— Raison de plus pour être en retard, dit Shade. Rends-toi utile et traque Dragonya pour notre fille afin que notre compagne puisse se concentrer sur l'invitée.

Il disparut dans un nuage de fumée avant que quiconque puisse répondre.

Aflora plissa les yeux devant l'espace qu'il venait d'occuper, et j'eus la nette impression qu'elle lui disait mentalement quelque chose.

Si c'était moi, je lui aurais dit que je n'ai besoin de personne pour faire quoi que ce soit à ma place.

— Kols, prononça l'autre homme en me tendant la main.

Je le fixai.

— Pardon, quoi ?

Kols n'était pas un mot que je connaissais.

— C'est le diminutif de Kolstov.

— D'accord...

— Son nom, précisa Aflora, m'aidant à comprendre.

— Oh. (Je baissai les yeux sur la main ouverte de l'homme et lui donnai la mienne à serrer.) Cami. C'est le diminutif de Camillia. Mais ne m'appelle pas comme ça, s'il te plaît.

— Alors appelle-moi Kols au lieu de Kolstov, répondit-il en lâchant ma main.

— Marché conclu, Kols.

— *Marché conclu*, Cami, répéta-t-il avant de jeter un coup d'œil à Aflora. Si tu as besoin de mon aide avec Dragonya, fais-le-moi savoir. Sinon, je vous laisse vous promener dans ton jardin.

Elle lui adressa un sourire soulagé.

— Merci.

L'homme lui fit un clin d'œil et rentra dans le palais au lieu de disparaître dans un nuage. Il ferma doucement la porte, me laissant seule avec Aflora sur le perron.

— Alors, on y va ? demanda-t-elle en indiquant le chemin de briques noires qui s'étendait devant nous.

— Bien sûr, acquiesçai-je. Pourquoi pas ?

Visiter le domaine m'aiderait à réfléchir. Ou peut-être que ce serait juste une échappatoire. Quoi qu'il en soit, c'était vraiment ce dont j'avais besoin en ce moment.

Je suis là si tu as besoin de moi, murmura Ajax, ses mots me rappelant ceux que Kols venait de dire à sa compagne.

Merci, répondis-je, comprenant le sentiment d'Aflora.

CHAPITRE 17

CAMI

AFLORA OUVRIT la voie en silence, devinant peut-être qu'il me fallait quelques minutes pour digérer tout ce qui s'était passé. Car c'était beaucoup à assimiler.

J'avais juste besoin de respirer. Réfléchir à ce qu'Az avait fait. Déterminer la meilleure façon d'aller de l'avant.

Il n'y avait pas grand-chose que je puisse faire concernant l'accouplement à présent. Son Phénix m'avait revendiquée, nous liant pour l'éternité. Je l'avais entendu dans l'esprit d'Az, et j'avais compris qu'il n'y avait pas d'autre choix en la matière.

Nous étions officiellement connectés.

Ce qui était étrange, c'était que je ne me sentais pas si bouleversée que cela. Et ça me troublait parce que je devrais être furieuse. Or je ne l'étais pas.

C'était peut-être le fait d'entendre toutes ces pensées immédiates dans l'esprit d'Az qui avait calmé la colère que j'aurais dû ressentir. Mais il avait été tout aussi choqué, alarmé et surpris par les actions de son Phénix.

Il souffre aussi, avais-je compris presque aussitôt.

Le sort qu'Ajax lui avait jeté l'avait blessé, avait fait ressurgir un passé que je ne comprenais pas très bien et l'avait rendu vulnérable. Son Phénix avait réagi à cette vulnérabilité et complété un lien qu'il avait apparemment déjà initié par l'intermédiaire d'Ajax.

Une réaction animale, pas émotionnelle.

Az – l'homme – n'avait pas eu l'intention de me priver de mon choix. Et son oiseau n'en avait aucune idée.

Étais-je en colère ? Oui. Mais j'avais compris aussi.

C'est tellement déroutant, marmonnai-je en moi-même tandis qu'Aflora me conduisait dans ses jardins.

Quoique ce ne soit pas vraiment des *jardins* au sens traditionnel du terme. C'était plutôt une forêt gothique, jonchée de branches sans feuilles, de pêchers plantés au hasard et de fleurs qui *brûlaient.* Je cillai devant tout cela, stupéfiée par la beauté de ce paysage qui sortait tout droit d'un livre fantastique, avec toute cette faune étrangère qui se pavanait.

Et waouh, elle n'avait pas plaisanté à propos des Phénix. Ils n'étaient pas noirs comme la bête d'Az, mais d'un rouge et d'un orange ardents. Ils illuminaient le ciel nocturne quand ils volaient au-dessus de nos têtes, leurs silhouettes majestueuses brillaient de braises clignotantes.

— Az est beaucoup plus gros que ça, dis-je à Aflora en regardant l'un d'eux se poser sur un perchoir à proximité. Il fait bien deux fois cette taille.

— Sans doute parce que c'est un Faë métamorphe plutôt qu'un véritable Phénix.

Elle s'approcha main tendue, et une espèce de fleur se forma dans sa paume. La créature se pencha pour la cueillir au bout de ses doigts, prenant soin de ne pas la mordre avec son bec acéré.

Contrairement à un autre Phénix que je connais, m'étonnai-je.

Il n'est pas amoureux d'elle ou imprimé sur elle comme mon Phénix l'est avec toi, expliqua doucement Az, notre lien s'étant apparemment rouvert.

Je ne répondis pas tout de suite, sondant plutôt la connexion qu'il avait créée pour tenter d'en déterminer la profondeur. Mais je ne pouvais plus rien entendre de son esprit, semblait-il. Ou bien il ne pensait à rien du tout. *Tu as terminé ton mur ?* demandai-je, faisant référence à celui qu'Ajax avait mentionné.

Je suis encore en train de le construire, mais la couche préliminaire est en place, oui.

Pour nous empêcher de capter tes pensées ?

Pour vous empêcher de ressentir mes éclats de magie, corrigea-t-il. *Je peux le démonter à volonté, mais il doit être érigé pour vous protéger tous les deux.*

Je voulais l'accuser de mentir, mais je ne pouvais pas. Car j'avais entendu en partie sa prise de conscience avant de quitter la pièce. Il avait été tellement abasourdi par les frasques de son Phénix qu'il avait laissé son esprit grand ouvert, m'offrant une vue approfondie de sa nature. Ses intentions. Ses peurs. Ses insécurités.

Ç'avait été... accablant.

Pourtant, il y avait aussi là-dedans quelque chose de pardonnable.

Mon corps avait été exhibé devant tous ces Faë de l'Enfer, mais c'était loin d'être comparable au fait d'avoir l'esprit soudainement béant pour les autres. C'était presque invasif d'avoir un tel accès à son esprit. Cependant, cela m'avait aidée à le comprendre un peu.

Lui pardonner ? Non, pas vraiment. Mais j'avais entendu ses frustrations à l'égard d'Ajax qui n'avait pas saisi pas son but, son besoin de le protéger du courroux potentiel de Lucifer, son devoir d'honorer son engagement envers le roi des Faë de l'Enfer. J'avais capté sa blessure et sa solitude face à l'incompréhension d'Ajax, et sa tristesse qu'il l'accuse d'être comme Constantin.

Az n'était pas Constantin. Et il ne pensait pas que Lucifer

l'était non plus. Même si, en son for intérieur, il reconnaissait que les actions de Lucifer avaient été similaires, et pour cela, il était éternellement désolé. Une partie de lui était terrifiée à l'idée qu'Ajax ne lui pardonne jamais. Cette partie de lui aurait même poussé sa bête à mordre Ajax, pour s'assurer qu'il ne puisse plus lui échapper.

J'avais capté tout cela et bien d'autres choses encore dans les brefs instants qui avaient suivi notre connexion. Je n'avais aucune idée de ce qu'Az avait tiré de mon propre esprit, ni s'il avait eu le même genre d'accès. Mais il m'avait semblé qu'il s'était de suite concentré sur la protection dès le choc initial passé.

— Il m'a fallu du temps pour comprendre les intentions de mes compagnons, dit Aflora après que le Phénix eut picoré une autre fleur magique dans sa paume. Ils me protégeaient, pour l'essentiel, en me poussant à m'entraîner ou en établissant des limites pour garder nos secrets. Mais il y a eu beaucoup à apprendre. (Ses yeux céruléens croisèrent les miens.) Pour eux comme pour moi.

— La plupart des relations fonctionnent ainsi, opinai-je.

— C'est vrai, convint-elle. Mais les relations puissantes s'accompagnent souvent d'obstacles complexes. On dirait que tu fais face à un ou deux en ce moment.

— On en a, oui, marmonnai-je. (Je pensais au désir de Lucifer de me tuer. Au Phénix dévoyé d'Az. À Ajax tournant le dos aux Faë de l'Enfer. Aux conneries énigmatiques de Melek.) Juste quelques obstacles.

Aflora inclina le menton en signe de compréhension.

— Je te dirais bien que ça devient plus facile avec le temps, mais parfois, je n'en suis pas si sûre. Les obstacles rendent les choses intéressantes. (Elle porta son attention sur un arbre proche, et ses yeux se fendirent d'un regard noir.) *Très* intéressantes.

Un sifflement sortit de ses lèvres dans la seconde qui suivit, dont l'écho inattendu me fit me boucher les oreilles tandis que son pouvoir nous fouettait par vagues.

Cami ? appelèrent Az et Ajax en même temps.

Je serrai les dents. *Ne faites pas ça.*

Je sens de la panique, remarqua Az.

Tu vas bien ? s'enquit Ajax presque au même moment.

Je pressai mes paumes sur mes oreilles pour protéger mon ouïe du sifflement d'Aflora, tout en essayant de chasser les deux voix masculines de ma tête.

Je vais bien. Ou j'irais bien si ce foutu bruit s'arrêtait.

Qu'est-ce qui se passe ? demanda Az.

Où es-tu ? répliqua Ajax.

Sérieux ? Je vais très bien.

Mais bien sûr, ils n'écoutaient pas. Car Ajax amena Az – toujours sous sa forme de Phénix – et tous deux apparurent dans le jardin en un instant. Suivis aussitôt par Shade et Kols.

Je secouai la tête. *Incroyable, putain.*

J'ouvris la bouche pour émettre un commentaire sur les *mâles surprotecteurs*, quand un grondement retentit parmi les pêchers devant moi, me faisant hausser les sourcils.

Aflora n'avait pas l'air de trop s'inquiéter, mais Kols et Shade reculèrent d'un pas pour l'encadrer ; Az et Ajax firent de même avec moi.

Qu'est-ce que c'était ?

Aucune idée, répondit Az, sa bête lâchant un grognement bas d'avertissement.

Une baguette apparut dans la main d'Aflora, comme Ajax l'avait fait plusieurs fois en ma présence. *Les Faë de Minuit invoquent donc leurs baguettes ?* lui demandai-je. Ou peut-être *leur* demandai-je. Je ne savais pas trop comment fonctionnait ce lien télépathique.

Oui, répondirent-ils à l'unisson.

Vous vous entendez quand vous me parlez ? voulus-je savoir, pensant que nous formions peut-être une sorte de cercle dans mon esprit.

Non, résonnèrent-ils, ce qui me fit froncer les sourcils.

D'accord. Il fallait vraiment que je comprenne ça, et vite.

Mais le sifflement tourbillonnant dans l'air prit complètement le dessus.

Aflora s'avança tandis qu'une boule de feu apparaissait, une sphère ardente qui rebondissait en zigzags chaotiques le long d'un chemin entre les arbres.

Kols jura. Shade esquissa un sourire narquois. Et Aflora siffla de nouveau.

Je grimaçai, puis restai bouche bée quand surgit un grand dragon noir, la langue pendant sur le côté de son museau, le regard fixé sur la *boule de feu*.

Oh, pensai-je, ce mot étant désormais intégré dans mon vocabulaire. *Ça doit être la boule de feu dont Aflora a parlé tout à l'heure.*

Elle a parlé d'une boule de feu ? demanda Ajax en même temps qu'Az s'étonnait : *Quelle boule de feu ?*

Je crois que Shade l'a invoquée et l'a jetée par la fenêtre pour que Dragonya la poursuive. Et je suppose que ce dragon est Dragonya.

Ce n'était pas vraiment un nom original, mais il correspondait bien à la créature aux larges ailes qui marchait pesamment vers nous.

Aflora s'interposa entre le dragon et la boule de feu, les bras croisés dans une attitude toute maternelle.

— *Arrête,* exigea-t-elle.

Dragonya réagit aussitôt à ce ton, planta ses pattes dans la terre et s'arrêta à quelques centimètres d'Aflora. Ne paraissant nullement contrit, le dragon lui donna un grand coup de langue sur la joue avant de s'asseoir et de haleter comme un très gros chiot.

— Dragonya ! s'écria une petite fille qui entra en courant dans le jardin avec deux mâles dans son sillage.

Florica, me rappelai-je, l'ayant brièvement croisée lors de mon interrogatoire dans ce royaume. Elle jeta ses bras autour du dragon juste au moment où un grand loup blanc accourait près d'eux.

J'arquai les sourcils, mais personne ne réagit à l'apparition soudaine du loup. Ils ne semblaient pas remarquer non plus qu'un corbeau, une chauve-souris et un faucon descendaient en piqué se poser sur les branches d'un arbre voisin.

Des familiers, m'expliqua doucement Ajax, qui avait sans doute remarqué ma grande confusion sur mes traits. *Les Faë de Minuit ont tous des animaux familiers. Le dragon semble être le familier de Florica, ce que je trouverais plutôt hilarant si cette bête n'était pas si proche de toi. Car bien sûr, la fille de Shade ne peut avoir qu'une créature violente et indisciplinée comme familier.*

Je fronçai les sourcils.

Tous les Faë de Minuit ont des familiers ?

Oui.

Alors où est le tien ? m'enquis-je en le regardant. *Est-ce une sorte de Faë du Cauchemar ? Parce que ce sont les seules bêtes avec lesquelles je t'ai vu socialiser dans le royaume des Faë de l'Enfer.*

Mon familier est resté ici, où il est en sécurité, répondit-il en serrant les lèvres.

Donc tu as bien un familier ?

Oui.

Où se trouve-t-il ?

Il haussa une épaule.

Je ne l'ai pas vu depuis des années.

C'est très bizarre d'entendre tes questions à Ajax mais pas ses réponses, murmura Az dans mon esprit. *Est-ce qu'il a un familier ?*

Oui, mais il ne l'a pas vu depuis des années.

Ajax fit la moue.

Tu transmets cette information à Az ?

Il l'a demandé, répliquai-je.

Ce n'est pas une chose qu'il doit savoir, rétorqua Ajax.

Alors parle-lui, dis-je, exaspérée. *Je ne vais pas m'immiscer entre vous deux.*

Trop tard pour ça, ironisa Az.

Pas utile. L'irritation colora mon ton mental.

C'est lui *qui t'a immiscée,* grogna Ajax. *Ou plutôt, son Phénix l'a fait.*

Je poussai un grand soupir à la fois physique et mental.

Oui. Son Phénix nous a mordus tous les deux. Mais je ne vais pas pour autant m'immiscer dans tes problèmes avec lui. Je sais qu'il t'a fait du mal. Et que tu l'as blessé avec ce sort. Et maintenant, nous souffrons tous. Mais je ne veux pas jouer l'intermédiaire dans cette discussion.

J'aimerais que ce soit aussi simple, rétorqua Ajax, mais Az déclara : *je vais lui parler.*

— *Ça suffit,* prononçai-je à haute voix. Vous me donnez tous les deux mal à la tête, et je n'ai pas envie de m'occuper de ça maintenant.

Au lieu de laisser à l'un d'eux – ou aux autres Faë de Minuit – l'occasion de répondre, je tournai les talons et m'éloignai dans un chemin au hasard.

Qu'ils jouent donc tous avec le dragon. Ou quoi que ce soit.

J'ai besoin de temps, leur lançai-je. *Juste... laissez-moi un peu de temps, s'il vous plaît.*

Ils restèrent tous deux silencieux un long moment avant d'acquiescer à l'unisson :

OK.

CHAPITRE 18

AJAX

Quel foutu bordel, me dis-je en passant ma main sur ma figure.

Pas le coup du dragon – bien que ce soit quelque chose – mais tout ce qui concernait Cami. Avec Az. Avec Lucifer. Avec le *destin*.

Je t'en veux pour ça, connard, lançai-je à Az, le fusillant du regard.

Son Phénix déploya ses plumes en voyant mon expression.

Tu stresses mon oiseau.

Je stresse *ton oiseau ?* Je pouffai. *T'es vraiment sérieux, là ?*

La créature me fit face et gonfla son torse de façon à paraître deux fois plus grosse. Ce qui était impressionnant, vu que la bête était déjà énorme.

Ne fais pas ça, avertit Az. *Ou ça va mal finir.*

Je ne veux pas casser l'ambiance, mais ça ne va déjà pas très bien, répliquai-je dans son esprit.

— Assis, ordonnai-je à voix haute.

Le Phénix grimaça visiblement, puis obéit, mais une flèche de souffrance me frappa en plein cœur. Je reculai devant l'oiseau, portant ma main à ma poitrine pour tâter la blessure.

Mais tout ce que je sentis, ce fut la chemise que j'avais enfilée avant de m'éclipser ici. Je baissai les yeux, sourcils froncés, mon torse me faisant mal d'une attaque inconnue.

C'est moi, grinça Az, son oiseau tressaillant de nouveau. *C'est ce fichu sort. Ça fait* mal *d'obéir.*

Mon froncement de sourcils s'accentua, une sensation désagréable montant dans ma poitrine à l'écoute de la douleur contenue dans les paroles d'Az.

Tu... tu le mérites, me forçai-je à dire. *Après ce que tu m'as fait... ce n'est que justice.*

Az grogna dans mon esprit mais ne le nia pas. Il ne dit rien du tout, mais son Phénix me darda un regard noir. Que je lui rendis.

— Tu m'as mordu sans ma permission.

Parce que tu es le compagnon qu'il a choisi, murmura Az. *J'ai essayé de maîtriser ses instincts, mais le sort de Vivaxia m'a repoussé au fond de mon esprit, donnant à mon animal un contrôle total. Il t'a mordu pour t'empêcher de le fuir à nouveau.*

Qui est Vivaxia ? lui demandai-je.

— C'est Zenaida qui m'a donné ce sort, ajoutai-je à voix haute. Je te l'ai dit.

— Quel sort Zen lui a-t-il donné ? demanda quelqu'un à mi-voix basse – une femme.

Je levai les yeux et me rappelai soudain notre public : Aflora et tous ses compagnons.

Shade se tenait à côté d'elle, un sac de pop-corn à la main – qu'il devait partager avec Zakkai et Zeph, car les deux hommes étaient en train de mâcher.

— Un truc visant à dompter une bête, répondit Shade avant de prendre une poignée de grains et de les fourrer dans sa bouche.

— Tu te fous de moi avec cette merde, hein ? (Je désignai le sac qu'il tenait.) Est-ce que ma vie est une blague pour toi ?

— Non, pas une blague, répondit-il. Mais j'ai supposé que

tu allais combattre le Phénix géant, et j'avais envie d'un peu de grignoteries pour accompagner le spectacle.

Derrière lui, le dragon lui tapota le bras, et Shade fit apparaître un os dans sa main qu'il s'empressa de lui lancer. Il – ou peut-être *elle* – attrapa l'os, se pelotonna par terre et le rongea joyeusement, tandis que Florica assise sur son dos contemplait la lune.

— Pouvons-nous avoir un peu d'intimité, s'il vous plaît ? leur demandai-je.

Zakkai nous considéra un moment, puis haussa les épaules et se détourna pour s'agenouiller à côté de Florica.

— Ramenons Dragonya dans l'antre de papa Shade et créons d'autres boules de feu.

Le sourire qui flottait sur les lèvres de Shade fondit aussitôt.

— Non.

Mais Florica poussait déjà des cris d'excitation, ce qui fit se lever d'un bond le dragon alarmé. Zakkai ramassa l'os et le lança en direction du palais, puis adressa à Shade un bref sourire. Shade poussa un juron et s'éclipsa derrière le dragon qui volait maintenant, Florica glapissant de joie sur son dos.

Zeph et Kols échangèrent un regard, et Aflora soupira.

— Vous me donnez tous mal à la tête. Pourquoi les hommes sont-ils si odieux ?

— Hé, je n'ai rien fait, protesta Kols.

— Hon-hon, grommela Aflora.

— Je n'ai rien fait non plus, ajouta Zeph. (Sa voix grave était l'un de ses traits particuliers. Ainsi que ses yeux verts, de la même couleur que sa magie.) Mais je vais faire quelque chose.

Aflora leva les yeux sur lui, haussant les sourcils.

— Zeph…

Elle glapit lorsqu'il la souleva du sol et la prit dans ses bras.

— Tu as l'air affamée, fleur de lutin. Kols, va chercher la pâte de sang.

— Ouais, d'accord, sourit Kols. On se retrouve dans la chambre ?

Zeph acquiesça. Aflora rougit.

Je me retournai vers Az en secouant la tête. *Au moins ils sont tous distraits maintenant,* pensai-je en le regardant. Mon courroux semblait s'être estompé au cours de ces dernières minutes de je ne savais quoi.

Rappelle-moi de ne pas procréer, rétorqua Az, puis il grimaça lorsque son oiseau grogna en réponse. Il m'avait l'air en désaccord avec les instincts de son animal.

Malgré tout, je fis la moue. *Procréer est sûrement la meilleure chose qui soit arrivée à Shade, à part son accouplement avec Aflora.* Il pouvait encore être un connard odieux, mais il avait bien évolué depuis dix ans. *C'était un vrai rebelle à l'époque.*

Je pense qu'il est encore assez rebelle.

Oui, je le pense aussi, acquiesçai-je en secouant de nouveau la tête. *Un dragon comme familier, ce n'est pas rien.*

Hmm. Az n'était pas très impressionné. *C'est quoi ton familier ?*

Je crispai ma mâchoire.

Ce ne sont pas tes oignons.

Sujet délicat ? railla-t-il.

Tu veux que je te tue ? grondai-je, serrant mes poings sur mes flancs. *Parce que je le ferai. Je* peux *le faire. Surtout que tu es sous l'emprise de ce sort.*

Je reviendrai à la vie, rétorqua-t-il. *Alors vas-y. Si ça peut te faire sentir mieux, tue-moi.*

Je ne me sentirais pas mieux pour autant.

Alors pourquoi gaspiller ton énergie ? De plus, tu as besoin de moi pour t'aider à protéger Cami. Me tuer rendra cette tâche temporairement plus difficile.

Je le fusillai du regard.

— Comment vas-tu m'aider à protéger Cami ? Tu es accouplé à cette putain de menace.

Typhos ne va pas lui faire de mal.

— D'accord, je vais y croire, dis-je d'un ton pince-sans-rire. Ton Phénix vient de s'accoupler à Cami. À cause de ça, Lucifer va la voir comme une menace encore plus grande maintenant.

Ou peut-être verra-t-il qu'elle pourrait être une alliée précieuse, souligna Az. *Tu devrais me donner une chance de lui parler et de voir comment je peux arranger ça.*

Je haussai les sourcils.

— Comme si j'allais te faire confiance là-dessus. La dernière fois que tu t'es *arrangé* avec lui, Cami s'est retrouvée enchaînée sur une scène, et j'ai été obligé de rester planté à regarder, lié par tes pouvoirs.

Typhos et moi nous sommes rendus compte que quelque chose n'allait pas, expliqua Az. *Il a voulu nous punir sensuellement tous les deux. Pas nous faire du mal. Mais quand j'ai souligné les similitudes avec ce que Constantin avait fait, eh bien, pourquoi penses-tu que Typhos m'a laissé prendre mon temps pour vous traquer ?*

Je serrai les dents, ne sachant trop que répondre. Cela sonnait plus comme des excuses que comme une explication ou une justification, ce qui était étrange car Az n'était pas du genre à s'excuser.

Il sait qu'il se passe quelque chose, que je souffre de ce qui m'est arrivé, mais au lieu de débarquer pour régler le problème, il me fait confiance pour gérer la situation – parce que je lui ai demandé de me laisser du temps. Est-ce que ça ressemble à quelqu'un qui représente une menace pour Cami ?

— J'ai vu la façon dont il la regardait hier soir. Il voulait la tuer.

Oui, alors qu'il était en proie au chaos et à la confusion à cause du problème du portail. Elle a utilisé son pouvoir pour le fermer. Il n'en a pas vu la raison à ce moment-là. Mais il devrait s'être calmé maintenant. On peut lui parler.

— Tu aimerais bien, pas vrai ? ricanai-je. Nous convaincre qu'il n'y a pas de danger à retourner dans le royaume des Faë de l'Enfer pour *discuter*. (Comme si ç'allait arriver.) Cami est plus en sécurité ici. C'est aussi à elle de décider, pas à moi.

Az ne répondit pas de suite, et son Phénix ne laissa rien paraître. Son esprit était également muet, confirmant qu'il avait fini d'ériger son mur, ou était sur le point d'achever son petit projet mental.

J'espérais que ce mur l'empêchait aussi de capter mes pensées.

Je sais que j'ai brisé ta confiance, dit doucement Az. *Je mérite ta colère. Typhos aussi. Mais on peut arranger les choses, Ajax. S'il te plaît, laisse-nous arranger ça.*

Arranger quoi ? lui demandai-je mentalement. *C'est quoi, « ça », pour toi ?*

Nous, répondit-il sans hésiter. *Toi, moi, Cami. Notre avenir. Notre* accouplement. *Je sais que mon oiseau ne nous a pas laissé le choix, mais il n'y a pas de retour en arrière possible. On ne peut qu'aller de l'avant. Et pour ça, nous devons régler ce problème entre nous.*

— Je ne crois pas que ce soit possible, lui dis-je tout de go. (Mes jambes me démangèrent soudain de l'envie de bouger. Ce que je fis, me mettant à tourner en rond devant le Phénix toujours assis.) Tu m'as figé sur place, Az. Tu m'as obligé à regarder Lucifer l'humilier. Comment tu as pu me faire ça ? Et à *elle ?*

C'était tellement cruel. Tellement *mal*.

— Elle n'avait rien fait de mal, repris-je. Ce n'est pas comme si elle faisait exprès de puiser dans les pouvoirs de Lucifer. C'est juste... que ça arrive. Tu en as été témoin. Tu sais que ça n'a rien de malfaisant. C'est simplement... *elle*.

Pourtant, Lucifer avait tenu à tout prix à la punir pour

cela, son désir de la remettre à sa place l'emportant sur toute pensée pratique. Il aurait dû la *remercier* de l'avoir aidée pour le portail. À la place, il l'avait presque tuée. Et Az...

— Tu es son compagnon, chuchotai-je. Ta loyauté lui est acquise.

Plus maintenant. (Ces deux mots parvinrent faiblement à mon esprit, et la voix mentale d'Az était empreinte de douleur.) *Mon Phénix vous a choisis, Cami et toi. Il s'est accouplé à vous deux. Même si mon âme est toujours liée à Typhos, mon esprit animal est à vous.*

Je cessai de faire les cent pas pour le fixer.

— Qu'est-ce que ça veut dire ?

Ça veut dire que je suis lié à vous deux par ma moitié Faë métamorphe, tandis que mon côté Faë de l'Enfer est lié à Typhos. Mon âme est divisée, en gros. Je ne vois pas d'autre façon de l'expliquer.

— Tu es donc toujours connecté à lui.

Oui. Je serai toujours connecté à lui. Et maintenant, je serai aussi toujours connecté à Cami et toi. Donc ma loyauté... est envers vous tous. Pas à l'un plus qu'à l'autre.

— Et si on meurt ? lui demandai-je. Qu'est-ce qui se passe ?

Mon esprit animal meurt avec vous.

Je le regardai d'un air ahuri.

— Et qu'est-ce que ça veut dire ?

Je venais de lui poser la même question, mais pour une tout autre raison.

Exactement ce que j'ai dit. Un Faë métamorphe ne peut pas vivre sans la compagne qu'il a choisie. Si toi ou Cami mourez, mon esprit animal partira avec vous. Et même si j'ai d'autres ascendances Faë en moi, mon Phénix est la plus grande partie de mon âme. Par conséquent...

Il s'interrompit, le reste de la phrase n'étant pas vraiment nécessaire. Mais je l'achevai quand même à sa place :

— Tu mourrais aussi.

Oui.

Je le dévisageai en quête d'un quelconque indice qu'il mentait. Mais son Phénix me retourna simplement mon regard, ses yeux noirs ne révélant rien.

— Si tu me mens...

Pas du tout. Mais je comprends que tu ne puisses pas encore me faire confiance. Dis-moi juste ce dont tu as besoin, Ajax. Je le ferai. J'en fais le serment.

J'arquai un sourcil.

— C'est une annonce dangereuse.

Alors teste-la, me défia-t-il. *Donne-moi une tâche. Dis-moi ce que je dois faire, et je le ferai volontiers.*

— Tu veux que je lève le sort pour que tu puisses prouver que tu es sincère. (Je secouai la tête.) Waouh. J'ai failli te croire, Az. *Failli*. Mais il est hors de question que je lève le sort. Dès que je le ferai, tu nous ramèneras à Lucifer. Et ce sera la fin de la partie.

— Peut-être que oui, peut-être que non. (La voix de Cami sortit des arbres avant qu'elle apparaisse. Elle me jeta un regard critique avant de le porter sur Az.) Je veux voir ce qu'il va faire.

Je la fixai bouche bée.

— Tu veux que je le libère ?

— Oui. Je veux lui donner une chance de prouver sa loyauté.

— Et quand il brisera à nouveau notre confiance ? Qu'est-ce qui se passera ?

— Eh bien on saura, répondit-elle, tournant ses yeux gris vers moi. Je ne veux pas vivre dans un monde de suppositions à me demander à qui faire confiance. Je veux des faits et des vérités indéniables. Fini de jouer. Fini de retarder l'inévitable. Fini de deviner. Juste des réponses directes. Libère-le et on saura. Fin de la discussion.

— Si je le libère, il nous conduira à Lucifer, répétai-je. J'en suis certain.

— Peut-être. Mais on sait tous les deux que je devrai l'affronter à un moment ou à un autre. Alors libère Az, et il va soit aggraver l'inévitable, soit prouver sa valeur. C'est notre meilleur jeu. C'est notre *seul* jeu.

— Je pourrais le garder en cage.

Je l'avais déjà proposé, mais elle n'avait pas donné suite. Je le ferais sans hésiter. Mais je renoncerais probablement aux chaînes.

— Combien de temps ? demanda-t-elle d'un ton soudain las. Des heures ? Des jours ? Des semaines ? (Elle posa sur son Phénix un regard triste.) Et en quoi c'est juste pour sa bête ? Ce n'est pas elle qui a choisi de te figer avec son pouvoir. C'est Az. Et c'est Az qui veut avoir une chance de regagner notre confiance. Je dis qu'il faut le laisser essayer. Ce ne sera pas facile, mais je pense qu'il le sait.

En effet, murmura Az dans mon esprit.

Tu lui as parlé, n'est-ce pas ? réalisai-je. *Elle a compris comment contrôler ses liens mentaux.*

Non. Je l'ai laissée seule quand elle est allée se promener.

Je plissai légèrement les yeux, la suspicion envahissant mon esprit.

— Tu as parlé à Az ? demandai-je à Cami, voulant qu'elle me dise la vérité.

— Non. Mais j'ai vu assez de son esprit pour savoir qu'il regrette ce qui s'est passé. Je sais aussi que le sort que tu lui as jeté lui fait beaucoup plus de mal que les chaînes de Lucifer m'en ont fait. (Elle fit un pas vers moi, son expression reflétant la lassitude de sa voix.) Libère-le, Ajax. C'est la seule façon de connaître ses intentions.

Ma mâchoire me faisait mal à force de serrer les dents, ma frustration face à ce choix m'épuisant presque autant qu'elle épuisait Cami. Je détestais qu'elle ait raison, mais on ne connaîtrait pas les intentions d'Az tant que je ne l'aurais pas libéré. Et combien de temps ce sortilège allait-il le dompter ? Je n'en avais aucune idée.

— Très bien, dis-je en me tournant vers Az. Tu veux regagner ma confiance ?

Son Phénix cligna des yeux tandis qu'Az disait :

Je crois que j'ai été clair, oui.

Ce n'est pas le moment de répondre avec condescendance, rétorquai-je.

Dis-moi tes conditions, Ajax. Dites-moi comment arranger les choses.

Mes lèvres se retroussèrent, mais ce n'était pas de l'amusement. C'était une attente sinistre. Parce qu'il avait juré de faire *n'importe quoi* pour arranger ça. Ce qui me donnait la liberté d'exiger tout ce que je voulais.

— D'accord, Az. Je vais te libérer. Mais je veux que tu convainques Lucifer de nous laisser tranquilles. *Pour de bon.* Et quand tu reviendras, je veux que tu redonnes le contrôle à ton Phénix. Forme humaine, forme animale, je m'en fiche. Mais l'oiseau sera aux commandes pendant que tu regarderas de l'intérieur.

Pendant combien de temps ? s'enquit Az avec méfiance.

— Jusqu'à ce qu'on décide de te faire à nouveau confiance, répondis-je en croisant les bras. Ce qui risque de ne pas se produire avant *très* longtemps.

CHAPITRE 19

AZ

Convaincre Lucifer de laisser Cami et Ajax tranquilles – pour de bon.

Laisser le contrôle à mon Phénix jusqu'à ce qu'Ajax et Cami me fassent à nouveau confiance.

Les deux termes tournoyaient dans mon esprit, mon côté analytique les traitant et les décomposant en une myriade d'échappatoires. C'était un réflexe automatique créé par des millénaires de fréquentation de plusieurs négociateurs parmi les plus expérimentés de l'univers. Il y avait tant de façons d'interpréter la demande à encourager Lucifer à laisser Cami et Ajax tranquilles.

Typhos est mon autre compagnon, rappelai-je à Ajax. *Lucifer fera toujours partie de ma vie.*

— Je sais, répondit Ajax. Mais il ne fera pas partie de la mienne ni de celle de Cami. C'est le marché.

Tu veux que je convainque Lucifer de cesser de vous poursuivre, toi et Cami, reformulai-je prudemment. *Pour de bon. Et en échange, tu me rendras ma liberté.*

— Je veux aussi que tu donnes à ton Phénix le contrôle total.

Oui, ça aussi. Jusqu'à ce que tu me fasses à nouveau confiance.

— Ça n'arrivera jamais, mais oui.

— Qu'est-ce qui n'arrivera jamais ? s'enquit Cami.

— Que je lui fasse à nouveau confiance, répondit Ajax.

Puis il l'informa de ce que j'avais dit d'autre, dont ma reformulation de convaincre Lucifer de ne pas les poursuivre. Cami haussa les épaules, l'air méfiant.

— Ça me va.

Mais est-ce que ça suffira pour que tu finisses par me pardonner ? lui demandai-je doucement. *Pour me faire confiance ?*

Elle me regarda, ce qui suscita l'intérêt de mon oiseau. Il était complètement épris d'elle et quasiment prêt à s'étaler sur le dos, le ventre en l'air, pour elle. Comme elle ne lui sourit pas et ne lui prêta pas attention, il soupira. Mon Phénix ne comprenait pas pourquoi elle lui en voulait encore. Dans son esprit, il avait *réglé le* problème en la mordant. Elle était à lui maintenant. Alors pourquoi n'était-elle pas aussi amoureuse de lui qu'il l'était d'elle ?

Je savais pourquoi, mais je ne pouvais pas le lui expliquer. C'était trop compliqué. Il ne pensait pas en termes complexes, juste à l'instinct.

— Je ne sais pas si je pourrai te pardonner ou te faire confiance, dit-elle enfin. C'est... beaucoup, Az.

Je sais. Et je suis désolé. Mais je ne peux rien faire pour inverser le lien. Il est là pour rester. Pour l'éternité.

— Tu veux dire jusqu'à ce que Lucifer me retrouve et me tue.

Cette fois, ce fut moi qui soupirai, pas mon Phénix.

Lucifer ne va pas te tuer, Cami. Ta mort tuerait mon Phénix. Elle blesserait Melek. Elle blesserait Ajax. Et même si Ajax ne le croit pas en ce moment, Typhos se soucie de lui aussi. Il se soucie de nous tous. Il a juste une façon bien à lui de le montrer.

— Ça, on peut le dire, ricana-t-elle.

Il est ancien. Ses méthodes pour montrer qu'il se soucie des autres sont un peu archaïques, admis-je. *Mais il ne s'agit pas de Lucifer pour le moment. Il s'agit de toi et moi. Dis-moi ce que tu attends de moi. Dis-moi comment je peux commencer à regagner ta confiance. Je sais que ça prendra du temps. Je veux juste savoir par où commencer, Cami. S'il te plaît.*

Parce qu'il n'y avait pas de retour en arrière possible. Je devais trouver un moyen d'aller de l'avant, sinon mon Phénix allait souffrir. *Je* souffrirais.

J'avais besoin de Cami et d'Ajax plus qu'ils ne le sauraient jamais. Ils me tenaient à cœur, aussi.

Je veux que ça marche, poursuivis-je. *Je sais que ce n'était prévu pour aucun d'entre nous. Mais c'est arrivé. Soit nous l'acceptons, soit nous passons notre vie à le combattre.*

Elle suçota sa lèvre inférieure entre ses dents d'un air songeur.

Qu'est-ce que tu lui dis ? me demanda Ajax, quelque peu irrité d'avoir été écarté de la conversation. Ou peut-être pensait-il que j'essayais de la convaincre de quelque chose.

Je demande ses conditions, l'informai-je.

Il ne répondit pas et regarda plutôt Cami, qui lui rendit son regard en hochant la tête.

Oui, dit-elle. *Il veut connaître mes conditions.*

Ces mots étaient pour Ajax, pas pour moi. Car il venait apparemment de lui demander de confirmer ce que je lui avais dit.

J'ai vraiment tout gâché avec lui, songeai-je pour la millième fois. Peu importait à combien de reprises j'avais expliqué pourquoi ; il me détesterait toujours pour ça. Il me faudrait donc regagner cette confiance, en commençant par convaincre Lucifer de ne pas poursuivre Cami et Ajax.

— Je veux que tu m'entraînes, dit soudain Cami, ce qui fit se redresser mon oiseau. (Il aimait son ton, ou peut-être avait-il compris ses paroles.) Je veux que tu m'apprennes à me défendre contre Lucifer ou quiconque pourrait me faire du mal.

— C'est une bonne condition, approuva Ajax.

Oui, pensai-je. *Oui, en effet. Autre chose ?* lui demandai-je.

— Tu m'as demandé par où commencer. (Elle haussa les épaules.) C'est par là que je veux commencer.

Très bien, opinai-je. *J'accepte tes conditions initiales.*

Lorsqu'elle en voudrait plus par la suite, soit on négocierait un accord, soit je ferais juste ce qu'elle voudrait. Cela dépendrait de ses exigences.

J'accepte tes conditions, ajoutai-je à l'intention d'Ajax.

— Bien. (Il regarda Cami.) Tu es sûre de toi ?

— C'est notre seule option. Je ne mettrai pas son Phénix dans une cage. C'est cruel.

Ajax grogna, clairement pas d'accord, mais n'émit aucun commentaire. À la place, il sortit une carte de sa poche et la parcourut du regard. Puis il soupira et prononça les mots que je n'avais entendus qu'à de rares occasions dans mon existence : le sort d'inversion. Il était légèrement différent de celui que Vivaxia avait employé jadis, mais il en était de même pour l'enchantement de domptage qu'il m'avait lancé.

Comment Zenaida a-t-elle obtenu ces sorts ? me demandai-je tandis que mes poumons reprenaient vie. Je n'avais été piégé que pendant une heure environ, mais j'avais eu l'impression que c'était des années, le poids de l'incantation formant des crochets dans mon esprit tandis qu'elle me retenait captif dans ses liens invisibles.

Lorsque le dernier lien se relâcha, ma bête me laissa aussitôt le contrôle et me permit de reprendre ma forme humaine. Je me relevai et étirai mes membres meurtris par les restes de cette horrible magie. Je me frottai les jambes et les bras afin de me débarrasser de la sensation de toile d'araignée qu'elle laissait derrière elle.

Pendant ce temps, Ajax et Cami m'observaient, l'air aussi inquiet l'un que l'autre. Mais ce n'était pas de mon bien-être qu'ils se préoccupaient, seulement du leur. Et cela me fit presque autant mal que le sort lui-même. *Je le mérite,* me rappelai-je. *Mais je vais arranger les choses.*

— Lorsque tu veux communiquer avec un certain compagnon, pense seulement à lui, expliquai-je à Cami. Tu finiras par voir les différents canaux dans ton esprit. C'est une aptitude importante qui t'aidera à protéger tes pensées.

Je connaissais bien la question grâce à mes liens avec Typhos. Si je n'avais pas su comment ouvrir et fermer notre lien télépathique, il saurait déjà pour Ajax et Cami. Heureusement, il n'avait ressenti qu'une légère perturbation, car le lien était passé par mon Phénix. Et mon animal ne se connectait à Typhos que lorsque j'avais besoin d'évacuer un surplus d'énergie. Contrairement à Melek, qui était entièrement lié à Typhos par des liens de Faë Vertueux. Lorsque Melek s'était connecté à Cami, Ty l'avait très bien senti car c'était la même magie que celle qu'ils utilisaient pour s'accoupler l'un à l'autre.

— Entraîne-toi avec Ajax pendant mon absence, ajoutai-je à l'intention de Cami. Considère que c'est mon premier conseil d'entraînement.

La laissant discuter avec Ajax, je m'éclipsai et me rendis dans le royaume des Faë de l'Enfer retrouver Typhos.

Ce n'est pas vraiment la première leçon à laquelle je m'attendais, émit Cami dans mes pensées alors que j'arrivais au palais des Faë de l'Enfer.

Non, mais c'est une leçon importante, l'avertis-je. *Sinon, Typhos entendrait tout ce que je vous dis, à toi et Ajax.*

Bon, techniquement, ce n'était pas vrai. Mon lien avec Typhos passait par sa magie de Faë Vertueux, pas par mon

Phénix. Par conséquent, son accès à mon esprit était automatiquement restreint. Je pouvais le laisser entrer comme bon me semblait, mais j'avais mis en place des blocages mentaux naturels pour l'empêcher d'aller trop loin.

Au lieu de cacher ces détails à Cami, je choisis de les partager, expliquant que mon Phénix ne l'avait jamais accouplé, donc que nos liens étaient différents. La seule chose que je ne développai pas, ce fut le type de magie Faë que Typhos avait utilisé pour me lier à lui. Je la laissai simplement supposer que c'était un lien d'accouplement avec un Faë de l'Enfer plutôt que de révéler l'origine de Lucifer. Ce n'était pas à moi de raconter cette histoire.

La protection de ton esprit est une aptitude précieuse, conclus-je. *Tu ne sais jamais quand tu auras besoin de compartimenter tes pensées.*

Une image de Vivaxia me traversa l'esprit, son beau visage étant très malvenu. Elle m'avait beaucoup hanté aujourd'hui.

Putain de sort stupide.

Cami resta silencieuse, ne répondit pas à mes commentaires sur l'utilité de cette aptitude. Mais au lieu de la pousser à accepter ma première leçon d'entraînement, je me concentrai sur mon autre tâche : trouver le roi des Faë de l'Enfer.

J'activai notre lien mental : *Typhos ?*

Je suis dans ma tanière, répondit-il, manifestement au courant que j'étais revenu au palais.

Au lieu de marcher jusqu'à son bureau souterrain – qu'il appelait sa tanière –, je m'éclipsai dans un nuage de cendres. C'était plus rapide. Et je n'avais pas besoin de temps pour rassembler mes idées, car il n'y avait qu'une seule façon d'aborder Typhos à ce sujet : être direct et aller droit au but.

— Azazel, dit-il lorsque j'apparus dans le salon cossu adjacent à son grand bureau d'obsidienne.

Sa tanière était réservée aux affaires privées, la zone

souterraine n'étant même pas fréquentée par les chiens de l'Enfer du palais. Lucifer ne venait ici que lorsqu'il avait quelque chose de secret à faire. Je soupçonnais que sa présence ici était liée au problème du portail dans notre royaume.

Les cartes sur son bureau le confirmèrent, ses notes indiquaient tous les endroits où nous avions été attaqués et les futures faiblesses potentielles. Une pile de dossiers était posée sur le côté, un stylo à plume planant au-dessus d'eux, l'encre magique rehaussant sa pointe acérée.

— De nouveaux marchés ? m'enquis-je.

Il travaillait généralement là-dessus dans un autre secteur du palais, mais peut-être que ceux-ci étaient spéciaux.

— Non, des anciens que je suis en train de revoir. (Ses yeux saphir se posèrent sur moi.) Erebus a attrapé l'Unseelie responsable du portail dans les Terres Marécageuses. C'était l'un des pères de l'épouse. Il était couvert de magie Faë Vertueuse, mais il n'a aucun souvenir de l'attaque.

Je haussai les sourcils.

— Tu penses qu'il n'était qu'un pion ?

— Je ne sais pas. Je cherche donc d'autres Faë potentiels qui auraient pu ne pas approuver l'inscription de leurs filles à notre programme. Peut-être qu'ils travaillent ensemble. Ou peut-être que quelqu'un les manipule. Melek est toujours en train d'examiner notre dernière affaire pour voir si je n'ai pas raté un fil de Faë Vertueux.

— Tu veux que je passe voir moi aussi si je flaire quelque chose ? demandai-je, épuisé d'avance par la tâche potentielle mais prêt à l'assumer si cela pouvait contribuer à mettre fin à toute cette folie.

Typhos m'étudia un moment de son regard sombre, pas seulement pour me jauger, mais aussi pour savoir. Nous étions ensemble depuis très longtemps, donc il savait lire mon langage corporel. Cependant, cette situation était différente.

Très différente. Elle ne ressemblait à rien de ce que nous avions vécu.

Il fit le tour de son bureau et s'installa dans l'un de ses fauteuils en cuir.

— Dis-moi d'abord ce qui s'est passé avec Ajax et Camillia.

En soupirant, je m'assis face à lui et lui racontai tout. Y compris le moment où mon Phénix avait mordu Ajax et Cami. Cacher la vérité ne servirait à rien de toute façon. L'âge et l'expérience me l'avaient prouvé depuis des millénaires.

Typhos ne m'interrompit pas, même lorsque j'abordai le sort de Vivaxia. Toutefois je sentis sa fureur traverser notre lien lorsque je mentionnai son nom et le souvenir de ce qu'elle m'avait fait un nombre incalculable de fois. Je terminai en lui exposant les conditions d'Ajax.

— Et Cami veut que je l'entraîne, conclus-je au moment où Melek apparut dans la pièce.

Il arqua ses sourcils blond vénitien, la curiosité colorant ses traits, mais ne fit aucune remarque, se dirigeant seulement vers le bar pour se servir un verre. Curieusement, il choisit de l'eau glacée au lieu d'une boisson alcoolisée. Il en versa trois verres et les apporta sans un mot avant de s'installer sur le canapé en face de nous.

Typhos demeura silencieux pendant que son prince bougeait dans la pièce, concentré sur moi plutôt que sur Melek.

— L'entraîner comment ? demanda-t-il, son ton ne laissant rien transparaître, tout comme son expression.

Pourtant je sentais sa colère électriser notre lien comme un fil sous tension. Elle vibrait depuis que j'avais parlé du sort et n'avait pas faibli, continuant à croître au contraire.

— Pour se protéger de toi et de toute autre menace, lui précisai-je sans omettre aucun détail, car toute information compte lorsqu'un accord est conclu.

— Et tu as l'intention d'honorer cette condition ?

— Oui. (Inutile de dissimuler mes intentions. Typhos méritait de savoir, et devait aussi comprendre.) Mon Phénix l'a accouplée. L'esprit de mon animal est lié au sien. La protéger est maintenant aussi important pour moi que me protéger moi-même. Alors oui, je vais l'entraîner. Ajax aussi, s'il me laisse faire.

Ce qui n'était pas près d'arriver, vu l'état actuel de notre relation. Heureusement, j'avais passé les dix dernières années à lui apprendre à se battre.

Bien sûr, les prouesses physiques ne signifiaient rien pour Typhos. Ses combats n'étaient jamais physiques, ils étaient psychologiques.

— Je vois. (Il prit le verre que Melek lui avait servi et avala une longue gorgée, le regard songeur.) Ton Phénix a compliqué les choses.

— Je sais. (Que pouvais-je dire d'autre ?)

— Je ne suis pas d'accord, intervint Melek. Je pense qu'il a amélioré les choses au contraire. Maintenant, tu as plus de contrôle sur la fille. Tu es lié à elle par moi et Az.

— Tu continues à penser que ces liens ne sont pas une sorte de manipulation, argua Typhos, une pointe de colère dans son ton. Le Phénix d'Az a enfin trouvé une compagne après plusieurs milliers d'années, et il se trouve que c'est la même que celle à laquelle tu t'es lié. Ce n'est pas une coïncidence.

— Je n'ai jamais parlé de coïncidence. (Melek sourit.) J'ai simplement fait remarquer que les circonstances ont amélioré la situation en t'accordant plus de contrôle.

Typhos posa son verre vide.

— Tant que ce n'est pas elle qui prend le contrôle de vous deux, ce qui reste à voir.

— Je ne pense vraiment pas que ce soit le cas, confiai-je. Mon lien de Phénix me permet de voir son esprit. Elle a été stupéfaite quand mon animal l'a mordue. C'était très sincère.

— Alors peut-être que quelqu'un la manipule d'une manière similaire à celle du père Unseelie, suggéra Typhos.

— Dans quel but ? questionna Melek. Elle t'a *aidé*, Ty. Pourquoi ferait-elle ça si elle te voulait du mal ?

Le roi des Faë de l'Enfer contracta sa mâchoire, son irritation palpable. Il n'aimait pas avoir tort. En outre, son instinct l'avertissait que quelque chose ne tournait pas rond. Et tant qu'il n'en aurait pas trouvé la cause, il continuerait à enquêter.

— Je ne lui fais pas confiance. (Ces mots n'étaient pas surprenants, mais son aveu l'était, d'autant plus que Typhos les avait chuchotés très bas, à peine audibles.) Je n'ai pas confiance en *tout ça*.

Melek glissa du canapé pour venir s'agenouiller aux pieds de son roi, plaqua ses mains sur ses cuisses et leva les yeux vers lui.

— La confiance prend du temps, mon amour. Nous le savons tous.

J'acquiesçai, d'accord avec Melek.

— On se méfie tous de ce qu'on ne comprend pas. Et Camillia de la Croix est clairement une entité inconnue. Mais mon Phénix lui fait implicitement confiance. Il a vu en elle quelque chose qui valait sa morsure, et tu sais qu'il ne choisit pas à la légère.

— Ce doit être un sort, décida Typhos. Elle vous fait tous agir de façon anormale. Ces décisions irréfléchies ne vous ressemblent pas.

Je supposai que « tous » incluait Ajax. Et sa dernière phrase n'était pas tout à fait vraie : Melek était le prince des décisions irréfléchies.

— C'est peut-être un sort, reprit Melek. Ou c'est peut-être le destin. Mais nous méritons de pouvoir en déterminer la cause. Nous méritons de nous laisser guider par nos instincts et de leur faire confiance. Nous méritons de connaître Cami.

Elle est spéciale. Essayons à notre manière, mon amour. Soyons libres avec elle et ouverts avec toi.

Je gardai le silence, le plaidoyer de Melek reflétant exactement ce que je voulais. Il demandait à Typhos de nous laisser faire mieux connaissance avec Cami, de voir si ce que nous ressentions pour elle était réel, et en retour, nous le tiendrions informé. Comme je l'avais fait jusqu'à présent.

Donne-nous la liberté de sortir avec elle, et nous te dirons si tu peux lui faire confiance : telle était essentiellement la demande de Melek.

— Tu m'as déjà fait remarquer que si elle me trahit, c'est moi qui devrai supporter la douleur. J'accepte ce risque. Il semble que le Phénix d'Az l'accepte aussi. Laisse-nous la connaître. S'il te plaît.

Melek baissa la tête sur les genoux de Typhos, sa soumission totale étant un cadeau de sa part au Roi des Faë de l'Enfer. Car Melek ne se soumettait pas à n'importe qui.

Moi je ne me soumettais à personne. Mais je soupçonnais mon oiseau de vouloir se soumettre à Cami.

Typhos soupira en passant ses doigts dans l'épaisse chevelure de Melek.

— Que veux-tu que je fasse exactement, Melek ? Elle a touché à ma source. Souhaites-tu que je lui pardonne ? Que je la laisse libre ? Que je la laisse revenir ? Quelles sont tes conditions ? Sois précis.

Melek le considéra pendant quelques secondes avant de me regarder.

Je savais quelles devaient être les conditions, mais je le laissai mener la danse. Son penchant pour traiter avec Typhos lui donnait un avantage que je ne possédais pas.

En général, j'obéissais aux ordres parce que j'étais d'accord avec eux.

Melek se rebellait – même lorsque la directive lui convenait

– parce qu'il aimait se rebeller. Ou plutôt, il appréciait la punition qui s'ensuivait.

Je ne jouais pas à ces jeux avec Typhos. *C'est tout toi,* pensai-je à l'intention de Melek. Il ne pouvait pas m'entendre, mais on se connaissait depuis assez longtemps pour qu'il puisse sans doute déchiffrer ces mots dans mon expression.

Ajax m'avait chargé de mettre un terme à la poursuite de Typhos. Il ne m'avait pas dit comment y parvenir, juste que je devais le faire. Donc je me servais de l'atout dont je disposais – et mon atout était Melek.

— J'ai une liste, attaqua-t-il, son regard scintillant concentré de nouveau sur Typhos.

— J'imagine, opina le roi. (Il se détendit dans son fauteuil comme si c'était un trône et agita la main.) Vas-y.

— Tu ne feras pas de mal à Camillia. Ça inclut le physique, le psychique, le mental, l'embauche d'une tierce personne, la commande d'une tierce personne, et les complots stratégiques de toutes sortes qui pourraient avoir pour résultat la moindre douleur ou le moindre mal pour Camillia de la Croix.

Typhos arqua un sourcil.

— C'est une sacrée condition.

— Je n'ai pas fini, mon amour, murmura Melek. Tu feras aussi tout ce que tu peux pour te faire pardonner auprès d'Ajax. Nous avons besoin de lui.

— Vraiment ?

— Vraiment, affirma-t-il. Il est accouplé à ma promise. Et il est accouplé à ton compagnon. Il fait maintenant officiellement partie de notre cercle. Tu dois te faire pardonner auprès de lui.

Typhos se gratta le menton.

— Autre chose ?

— Tu nous donneras, à Az et à moi, la liberté de courtiser

Cami comme bon nous semble. Pas d'interférence. Pas d'ingérence. Pas de *règles.*

— Ce n'est pas moi qui m'ingère, petit prince, grogna Typhos.

Melek esquissa un sourire.

— C'est un mensonge, mon amour. Tu t'ingères simplement de diverses façons.

— Hmm. (Un bourdonnement qui ressemblait à un grondement profond dans la poitrine de Typhos, dont les iris saphir brillaient de puissance.) Ça fait beaucoup de demandes, Melek.

— Oui, acquiesça le prince. Et aucune d'elles n'est négociable.

Typhos plissa le front.

— Je vois. Et qu'est-ce que je recevrai en échange de tout ça ? En quoi ça me sera bénéfique ?

Le sourire de Melek s'élargit.

— Tu recevras une reine des Faë de l'Enfer.

CHAPITRE 20

AZ

TYPHOS NE RENDIT PAS son sourire à Melek.

— Je n'ai ni le désir ni le besoin d'une reine, Melek. Je suis plus que satisfait avec toi.

— Tu as tout à fait besoin d'une reine, contra celui-ci. (Son sourire s'effaça et il redevint sérieux – un trait de caractère qui semblait ressortir de plus en plus ces derniers jours.) L'incident du portail a prouvé qu'il te fallait une reine, Typhos.

— Il a raison, intervins-je, soutenant Melek. Cami t'a aidé quand tu en as eu besoin. Avec des conseils et des soins appropriés, elle pourrait t'aider à nouveau.

— Un coup de chance, grogna Typhos.

— Ce n'était pas un coup de chance, Ty. (Melek tendit les mains vers le visage du roi et les posa sur ses joues.) Tu as porté le poids de ce royaume pendant trop longtemps. Tu as besoin de plus de soutien. *Cami* est la solution. Il faut juste lui donner l'occasion de le prouver.

Typhos contracta sa mâchoire.

— Tu as beaucoup de foi en une fille que tu connais à peine.

— Et tu as beaucoup de préjugés envers une femme à qui tu as à peine parlé, répliqua Melek. Elle est spéciale, Ty. C'est comme si elle était faite pour *nous*.

— C'est justement ce qui me préoccupe. Il y a quelque chose qui ne tourne pas rond chez elle. Et c'est plus que sa chatte magique que vous semblez tous vouloir baiser.

Mon Phénix se hérissa en moi, n'appréciant pas le ton grossier que le roi venait d'employer pour parler de sa compagne. Je ravalai l'envie de le frapper pour cela, mon esprit cherchant la raison alors que ma bête exigeait l'action.

Typhos porta son regard sur moi, notre lien trahissant sans doute la bouffée de colère qui couvait en moi.

— Tu n'approuves pas mon évaluation ?

— Mon Phénix n'aime pas en effet, répondis-je. Il ne comprend peut-être pas tes mots, mais il capte le ton. Et il est très protecteur envers sa compagne.

— Ce n'est pas seulement une reine que tu recevras, reprit Melek, sa main ramenant l'attention de Typhos sur lui. C'est un cercle de compagnons. Un lieu de pouvoir pour t'aider à équilibrer la balance. Ton royaume s'est agrandi et tu t'es trop déployé. Tu as besoin de nous, Ty. Tu as besoin de notre soutien. Tu ne peux plus gérer ça tout seul.

Typhos serra les poings.

— Je vais bien.

— Non, tu ne vas pas bien, insista Melek. Je suis en toi, Ty. Je peux *sentir* le poids de la source sur tes épaules.

— C'est mon fardeau à porter.

— C'est *notre* fardeau. (Melek retira ses mains, retomba sur ses genoux et leva les yeux vers le roi, le regard dur.) Que se passera-t-il si la source t'engloutit tout entier ? Quel sera l'impact sur le royaume des Faë de l'Enfer ? Quel sera l'impact sur *moi*, d'après toi ?

Typhos plissa les yeux, les tendons de son cou se gonflèrent et ses veines saillirent sur ses mains. Melek avait touché un point sensible. Plusieurs, en fait. *Cependant…*

— Il n'a pas tort, dis-je doucement à Typhos. Moi aussi, je sens ce poids. C'est juste que je n'avais pas réalisé à quel point il était lourd jusqu'à récemment.

Melek était plus en phase avec le roi des Faë de l'Enfer. Il avait également tendance à penser en termes d'avenir, son penchant pour l'ingérence lui donnant un avantage lorsqu'il s'agissait d'évaluer des situations à l'avance.

— Tu peux prévoir une clause d'annulation, proposa-t-il. Si les choses s'avèrent trop dangereuses ou si pour une raison ou une autre, tu estimes que notre jugement est vraiment obscurci, tu pourras agir. Mais tu devras fournir des preuves substantielles de tes soupçons.

C'était une clause dangereuse à ajouter, d'autant plus qu'elle permettrait que chaque condition puisse être annulée en fonction de l'interprétation des événements par Typhos. Mais Melek semblait miser sur sa certitude que cela fonctionnerait – si Typhos donnait une chance à Cami.

— La rupture de notre accord provoquera des répercussions, ajouta Melek. Elle se fera au détriment de l'âme du Phénix, ainsi que des morceaux de la mienne. Et Ajax… il ne survivra pas. Il faudrait donc que tes soupçons soient absolus avant d'agir, ou tu risquerais de perdre plus que tu as jamais eu.

Un soupçon de peur inhabituelle résonna dans mon lien avec Typhos, qui réalisait la véracité des paroles de Melek. Il devait également comprendre qu'il était trop tard pour qu'il tente de négocier cet accord. Les pièces étaient déjà en place, l'accord avait été conclu entre toutes nos âmes. Il n'y avait pas d'autre choix. Soit il acceptait et essayait de faire en sorte que cela fonctionne, soit il refusait et risquait de détruire son petit cercle de confiance.

Car mon Phénix m'attirerait vers Cami et Ajax, mon besoin de les protéger étant déjà irrésistible.

Et Melek n'allait pas abandonner aussi facilement. Il ne s'impliquait que dans des affaires qui avaient de l'importance pour lui, et Cami en avait manifestement beaucoup.

Typhos se passa une main sur le visage, son épuisement me frappant comme un raz-de-marée à travers notre connexion. Les problèmes de sécurité pesaient trop lourd, tout comme la puissance croissante du royaume. Il avait atteint sa capacité maximale, ce qui le rendait presque impossible à gérer seul.

Comment j'ai pu passer à côté ? m'étonnai-je. Il y avait eu des signes, mais il avait toujours pris le dessus. Il avait également accepté mon énergie de Phénix sans sourciller.

Cependant, j'avais de plus en plus compté sur Ajax ces dix dernières années, mes besoins augmentant avec le temps. J'avais supposé que c'était mon attirance pour Ajax qui m'avait poussé à avoir si ardemment besoin de lui, et c'était peut-être vrai à un certain niveau. Mais il semblait que mon Phénix avait senti que Typhos tournait à plein régime lui aussi. Ce qui m'avait conduit à rechercher Ajax comme je l'avais fait. Me rapprocher de lui. Lui faire *confiance*.

Pas étonnant que tu l'aies choisi, pensai-je à l'intention de mon oiseau. *Tu savais qu'il était le compagnon idéal parce qu'il acceptait ton pouvoir.*

Ces dernières années, j'avais évolué dans un état d'hébétude, ne prêtant attention à rien d'autre qu'à mes propres besoins physiques. Et Cami m'avait réveillé. Elle avait tout changé. *En mieux*, réalisai-je.

Az ? demanda-t-elle soudain, me faisant redresser le dos.

Cami ? Tu vas bien ? Mon Phénix tourna en moi, inquiet.

Ça va. Je pratique juste ma première leçon.

Elle avait l'air contente d'elle. J'esquissai un sourire.

Bonne fille.

Ne sois pas condescendant, s'insurgea-t-elle.

Pas du tout. Je suis heureux que tu t'entraînes, lui dis-je d'un ton sérieux.

— Azazel ? appela Typhos, me ramenant à lui. Est-ce que ça va ?

Je clignai des yeux et plissai le front.

— Oui, désolé, Cami me parlait.

Il haussa de nouveau un de ses sourcils.

— À quel propos ?

— Elle pratique sa télépathie. (Je haussai une épaule.) Elle a eu du mal au début, ses réponses mentales parvenaient à Ajax et moi en même temps. Je lui ai dit de se concentrer sur ses canaux mentaux.

— Je vois. (Il émit un soupir et posa sa main sur sa nuque.) C'est... (Il s'interrompit et secoua lentement la tête.) Vous ne m'avez pas trop laissé le choix. (Il se pencha sur Melek.) Tu l'as fait exprès.

— Je ne peux pas m'attribuer tous les mérites, mon amour, murmura-t-il. Az et Ajax ont joué leur rôle.

— Oui, et je n'ai aucun doute sur l'identité de celui qui a mis ces pièces en mouvement, rétorqua le roi.

Melek ne dit rien, ne confirmant ni n'infirmant l'accusation. Donc il était sûrement coupable. En temps normal, j'aurais probablement été furieux d'avoir été entraîné dans l'un de ses petits jeux. Pourtant, j'étais bizarrement satisfait de la façon dont les choses s'étaient déroulées.

Mon Phénix était... calme. Heureux, même. Comme s'il planait à mes côtés, nos esprits se rejoignant d'une manière que je n'avais jamais vraiment expérimentée. Même mes niveaux d'énergie me paraissaient paisibles, mon besoin habituel d'expulser l'excès de puissance était absent. *Je suis en paix,* réalisai-je en fronçant les sourcils. *Parce que j'ai des compagnons ? Ou est-ce un répit temporaire après les événements d'aujourd'hui ?*

— J'accepte tes conditions, petit prince, déclara finalement

Typhos. Ainsi que la clause d'annulation. Mais je me réserve le droit de renégocier plus tard, tout comme je me réserve le droit de changer de cap si Ajax ou Cami le nécessitent.

Melek le dévisagea un long moment, évaluant certainement ses paroles et cherchant les failles que Typhos avait pu y glisser. Il y en avait plusieurs qui me venaient à l'esprit, notamment sur la façon dont il pourrait manipuler Cami et Ajax pour *changer de cap* par rapport à l'accord. Mais il tenterait de le faire même sans cette clause.

Car Typhos était un génie stratégique. Or Melek l'était aussi. C'était pourquoi ils étaient si bien assortis.

Melek plaqua ses mains sur les cuisses de Typhos, se releva puis se pencha pour effleurer la bouche du roi de ses lèvres.

— Accord conclu, mon amour.

J'accepte aussi, ajoutai-je mentalement, sans m'avancer pour les rejoindre.

— Est-ce que ça répond à ton accord avec Ajax ? me demanda-t-il à haute voix.

— Tu ne peux pas le poursuivre, lui ou Cami. Et j'ai besoin d'un certain temps pour regagner leur confiance.

Une fois cela fait, mon accord avec Ajax pourrait être modifié, et nous pourrions reparler de Typhos. C'était du moins ce que j'espérais.

— Il semble que je doive aussi faire amende honorable. Comment je vais procéder si je ne peux pas le poursuivre ? demanda Typhos.

— Je suis certain que tu trouveras un plan d'action approprié, mon amour, dit Melek en se redressant. Mais dans le pire des cas, nous les verrons au bal Faë interroyaume, dans le Royaume des Faë de Minuit.

Typhos leva les yeux vers lui, haussant ses sourcils une fois de plus.

— Nous y serons ?

— Oui, nous y serons, sourit Melek.

— Je ne me souviens pas avoir dit que je participerais à cet événement, petit prince.

— Non, j'ai profité de ma conversation avec Zakkai pour confirmer notre présence. Ou du moins, je l'ai laissée entendre. (Melek haussa les épaules.) Ajax et Cami étant des invités royaux, ils seront forcément présents. Ce sera donc l'occasion parfaite pour des retrouvailles, n'est-ce pas ?

Typhos soupira, levant les yeux au ciel, et s'affala plus lourdement dans son fauteuil.

— La politique Faë interroyaume. Tu trouves que c'est là l'*occasion parfaite*, hein ?

— Tout à fait, sourit Melek.

— Bien. (Typhos fit un geste de la main.) Ajax et Cami peuvent demeurer dans le royaume des Faë de Minuit en tant qu'*invités*. Mais toi, tu restes ici avec moi pour m'aider à déterminer la cause de ces failles de sécurité. (Ces mots étaient destinés à Melek, mais ceux qui suivirent s'adressaient à moi :) Et toi, tu garderas un œil sur Ajax et Cami pour nous.

— D'accord, acquiesçai-je en inclinant le menton.

— Et forme Cami, ajouta Melek. J'ai quelques idées là-dessus. Je t'en parlerai avant que tu t'en ailles.

Typhos lui lança un regard.

— Encore de l'ingérence ?

Melek posa la main sur sa poitrine, sa posture étant l'image même de l'innocence.

— Moi ? Jamais !

Typhos secoua la tête et se leva de son fauteuil.

— Vas-y, ingère-toi. J'ai besoin d'un peu de temps pour assimiler tout ça de toute façon.

Melek s'approcha du corps musclé du roi et reposa sa paume sur la joue de Typhos.

— Tout ce que je fais, tout ce que j'ai fait, c'est pour toi, Ty.

La sincérité dans sa voix me donna envie de disparaître. C'était un moment dans lequel je ne voulais pas m'immiscer.

— Si tu le dis, murmura Typhos. J'espère que tu le penses vraiment.

— Tout à fait. (Melek effleura de nouveau les lèvres de Typhos, puis s'écarta pour se tourner vers moi.) Va chercher un pantalon et allons nous promener.

Je baissai les yeux sur ma nudité. J'avais été tellement pris par mes tâches que j'avais oublié mes vêtements. *Problème de Faë métamorphe.*

— À moins que tu préfères te balader nu ? reprit Melek. Ça ne me gêne pas.

Je grognai à son ton aguicheur.

— Retrouve-moi à ma cabane.

Je m'éclipsai chez moi sans attendre sa réponse.

Melek apparut alors que je remontais la fermeture éclair d'un jean noir. Il m'observa tranquillement pendant que j'enfilais une chemise, des chaussettes et des chaussures. Il avait perdu son air espiègle.

— Je ne vais pas te prendre beaucoup de temps, Az, dit-il quand je gagnai la porte de ma cabane. Je pense qu'on est tous les deux sur la même longueur d'onde.

— J'en doute un peu.

J'ouvris la porte, mais il la referma et se glissa entre moi et le battant, son regard irisé scintillant d'une myriade de secrets.

— Tu dois profiter de ton entraînement avec Cami pour lui montrer qui est vraiment Ty, me conseilla-t-il avec une pointe de sévérité inhabituelle dans son ton. C'est le seul moyen pour nous de sortir indemnes de cette situation.

Je le fixai, nos tailles égales mettant nos yeux au même niveau.

— Il faudra bien plus que de la *compréhension* pour être sûrs que nous survivrons, Melek.

— Oui, je sais. Cependant, je suis déjà bien occupé à

enseigner tout ça à Ty. Il faut que tu prennes le relais avec Cami. Je continuerai à t'aider quand je le pourrai, mais j'ai besoin que tu prennes les choses en main.

— Que je prenne quelles choses en main ? Les tiennes ?

— Qui tu crois qui l'a guidée concernant Ty ? demanda Melek, l'air grave. Elle doit comprendre Ty, Az. Et pour le moment, elle a tout faux.

Je serrai les dents. Parce qu'il avait raison : elle ne connaissait pas Ty du tout.

— Je suppose que tes conseils n'ont pas eu d'effet ?

Un soupçon de colère brilla dans ses iris multicolores.

— Je n'ai guère été aidé.

— Peut-être parce que tu as joué à ce jeu tout seul.

— Ce n'est pas un jeu, répliqua-t-il. Il s'agit de sauver Ty. De *nous* sauver. Et j'en ai marre d'attendre que vous tous compreniez ça. (Il me repoussa d'un geste violent qui ne lui ressemblait pas.) Montre-lui qui est Ty, Az. Aide-la. Ça la protégera au final. Ça nous protégera tous.

Il s'évapora sans laisser de traces ni me donner le temps d'argumenter.

Az ? chuchota Cami, me détournant de mon air renfrogné.

Cami ?

Tu as entendu ça ?

Entendu quoi ? lui demandai-je, mon Phénix rôdant en moi, ses instincts en alerte. *Tout va bien ?*

Ouiiii... Et maintenant ? Tu as entendu ça ?

Ta question sur ce que j'ai entendu ?

Non, mon commentaire sur les lianes-serpents.

Je fronçai les sourcils.

Quoi ? Je ne t'ai pas entendue parler de lianes-serpents.

Son excitation filtra à travers notre connexion.

Cami ?

Ça marche ! me lança-t-elle. *Je contrôle ma voix mentale.*

L'amusement retroussa le coin de mes lèvres malgré la gravité de la situation.

Alors je crois que c'est l'heure de notre prochaine leçon, petite guerrière.

Et j'avais une idée de ce qu'elle serait.

Pour le comprendre, Cami devait se rendre compte que Typhos Lucifer ne perdait jamais. Peu importe ce qu'on lui faisait subir, il en sortait toujours vainqueur. De quoi que ce soit.

Pour l'accepter, elle devait donc apprendre à parler sa langue.

La première phase consistait à comprendre que le physique n'avait pas d'importance.

La deuxième phase serait une initiation à son état d'esprit.

Je reviens, l'avertis-je. *Quand j'arriverai, mon Phénix reprendra le contrôle. Mais je resterai sous forme humaine.*

OK, répondit-elle.

Je répétai ces détails à Ajax. Il n'accusa pas réception et ne répondit pas.

En soupirant, je retournai au royaume des Faë de Minuit.

Les prochaines semaines vont être longues.

CHAPITRE 21

CAMI

J'OBSERVAI Az sur le canapé ; son corps élancé paraissait mal à l'aise.

Il avait choisi de s'y reposer à son retour de sa rencontre avec Lucifer, nous laissant seuls, Ajax et moi, pour la journée. *Ou la nuit,* corrigeai-je. *Quelle que soit l'heure.* Car ce royaume n'avait pas de soleil, et il était impossible de deviner l'heure sans soleil.

Mais peu importait.

Ajax et moi n'avions pas dormi depuis le retour d'Az hier, attendant tous deux que Typhos apparaisse par magie et nous ramène sur-le-champ au royaume des Faë de l'Enfer. Mais il ne s'était rien passé.

Nous avions fini par manger, Ajax disant qu'on avait manqué le petit-déjeuner de minuit avec Shade et les autres. Je n'avais pas osé m'aventurer dehors, trop inquiète de ce qui risquait de se passer, alors nous étions restés dans la chambre et avions mangé dans le lit. Ajax aurait pu commander quelque chose aux cuisines, mais il avait préféré invoquer notre repas car c'était plus facile. Il avait aussi employé sa magie à en enlever toutes les miettes.

À présent, nous étions en train de déguster une énorme pizza à la table située près de l'une des portes du balcon.

Je ne pense vraiment pas que Lucifer va venir, lui émis-je. *Ou alors il joue une sorte de jeu à long terme. Mais j'ai l'impression qu'on ne fait que perdre du temps à attendre l'inévitable.*

Ajax prit une part de pizza, le regard fixé sur Az.

Tu crois vraiment qu'il va t'entraîner ?

C'était un subtil changement de sujet, mais cela semblait peser sur son esprit.

Je ne sais pas. Mais il n'y a qu'une seule façon de le découvrir.

Je suis d'accord.

Il sortit sa baguette de sa poche et murmura un sort dans sa barbe.

Je fronçai les sourcils en voyant un serpent apparaître sur la poitrine d'Az.

Ajax...

Chut. J'ai déjà fait ça, me dit-il.

Je retins mon souffle lorsque le serpent se mit à glisser vers le haut, dardant sa langue pour toucher son menton. Il leva une main en réaction, et le serpent se retrouva soudain dans la bouche d'Az, qui le secoua comme un ver géant.

Mes yeux s'écarquillèrent tandis qu'Ajax partait dans un grand éclat de rire.

Le serpent disparut l'instant suivant, laissant un Az haletant et fâché sur le canapé. Ses yeux noirs étincelaient tandis qu'il fixait Ajax, son Phénix étant furieux d'avoir été réveillé de la sorte.

— Au moins, je sais que c'est ton oiseau qui commande.

Az cracha par terre, un geste plutôt animal malgré sa forme humaine.

— Oh, je ne suis pas d'accord. C'était hilarant, dit Ajax,

répondant manifestement à Az. Mais il est temps de te lever de toute façon. Cami a besoin de s'entraîner et Shade n'arrête pas de m'envoyer des messages.

Shade t'a envoyé des messages ? m'étonnai-je.

Il m'a touché l'oreille avec une sorte de sort de chatouillement. Du moins je suppose que c'est lui. Personne d'autre n'arrive à être aussi agaçant.

Az extirpa du canapé son grand corps craquant et intimidant, et étira ses bras au-dessus de sa tête. Il avait ôté sa chemise, ne gardant que son jean noir, les pieds nus également.

Je ne voulais pas être attirée par lui. Je voulais le *détester.* Mais... c'était un peu difficile tant il appelait au sexe. Ses cheveux noirs étaient ébouriffés, ses traits ensommeillés, son corps *parfait.*

Ajax et moi étions en train de nous amuser quand Az était arrivé hier. Nous n'avions pas eu l'occasion d'achever ce bon moment ensemble, trop pris par tout ce qui s'était passé depuis.

Continue à me regarder comme ça et mon Phénix va vouloir se livrer un autre type d'entraînement, dit Az dans mon esprit, sa voix évoquant un doux ronronnement.

Te regarder comment ?

Comme si tu voulais me manger, petite guerrière.

Je ne te regarde pas comme ça.

Si, répondit-il en se penchant pour ramasser sa chemise par terre. *Et comme mon Phénix t'a accouplée hier, il te regarde exactement de la même façon. Il a l'air plutôt enthousiaste à l'idée de se reproduire.*

Se reproduire ? répétai-je.

Mais il ne s'étendit pas sur le sujet. Il laça ses chaussures, puis alla piquer un morceau de pizza.

— Est-ce que j'ai dit que tu pouvais manger ? protesta Ajax.

Az grogna en réponse et prit une énorme bouchée de la part de pizza. Ajax plissa les yeux, mais Az l'ignora et engloutit le morceau en un clin d'œil. Puis il en prit un deuxième et le mangea ostensiblement devant Ajax.

— Je commence à croire que tu as repris les rênes, Az, constata le Gardien. Tu as déjà renié notre accord ?

J'attendis une réponse, mais Az continua simplement à manger.

Il t'a répondu mentalement ? demandai-je à Ajax.

Ouais. Il a dit que son oiseau a faim et que si je ne voulais pas qu'il mange, je n'aurais pas dû laisser une pizza sur la table comme une offrande, marmonna Ajax.

Et tu le crois ?

Non. Il me lança un coup d'œil. *Et toi ?*

Je ne sais plus trop ce qu'il faut croire, avouai-je.

Le silence retomba pendant qu'Az dévorait une troisième part, puis il gagna la petite cuisine attenante à notre suite et ouvrit le réfrigérateur. Il en sortit une brique de jus de fruits qu'il se mit à boire directement au goulot.

Ça fait assez animal, songeai-je.

Ouais, acquiesça Ajax, qui leva une main pour se taper l'oreille. *Si Shade me chatouille encore une fois, je le tue.*

Sûrement pas la décision la plus sage à prendre dans son palais, remarquai-je. *Surtout qu'il dispose d'un puissant cercle de compagnons.*

Je suis presque sûr que Zakkai me récompenserait si je tuais Shade, marmonna Ajax en se levant.

— Ça va, j'ai pigé, dit-il en se tapotant de nouveau l'oreille.

Puis il sortit sa baguette pour marmonner une sorte de sortilège. Je m'attendis à voir réapparaître un serpent, mais rien ne se produisit.

Qu'est-ce que tu as fait ? m'enquis-je.

J'ai envoyé un petit cadeau à Shade.

Le Faë de Minuit en question apparut dans la suite un instant plus tard, une chauve-souris sur une épaule et un hibou sur l'autre.

— Si tu veux envoyer ton familier à mes trousses, vérifie d'abord qu'il t'aime encore.

Az se retourna lentement dans la cuisine et huma l'air, le nez frémissant. Son regard se posa aussitôt sur les deux créatures ailées, un grondement sourd vibrant dans sa poitrine.

À moins qu'il soit en train de grogner contre Shade. C'était difficile à dire. Je faillis demander à Ajax, mais il était trop occupé à contempler le hibou sur l'épaule de Shade.

Tu vas bien ? lui demandai-je, inquiète de la pâleur de ses traits. On aurait dit qu'il venait de voir un fantôme, faute d'une meilleure expression.

Ajax ne me répondit pas. Il déglutit et fit un pas en avant.

Le hibou s'ébouriffa en réponse, et détourna son petit bec en une nette rebuffade.

Je haussai les sourcils. *Cette petite chose a une personnalité, on dirait ?*

— Tu t'es occupé de lui, dit Ajax à voix haute, s'adressant à Shade.

— Évidemment. C'est le meilleur ami de Drago. Tout comme tu es mon meilleur ami. (Shade pencha la tête de côté.) Tu n'as pas envie de faire une balade avec nous ?

Ajax déglutit encore, puis se racla la gorge.

— Je, euh...

Il secoua la tête, puis se tourna vers moi.

Ça ne te dérange pas de rester un peu avec Az ?

Je jetai un coup d'œil au mâle qui grondait toujours dans la cuisine. Il était hyper concentré sur le hibou à présent.

Qu'est-ce qui ne va pas avec ton Phénix ? lui demandai-je.

Il n'aime pas la concurrence pour ton attention, grinça Az. *Il veut tailler le hibou en pièces.*

Oh. Je fronçai les sourcils.

— Le Phénix d'Az n'a pas l'air d'aimer le hibou. Alors peut-être qu'une promenade est une bonne idée ? suggérai-je à Ajax à haute voix.

— Il va falloir que vous appreniez à vous entendre, vous deux, dit Shade, son regard passant du hibou à Az dans la cuisine. Kuro a beau snober Ajax, une fois qu'ils auront brisé la glace, je pense qu'il le suivra à nouveau partout.

Je plissai le front, mon esprit emboîtant enfin toutes les déclarations de Shade.

Attends... C'est le hibou ton familier ? demandai-je à Ajax.

Oui. (Sa voix mentale était bourrue.) *Kuro est à moi.*

Pourquoi est-il en colère contre toi ?

Il pense que je l'ai abandonné ici, grommela Ajax.

Et tu l'as fait ?

En quelque sorte. C'est compliqué. (Il se racla la gorge.) *Il... il me rappelle mon passé. Et j'ai tout laissé derrière moi. Lui y compris.*

Un soupçon de remords filtra à travers notre lien, me serrant un peu le cœur pour lui.

Tu guérissais.

Non. Je fuyais, répliqua-t-il. *Je me cachais de ma douleur. Et maintenant j'en paie le prix.*

Il s'éclaircit de nouveau la gorge.

— Oui, allons faire cette promenade, opina-t-il avant que je puisse émettre un commentaire. (Puis il se tourna vers Az.) Si tu touches à un seul de ses cheveux en mon absence, je te tue. Compris ?

Appelle-moi dès que tu estimes que quelque chose cloche, ajouta-t-il mentalement. *Je serai là.*

J'acquiesçai. Aussi fou que ce soit d'essayer de faire confiance à Az, c'était la seule façon de le tester. On pourrait rester assis ici à l'observer toute la journée, en attendant que Lucifer attaque ou qu'Az essaie de nous entraîner en enfer. Ou on pourrait lui donner une chance de respecter sa part du marché. Cette dernière option était peut-être la plus dangereuse, mais c'était le seul moyen de connaître ses véritables intentions.

Az se hérissa dans la cuisine tandis que Shade se dirigeait vers la porte.

— Amuse-toi bien, murmura le Faë de Minuit en lui adressant un clin d'œil.

Puis il disparut à travers le panneau de bois. Littéralement. Comme s'il l'avait traversé sans même jeter un sort.

Quand Ajax le suivit de même, j'arquai les sourcils.

On peut passer à travers *la porte ?*

C'est le royaume des Faë de Minuit. Ici rien n'est ce qu'il paraît, répondit Az, son oiseau toujours posté dans la cuisine.

Au bout de quelques secondes, il huma de nouveau, puis se remit à siffler sa brique de jus de fruits. À cette vue, mes lèvres se retroussèrent en un sourire que je ne pus réfréner. Le regarder faire était plutôt comique.

J'ai l'impression que tu te moques de moi, murmura-t-il.

Tu vas renverser du jus sur ta figure.

Mon Phénix a plus de contrôle que tu le crois, rétorqua-t-il, tandis que son oiseau reposait la brique vide. *Prête à commencer ta prochaine leçon ?*

— Bien sûr, répondis-je à voix haute. C'est un autre exercice mental ?

Je perçus son sourire en coin dans ma tête et l'excitation dans ses yeux noirs.

Non. Cette fois ce sera physique. Trouvons une pièce appropriée pour jouer.

Trente minutes plus tard, il me parut évident que les lianes, les fleurs et les arbres qui ornaient le palais étaient bien plus que des éléments décoratifs. J'aurais juré qu'ils étaient vivants et surveillaient peut-être nos moindres faits et gestes.

Mais personne ne surgit pour nous arrêter ; seule une

poignée de gargouilles nous demanda si nous avions besoin d'indications.

Quand je demandai s'il y avait un endroit pour s'entraîner, une petite créature de pierre nous conduisit dans une salle où des marques de brûlures maculaient les murs sombres. Alors que la plupart du palais était couverte d'arbres et de fleurs, cet endroit contrastait avec la dureté de ses murs de pierres. Rien d'autre n'occupait l'espace, laissant supposer que tout ce qu'il avait contenu avait été brûlé, ou que l'endroit avait été volontairement laissé vide. C'était la seule salle qui n'était pas couverte de racines et d'autres plantes qui auraient rendu l'entraînement quelque peu difficile. Peut-être qu'elle avait été une aire d'entraînement autrefois, mais j'avais l'impression que ces derniers temps, elle avait servi de salle de jeux à Florica.

Car un ours en peluche solitaire gisait sur le flanc au milieu de la pièce. Le puits de lumière au-dessus illuminait le jouet, révélant que le pauvre petit ours avait connu des jours meilleurs. Sa fourrure était brûlée çà et là et l'un de ses boutons avait fondu, mais il avait manifestement été bien aimé par une certaine petite Faë.

Je n'avais pas eu beaucoup d'animaux en peluche quand j'étais enfant – ou du moins, ils n'avaient pas duré très longtemps. Ma mère m'en avait offert quelques-uns, mais mon père avait estimé que m'attacher à des objets sans âme me rendait molle, il avait donc préféré les infester de démons qui tentaient de me poignarder dans mon sommeil.

Ça ne s'était pas bien passé.

— C'est une salle de jeux de Florica ? demandai-je à la gargouille.

Je posais la question surtout parce que je ne voulais pas m'imposer en tant qu'invitée si Florica avait toujours l'intention de l'utiliser.

— Une parmi d'autres, confirma la petite créature. Je vais

poser un marqueur pour indiquer que la pièce est occupée. Si vous avez besoin de quoi que ce soit, appelez Sir Fletcher.

Sur ce, la gargouille s'en alla.

Apparemment, cet espace nous était réservé. J'espérais que tout irait bien.

— Hum, fis-je en me penchant pour ramasser l'ours. Je ne veux pas risquer qu'il lui arrive quoi que ce soit.

La dernière chose dont nous avions besoin était de contrarier une petite fille qui aimait jouer avec le feu. Sans parler de sa mère, qui s'avérait être une reine très puissante.

Je retournai l'ours dans mes mains en allant vers un banc le long d'un mur, puis faillis le lâcher quand ses yeux noirs se mirent à rougir.

C'est quoi ce bordel ? me dis-je, alarmée.

Tout d'abord, je crus que c'était mon traumatisme d'enfance qui se réveillait, mais le Phénix d'Az siffla. Sans me laisser le temps de réagir, il attrapa la peluche et l'envoya valdinguer à travers la pièce.

Elle explosa un instant plus tard dans une gerbe de feu, ajoutant une nouvelle trace de brûlure au mur.

— Rappelle-moi de ne jamais avoir de gosses, dis-je.

Car je n'enviais *pas du tout* Aflora.

De toute évidence, c'était dans cette « salle de jeux » que Florica exerçait ses tendances pyromanes, notamment en enchantant ses jouets pour qu'ils deviennent des bombes incendiaires.

Le Phénix émit un son étrange, comme si je venais de le chagriner.

Az était resté silencieux pendant tout ce temps, et je faillis sursauter quand sa voix surgit dans ma tête.

S'il te plaît, s'il te plaît, *ne parle pas d'enfants à mon Phénix. Qui est accouplé à toi, au cas où tu l'aurais oublié.*

Je me retournai et vis le Phénix noir qui me regardait. La dangereuse bête antique que je semblais avoir gravement offensée était visiblement contrariée. Ses yeux sombres brûlaient de braises scintillantes, des ombres tourbillonnaient autour de ses pieds et il haletait, bouche ouverte.

— Je ne voulais pas...

Ma voix mourut quand je vis les poings du Phénix se serrer.

C'est un animal, Cami, expliqua Az. *La finalité de l'accouplement avec une femelle fertile est les enfants. Ajax est un compagnon guerrier – éventuellement chargé de protéger la progéniture Faë – mais toi, tu es plus que ça. Tu es la première femelle qu'il trouve compatible depuis des milliers d'années.*

Mes yeux s'écarquillèrent. *Quoi ?* m'écriai-je. Une partie de moi voulut réagir aux « milliers d'années ». Je n'avais pas réalisé qu'Az était si vieux, même si, pratiquement, c'était logique s'il était avec Lucifer depuis le début. Mais la nouvelle de la revendication de mes *organes reproducteurs* me paraissait plus urgente.

Le Phénix pencha la tête, une fraction de sa colère refluant grâce aux paroles d'Az. Il trouvait sans doute évident que je sois la mère de son futur enfant.

Ou petit Faë. Ou... oisillon ? *Argh.* La rage gonfla ma poitrine.

— Disons-le franchement : la seule raison pour laquelle tu as été si gentil avec moi, que tu m'as protégée et *mordue*, c'est parce que tu veux mon *utérus ?*

Je ne savais pas trop si je parlais à Az ou à son Phénix.

En fait non, je parlais bien à son Phénix. Tout ce temps, il avait été de mon côté, mais jamais je n'aurais imaginé que c'était pour *cela*.

Il pencha la tête de l'autre côté, le Phénix paraissant blessé par ma conclusion.

Bien sûr que non, Cami. Tu es parfaite.

Un peu de ma colère s'évapora à cette simple déclaration. Car je sentais les émotions et l'assurance qui l'accompagnaient.

Il n'avait pas hésité. Il n'avait pas buté sur les mots. Il était sincère.

Tu… tu me trouves parfaite ?

Le Phénix noir contrôlait le corps d'Az, et il leva une main pour passer ses doigts sur ma lèvre inférieure.

On te trouve parfaite tous les deux, confirma Az. *C'est pourquoi je ne suis pas surpris que mon Phénix veuille engendrer avec toi, mais ce n'est pas pour tout de suite. Ou jamais, si tu ne le veux pas.*

Le Phénix émit un son exprimant son désaccord, ou plutôt son mécontentement, un son qui disait : *Ce n'est qu'une question de temps. Vous verrez.*

Je laisserais Az s'occuper de son oiseau en rut qui agissait par instinct. Si Az me disait qu'il m'avait accouplée pour autre chose que ma capacité à procréer, je le croirais.

Alors que son doigt continuait à effleurer ma lèvre, je réalisai trop tard que j'avais sorti ma langue pour le goûter.

Attention, ronronna Az dans ma tête. *Ou mon oiseau va…*

Il se pencha pour m'embrasser, mais je m'écartai.

— Qu'est-ce que tu fais ? demandai-je, à la fois troublée d'avoir failli le laisser faire et ravie à cette perspective.

Je me rappelai que j'étais censée être en colère contre Az. Qu'il avait lié Ajax par magie et l'avait forcé à me regarder pendant que j'étais exhibée dans le Royaume des Faë de l'Enfer. Mais j'étais aussi sa compagne, et mon corps n'écoutait certainement pas très bien cette logique.

C'est sans doute ce contre quoi Az lutte au quotidien. Ses instincts primaires étaient littéralement la moitié de son âme.

Il s'éclipsa derrière moi, mordillant en douce le lobe de mon oreille, ce qui me fit glapir.

L'entraînement commence maintenant, Cami.

Quand je me retournai pour le repousser d'une tape, il n'était plus là.

Il s'éclipsa de nouveau, cette fois en me pinçant l'épaule avec ses dents.

— Aïe ! criai-je, de plus en plus irritée.

Il recommença encore et encore, me mordant à des endroits plus sensibles – ma hanche, mon poignet. Lorsqu'il m'attrapa par surprise et me fit basculer, il mordilla légèrement l'intérieur de ma cuisse.

— Arrête, Az, sifflai-je.

Dis ça à mon oiseau, émit-il dans ma tête. *Ajax lui a donné les rênes. Si tu veux qu'il arrête, alors arrête-le.*

Je compris que cela faisait partie de l'entraînement, donc il voulait que je me défende. Ça, je pouvais le faire.

Je lui balançai un coup de poing, mais il disparut simplement de mon champ de vision.

Le Phénix réapparut derrière moi, ce qui me fit grogner dans ma poitrine en pivotant vers lui. L'élan de mon corps ne jouait pas en ma faveur, mais comme je m'en doutais, il s'éclipsa de nouveau hors de vue.

Bien essayé, dit Az. *Mais Lucifer peut disparaître et réapparaître où il veut, comme Ajax – tout comme tu vois mon Phénix le faire. Tu ne gagneras pas un combat physique, quelle que soit ton expérience. Pas contre l'un d'entre nous.*

— Sauf si tu te laisses distraire, répondis-je, surprenant le Phénix en train de regarder ma chemise quand je me jetais à nouveau sur lui.

Ses yeux sombres se levèrent sur moi avant de disparaître pour ressurgir à quelques mètres, hors de portée.

— Arrête de fuir, lui lançai-je, de plus en plus irritée – pas vraiment contre lui, mais contre le fait qu'il était beaucoup plus difficile à attraper que je l'aurais cru.

Pas tant que tu n'auras pas compris, répondit Az de manière énigmatique.

Je l'attaquai cette fois avec un coup de pied bas qui aurait dû le prendre au dépourvu.

Il s'éclipsa encore.

Peut-être qu'il pensait m'avoir à l'usure ?

— Tu veux jouer à ce jeu ? (Je suivis son regard lorsqu'il jeta un coup d'œil sur la gauche.) On verra qui se fatiguera le premier.

Comme tout le monde aimait à me le rappeler ces derniers temps, je n'étais même pas à moitié humaine. J'étais *autre chose*, et je pouvais jouer à ce jeu toute la nuit.

Le Phénix ne répondit pas. Il se contenta de s'éclipser encore, et je le suivis – mais me trompai sur la direction qu'il avait choisie. Il réapparut sur ma droite au lieu de ma gauche. *Une feinte,* décidai-je.

Peut-être qu'il m'échappait pour le moment, mais j'apprenais. Je le poursuivis donc, essayant de trouver un schéma à ses tactiques sans fin. Environ trente minutes plus tard, la cendre de sa magie tourbillonnait dans la pièce, ce qui brouillait la vue. Je déchirai le bas de ma chemise et l'enroulai autour de mon front, l'utilisant de temps en temps pour essuyer les particules de mes yeux tandis que la sueur roulait le long de mes tempes.

Il doit y avoir un schéma.

Malgré tous mes efforts, je n'en trouvais pas. Chaque fois que je pensais l'avoir, il s'éclipsait à nouveau hors de vue.

Les rayons de la lune glissaient tandis que nous dansions, m'informant que des heures s'étaient écoulées. Malgré mon copieux petit-déjeuner, l'heure du déjeuner avait dû passer depuis longtemps, et mon estomac gargouillait en signe de protestation.

Mais je n'allais pas m'arrêter. Pas avant d'avoir gagné.

Même si j'avais une bonne endurance, je finis par manquer de souffle. La sueur collait ma chemise à ma peau, et tout ce que je voulais, c'était hurler.

J'avais eu bien assez de sommeil, mais il avait été peuplé de cauchemars. Sans parler de tout ce que j'avais vécu la veille. Et les jours précédents. J'étais abattue, même si je ne voulais pas l'admettre. L'épuisement alourdissait mes bras et mes jambes. Je devenais de plus en plus lente, tandis que le Phénix avait l'air d'être pareil que ce matin. Fatigué, oui, mais sa fatigue était plus émotionnelle que physique.

Et en ce moment, il semblait déterminé à me faire *comprendre*. Quoi que cela signifie.

Il m'observait de ses yeux sombres et pensifs. Sa chemise immaculée, le haut déboutonné, était bizarrement exempte de la cendre qui flottait dans la pièce. Chaque fois qu'il réapparaissait, il tournait autour de moi, me narguant de son regard de prédateur, puis il s'éclipsait. Il ne transpirait même pas, ce bâtard.

Le Phénix apparut devant moi un instant plus tard, assez près pour que je puisse frapper. J'essayai – par tous les dieux, j'essayai – mais je n'avais plus de force. Mes jointures effleurèrent sa joue et je m'effondrai dans ses bras.

— T'es qu'un enfoiré, grommelai-je en laissant mes yeux se fermer une minute. J'ai juste... besoin de reprendre mon souffle. Ensuite je vais te botter le cul.

Mm-mmh, murmura Az.

Le Phénix embrassa le sommet de mon crâne, guère gêné par la cendre qui adhérait à ma peau en nage.

Mon Phénix pense que tu as besoin d'une douche. Mais je ne suis pas d'accord.

— Tant mieux. Parce que j'ai encore des coups de pied au cul à... commençai-je, mais Az me coupa la parole.

Tu as besoin d'un bain, corrigea-t-il. *Et d'un massage.*

— Je vous déteste tous les deux, murmurai-je, surtout parce que je n'avais plus la force de refuser.

Un bain et un massage, ça me paraissait fantastique.

Le Phénix me cueillit dans ses bras sans effort, s'éclipsa de nouveau et cette fois nous réapparûmes dans ma chambre.

Ajax nous y attendait et nous lança un regard noir, les bras tendus.

— Je prends le relais. Rends-la-moi.

— Non, dit la bête d'un ton tranquille, bien qu'empreint de violence.

Je savais que ce n'était pas Az qui parlait. Az ne voulait pas plus me lâcher que sa bête, mais son oiseau me tenait enfin dans ses bras – des bras de Faë – et voulait me caresser. Me protéger. Finir ce qu'il avait commencé.

Et là, Ajax se mettait en travers de son chemin.

— Plus de bagarres, s'il te plaît, grognai-je contre sa poitrine.

Je n'avais aucune envie de me retrouver au milieu d'une de leurs querelles. C'était amusant parfois, mais en ce moment ? Je soupçonnais que cela finirait par un bain de sang entre compagnons. Nous avions plus urgent à gérer, comme un Lucifer furieux qui pouvait à tout moment trouver une faille dans l'accord qu'Az avait passé avec lui.

Et après avoir rencontré la reine Aflora et nos autres hôtes, je ne voulais vraiment pas que Lucifer fasse fondre cet endroit. Non pas que Zakkai le laisserait faire, mais je savais de quoi Lucifer était capable. Et je ne voulais pas voir jusqu'où il irait lorsqu'il déciderait de s'en prendre à moi.

Ajax tendit les bras.

— Ne m'oblige pas à te le redemander.

La menace vibrait entre nous. Ajax avait toujours accès au sort de domptage. Il ne s'en servirait pas, à moins d'y être obligé.

La mâchoire du Phénix se contracta comme s'il allait résister, mais peut-être qu'Az essayait de le raisonner. Je percevais le bourdonnement de pouvoir qui accompagnait sa voix persuasive, ainsi qu'un fil de magie que je ne connaissais pas.

Je me mis à le suivre, curieuse de voir où il menait.

À son âme.

Son âme brûlait, et pas seulement parce qu'il était en partie Phénix. Parce que nous l'avions blessé. Une idée que je trouvais ridicule après tout ce qu'il avait fait, mais j'avais l'impression de rater quelque chose moi aussi.

Que savions-nous vraiment d'Az ? De son passé ? Pourquoi était-il si loyal envers Lucifer ?

Je me demandai si nous n'étions pas allés trop loin. Si je ne faisais pas attention, je pourrais me mettre à avoir pitié de lui. Ou nourrir d'autres sentiments, aussi.

Pas de sentiments, me réprimandai-je. Pas après avoir appris que j'étais une poule pondeuse glorifiée par un Phénix noir.

Mais il a dit qu'il m'avait accouplée parce que j'étais parfaite...

Argh. Je me sentais écartelée.

La magie opérait sous la peau d'Az, et pendant un moment, elle ressembla aux fils d'une toile d'araignée. Elle s'étira et se tendit, jusqu'à ce qu'il bouge enfin et me tende à Ajax.

Az a-t-il fait quelque chose ? Ou prépare-t-il quelque chose ?

Selon les termes de l'accord, le Phénix avait toujours le contrôle total. Az avait dû le raisonner ou faire je ne sais quoi pour le forcer à respecter l'accord. Mais on ne peut pas raisonner un oiseau, n'est-ce pas ? Alors comment avait-il amené la bête à l'écouter ?

Trop fatiguée. Je m'en fiche...

Je me sentis en apesanteur quand les deux hommes m'échangèrent, comme une sorte de cadeau précieux qu'ils partageaient.

En réponse à cette pensée, la voix d'Az balaya mon esprit comme une caresse.

Quand tu réaliseras que c'est pour toujours, Cami, je ne te partagerai pas. Pas au début, en tout cas. Notre accouplement ne se fera qu'entre nous deux. Ajax nous rejoindra ensuite, et nous te ferons jouir jusqu'à ce que tu t'évanouisses ou que tu nous supplies d'arrêter. Et même là, nous n'arrêterons pas.

Je déglutis en essayant de faire comme si je n'avais pas entendu Az dire cela.

Mais j'avais bien entendu. Et pour être honnête avec moi-même, j'avais aimé.

Je suis vraiment dans la merde.

CHAPITRE 22

CAMI

Le Phénix d'Az avait obéi, bien qu'il n'aime pas ça, d'après la faible lueur de haine dans ses yeux sombres.

Ajax me prit sans peine dans ses bras et je ne pus m'empêcher de me détendre dans son étreinte. Je me sentais si *fatiguée*.

J'ignorais si Ajax était au courant de la question de la *reproduction*. J'imaginais qu'il aurait été furieux en ce cas. Alors peut-être qu'il ne l'avait pas envisagée.

Là, il paraissait plutôt satisfait que le Phénix ait suivi son ordre. L'accord que nous avions conclu semblait fonctionner comme prévu : Az restait en arrière-plan tandis que son oiseau gardait le contrôle. Quoique cela s'avérait agaçant, voire problématique. Son oiseau agissait par instinct, et vu la marque en forme de croissant sur mon poignet, il était dangereux de le laisser trop longtemps aux commandes.

Mais il le serait jusqu'à ce que nous fassions confiance à Az, et cela n'allait certainement jamais arriver. Ou bien si ?

— Quel était l'objectif de ton entraînement aujourd'hui ? demanda Ajax en baissant les yeux sur moi.

Mais son regard se porta sur Az avant que je puisse

répondre, ce qui me fit supposer qu'Az avait répondu mentalement. Ils semblèrent parler pendant un moment, jusqu'à ce qu'Ajax fronce les sourcils.

Ses traits demeurant indéchiffrables, Az se mua en sa bête et s'éclipsa dans un nuage de cendre.

Az ? lançai-je, mais il avait redressé son mur.

— Qu'est-ce que tu lui as dit ? murmurai-je, m'efforçant de ne pas m'endormir sur Ajax par pur épuisement.

Il plissa ses yeux bleu nuit en me regardant.

— Je lui ai demandé pourquoi sa bête avait l'air de vouloir m'arracher les yeux. Il a dit qu'il réglerait ça, puis il a ajouté qu'il nous fallait du temps pour guérir, alors il allait nous en donner.

— Alors pourquoi tu as l'air si énervé ? (Je ne voyais rien de mal là-dedans.)

— Parce que son oiseau est sacrément irrespectueux.

— *Ajax*, soupirai-je.

Quoi qu'ils aient dit d'autre, ça l'avait vraiment mis hors de lui. Avait-il découvert le problème de la reproduction ?

Quel problème de reproduction ? demanda Ajax d'un ton tranquillement mortel.

Merde.

— C'est... Je ne veux pas parler de ça maintenant. Quoi qu'il se soit passé entre vous, on peut faire une trêve ? Je ne veux pas que ça tourne au concours de mesure de bites.

— On ne mesure pas nos bites, dit Ajax sans se départir de son sérieux.

Je levai les yeux au ciel, puis les fermai car tout me faisait *mal*.

— Il fait ce qu'on lui a demandé. Lucifer n'est pas venu brûler cet endroit, on n'a pas été ramenés en Enfer, Az et son Phénix ont agi de leur mieux. Il a commencé mon entraînement, même si je ne suis pas sûre d'avoir appris grand-chose aujourd'hui.

Hormis le fait que je ne survivrai pas à un combat au corps-à-corps avec Lucifer.

J'avais l'impression que je le savais déjà, mais l'entraînement de ce soir m'avait vraiment permis d'en prendre conscience.

Ajax soupira.

— Il croit que parce qu'il t'a accouplée, il peut t'avoir.

— Et mes bébés, murmurai-je en me blottissant contre lui.

Mon Dieu, il sent si bon. Un parfum de menthe. Je devrais l'asperger de rhum blanc pour voir s'il a le goût d'un mojito.

Ajax haussa un sourcil.

— Quoi ? C'est ce que tu voulais dire par *reproduction ?* demanda-t-il, m'arrachant à mon fantasme étrangement précis.

— Oui ? Non ? C'est juste que... je suis trop fatiguée pour cette discussion, Ajax, murmurai-je.

Un grondement bas vibra dans sa poitrine, mais il n'insista pas davantage.

— Enfin bon. Je vais quand même te donner ton bain et te masser, si tu veux. J'ai eu... une sacrée journée.

Je levai sur lui des yeux troubles et papillotants.

— Où es-tu allé ?

Je voulais assurément accepter son offre, mais maintenant j'étais curieuse.

Il haussa les épaules.

— Je vais te le dire, mais d'abord, allons te laver. Tu sens la guimauve grillée.

Je fronçai le nez.

— Pardon ?

— Tu m'as bien entendu, dit-il, un petit sourire retroussant ses lèvres adorables.

Il me porta jusqu'à la salle de bains géante et m'aida à me déshabiller et à dénouer ma queue de cheval emmêlée. C'était naturel, comme si nous faisions cela tous les jours.

Et comme sa moquerie sur la guimauve m'avait donné

faim, il fit aussi apparaître un repas pour moi, ainsi qu'une table basse et un coussin allongé pour que je puisse m'asseoir. Le plat était magnifique et digne d'un humain, composé d'un s'more traditionnel à la guimauve et aux biscuits Graham avec du chocolat fondu.

Je mangeai tout le contenu de mon assiette pendant qu'un immense bassin avec des bancs intégrés se remplissait d'eau. Nous ne prîmes pas de douche cette fois-ci. Un bain serait bien plus relaxant. Et cela ne me dérangeait pas non plus d'être nue pendant que je mangeais, surtout avec Ajax qui portait des grains de raisin à ma bouche.

Je ne lui dis pas que Melek avait agi de même. Ça n'aurait sûrement fait qu'ajouter à son complexe de mesure de bites. Et bien que je n'aie pas vu celle de Melek, j'avais le sentiment qu'elle rivaliserait.

Arrête de penser aux bites, me réprimandai-je.

Oui, arrête, ronronna Az dans ma tête, ayant apparemment démantelé son mur à temps pour entendre mes pensées là-dessus. *Sauf si tu songes aussi à la mienne. En ce cas, continue, s'il te plaît. Et la bite de Melek est plus grosse que celle d'Ajax, puisque tu te posais la question,* ajouta-t-il, me faisant m'étouffer avec un grain de raisin.

— Ça va ? s'enquit Ajax.

Il ne portait qu'une serviette lorsqu'il a enduré la colère de Typhos pour toi, donc ce n'était pas difficile à voir, continua Az. *Eh bien, elle était vraiment* dure. *Et par « enduré sa colère », je veux dire que Ty l'a baisé. Brutalement. En pensant à toi, sans aucun doute.*

Je me frottai la tempe pour essayer de repousser Az tandis qu'Ajax me fixait, attendant une réponse.

— Mm-mmh, murmurai-je, faisant semblant de ne pas être troublée et tout excitée.

Pour une raison ou une autre, l'idée de voir Melek

affronter Lucifer dans ce contexte était… intense. Et savoir qu'ils pensaient à moi n'était pas tout à fait désagréable.

— Ouaip, tout va bien, dis-je en attrapant un sandwich.

Amuse-toi bien à mettre des choses dans ta bouche, petite guerrière. Je suis sûr qu'Ajax fera un bon dessert.

Je fixai mon sandwich en fronçant les sourcils. Pourquoi me taquinait-il ? Az était sacrément déroutant. Un instant il était furieux, l'instant d'après il voulait jouer.

L'ignorant, je terminai mon repas pendant qu'Az retournait à ce qu'il faisait. Je ne me sentais pas si mal maintenant qu'il m'avait laissé aux bons soins d'Ajax, repas compris.

Ainsi qu'un bain.

Il m'invitait dans sa vapeur et ses ondulations, agrémenté de pétales de roses multicolores, car bien sûr, tout en ce lieu était fleuri sous une forme ou une autre.

Mais cela ne me dérangeait pas.

Ajax me poussa d'abord dans la douche malgré mes protestations, qui moururent bien vite sur mes lèvres quand je me sentis enfin propre. Il aurait été dommage de souiller de suie ces jolis pétales.

— OK, ouais. Peut-être qu'une journée à courir après le stupide Phénix d'Az dans une pièce calcinée n'était pas la meilleure idée. Tout ce que ça a fait, c'est m'épuiser. Et me couvrir de cendres.

— Si la leçon d'aujourd'hui était de t'épuiser, j'aurais pu le faire, dit-il avec un sourire espiègle en me guidant vers le bain. Et ç'aurait été bien plus amusant.

Ajax se déshabilla, pas gêné le moins du monde que je profite pleinement de la vue. Mon regard s'attarda sur sa queue raide, arborant fièrement un haltère que j'aimais sentir en moi.

S'il essayait de me distraire de mon sentiment d'échec total, ça marchait.

— Maintenant tourne-toi, dit-il en faisant tournoyer son doigt.

Levant de nouveau les yeux au ciel, j'obtempérai et me glissai dans l'eau chaude.

Oh, Faë, c'est trop bon.

Mes muscles se détendirent sous l'effet de la chaleur apaisante qui m'enveloppait. Ajax me rejoignit et s'installa sur l'un des bancs immergés, puis ses mains firent de la magie sur mes épaules.

Les pétales flottaient autour de nous tandis qu'Ajax restait dans mon dos, seules ses mains me touchaient, pétrissaient les nœuds douloureux. Je gémis en réponse.

— Où as-tu appris à masser ? m'étonnai-je en me penchant contre ses mains fermes.

Il gloussa.

— Je réagis simplement à ton corps. Quand je fais ça… (Il pressa un point particulièrement sensible, et je répondis par un gémissement guttural tandis que le plaisir et la douleur déferlaient dans mes muscles.) Et que tu réagis comme ça, je sais que j'ai agi correctement.

— Oui, refais-le, marmonnai-je.

Ajax continua à travailler de ses mains magiques, m'arrachant des gémissements et faisant contracter mes orteils jusqu'à ce que je sois complètement alanguie contre lui. J'aurais fondu dans ce bain toujours chaud s'il n'était pas tel un roc derrière moi.

Est-ce qu'il est aussi dur comme pierre pour toi ? taquina Az.

Putain de mâle.

Il était censé nous laisser guérir, Ajax et moi, mais il ne me laissait guère tranquille. Sans doute parce que je n'arrêtais pas de penser au sexe, ce qui était un chant de sirène pour Az et son oiseau.

Sors de ma tête. J'essaie de profiter de ma soirée, pensai-je en retour.

Puis j'imaginai un mur massif. Je sentis quelque chose battre contre lui, puis l'écho cessa.

On pouvait jouer à deux à ces jeux d'esprit.

Victorieuse d'avoir écarté Az, au moins temporairement, je me blottis contre Ajax, posant ma tête sur son épaule. Son torse se pressa dans mon dos. La promesse sensuelle de son haltère toucha mon échine, tout comme la longueur de son érection, mais il n'arrêta pas son massage. Il était descendu sur ma poitrine à présent, ce dont je ne me plaignais pas.

— Je suis désolé de t'avoir laissée seule avec lui, murmura-t-il tout en travaillant sur des points sensibles sur les côtés de mes seins, plus profondément dans le tissu pectoral. Je tressaillis lorsqu'il atteignit un autre endroit douloureux. Il relâcha la pression mais continua à masser la zone jusqu'à ce que je me détende.

— Je doute qu'il y ait eu beaucoup d'entraînement si tu avais été là, rétorquai-je. Vous deux n'avez l'air que de vouloir vous battre.

Ou baiser, ajouta mon cerveau.

Az avait peut-être capté mon ajout, mais il ne s'immisça pas de nouveau dans mon moment avec Ajax. Je sentais qu'il se reposait quelque part, plus satisfait d'être sous sa forme d'oiseau que sous celle de Faë.

Je trouvais aussi qu'il était plus naturel de laisser le Phénix prendre le dessus de cette façon. En effet, cela lui permettait d'ignorer plus facilement toutes les émotions troublantes que je sentais tourbillonner dans son âme ardente.

Je n'étais pas la seule à avoir été accouplée de force, réalisai-je. Cela m'était déjà venu à l'esprit, mais là, je commençais vraiment à percuter. Le Phénix m'avait mordu, ainsi qu'Ajax. Az n'avait pas décidé de le faire, ce qui le laissait aussi impuissant que nous dans tout cela.

Je ne vais pas le plaindre pour autant, ce bâtard insolent.

— J'espère qu'il n'a pas été trop pénible, reprit Ajax tandis que ses mains enveloppaient mes seins en coupe.

Mes mamelons perlèrent en réaction, mourant d'envie d'attirer son attention.

— Il a voulu me dire quelque chose, répondis-je en soupirant.

Avec l'estomac plein et un bain chaud qui comprenait un Ajax nu et aguicheur, cela m'aidait à ne pas être aussi aigrie à propos de ma nuit brutale avec Az.

— Quelque chose que j'ai entendu fort et clair : Lucifer est intouchable, complétai-je.

Ce qui me donnait encore plus l'impression que nous n'allions pas nous en sortir en un seul morceau.

Ajax bourdonna, son souffle chaud contre mon oreille me faisant frissonner.

— C'est une leçon importante, que j'ai apprise à mes dépens.

Je soupirai, perdant la capacité de me soucier de Lucifer et de mes problèmes.

Mais Ajax était toujours tendu, même si ses mouvements visaient à me procurer détente et plaisir. Son excitation était évidente, mais quelque chose le dérangeait manifestement.

— Tu vas me dire ce que tu as fait aujourd'hui ? m'enquis-je.

Ses mains tournoyaient sur mes seins, s'arrêtant juste pour effleurer mes tétons de ses doigts. Le plaisir fit picoter mes orteils.

— Shade m'a incité à rendre visite à mes parents.

Je penchai la tête en arrière pour le regarder.

— Tes parents ?

Il hocha la tête.

— Leurs statues au cimetière, du moins. Emelyn y est aussi enterrée.

Oh, merde.

— Ajax, je suis désolée. Je ne voulais pas…

Il glissa une main entre mes jambes et appuya directement sur mon clitoris. J'aspirai une bouffée d'air, et toutes les questions furent aussitôt éjectées de mon esprit.

— Je préférerais me concentrer sur toi maintenant, murmura-t-il à mon oreille, caressant en cercle l'intérieur de ma cuisse tandis que sa main gauche continuait de titiller mon mamelon. Sur nous.

Oui, s'il te plaît.

Ma pensée n'avait pas l'intention de l'atteindre, mais il l'entendit et obéit à mon désir en m'embrassant dans le cou, puis en me *mordant*.

J'adorais qu'il puisse me mordre à présent. Autant qu'il voulait, où il voulait. Aussi *souvent* qu'il voulait.

Moi aussi, petite rebelle. Moi aussi.

CHAPITRE 23

AZ

CAMI M'AVAIT PEUT-ÊTRE BLOQUÉ, mais son plaisir continuait de pulser dans mes veines, rassasiant mon oiseau tout au long de la journée. Bien qu'il ait voulu les rejoindre, l'état émotionnel d'Ajax avait prouvé qu'ils avaient besoin de passer du temps ensemble en ce moment, afin de s'aider mutuellement à guérir.

Et au final, ils s'aideraient mutuellement à me faire à nouveau confiance, espérais-je.

Mon Phénix et moi allâmes chasser dans l'intervalle, l'envie de viande fraîche venant plus de ma bête intérieure que de moi.

Nous fondîmes sur le royaume des Faë de Minuit, nos ailes déployées projetant des ombres contrastées sur le sol. Il y avait tant de créatures à chasser ici, mais la magie qui émanait d'elles fit hésiter mon Phénix. Il n'aimait pas leur odeur.

Trop fleuri, décidai-je. *Comme la reine des Faë de Minuit.*

Peut-être qu'on ne chasserait pas aujourd'hui.

Peut-être que je pourrais voler de la nourriture à Ajax.

Ils semblaient en avoir terminé avec leur cinquième – *ou sixième ?* – séance. Ils allaient certainement avoir faim bientôt.

Ou peut-être que je pourrais simplement voler quelque chose en chemin. Le palais des Faë de Minuit disposait d'une cuisine ouverte et d'une salle à manger très spacieuse.

J'étais en train d'y aller d'un coup d'aile quand Ajax me lança :

Je te sens planer.

Si j'avais été humain, j'aurais haussé un sourcil vers lui.

Je vole au-dessus du palais en ce moment même.

D'où ce vol stationnaire, marmonna-t-il.

Je grognai et continuai mon chemin, et repris ma forme humaine lorsque j'atteignis la cuisine. J'avais donné le contrôle à mon oiseau, mais nous agissions ensemble plutôt que l'un contre l'autre, ce qui nous amenait à nous aligner l'un sur l'autre dans chacun de nos mouvements.

C'était… étrange. Étranger, même. Mais j'aimais bien.

L'accouplement m'avait complété d'une manière inattendue. La seule chose qui manquait maintenant, c'était la *relation* réelle qui accompagnait généralement la revendication d'une compagne.

Lâchant un long soupir, je piochai une assiette d'œufs au bacon sur la cuisinière et m'éclipsai dans le couloir à l'extérieur de la chambre.

Fais-moi savoir quand je pourrai entrer, dis-je à Ajax en m'asseyant par terre pour manger mon repas volé.

Il ne répondit pas, mais j'entendis s'ouvrir la douche dans la pièce. Les gémissements de Cami suivirent peu après, faisant ronronner mon oiseau d'approbation.

Frimeur, grommelai-je à l'adresse d'Ajax.

Elle a un si bon goût, Az. Tu n'imagines même pas.

Enfoiré, rétorquai-je.

Son gloussement résonna dans ma tête, m'arrachant un sourire en coin. Surtout parce que cela ressemblait à l'Ajax que je connaissais. Ce qui, avec un peu de chance, signifiait que nous étions sur le point de nous réconcilier.

Je me délectais du plaisir de Cami tout en continuant de manger, ma queue raide entre mes jambes. Il me fallut un effort considérable pour ne pas y porter la main et me caresser. Mais je n'avais aucune envie d'offrir un tel spectacle aux Faë de Minuit qui rôdaient dans le palais. Je préférai terminer mon petit-déjeuner, puis j'attendis la permission d'entrer comme un bon petit Phénix de compagnie.

Cela me rappelait presque Vivaxia et toutes les fois où elle m'avait ordonné d'aller me percher dans la solitude. Mais là c'était différent. J'attendais avec impatience qu'Ajax me laisse entrer.

Son orgasme résonna finalement dans mon esprit, son grognement affamé me fit serrer les couilles. Car je connaissais ce son. J'*aimais* ce son.

Putain, tu me tues, lui dis-je, serrant les poings en l'air pour empêcher mes mains de vagabonder.

Bien, répondit-il d'une voix mentale haletante.

Une litanie de menaces sensuelles défila dans mes pensées, la plupart d'entre elles étant des idées sur la façon de leur rendre la pareille plus tard.

Un jour, me calmai-je. *Quand j'aurai gagné le droit de les toucher à nouveau, Cami et lui.*

J'aurais alors ma revanche. Pour l'instant, je faisais face à la douleur – à la fois dans mon aine et dans mon cœur. J'appuyai ma main sur l'organe blessé dans ma poitrine en serrant les paupières. Je *détestais* la façon dont les choses se passaient entre moi et mes compagnons. Tout me paraissait faussé.

Toutefois je n'avais pas le choix. Je devais accepter. Je devais *réparer*.

Une fois habillés, nous pourrons discuter de l'entraînement d'aujourd'hui, dit Ajax. *Mais plus de « leçons ». Tu vas nous apprendre quelque chose d'utile, à Cami et moi. Quelque chose qui nous servira quand nous combattrons Lucifer.*

Je faillis soupirer.

Le sujet de notre dernière leçon était qu'il n'y avait pas de combat possible contre Typhos. En outre, je n'étais même pas sûr d'être capable d'enseigner quelque chose qui pourrait blesser l'un de mes compagnons.

Au lieu de ruminer tout ça, je répétai :

Nous ? Ça veut dire que tu vas te joindre à la fête ?

Ajax ricana dans mon esprit.

Je n'appellerais pas ça une fête. *Mais je préfère passer la nuit avec toi qu'avec Shade.*

Son aveu m'intrigua.

Oh ? Shade a fait quelque chose ?

Oui. Il ne donna pas plus de détails.

Tu as envie d'en parler ?

Non.

Bon, fis-je.

Et ce ne sont pas tes oignons, ajouta Ajax, comme s'il se rappelait que je n'étais plus quelqu'un à qui il pouvait se confier.

Non pas qu'il se soit beaucoup confié à moi au cours des dix dernières années, de toute façon. Malheureusement pour lui, c'était en quelque sorte mes oignons maintenant que nous étions compagnons. Même avant, je m'étais toujours senti proche d'Ajax. Pas vraiment protecteur – parce qu'il n'avait pas besoin d'être protégé – mais possessif, peut-être. Et je n'aimais pas l'idée que Shade touche à mon compagnon.

Mais au lieu d'insister, je répondis simplement : *OK.* Je tirerais davantage d'Ajax au moment opportun.

J'ai une idée pour l'entraînement d'aujourd'hui, émis-je, préférant aborder ce point plutôt que les problèmes d'Ajax avec Shade.

Bien, répondit Ajax. *Cami est presque prête.*

Presque ? relevai-je.

Un pic de plaisir suivit, m'indiquant qu'il allait s'engager dans un autre round.

Sérieux ? grognai-je.

Ma bite durcit aussitôt, mon corps – et ma bête – étant stimulés par l'excitation qui palpitait dans mes veines.

Ajax cherchait à prouver quelque chose, et je l'entendis fort et clair.

Je vous attends dehors, lui sifflai-je.

Tu peux bien t'amuser, pensai-je en mon for intérieur. *Car ce n'est qu'une question de temps avant que je te rende la pareille.*

Je trouvai un pantalon et des chaussures qui m'attendaient dehors, leur taille m'allant trop bien pour être une coïncidence.

Shade, devinai-je.

Le tissu était sans doute ensorcelé, mais je l'enfilai quand même. Puis je fis les cent pas en attendant qu'Ajax et Cami me rejoignent.

Quand ils arrivèrent, je ne prononçai pas un mot, je penchai juste la tête de côté, puis les conduisis vers un endroit situé au bord du domaine du palais.

C'était un lieu que j'avais repéré en vol, un espace en dehors des précieuses cours et plus proche de la nature. Il y avait une forêt juste après la clairière, une vaste étendue sauvage pleine de pouvoir et de créatures variées. J'avais envisagé d'y chasser, mais l'essence d'Aflora semblait imprégner chaque feuille. Et je ne voulais pas offenser la reine des Faë de Minuit en tuant par mégarde un de ses animaux de compagnie.

Je m'arrêtai au centre de la clairière et fis face à Ajax et Cami.

Pour la leçon d'aujourd'hui, il fallait assez de bois pour

allumer un feu, mais pas au point de créer un brasier. Les feuilles humides feraient grésiller le feu, mais ne suffiraient pas à éteindre les flammes.

Car je prévoyais de réaliser quelque chose que ni Ajax ni Cami n'avaient jamais expérimenté auparavant.

Un arrangement de rochers étranglés par des racines m'offrit l'endroit idéal pour ma tâche. Je me plaçai entre deux arbres massifs qui avaient trouvé prise malgré le terrain ingrat de cette zone.

— Donc tu as dit que tu avais une idée pour l'entraînement, rappela Ajax en croisant les bras. Qu'est-ce que c'est ?

Il portait ses cuirs de combat aujourd'hui. Je savais qu'ils dissimulaient plusieurs lames, et qu'il avait glissé sa baguette quelque part, probablement dans sa botte. Ce qui m'intéressait, c'était qu'il ne portait pas sa tenue de Faë de Minuit alors que nous étions de retour sur sa terre natale. Cela suggérait qu'il ne se sentait toujours pas à l'aise ici.

J'y songeai un bref instant avant de me concentrer sur Cami.

Il est temps de s'entraîner, pensai-je à l'intention de mon Phénix.

Il prit aussitôt les rênes, leva mon bras et fit claquer mes doigts. Un arbre au bord de la clairière s'enflamma une seconde plus tard, faisant pivoter Ajax et Cami.

Éteignez-le, leur intimai-je.

Ils échangèrent un regard avant de se tourner vers moi.

— Je croyais que tu avais dit qu'apprendre à combattre Lucifer n'aurait rien à voir avec le feu ? remarqua Cami.

Éteignez-le, répétai-je tandis que mon Phénix gonflait ma poitrine. *Il y a un but à ça. Je vous le jure.*

Cami se renfrogna et Ajax parut encore moins amusé.

— Aflora ne va pas apprécier que tu mettes le feu à son

domaine, m'informa-t-il. Je m'assurerai qu'elle sache que c'était *ton* idée.

Je ricanai intérieurement.

Très bien. Maintenant, arrêtez de perdre du temps et éteignez ce foutu feu.

C'était vital pour l'entraînement d'aujourd'hui, en supposant qu'ils puissent survivre à la première tâche. Ils devaient maîtriser cette leçon pour que la prochaine étape de mon plan se mette en place.

Un plan qui, je l'espérais, se terminerait par une délivrance.

Pas par la mort.

Cependant, lorsque Cami fit sa première tentative de réduire les flammes, il devint évident que cela allait prendre un certain temps. Car au lieu de les éteindre avec de l'eau ou quelque chose de semblable, elle utilisa la chaleur pour les attiser.

— Ça a marché sur le portail des Terres Marécageuses, dit-elle en grimaçant.

Ce n'est pas un portail, dis-je dans son esprit. *C'est un feu de Phénix.*

Mais elle n'écoutait pas. À la place, elle essaya un sort similaire, ce qui me fit soupirer intérieurement.

À ce régime, nous allions tous brûler.

CHAPITRE 24

CAMI

Je ne pige pas, grognai-je dans mon esprit, fatiguée de ce jeu sans fin avec le feu.

Tous les efforts que j'avais déployés pour éteindre les flammes du Phénix n'avaient fait qu'empirer les choses. Au moins, Ajax avait jeté un sort pour empêcher l'incendie de s'étendre et de consumer tout le domaine. Il parvenait à le contenir, mais nous n'arrivions pas à l'éteindre. Comme en témoignaient les cinq arbres qui s'étaient enflammés et qui grésillaient maintenant en de vibrants étalages de rouge, de bleu et d'or.

Je n'avais jamais vu un feu pareil. Il s'élançait dans le ciel, les branches se cloquaient sous les flammes qui répandaient dans l'air une odeur de braises.

Éteignez-le, ordonna Az pour la millième fois.

— J'essaie, putain ! lançai-je.

Les souvenirs de mon enfance revenaient me hanter. Cet exercice dans les Everglades avec mon père – où il m'avait lâché au milieu de terres marécageuses et avait mis le feu à tout ce qui m'entourait – avait été un événement déterminant de mon passé.

Ou peut-être que jouer avec le feu était un passe-temps amusant pour les Faë de l'Enfer.

Quoi qu'il en soit, je détestais officiellement le feu.

Ajax haletait à côté de moi, le torse rose vif. Il avait enlevé la partie supérieure de son cuir de combat parce que le matériau ignifugé avait commencé à fondre sur sa peau.

Merde. Comment suis-je censée gérer ça alors que même Ajax a du mal ?

La chaleur de l'incendie était bien trop élevée maintenant, menaçant de nous consumer s'il continuait plus longtemps.

Ajax arpentait le sol couvert de cendres, sa frustration était palpable. De temps à autre, il criait des insultes à Az, mais le Faë métamorphe ne répondait pas.

Aflora va être furieuse, pensai-je en observant les arbres en flammes.

Regarde bien, soupira Az dans mon esprit. *Quel dommage a été causé ?*

Je clignai des yeux en scrutant les feuilles scintillantes sur les branches, et je fis la moue. L'arbre ne brûlait pas vraiment... ?

Comment... ?

Éteins le feu, Cami.

Si tu me dis ça encore une fois...

Je ne savais pas trop comment conclure cette menace.

Le Phénix ne semblait pas perturbé par la chaleur, ce qui était logique, c'était un feu de Phénix après tout. Et je n'avais pas le moindre indice sur la façon de la combattre. J'avais tout essayé. Des sorts d'eau. Des sorts de chaleur, comme pour les incendies des Everglades et des Terres Marécageuses. Glace, terre, tempêtes de sable – *tout*.

Non, pas tout, corrigea Az. Apparemment, j'échouais aussi à la première leçon – protéger mes pensées.

Si tu parles de la source de Lucifer, non. Je n'y toucherai pas avec une perche de trois mètres, rétorquai-je. *C'est une leçon que j'ai bien apprise.*

Je ne parlais pas de ça, bourdonna Az dans mon esprit. *Au contraire, ça ne ferait qu'attiser le feu au lieu de l'étouffer.*

Super. Alors qu'est-ce qu'on est censés faire, bordel ?

Ajax avait également essayé quelques trucs, mais rien n'avait fonctionné.

— En quoi ça nous aide à apprendre quoi que ce soit sur le combat contre Lucifer ? demandai-je en essuyant la sueur sur mon front.

Il y avait peut-être une leçon à tirer de tout cela, mais je ne la comprenais pas.

Le Phénix nous observait simplement de ses intenses yeux noirs. Az était là aussi, en retrait quelque part, même si je ne distinguais pas la lueur des iris violets de son esprit.

Si je te le dis, ça va gâcher le but de l'entraînement d'aujourd'hui, répondit Az, m'exaspérant encore plus. *Tu n'as donc rien appris de la dernière fois ?*

La dernière leçon avait été que Lucifer était intouchable. Je ne voyais pas trop le rapport avec ceci.

À moins que... Peut-être que je ne suis pas censée lutter contre ça ? pensai-je.

Ajax me lança un regard. Car oui, il avait certainement capté cette pensée. Tout comme Az, sans aucun doute. Je réglerais le problème de la *protection* plus tard.

— Peut-être qu'on devrait travailler ensemble, suggéra Ajax.

Le Phénix se figea à ces mots, ce qui laissait supposer qu'Ajax était sur une piste.

— D'accord, acquiesçai-je. Prends ma main.

Ajax glissa ses doigts entre les miens tandis que les feux ronflaient autour de nous.

Je ne voyais plus la lune. La fumée occultait le ciel, et le sol sous mes chaussures était chaud et instable. La chaleur traversait les semelles et me brûlait les pieds. Je m'efforçais de l'ignorer, mais je ne désirais rien de plus que d'échapper à ce brasier grandissant.

Or le feu de Phénix ne brûlait pas comme un vrai feu. Il ne se propageait pas de la même manière. Il semblait sauter vers de nouveaux endroits et s'embraser sans prévenir avant de s'enfoncer à nouveau dans la terre. Chaque fois qu'il se déclenchait, mon cœur faisait un bond et une chaleur intense balayait mon corps.

Le Phénix marchait droit dans les flammes, l'air de s'y sentir à l'aise. Elles viraient au bleu autour de ses doigts. Ses vêtements brûlèrent sur son corps, et je déglutis quand je le vis nu.

Fais attention, petite guerrière, m'avertit Az d'un ton ravi.

Je serrai la mâchoire et reportai mon attention sur les yeux bleu nuit d'Ajax.

— Suis-moi, intimai-je.

Il acquiesça.

Je récitai un sort auquel j'avais pensé après avoir vu Az traverser l'incendie : *marcheur de feu.*

Ce sort consistait à laisser libre cours aux flammes au lieu de les combattre. Un jour, mon père m'avait tendu un piège, et le seul moyen de m'en sortir avait été de traverser des charbons ardents. J'avais failli me brûler les pieds avant qu'il me donne ce fichu sort de marcheur de feu.

Le réciter maintenant me procura des sentiments mitigés. Je détestais utiliser des choses que j'avais apprises de mon père. Une grande partie de mon enfance avait été une bataille et une lutte littérale pour la survie. Mais à sa manière, il avait essayé de me préparer à ce qu'il savait advenir.

Je parie que tu ne savais pas que ça finirait comme ça malgré tout, me dis-je.

Pour autant, il serait stupide de ne pas mettre à profit ce que j'avais appris. Si jamais je retrouvais mon père, je lui dirais ses quatre vérités et lui montrerais ce que je pensais de son marché avec Lucifer.

Une raison de plus de rester en vie.

Le feu rampait vers moi au fur et à mesure que je récitais les mots, rendant ma peau douloureuse sous la chaleur intense. J'adaptai le sort de marcheur de feu pour qu'il consume tout mon corps et permette à ma peau d'avaler les flammes.

Une brise fraîche passa sur mon corps quand Ajax le contra avec un sort de bouclier. Je cessai de psalmodier et ouvris les yeux pour le regarder.

— Non, laisse venir le feu, lui dis-je.

Le Phénix sourit, exhibant une rangée de dents blanches et droites.

Oui, c'est ma bonne fille, me félicita Az. *Tu apprends.*

Je grinçai des dents à son expression de *bonne fille*, mais j'étais trop concentrée sur l'incendie pour le réprimander. Près de moi, Ajax fronça les sourcils, mais son sort de protection tomba un instant plus tard. Je savais qu'il me faisait confiance et j'espérais que cela ne nous ferait pas tuer tous les deux.

Mais je savais aussi qu'Az ne nous laisserait pas mourir. Il cherchait à nous enseigner quelque chose. Et il avait dit lui-même que l'âme de son Phénix était maintenant entrelacée avec la nôtre : nous tuer blesserait son propre animal, ce que je doute qu'il permette un jour.

La chaleur se répandit tout autour de moi, devenant insupportable. Je serrai les dents. La souffrance remonta le long de mes jambes, puis de mes hanches, à mesure que les flammes grandissaient.

— Az ! cria Ajax sur un ton d'avertissement.

Le Phénix noir nous rejoignit en traversant le feu. Il posa une main sur l'épaule d'Ajax, l'autre sur la mienne.

Accepte-le, ordonna Az, confirmant ce qui d'après moi nous aiderait enfin à éteindre cet incendie : le seul moyen d'y mettre fin était de le *consommer.*

Je plantai mes ongles dans la paume d'Ajax, qui m'adressa un signe de tête encourageant que je pus à peine voir, troublé qu'il était par l'air tourbillonnant.

Serrant les dents, j'essayai d'accepter la brûlure, mais j'avais l'impression que ma peau se couvrait de cloques et se recroquevillait sous les flammes.

Des dagues ardentes écorchèrent mon corps, s'enfoncèrent sans pitié dans ma peau, et le feu pénétra en moi. Un hurlement jaillit de ma gorge et je rejetai la tête en arrière.

Je brûlais vive.

Ça fait mal !

Tiens bon, Cami, m'encouragea Az. *Tu y arrives. Et tu es... belle.*

Je ne voyais pas à quoi je ressemblais, et je m'en foutais. Je n'étais plus que souffrance et agonie.

Tu es belle, baignée dans mes flammes, dit Az. *Vous l'êtes tous les deux.*

J'étais quasi sûre qu'il était un maniaque sadique, parce que j'étais certainement en train de mourir d'une mort horrible et épouvantable. Ajax endurait les griffes de mes ongles, mais il devait être en train de brûler vif tout comme moi.

Je crois que je te déteste, lançai-je à Az.

J'accepte ta haine, répliqua-t-il. *Mais ne t'arrête pas, petite guerrière. Accepte la chaleur.*

La douleur me consumait, mais après ce qui me parut plusieurs minutes d'agonie, je réalisai que j'aurais dû être morte.

Pourtant j'étais bien vivante. *Et ma peau ne fond pas.*

Ajax lâcha un soupir, faisant écho à mon propre effort. Il s'accrochait à moi tandis qu'Az restait à nos côtés.

Le feu s'était calmé, mais pas parce qu'il avait été éteint.

Il avait disparu... *en nous.*

Des traînées noires maculaient le sol, répandues en un

large motif dessiné par les flammes. Nous nous tenions dans un cercle de triade, trois points sur des vagues magiques qui se chevauchaient et formaient un nœud.

La magie se déploya et je cillai, revoyant ces fils.

Tout est-il fait de fils ? me demandai-je.

La source de Lucifer m'avait paru être une vrille lumineuse. Et puis d'autres éléments magiques se présentaient constamment à moi. Peut-être était-ce la source de Lucifer qui interférait avec mon esprit, ou bien simplement la façon dont fonctionnait la magie.

Et je peux le voir.

— C'est... fascinant, admit Ajax.

Ses yeux sombres brillaient d'une lumière nouvelle, m'empêchant de détacher mon regard de lui.

Il avait raison. C'était magnifique.

— Pourquoi tu n'as jamais utilisé le feu de Phénix sur moi ? demanda Ajax à Az, qui fut le premier à reculer.

Ses mains tombèrent à ses côtés, faisant voler des cendres autour de lui. Ses vêtements avaient brûlé, tout comme les miens. Comme si nous venions tous de renaître.

— Ç'aurait rendu nos bagarres plus intéressantes, précisa Ajax.

La main du Phénix resta sur mon épaule, mais il porta son attention sur Ajax.

— Ça m'aurait tué ? s'étonna ce dernier, semblant répéter la réponse mentale d'Az. Alors pourquoi ça ne m'a pas tué maintenant ?

Cette fois, la réponse d'Az parvint aussi à mon esprit.

Parce que tu es accouplé à moi. (Le regard noir de la bête se posa sur moi, puis sur Ajax.) *Vous l'êtes tous les deux.*

Et maintenant, d'une manière ou d'une autre, nous lui appartenions pour de vrai. Et pas seulement à Az, mais au Phénix noir. Sa morsure nous avait revendiqués, mais son feu nous avait *purgés.*

Je voyais les fils de magie s'estomper lentement, mais la nouvelle brûlure dans mon âme demeura.

Hier, j'avais appris que je ne pouvais pas toucher Lucifer.

La leçon de ce soir avait été d'accepter les flammes au lieu de les combattre.

Quelle leçon essaies-tu de donner, Az ?

Je n'avais pas l'impression que c'était une façon de me protéger contre Lucifer. Je la ressentais plutôt comme une leçon sur la façon de laisser entrer les autres et de leur donner accès à mon âme.

L'acceptation, me chuchota-t-il. *C'est une leçon sur l'acceptation et la confiance.*

Et en quoi ça me protégera à l'avenir ?

Car cela n'avait eu pour résultat que me faire sentir plus vulnérable que jamais.

Tu as maintenant accès à mon feu de Phénix, Cami. Crois-moi, il te protégera quand tu en auras besoin. Il te suffira d'invoquer cette marque dans ton âme, et il sera à ton service. Tout comme mes cendres et ma bête.

CHAPITRE 25

CAMI

Deux semaines plus tard

Les rêves avaient commencé la nuit du feu de Phénix.

Tout d'abord, je m'étais figée, croyant que le rêve était réel. Que Lucifer m'avait trouvée. Mais à mesure que j'analysais lentement mon environnement, je m'étais rendu compte que la situation n'avait aucun sens.

J'étais nue, ce qui ne m'avait pas surpris.

Mais lui était… *souriant*. Il affichait un sourire prometteur. Il murmurait doucement contre ma peau nue des compliments qui étaient un baiser sensuel pour mes sens.

Il s'était passé quelque chose quand Az m'avait marquée de son feu de Phénix. Quelque chose de radical, que je ne pouvais pas définir. Mais ça m'avait rapprochée de Lucifer, d'une certaine manière.

Ou peut-être était-ce simplement mon lien croissant avec Az qui faisait des ravages dans mon esprit. Car il était lié à Lucifer, ce qui me liait quelque part à lui aussi. Et à Melek également. Et tous deux avaient l'air bien décidés à me faire voir leur roi des Faë de l'Enfer sous un jour nouveau.

Entre les leçons de survie d'Az – qui paraissaient toutes liées à Lucifer d'une façon ou d'une autre – et les visites sporadiques de Melek, j'avais discerné des similitudes et deviné que leur objectif commun n'était pas seulement de m'apprendre à survivre contre Lucifer, mais aussi à le *comprendre.*

C'était sans doute pour cela que je rêvais sans cesse de ce mâle intimidant.

Oh, mais je ne faisais pas que rêver de lui ; je l'*idéalisais,* lui et son pouvoir. Car à chaque fois que je fermais les yeux, une autre facette de Lucifer m'attendait. Une facette tellement irréelle que je doutais qu'elle existe réellement.

Qu'elle soit réelle ou inventée, cette nuit se déroula exactement comme les autres. J'étais piégée dans mon propre esprit et je *consommais* étourdiment de la puissance brute. Les flammes embrasaient ma peau nue, et j'étais piégée entre des bras musclés qui brûlaient d'un feu acharné.

Je levai les yeux et vis le roi des Faë de l'Enfer qui me regardait. Ses ailes étaient bien réelles dans ce rêve. Elles se déployaient derrière lui, pleines et magnifiques, leurs plumes blanches me paraissant assez moelleuses pour que j'y enfonce mes mains. L'envie de tester leur douceur me démangeait le bout des doigts.

Mais je n'osais pas bouger.

Nous reposions sur un lit de flammes liquides. Les draps auraient pu ressembler à du satin rouge dans une autre vie, mais tout bougeait et se gondolait sous l'effet de la chaleur. Ce rêve n'avait rien d'éthéré.

C'était trop réel. La chaleur m'envahit, s'infiltrant en moi alors qu'un vide inconnu béait au tréfonds de mon âme et aspirait le pouvoir, m'emplissant d'une énergie ardente et de braises dangereuses. Absorber les flammes ne faisait que les rendre plus féroces, plus *fortes,* menaçant de me noyer dans cette énergie magnétique et cette brûlante intensité.

Pendant ce temps, le roi parfait des Faë de l'Enfer me surplombait avec son sourire sensuel, ses yeux bleus étincelant d'une faim obscure.

Mon environnement ne me préoccupait pas, même s'il aurait dû. C'était le mâle qui tenait mon corps captif sous le sien qui retenait toute mon attention. Force et puissance ondulaient sur son corps parfait. Le danger me fit tressaillir et me donna envie de fuir.

Mais je ne pouvais que le regarder avec admiration et m'imprégner de tout cela.

La chaleur. Ses yeux. Son désir – et le mien.

Lucifer était plus terrifiant que le Phénix noir. Ses iris brillaient comme des diamants bleu foncé et son regard me brûlait d'une passion impitoyable.

Oui, il était terrifiant. Mais il était aussi séduisant que l'oiseau brutal d'Az.

C'est ce que tu veux, n'est-ce pas ? Lucifer posait toujours cette question.

Et je répondais toujours de la même manière : *Oui.*

Dans mes rêves, Lucifer était un dieu, mais c'était moi qu'il adorait. Il était toujours au-dessus de moi, me baignant dans sa lumière tandis que ses ailes magnifiques se déployaient derrière ses épaules.

Et il me donnait son pouvoir dans ces rêves. Il ne me menaçait pas pour avoir touché à sa source. Là, il l'offrait volontairement. Le pouvoir se développait et je l'aspirais. J'avais faim. J'avais soif. Je voulais tout. Et il me le donnait dans mes rêves. Il ne me combattait pas, ni ne me détestait. Sa source m'acceptait, alors il m'acceptait aussi.

Et il s'attendait à ce que ce canal aille dans les deux sens.

Prends tout, Camillia, me disait-il. *Laisse-le brûler dans ton âme jusqu'à ce qu'il ne reste que ma marque.*

Ma bouche s'ouvrit sur un hoquet quand je cédai. Les

barrières que j'avais mises en place se réduisirent en cendres, me laissant nue devant le roi des Faë de l'Enfer.

Puis le plaisir arriva. Comme toujours.

Oh…

Je pliai mes orteils tandis qu'une chaleur électrique se répandait entre mes cuisses. Un doux sourire de mon roi m'indiqua qu'il approuvait ma réaction à son pouvoir.

Mais pourquoi est-ce toujours ainsi ? Pourquoi es-tu toujours… ici ? Avec moi ?

— Cami ? appela une voix, ce qui me provoqua une moue.

Ne l'écoute pas. Reste avec moi, dit Lucifer.

Oui, pensai-je. *Oui, oui.*

Sauf que… je sentais une main… une main qui n'appartenait pas au roi des Faë de l'Enfer. Elle n'était pas malvenue. Au contraire, c'était un contact apaisant.

Continue à boire, m'exhorta Lucifer. *Ne t'arrête pas. Tu es tout près.*

Je fronçai les sourcils. *Tout près de quoi ?* J'avais déjà explosé, n'est-ce pas ? Étais-je censée…

— Cami, prononça encore cette voix, qui fit trembler mon corps.

Je clignai des yeux, confuse. Puis fronçai encore plus les sourcils quand les iris saphir se fondirent en de nouveaux yeux.

Ajax ? pensai-je.

Son regard ne brûlait pas du feu de l'Enfer. Ses iris étaient plutôt bordés de flammes bleues.

— Encore un rêve ? me demanda doucement Ajax.

Il m'entoura de ses bras, m'attira contre sa poitrine et effleura mon front de ses lèvres.

Je déglutis et hochai la tête.

Je ne lui avais pas caché ces rêves. Pas plus que les visites de Melek. J'avais été totalement ouverte avec Ajax. Et avec Az aussi, dans une certaine mesure.

Il dormait toujours sur le canapé, et partait souvent pour me laisser un peu d'intimité avec Ajax.

— La même chose ? insista Ajax. Absorber son pouvoir pendant qu'il… ?

— Oui, acquiesçai-je de nouveau.

Ajax essayait de me soutenir, mais je savais que les rêves le dérangeaient. D'autant plus que je me réveillais souvent en hurlant… *de plaisir.*

Il était convaincu que Melek m'avait ensorcelée avec une sorte de potion de rêve. Il n'avait sans doute pas tort. Mais je me demandais néanmoins si c'était lié au feu du Phénix, simplement parce que c'était la nuit où ces rêves étranges avaient commencé.

L'énergie inspirée par le rêve s'accrochait à moi et me brûlait la peau. Ça, au moins, c'était réel. La teinte rose qui irradiait ma chair contrastait fortement avec la brise agréable de la pièce. Je ne savais pas d'où elle venait – sûrement du fond de mon âme – mais elle luisait à chaque fois que je me réveillais.

Et ça me faisait flipper. Parce que ce n'était pas bon signe. Ce n'était pas normal.

Je me léchai les lèvres, cherchant à me débarrasser des sensations de chaleur.

— Tu penses que ces rêves ont un rapport avec la source ? demandai-je, incapable de réfréner le tremblement de ma voix.

Nous en avions déjà parlé brièvement, mais sans creuser le sujet.

Or ce rêve avait été encore plus intense que les autres. J'avais été si *affamée*, aspirant le pouvoir de Lucifer comme si j'en avais besoin pour survivre. Et cela me terrifiait. Parce que j'avais *envie de* son pouvoir dans mes rêves. Tout comme j'avais envie de *lui*.

— Peut-être, murmura Ajax, promenant ses doigts dans mes cheveux. Ou peut-être que ça a un rapport avec notre lien avec Az. Tu n'arrêtes pas de rêver de pouvoir chaud, ce qui pourrait facilement être relié au feu du Phénix.

Pas faux, me dis-je.

— Ça pourrait être également une connexion résiduelle qu'ils partagent et qui s'infiltre à travers les liens, ajouta-t-il.

Cela me paraissait compliqué, mais je supposais que c'était aussi une possibilité. Az et Lucifer étaient compagnons. Je pourrais en être affectée d'une manière ou d'une autre. Et tous deux n'étaient pas vraiment des Faë ordinaires. Qui savait quels changements la morsure d'Az provoquerait en moi ? Ou celle d'Ajax ?

Mon Gardien – désormais mon protecteur, mon *compagnon* – traçait de doux cercles avec son pouce sur ma hanche tandis que nous nous reposions nus dans le lit. La lune flottait à sa place habituelle dans le ciel, rendant impossible de savoir l'heure. Mais je me doutais qu'une autre nuit d'entraînement nous attendrait bientôt.

Ajax me donnait du plaisir presque chaque jour – car ça pourrait être notre dernier, d'accord ? – mais peu importait qu'il me baise à fond ou combien de fois il me faisait jouir, je me réveillais souvent avec un orgasme offert par un roi Faë de l'Enfer éthéré.

Certes, ma fréquentation d'Ajax n'avait pas vraiment été fondée sur l'amour. C'était plutôt une prise de conscience que nous pouvions mourir à tout moment, mais après deux semaines de pur *Ajax*, c'était une relation que je commençais à apprécier.

Cela pourrait être plus. Cela pourrait être *réel*. Mais j'avais l'impression que je ne découvrirais jamais ce dont Ajax et moi étions capables parce que ces foutus rêves gâchaient mon humeur.

— Ça pourrait aussi venir de Melek, réfléchit Ajax à voix haute. La sensualité viendrait certainement de lui. Car Az et Lucifer ne sont pas intimes de cette façon.

Oh, oui. C'était logique. Le roi et le prince formaient un couple tout à fait romantique, et Melek m'avait marquée comme sa promise.

Peut-être était-ce un mélange de tout cela.

Ou peut-être que je rate quelque chose d'important.

Je secouai la tête. L'hypothèse Melek ne tenait pas la route.

— Si c'est à cause de l'accouplement de Melek avec moi, ces rêves auraient dû commencer depuis longtemps.

Ajax grommela.

— Il y a aussi le sperme à l'éclat doré dont il t'a aspergée. Peut-être que c'est lié ?

— On ne sait pas ce que ça a fait.

Mais c'était aussi une possibilité que je ne pouvais pas ignorer, même si les rêves avaient commencé quelques jours après cet incident. Peut-être qu'il avait fallu du temps pour que les effets se fassent sentir. Melek aurait pu certainement faire ça pour me faire chier, ou pour s'*ingérer*, comme il aimait tant le dire.

Ou alors ça n'avait rien à voir avec lui et tout à voir avec ma connexion foireuse avec la source de Lucifer. Je pourrais très bien m'infliger cela à moi-même.

Avec un soupir, je me tournai sur le dos et contemplai le plafond. Il m'avait fallu un certain temps pour remarquer les petites graines plantées dans la pierre. Elles ne fleurissaient qu'au clair de lune, puis retombaient dans le sommeil. Elles produisaient aussi un petit bruit en s'ouvrant. Comme une alarme de réveil. Mais avec mes rêves, j'avais mon propre réveil orgasmique qui ne ratait jamais.

— Est-ce qu'il y a seulement Lucifer ? Dans tes rêves, je veux dire, demanda Ajax.

Je roulai la tête pour le regarder. Il s'appuya sur un bras et me dévisagea avec inquiétude. Et peut-être autre chose. De l'inquiétude, oui, mais aussi une sombre intrigue. Ajax avait une relation tordue avec le sexe. L'idée de me voir avec Lucifer et Melek pourrait même l'exciter, à condition qu'il puisse participer.

Dommage que la seule chose avec laquelle Lucifer voulait m'empaler était une épée.

Melek, lui, avait clairement manifesté son intérêt. Le prince des Faë de l'Enfer m'avait consciencieusement rendu visite presque tous les jours, me fournissant des devoirs à incorporer à l'enseignement d'Az, ainsi que des remarques sensuelles. Mais c'étaient les devoirs qui me déconcertaient. Je m'attendais tout à fait à ce que Melek me taquine avec le sexe.

Les documents qu'il apportait étaient tous des exemples d'anciens marchés conclus avec le roi des Faë de l'Enfer. J'en avais une belle pile sous le lit. Melek avait insisté pour que je lise tous les accords importants sur lesquels je pouvais mettre la main.

Car apparemment, la seule façon de m'en sortir était de jouer son jeu, à en croire Melek.

— Juste Lucifer, confirmai-je en détournant de nouveau les yeux.

Car je ne pouvais pas lui faire face quand je disais la vérité.

Je détestais Lucifer. Je détestais ses accords et sa maudite source. Mais chaque matin obscur, quand je m'endormais, je rêvais qu'il était au-dessus de moi, qu'il me consumait, me possédait.

Non, pas seulement. Il donnait aussi. Il me donnait *tout* dans mes rêves.

Puis, à moins qu'Ajax ne l'interrompe comme ce soir, je me réveillais d'un orgasme intensément puissant, en ayant l'impression que j'allais mourir.

Me faire baiser à mort pourrait être une bonne manière de partir.

Je secouai la tête pour éclaircir mes pensées ensommeillées. *Ressaisis-toi, Cami.*

— Finissons-en avec l'entraînement de ce soir, murmurai-je en me relevant, laissant les draps tomber autour de mes hanches.

Je commençais à me lasser de tout cela. L'entraînement d'Az me paraissait toujours être un puzzle que je n'arriverais pas à élucider avant la fin. En outre, je ne le trouvais pas particulièrement utile contre Lucifer. Soit Az se jouait de moi, soit je ne comprenais pas ce qu'il essayait de m'apprendre. Mais j'étais sa compagne, donc je pouvais ressentir la sincérité de ses intentions. C'était clair qu'Az *cherchait* à m'apprendre quelque chose. Or cela ne faisait que me rendre épuisée et perplexe.

Sans compter que mes escapades diurnes avec Ajax me privaient de sommeil. Bien que mon corps soit comblé, nous avions tous les deux l'impression de courir après l'euphorie pour éviter l'inévitable. Nous vivions en sursis jusqu'à ce que le diable nous retrouve. Ou plutôt, jusqu'à ce que nous le retrouvions selon nos conditions. Nous avions une date limite, à présent que nous savions quand nous reverrions Lucifer.

Au bal des Faë interroyaume.

Il serait hors de son royaume – ce qui était rare, apparemment. Il serait affaibli, sans sa garde habituelle, et vulnérable. Nous aurions toutes sortes de Faë autour de nous : des Faë Élémentaires, des Faë de l'Hiver, des Faë de la Fortune, des Faë du Paradoxe. Et des Faë de Minuit, bien sûr, étant les hôtes de cet incroyable événement.

Il y aurait aussi des Faë Métamorphes. Je me demandais si Az en rencontrerait d'autres comme lui, mais il semblait que la plupart des Faë Métamorphes étaient des loups et, si j'avais bien entendu, des paons.

Les paons mis à part peut-être, nous aurions un bon nombre de puissants Faë mixtes de toutes les espèces connues – voire quelques inconnues. Si j'avais appris quelque chose de mes expériences, c'était que toutes les espèces de Faë n'étaient pas pleinement recensées. Ils étaient soit perdus dans les annales du temps, soit cachés.

Le bal des Faë interroyaume était donc important pour les « abominations », et Lucifer devait le soutenir. Mais il aimait faire les choses à sa manière, et tout ce processus devait être trop démocratique pour lui.

Pas de menace d'être brûlé vif par le feu de l'Enfer. Pas de grincements de dents. Pas de décrets.

Lucifer avait reçu une invitation et en temps normal, il ne s'y serait pas rendu, sûrement parce qu'il savait que cela le mettrait dans une position vulnérable.

Mais cette fois, il irait. Pour venir *me* chercher.

Après deux semaines d'entraînement, il ne m'en restait plus qu'une seule pour m'apprêter à rencontrer le roi des Faë de l'Enfer. Az me promettait qu'il me préparait à ce moment, mais il n'avait pas voulu préciser ce que je devais faire lorsque je serais face à Lucifer. Ses réponses restaient toujours évasives.

Melek, quant à lui, continuait à m'apporter des marchés.

Est-ce qu'il n'y a vraiment pas d'autre issue ?

Ajax me prit la main et déposa un baiser sur ma paume.

— Je vais nous chercher un petit-déjeuner. Peut-être aussi que les dernières bêtises de Florica te remonteront le moral.

Un sourire flotta sur mes lèvres. Il n'avait pas tort. Quand la petite chérie ne cachait pas des pics-pierres dans les lits – pas le nôtre, heureusement, car elle semblait apprécier Ajax –, elle mettait le feu à quelque chose ou testait un nouveau sortilège qui faisait des ravages, et que Shade lui avait sans doute appris.

— Peut-être, acceptai-je, étouffant un bâillement derrière ma main libre. Et un de ces pains aux champignons.

Il arqua un sourcil.

— Un pain aux champignons ?

Je haussai les épaules.

— Qu'est-ce que tu veux, les goûts d'Aflora déteignent sur moi.

La cuisine des Faë Élémentaires m'était étrangère, mais je l'aimais bien.

Un sourire sincère traversa ses traits et m'éblouit. La chaleur de Lucifer s'écoula enfin de ma peau et un petit frisson me parcourut l'échine. J'accueillis la fraîcheur en m'adaptant à la température réelle de la pièce.

Ajax me réchaufferait sans nul doute à nouveau lorsqu'il reviendrait avec le petit-déjeuner de minuit.

— Attention, petite rebelle. Si tu continues à me regarder comme ça, je te nourrirai d'autre chose.

— C'est une offre ou une menace ?

Au lieu de répondre, il se pencha sur moi et prit ma bouche dans la sienne.

Je ronronnai contre lui tandis qu'il m'enveloppait d'un puissant baiser, puis il disparut, ses ombres rôdant autour de moi comme une caresse qui disait : *Je reviens vite, petite rebelle.*

— Je dois dire que ton air de chiot en mal d'amour est plutôt charmant, se réjouit une voix familière. Je suis heureux de voir que tout se passe bien avec le Gardien.

CHAPITRE 26

CAMI

JE REPRIS MES ESPRITS, remontai le drap sur moi et fixai Melek qui était apparu dans ma chambre, une fois de plus. Il n'était pas invité, mais cela ne l'arrêtait pas pour autant.

Je choisis d'ignorer son « chiot en mal d'amour », ainsi que l'envie de lui préciser qu'Ajax n'était plus le Gardien.

D'une manière ou d'une autre, Melek semblait cacher sa présence ici à mes autres compagnons. Az dormait encore sur le canapé, et Ajax était parti chercher à manger. Ni l'un ni l'autre n'avait ressenti mon choc provoqué par l'arrivée de Melek. Je n'avais aucune idée de la façon dont il s'y était pris, mais il avait manifestement trouvé un moyen de masquer mes réactions à ses visites aléatoires.

C'est peut-être ce que fait son sperme scintillant ? m'étonnai-je. *Comment le savoir ?*

Mon regard tomba sur la pile de documents serrés contre son flanc et je gémis, comprenant la raison de sa visite.

— Encore des marchés, je présume ? (Je haussai un sourcil.) Tu sais, le cours d'argumentation et de débat n'était pas ma matière préférée, et ce n'est pas mieux avec une tournure infernale.

Les affaires que j'avais étudiées en classe avaient eu beau être ennuyeuses, au moins elles concernaient un système judiciaire dont le but était de mettre les méchants derrière les barreaux. Les affaires que m'apportait Melek concernaient toutes des Faë stupides qui vendaient leur âme au diable. Chaque fois que je parcourais un de ces exemples, cela me retournait l'estomac, car cela me rappelait ce que mes parents avaient fait.

Mon programme de premier cycle en sciences politiques et ma prépa de droit à l'université de Floride m'avaient préparée à beaucoup de choses, mais jusqu'à présent, ce n'était pas suffisant. De toute évidence, j'avais encore beaucoup à apprendre. Et je n'étais pas sûre que Melek, en tant que professeur, soit la réponse à mes problèmes.

Il m'adressa un de ses sourires séducteurs et désarmants.

— Si ça t'ennuie, on peut faire autre chose.

Mon regard fixe ne faiblit pas, mais la chaleur rémanente du feu de l'Enfer revint sur ma peau. Peut-être que Melek savait comment m'atteindre, ou peut-être que c'était lui le responsable de mes rêves stupides.

J'inclinai la tête, élaborant soigneusement ma phrase dans mon esprit. Les marchés de Melek m'avaient au moins appris l'importance du choix des mots.

— Tu sais, j'apprends beaucoup mieux sur le tas, pour ainsi dire. Et si on passait un marché, toi et moi ? Tu sais, pour s'entraîner.

Ses yeux chamarrés brillèrent.

— Je ne suis pas sûr que tu sois prête pour ça, mon ange. À ton avis, qui a rédigé la plupart de ces accords ?

— Plus de rêves, exigeai-je.

Qu'il en soit responsable ou non, il pouvait peut-être faire quelque chose à ce sujet.

Il posa la pile de documents sur la table de nuit, s'assit au bord du lit et porta son attention sur moi, me rappelant remarquablement le regard prédateur d'Az.

Je ferais mieux d'y aller mollo, mais je ne mentais pas. Melek constituerait un bon entraînement pour négocier, et au moins je savais qu'il ne voulait pas me tuer. Dans le pire des cas, il pourrait me duper pour me mettre dans son lit, mais serait-ce si grave ?

Putain, Cami. Pense à Ajax.

Sauf que, quand je pensais à Ajax, tout ce que je voyais, c'était sa sombre intrigue.

Merde.

Melek prit ma main et la retourna. Il fit courir ses doigts le long des lignes de ma paume comme s'il lisait mon avenir.

Ou plutôt, il mémorisait des parties de mon corps. Cela semblait être le propre de Melek. Il commençait à s'enticher de moi, mais je me rappelais sans cesse qu'il était comme un chien avec un os : une fois qu'il aurait planté ses dents en moi, je ne serais plus qu'un jouet cassé, jeté de côté et jamais réparé.

Ou peut-être serais-je son trésor qu'il adorerait et protégerait.

Je secouai la tête pour ne pas laisser ces divagations prendre le contrôle. Parce qu'elles n'étaient pas réelles, elles ne pouvaient pas l'être. Je serais plutôt un trophée exposé quelque part à la vue de tout le monde. Comme une certaine cage dans un bar où j'étais vêtue de chaînes.

Melek appartenait à Lucifer. Et tout ce qui appartenait à Lucifer était corrompu.

Y compris Az, me rappelai-je.

— Parle-moi de tes rêves, dit Melek, ramenant mon attention sur lui.

Je secouai la tête.

— Non. L'accord, c'est que tu arrêtes les rêves. Tu n'as pas besoin de les connaître.

Melek était puissant. Je ne doutais pas qu'il puisse régler

mon problème de désir de Lucifer quand j'essayais de me reposer – qu'il en soit responsable ou non.

Il pencha la tête, et ses cheveux blond vénitien tombèrent sur ses yeux de nouveau pétillants.

— Tu as raison. Je demande seulement parce que je suis curieux.

Je serrai les lèvres tandis qu'il continuait à caresser ma paume. C'était un endroit tout à fait inoffensif à toucher, mais il ne m'échappa pas qu'il frottait l'endroit où Ajax m'avait embrassée.

Depuis combien de temps Melek nous matait-il ? S'il avait entendu toute la conversation, inutile que je lui révèle le contenu de mes rêves. Il le connaissait déjà.

Mais la lueur malicieuse dans ses yeux suggérait qu'il désirait me l'entendre décrire à voix haute. Illustrer le fantasme pour lui, comme s'il s'agissait d'un autre jeu sensuel.

— Tu peux faire ça ou pas ? insistai-je, pour rester dans le sujet.

Le sourire en coin de Melek s'élargit.

— Très bien, Cami. Il est important de ne pas se laisser distraire lorsqu'on conclut un marché. Ty essaiera certainement de te faire dévier de ton cap pour conclure un marché en sa faveur.

J'acquiesçai, acceptant son compliment, puis j'attendis en silence qu'il réponde à ma question.

Ses longs cils battirent au-dessus de ses pommettes saillantes quand il baissa les yeux pour inspecter ma paume.

— Selon la nature de tes rêves, je peux tenter de les supprimer. À tout le moins, je peux t'offrir un point d'ancrage à la réalité, sur lequel tu pourras t'appuyer lorsque tu voudras t'échapper. C'est une technique qui peut exiger de l'entraînement, si les rêves sont de nature magique. Mais il me faudra pénétrer dans ton âme pour t'aider. C'est de là que viennent les rêves, après tout.

Je ne voulais donner à Melek aucune prise sur mon âme, mais pour être honnête avec moi-même, j'étais désespérée. Et il était devenu un résident régulier dans ma vie de toute façon.

Il est aussi mon compagnon, donc il a déjà accès à mon âme, songeai-je. *Quoique...*

— Te donner accès à mon âme en échange d'une bonne nuit de sommeil ne me paraît pas un marché très équitable, rétorquai-je.

— Qui te dit que je n'ai pas déjà accès à ton âme ? (Je m'en doutais, mais la confirmation ne me fit pas vraiment chaud au cœur.) Bien que ça approfondirait le lien entre nous, en effet, et me permettrait d'avoir un assez bon aperçu pour t'aider dans cette affaire. Et de mieux te protéger également. Est-ce qu'il y a un amendement que tu aimerais apporter à ta part du marché afin qu'on puisse le conclure ?

Il était gentil avec moi. Il aurait pu forcer la décision, mais son offre m'informait que des modifications étaient toujours possibles jusqu'à ce que l'accord soit conclu. Lorsque le moment serait venu de passer mon marché avec Lucifer – à supposer que j'en aie un à passer –, je pourrais faire marche arrière si nécessaire.

Son regard étincela.

— Si tu veux négocier un accord avec Lucifer, tu vas devoir lui offrir quelque chose qu'il ne pourra pas refuser. Un marché auquel il ne pourra pas résister. (Il embrassa ma paume.) Toi, mon petit ange, tu es carrément irrésistible à mes yeux.

Dommage que je ne sois pas irrésistible aux yeux de Lucifer, sinon la solution la plus simple serait de m'offrir moi-même. Mais ce n'était sûrement pas un marché qui l'intéresserait, ni qu'Ajax permettrait.

Je fronçai le nez en faisant rouler les mots dans mon esprit, réfléchissant à la bonne séquence pour Melek.

— Ma part du marché devrait être à la hauteur du risque. Je propose que tu fasses cesser les rêves et...

Il leva un doigt.

— Je ne peux que t'aider à les arrêter toi-même avec l'ancre, ainsi qu'un sort de suppression.

Je me mordillai la lèvre et corrigeai :

— D'accord, tu m'aides à arrêter les rêves moi-même et tu fournis un sort de suppression, et tu jures qu'Ajax ne pourra pas être tué par toi, Lucifer ou n'importe qui d'autre que toi ou lui commandez.

Voilà qui devrait être suffisamment précis.

Il haussa un sourcil.

— Je n'ai fait qu'essayer de vous protéger, toi et Ajax, petit ange. Cependant, je ne peux pas lier mon âme à un accord que je ne peux pas respecter. Lucifer est une créature qui n'en fait qu'à sa tête. Même s'il m'écoute, c'est toi qui décideras du sort d'Ajax en fin de compte.

Encore une de ses réponses énigmatiques de merde.

— Qu'est-ce que tu veux dire ? soupirai-je.

Il glissa ses doigts vers mon poignet et caressa la morsure laissée par la bête d'Az.

— Je peux te promettre ceci. Je vais placer une graine dans l'esprit de Ty, une graine avec laquelle je joue depuis un certain temps maintenant. C'est dangereux, mais c'est peut-être exactement ce dont nous avons tous besoin.

Je passai ma main libre sur mon visage, me fichant que mon drap tombe à nouveau.

Je fais tout ça pour une foutue graine ?

— Est-ce que ta graine permettra d'épargner la vie d'Ajax ? Quoi qu'il m'arrive ?

Melek réfléchit à ma question, puis hocha lentement la tête.

— Oui, si elle devient un arbre qui porte des fruits, associé au bon accord que tu concluras avec Ty de ton côté. C'est la meilleure chance pour Ajax. Et pour toi aussi.

Je savais que ce marché n'était pas en ma faveur, mais s'il y avait un espoir en enfer – dans le vrai Enfer – qu'Ajax puisse sortir vivant de ce pétrin, je voulais le saisir.

Il avait fait la même chose pour moi. Il avait jeté tout ce qu'il avait pour me sauver. Il n'avait pas su si son risque aurait été payant, si nous aurions été acceptés ici, ou si nous aurions eu un avenir quelconque. Donc à charge de revanche, et je payais mes dettes.

— Alors les termes sont fixés, conclus-je en hochant la tête. Tu vas m'aider à créer cette ancre de réalité, me donner un sort de suppression de rêve et placer dans l'esprit de Lucifer une graine qui sera la meilleure chance d'épargner la vie d'Ajax.

Oh dieux. C'était du grand n'importe quoi.

Assistance. Semences. Chance.

Alors que ma part du marché était bien plus solide, voire plus douloureusement évidente lorsque Melek la répéta à haute voix :

— Et pendant que nous nous couperons les paumes, tu réciteras l'incantation dont nous avons parlé tout à l'heure, qui approfondira la connexion de nos âmes afin de me permettre de mieux te protéger.

C'était intéressant qu'il inclue sa protection dans ses conditions. C'était peut-être pour me montrer que l'accord était plus équitable qu'il le paraissait.

— Ça ressemble terriblement à ton *vœu de protection*.

En fait, ça ressemblait beaucoup à un serment de sang.

— Parce que c'en est un, dit-il avec un sourire sensuel. C'est le niveau suivant de ce sort, en tout cas. Tu te souviens des paroles ?

Comment pourrais-je les oublier ? L'incantation avait dégagé une première explosion de pouvoir en moi, comme si j'avais plongé mes orteils dans le gel et le feu en même temps.

Bien que mon entraînement sous la tutelle de mon père ait rendu les sorts étrangers naturels sur ma langue, il y avait quelque chose de différent dans les mots que j'avais répétés à Melek autrefois.

Nadeehar Laki Nafsi.

Ce n'était pas seulement une question de protection. Cette incantation, associée au baiser de Melek sur ma joue, nous avait fondamentalement liés. Son talisman me donnait du pouvoir, et même maintenant qu'il était rangé dans la table de nuit, je sentais encore son essence s'enrouler autour de moi, comme les ombres d'Ajax.

La vérité était évidente maintenant. Ce n'était pas le talisman qui m'avait donné le pouvoir de Melek. Ce n'était rien d'autre qu'un moyen de renforcer un lien qui existait déjà.

Maintenant, je ne pouvais plus nier ce qui se passait quand le regard de Melek se posait sur mes lèvres.

C'était un lien d'accouplement. Je savais ce qu'il faisait. Ç'avait déjà été démontré. Le soi-disant vœu de protection avait été la première étape de l'accouplement. Mais tout comme la morsure d'un Phénix noir, il était déjà permanent.

De toute façon, je ne pouvais pas faire marche arrière.

Et avec un peu de chance, il se comportait de la même manière que les liens des Faë de Minuit, nécessitant ainsi trois étapes pour aboutir au lieu d'une ou deux.

Je ne pensais pas que mon âme accepterait Melek au dernier niveau, même si je le voulais, mais le second pourrait être possible. C'est une chose à considérer, car cela pourrait jouer en ma faveur. Me rapprocher de Melek me placerait dans une position avantageuse face au roi des Faë de l'Enfer. C'était Melek qui avait empêché mon exécution – ce qui, j'imagine, n'aurait pas été possible si son *vœu de protection* n'avait pas été en place. Lucifer avait hésité non seulement à cause des protestations de Melek, mais aussi parce que j'étais liée à l'âme de Melek.

Me tuer lui ferait du mal. Cela me donnait un avantage –

qui ne ferait que se renforcer si je franchissais l'étape suivante avec lui.

— Petit ange ? me souffla-t-il. Tu te souviens des mots ?

Je me raclai la gorge et acquiesçai.

— Oui.

Un mot qui sonnait stupidement comme un vœu de mariage.

Ma peau picotait tandis que l'énergie bourdonnait dans la pièce. Les poils de ma nuque se hérissèrent et je sus que je m'aventurais en territoire dangereux.

J'avais bien conscience que j'étais nue, une fois de plus. Melek devait programmer ses visites en fonction de mon habillement – ou de son absence.

Une belle dague apparut soudain dans sa main, et une autre près de moi sur le lit. Je la ramassai, me sentant engourdie. Il posa la pointe de sa dague sur sa paume, puis attendit que je fasse de même.

— Nous devons prononcer les mots en même temps, à l'unisson. Tu dois aussi me faire confiance, ou ça ne marchera pas.

Ai-je confiance en Melek ? Non. Oui. Peut-être.

Il ne voulait pas que je meure. Il semblait aussi se soucier d'Ajax, à sa manière. Je soupçonnais aussi qu'il avait aidé à convaincre Lucifer de ne pas s'en prendre à nous. Az y avait certainement contribué, mais c'était Melek que Ty écoutait vraiment. Du moins d'après mes observations.

Quoi qu'il en soit, il était clair pour moi que le Prince des Faë de l'Enfer voulait quelque chose qu'aucun de nous ne voyait – et cela impliquait évidemment de s'assurer que nous continuions à respirer.

Melek avait peut-être bien des défauts, mais ce n'était pas un menteur.

Si je le faisais, il prendrait les mesures nécessaires pour sauver la vie d'Ajax, et rien que cela en valait la peine à mes yeux. Il avait dit que c'était dangereux, mais aussi que c'était quelque chose dont on pourrait tous avoir besoin. Quoi que cela signifie.

— Je suis prête, affirmai-je, ayant fini de débattre.

C'est pour Ajax. Et aussi pour moi.

Melek acquiesça, puis fit glisser la lame dans sa paume.

Je l'imitai tandis que nos lèvres bougeaient, prononçaient l'incantation ensemble :

— *Nadeehar Laki Nafsi.*

Le pouvoir me frappa à la poitrine, me faisant écarquiller les yeux. Mes cheveux volèrent autour de mon visage et les pupilles de Melek se contractèrent jusqu'à devenir des piqûres d'épingle, tandis qu'une puissance immense emplissait la pièce. Notre sang se pailleta d'étincelles magiques, qui s'élevèrent dans l'air et se mélangèrent en une représentation claire de ce que j'avais accepté.

Le serment de sang associé à nos paroles fixa des cordes de feu autour de mon âme, me faisant me demander si c'était ce que ressentait Az.

Mais ce n'était pas contraignant. Au contraire, je me sentais libérée, comme si j'avais été emportée dans les nuages pour contempler un nouveau territoire.

Dont j'étais la reine.

Attention, petit ange. Ne laisse pas le pouvoir te monter à la tête.

Je clignai des yeux plusieurs fois pour remettre les pieds sur terre.

Est-ce que Melek lisait dans mes pensées maintenant ? *Putain de merde.*

Sauf que je ne remis pas les pieds sur terre. Je flottais au-dessus du lit. Tout comme lui. La magie de notre union tourbillonnait autour de nous, serpentait et se tissait en une multitude de nœuds. Melek sourit lorsqu'ils se transformèrent en cordes d'argent qui tombèrent au sol. Elles disparurent en un instant, comme si j'avais imaginé cette étrange manifestation.

— Celles-là… on les garde pour plus tard, dit-il avec un clin d'œil.

Il déposa un baiser brûlant sur ma main, un geste qui n'avait rien de chaste malgré l'endroit.

Puis il se redressa et pressa ses lèvres contre mon oreille.

— Quand ce sera fini, tu me supplieras de les utiliser sur toi, petit ange. Et quand je le ferai, je te montrerai de quel plaisir ton corps est vraiment capable. (Il lécha le bord de mon oreille en une promesse sensuelle avant d'ajouter d'un ton plus sérieux :) Tes talents de négociatrice sont bons, mais ils ont besoin d'être améliorés, petit ange. Parle à Az. Pose-lui des questions sur Vivaxia…

Puis il disparut, sa magie s'enroulant autour de moi comme les ombres d'Ajax.

Je dérivai jusqu'au lit, où je réalisai que les marchés que Melek avait apportés étaient maintenant éparpillés dans toute la pièce.

Et pour la première fois, je pus distinguer les empreintes digitales sanglantes cachées à côté des signatures.

Je pouvais *voir* les serments de sang.

Putain de merde. Qu'est-ce que j'ai encore fait ?

Et qui est Vivaxia ?

CHAPITRE 27
MELEK

Si je n'avais pas quitté mon petit ange à cet instant, j'aurais utilisé la corde d'argent soyeuse pour l'attacher. La faire jouir. *Former un nœud pile au-dessus de son clito.* Puis je l'aurais suspendue, j'aurais titillé tous les bons endroits et fait émettre à mon petit ange des sons qu'elle ne se savait même pas capable de produire. Tout en goûtant ses mamelons, en mordillant ses lèvres et sa langue, en la tourmentant sensuellement jusqu'à ce qu'elle en oublie de respirer.

Qu'est-ce que tu as fait maintenant, mon prince ?

La question de Ty pénétra dans mon esprit comme une vague de chaleur sensuelle. Mon excitation avait sûrement piqué son intérêt. Ainsi que l'afflux de pouvoir dans notre lien.

Il savait parfaitement ce que j'avais fait. Mais au lieu de répondre immédiatement, je me concentrai sur mon accord avec Cami. Peu importe que cette partie de l'accord soit quelque chose que j'aurais fait de moi-même, si j'y avais pensé.

Le placement d'une graine qui pourrait tout changer.

Comme celle que je venais de planter dans l'esprit de Cami à propos d'Az. Le simple fait de mentionner le nom de Vivaxia l'obligerait à lui montrer ce qu'il avait toujours caché.

Un peu d'ingérence et un petit serment de sang, chuchotai-je à Ty.

Il n'y avait rien de *petit* là-dedans, Ty le savait. Mais j'aimais bien le taquiner, surtout quand j'étais de bonne humeur, comme maintenant. J'avais encore le goût d'ambroisie de Camillia sur mes lèvres. Et j'avais hâte de goûter le nectar entre ses cuisses.

Mmmh.

La puissance tranquille de Ty vibrait à l'autre bout de notre connexion. Il aurait pu être en colère, ou bien s'attendre à cela de ma part.

Alors tu as choisi de faire passer ton lien au niveau supérieur ? Serait-ce une façon de me provoquer, petit prince ? Après tout ce que tu m'as déjà fait accepter ?

Tandis que je marchais en fredonnant dans les couloirs du palais des Faë de Minuit, j'enroulai mon doigt autour d'une liane. Elle siffla mais ne me mordit pas, surtout parce que j'étais trop puissant pour les protections du palais. Pas parce que j'étais le bienvenu.

L'essence de Zakkai continuait de me harceler, comme elle le faisait toujours lorsque je marchais dans ces couloirs, juste pour me rappeler qu'il savait que j'étais ici. S'il le voulait, il pourrait augmenter le pouvoir du palais, le refonder et tenter d'atteindre mon niveau. Mais il choisissait de ne pas le faire, ce qui était le message le plus fort de tous.

Il me permettait de rester ici. Pour l'instant.

Cela changerait si Typhos décidait de lui rendre visite sans autorisation.

Mais je connaissais mon roi. Il ne déboulerait pas en trombe, ce n'était pas son genre. Ty respectait le protocole et préférait de loin l'ordre au chaos. Il respecterait également l'accord qu'il avait conclu de ne pas poursuivre Ajax et Cami. Mais avec le temps, il pourrait certainement trouver une faille pour extraire Cami avant que le plan soit établi.

D'où mon timing.

Ce *petit* arrangement avec mon ange était exactement ce dont j'avais besoin. Ce dont nous avions *tous* besoin pour éviter la catastrophe. Et, espérons-le, nous sauver tous.

Tu provoquer ? Non, plutôt le contraire, répondis-je à Ty. *J'essaie de nous aider.*

Je pouvais presque entendre son rire à l'autre bout.

Et comment ça nous aide, d'après toi ? Dis-moi.

Il n'était pas en colère, j'en concluais donc qu'il s'était attendu à ce que je fasse cela. J'avais déjà marqué Cami comme ma promise, alors renforcer ce qui était déjà là était inévitable.

Toutefois, mon timing était intentionnel. Et c'était probablement ce qui l'agaçait.

Ty avait assez à faire en ce moment sans que je vienne *compliquer les choses* – du moins, c'était le fond de sa pensée. Et il était suffisamment fort pour que je le perçoive.

Tu verras, dis-je. *Ce ne sera pas drôle si je t'en brosse un tableau, mon roi. Maintenant, je ramène Ajax à la maison pour que tu lui proposes ton marché, comme tu m'as envoyé ici pour le faire. Alors prends un air accueillant.*

Ajax était toujours un Faë de Minuit. Je ne pouvais pas le kidnapper, mais je pouvais essayer de le convaincre de revenir en visite. Je devais juste me montrer prudent. Non seulement il était le bienvenu dans ce royaume en tant que Faë de Minuit, mais il était également l'invité de la famille la plus puissante du royaume.

Je suis toujours accueillant, promit Ty.

Pourtant son ton évoquait plutôt une menace.

Bien sûr, opinai-je. *Mais n'oublie pas qu'on ne peut pas le retenir. Même s'il accepte l'accord, il risque toujours de s'enfuir.*

Voilà, c'était la petite graine qu'il fallait à Ty.

Hmm, fit-il, l'air désintéressé, mais je sentis sa curiosité s'aiguiser. *Tu suggères que je devrais changer les conditions ?*

Ty et moi avions soigneusement étudié le marché qu'il allait proposer à Ajax. Mais il manquait quelque chose.

Lui rendre son poste n'allait pas suffire. La citoyenneté de Faë de l'Enfer non plus, bien qu'Ajax semble la désirer depuis longtemps. Mais tout avait changé depuis qu'il avait Cami. Tout ce qu'il voulait, c'était la protéger – ce que j'avais toujours espéré. Et à présent, il y avait une façon très évidente pour Ajax de faire cela, si Ty la proposait correctement.

Pas de changement, dis-je à Ty. *Mais tu pourrais envisager un ajout pour te donner le meilleur contrôle sur la situation. Juste avoir Ajax et Cami dans le palais n'a pas été suffisant jusqu'à présent, et je ne vais pas supposer que ça le serait maintenant. Si Ajax décidait de cacher Cami à nouveau, il le pourrait, et nous n'aurions aucune idée d'où il irait.*

Aussi bon chasseur qu'était Az, nous risquerions de le perdre lui aussi. Ce serait donc à moi de retrouver Ajax et Cami. Ce que je pourrais faire. Mais je préférais de loin ne pas les poursuivre à travers les royaumes.

Un silence plana tandis que Ty considérait ce à quoi je faisais allusion. Il n'y avait qu'une seule façon pour Typhos Lucifer de savoir où se trouvait Ajax à tout moment.

Peut-être, opina-t-il finalement. *Amène-le pour notre entretien. J'attendrai.*

J'entendis presque Typhos attiser les feux de son pouvoir tandis qu'il se retirait de mon esprit, prêt à carboniser le Gardien. Mais je savais qu'il ne le toucherait pas. Il ne voudrait pas remettre en jeu ses conditions avec Az et moi.

C'était pourquoi il avait trouvé un moyen de contourner l'accord. Ou plutôt, un moyen de passer à travers.

Si Ajax acceptait la proposition de Ty, mon roi aurait la seule chose qu'il désirait vraiment : *le contrôle.*

Mon petit ange m'avait donné une idée qui pourrait sauver Ajax de la colère du roi des Faë de l'Enfer : un marché modifié. Un marché auquel Ty ne pourrait pas résister.

J'avais planté la graine, comme promis. Avec un peu de chance, ma petite graine deviendrait un arbre fructueux.

Tel un mauvais présage, la présence de l'ex-Gardien fondit dans le couloir, obscurcissant les fleurs blanches avec l'avancée de ses ombres.

Ses yeux bleu nuit brûlaient de pouvoir. Je me demandais s'il savait à quel point il avait déjà changé en s'accouplant avec Cami. Parce que le bleu nuit éloquent de ses yeux s'illuminait d'éclats d'or et de rouge. Et si la semaine s'achevait selon mes prévisions, les feux d'Ajax brûleraient enfin à leur plein potentiel. Il deviendrait l'un des nôtres.

Il s'approcha de moi en tenant un plateau-repas que je supposais destiné à Cami. Je le lui ôtai des mains par magie et l'envoyai dans sa chambre, tout en notant mentalement ses nouvelles préférences en constante évolution. Ajax n'était pas le seul à changer.

Il baissa les yeux sur ses mains, puis les leva sur moi et soupira.

— Pourquoi es-tu ici, Melek ?

— Pour toi, dis-je, décidant d'être direct. Ty sollicite une audience.

Il tiqua, non pas parce qu'il était surpris, mais parce qu'il n'était pas enchanté par mon annonce.

— Et pourquoi j'accepterais ? demanda-t-il.

Je m'appuyai nonchalamment contre le mur en croisant les bras. Je n'avais aucun doute que nous allions sous peu repartir tous deux dans la salle d'audience du royaume des Faë de l'Enfer. J'arrivais toujours à mes fins.

— Parce que Ty a un marché à te proposer que tu vas avoir envie de considérer.

Il arqua un sourcil sombre.

— Quel genre de marché ?

Je fis claquer ma langue et agitai mon doigt.

— Tu en parleras avec Ty. Je suppose que tu voudras négocier les termes, et je ne peux pas le faire par procuration.

Je le pourrais en fait, mais il fallait que Ty arrive à l'inévitable conclusion à laquelle j'étais parvenu : il n'y avait qu'un seul moyen d'obtenir ce que nous voulions tous.

— Et Cami ? demanda-t-il. Tu crois que je vais la laisser sans protection ?

Je souris. Cami était en sécurité, au moins jusqu'au bal. Je m'en étais assuré.

— Elle a Az, pas vrai ? Elle est aussi sa compagne. Et elle est protégée en tant qu'invitée du Cercle royal des Faë de Minuit. Et elle est elle-même une Faë de Minuit maintenant, grâce à toi. Si tout ça ne constitue pas une protection suffisante, je ne sais pas ce que c'est. (Je me frottai le menton.) Et ce serait vraiment dommage que tu ne prennes pas le temps de considérer toutes les facettes de ce marché avant le bal. Surtout si ça peut protéger Cami comme tu désires tellement le faire.

S'il était malin, il veillerait à ce que sa formulation soit parfaite. Car le roi des Faë de l'Enfer était un maître des échappatoires. C'était à Vivaxia qu'il le devait.

Et je m'attendais tout à fait à ce que Cami aide Ajax à conclure le marché proposé par Ty. Je lui avais fourni des exemples de marchés passés, non seulement pour son bien, mais aussi pour celui de notre cher Gardien.

Ty croyait qu'on l'avait perdu, mais on pourrait le récupérer si tout se passait bien.

— Hmm, fit-il. La protéger comment ?

— Viens avec moi, tu verras bien.

— Et je suis juste censé te faire confiance ?

— Oui, répondis-je en exhibant une carte de Ty. Il te donne sa parole qu'il ne te retiendra pas là-bas. Il veut seulement te parler.

Ajax baissa les yeux sur la carte, plissant le front devant l'élégance de l'écriture.

— Un aller simple pour sortir de l'Enfer ?

Je haussai une épaule.

— Ty savait que tu serais hésitant.

— Et il s'attend à ce que je croie qu'une note sur une carte me sauvera ?

— Vu son penchant pour les marchés et le fait qu'il a pris son stylo préféré pour rédiger cette note à ton intention, oui. (Je le dévisageai.) Il ne veut pas te faire de mal, Ajax. Il veut juste parler. Demande à Az. Il te le dira.

— Il faudrait déjà que je fasse confiance à Az.

Je claquai de la langue.

— Tu es peut-être fâché contre lui, mais tu sais au fond de toi que son Phénix ne te laisserait pas partir s'il t'estimait en danger. Ta vie est liée à la sienne désormais.

Ajax tiqua de nouveau et ses yeux bleu nuit étincelèrent tandis qu'il se léchait la lèvre inférieure.

L'énergie bourdonna dans l'air, suggérant qu'il contactait Az comme je l'avais conseillé. J'attendis, sans prendre la peine de mentionner ce qui se passerait si Ajax décidait de ne pas écouter la proposition de Ty. Inutile de le menacer, cela ne ferait que créer des divisions qui n'étaient pas nécessaires.

Ty finirait par trouver une solution pour contourner la loi Faë interroyaume qui protégeait Ajax et Cami. Ç'aurait sans doute quelque chose à voir avec leur nouveau lien d'accouplement avec Az. Étant donné le lien de Ty avec Az, cela rendait les choses un peu plus troubles.

Zakkai avait autorisé ma présence ici en partie parce que Cami m'était destinée. Az appartenait à Ty, et c'était son droit de venir le chercher – et peut-être aussi ceux avec qui il était accouplé, dans les bonnes circonstances. Mais quelles que soient ces circonstances, Ty trouverait la fissure nécessaire pour pousser la porte.

Ajax serra les poings et des ombres s'enroulèrent autour de

ses pieds. Il tenait sa baguette, qui brillait d'un pouvoir améthyste se teintant d'une nouvelle nuance dorée.

Il me darda un regard empli d'une violence à peine contenue.

— Promets-moi que je reviendrai. *Ce soir.*

— Je te promets que tu reviendras ce soir, répétai-je.

La loi Faë interroyaume était claire à ce sujet. Ajax était considéré comme un Faë de Minuit et un invité royal. En tant que tel, il ne devait pas être gardé en otage. Cela n'allait pas dans le sens des intérêts de Ty.

Pas aujourd'hui, en tout cas.

Ajax n'exprima pas son acceptation, mais je vis son accord résigné sur ses traits.

Je tendis la main et ma magie scintilla alors que j'entamai mon retour au royaume des Faë de l'Enfer.

— Il est dans la salle du trône, indiquai-je. Tu veux que je t'emmène ?

Ajax ignora ma main tendue et les ombres l'engloutirent comme un trou noir, le dévorant tout entier. Il était tout à fait capable de voyager entre les royaumes sur une simple pensée.

Je repliai mes doigts en souriant et le suivis jusqu'à la maison.

CHAPITRE 28

CAMI

UN PLATEAU-REPAS ÉTAIT APPARU sur mon lit pendant que je me douchais et m'habillais, le pain aux champignons laissant penser qu'il venait d'Ajax.

Mais Ajax était introuvable.

Où es-tu ? lui demandai-je, trouvant la pièce vide à part Az sur le canapé.

Je suis avec Melek, murmura-t-il. *Je reviendrai quand nous aurons terminé.*

J'esquissai une moue.

Qu'est-ce que tu fais avec Melek ? Qu'est-ce qu'il veut ?

Qu'est-ce que veut toujours Melek ? S'ingérer, bien sûr.

Je me mordillai la lèvre inférieure. Un Melek qui se mêle de tout n'était jamais une bonne chose.

Je reviens dans un petit moment, ajouta Ajax un instant plus tard.

Il t'emmène quelque part ?

Ouais. Juste un petit voyage.

Où ça ?

C'est Melek. Ça peut être n'importe où, répliqua-t-il. *Mais ça va aller, Cami. Promis.*

Il me semblait que c'était une promesse qu'il ne devrait pas faire. Cependant, je ne pouvais pas vraiment lui dire quoi faire. Il avait beau être mon compagnon, il ne m'appartenait pas. Si les rôles étaient inversés, je ne le laisserais jamais m'empêcher de faire ce dont j'avais envie. Les Terres Marécageuses en étaient un assez bon exemple. Il m'avait laissée agir à ma guise sans interférer. Je supposais que je devais lui rendre la pareille maintenant, même si cela me paraissait… *mal.* Cela n'avait guère paru correct à Ajax non plus, à l'époque. Mais il m'avait fait confiance.

Donc je lui ferais confiance maintenant.

Sois prudent, lui chuchotai-je.

Je suis toujours prudent, petite rebelle. C'est pourquoi je vais couper notre connexion pendant un moment. Je ne veux pas risquer que Melek interfère.

Je fronçai les sourcils, mes instincts s'opposant à cette idée. Mais je voulais faire confiance à Ajax. Et je voulais aussi voir ce que Melek allait faire. Il avait promis de *planter une graine* pour moi. Peut-être que c'était lié à cette promesse ?

Tu ferais mieux de ne pas lui faire de mal, Melek, dis-je en pensant à mon… *compagnon*.

Il ne me viendrait jamais à l'idée de lui faire du mal, petit ange, répondit-il, ce qui me fit écarquiller les yeux.

Alors on est mentalement connectés, réalisai-je.

Nous sommes bien plus que mentalement connectés, Cami, répondit-il.

Je dois me fermer maintenant, m'avertit Ajax. *Je te ferai savoir quand je serai de retour.*

Merde. OK. Sois prudent, répétai-je.

Toujours.

Le silence envahit mon esprit un instant plus tard, confirmant qu'Ajax avait bloqué notre communication comme il l'avait dit.

Mais c'était quand même bizarre. Je n'aimais pas ça.

À bientôt, petit ange, murmura Melek, sa voix étant un baiser pour mes sens. *Je protégerai notre Gardien. Tu as ma parole.*

Je serrai la mâchoire.

Je ne suis pas sûre d'avoir confiance en ta parole, Melek.

Alors considère ça comme une preuve de bonne foi.

Sa voix réchauffait mes pensées, sa présence dans mon esprit était différente de celle d'Az et d'Ajax. Les tons de Melek étaient plus soyeux, me rappelant un peu ce ruban d'argent qu'il avait créé après notre serment de sang.

Qu'est-ce que c'était ? me demandai-je.

Une promesse pour l'avenir, répondit Melek dans un murmure. *À très bientôt, mon amour.*

Mon amour ? répétai-je en haussant les sourcils.

Silence.

Je secouai la tête en soupirant et observai l'état de la pièce.

Je ferais mieux de nettoyer tout ça, alors.

Il y avait des documents partout.

Tous ont signé de leur sang.

En frissonnant, je commençai à les rassembler, les mots étrangers se traduisant en phrases cohérentes dans mon esprit. Cela ne devrait pas être possible. Pourtant ça l'était. Je pouvais tous les lire. Chaque marché sordide.

Je préfère nettement l'entraînement d'Az, pensai-je en jetant un coup d'œil à l'homme encore endormi sur le canapé. Son expression était figée sur une grimace, son malaise était palpable.

Il était trop grand pour ce canapé.

Je me sentais presque coupable. Le lit était plus qu'assez vaste pour nous tous. Mais... *nous ne sommes pas prêts pour ça.* Je n'étais pas sûre que nous le serions à nouveau un jour.

Quoique, Ajax et Az s'entendaient mieux. Bien sûr, c'était relatif. Ajax était passé de la *haine* à la *tolérance* dans son approche. Et Az s'était montré d'une docilité inhabituelle.

Sauf quand il nous entraînait. Là c'était un con. Mais un con sagace.

En quelque sorte. Il essayait vraiment de m'apprendre quelque chose, mais j'avais la forte impression qu'il me préparait à traiter avec Lucifer plutôt qu'à me défendre contre lui. Toutefois, les *marchés* paraissaient être la bataille de prédilection de Lucifer.

Ils étaient également son petit plaisir. Et ils tournaient tous autour d'un point essentiel : il y avait un prix à payer pour le pouvoir et la « protection » de Lucifer.

Je ne doutais pas que j'aurais un jour un prix similaire à payer à Melek. Au-delà du fait de lier nos âmes, en tout cas.

Son pouvoir ronronnait encore sur ma peau, la sensation rappelant celle de son baiser enflammé. Je distinguais également un reflet doré se former le long de mes bras nus, scintillant dans le rayon de lune qui pénétrait dans la pièce.

La douche n'avait pas enlevé les paillettes.

En fait, plus je passais du temps loin de Melek, plus la poussière résiduelle brillait sur ma peau.

Je frottai sur ma main l'endroit où il m'avait embrassée quelques semaines auparavant, où l'or brillait comme une empreinte résiduelle. Ce n'était pas comme ça avant, mais maintenant ça luisait comme une marque de revendication. *Semblable à la morsure en croissant d'Az.* Sauf que celle-ci n'était pas dorée. C'était juste une cicatrice à mon poignet qui n'allait manifestement jamais guérir.

Maudits hommes. À me marquer constamment. *Et à m'exciter*, pensai-je, plissant les yeux tandis qu'une vibration remontait le long de ma colonne vertébrale. La morsure de Melek m'avait rendue chaude. *Trop chaude.* Et cette électricité qui bourdonnait sur ma peau commençait à me faire frissonner d'une manière très sensuelle.

Est-ce que ça fait partie du lien ? Ou c'est juste Melek ?

Un gémissement me parvint du canapé où Az s'étirait,

levant ses bras au-dessus de sa tête en une magnifique exhibition de muscles. J'eus l'eau à la bouche à cette vue, et je serrai les cuisses sur un désir renouvelé.

C'est certainement un cadeau de Melek, pensai-je, irritée. *Ou peut-être même mon rêve...*

Heureusement, nous avions prévu un entraînement aujourd'hui. Je n'avais aucune idée de ce que c'était, mais je ne le savais jamais. C'était Az qui commandait. Ou plutôt, c'était son *Phénix* qui montrait la voie. Quoiqu'il me semblait assez clair qu'Az donnait des idées à sa bête. Ou peut-être travaillaient-ils ensemble.

Bien que j'aie envie de me distraire, j'étais aussi épuisée. *En partie à cause des rêves orgasmiques avec le roi des Faë de l'Enfer.* Ce dont je n'allais absolument pas parler à Az.

Lâchant un soupir, je pris une pile de documents et sortis pour profiter du clair de lune. J'avais besoin d'air frais.

Az aussi apparemment, car il me rejoignit dehors, promenant ses yeux sombres sur les jardins en contrebas, tandis que Sir Silber surgissait avec deux tasses de café sur un plateau. Sa présence me fit réaliser que j'avais oublié mon petit-déjeuner dans la chambre.

Mais le parfum de la caféine l'emporta sur mon envie de manger, ainsi que sur mon besoin d'examiner ces marchés. Je mis les papiers de côté pendant qu'Az prenait une tasse qu'il me tendit. Puis il s'empara de l'autre, inclinant poliment le menton vers la gargouille.

— Merci, dis-je, puisqu'Az ne pouvait pas le faire.

Sir Silber s'inclina et disparut.

Az reporta son attention sur la cour, l'esprit silencieux, tout en savourant son café.

Je sirotai ce paradis caféiné en laissant mon regard parcourir son physique époustouflant. Ce n'était pas parce que je n'étais pas heureuse à cent pour cent avec lui que je ne pouvais pas l'*admirer.* Et il y avait *beaucoup* à admirer...

Il portait juste un pantalon noir, arborant son tatouage de Phénix noir qui s'étalait sur sa poitrine musclée. Un délectable V s'enfonçait sous sa ceinture, attirant mon regard vers le bas.

Mais j'examinai plutôt sa marque unique.

Elle n'était pas faite d'encre comme un tatouage traditionnel. Elle représentait l'esprit de sa bête et brillait de puissance, se déformant parfois avec des ombres ou bougeant sur sa peau, juste assez subtilement pour que je me demande si je n'avais pas imaginé son mouvement.

J'avais l'envie absurde de suivre la marque avec ma langue pour voir si elle avait le goût de sa magie – que j'imaginais chaude et soyeuse comme un alcool fort. Je passai mes doigts sur mon poignet, tâtant la morsure de sa bête, tandis que le désir me léchait comme un feu.

Je le sens, petite guerrière, dit Az dans ma tête, sa voix grave me rappelant le ronronnement de son Phénix. *Ce ne pas le genre d'Ajax de te laisser sur ta faim.*

Des flammes caressaient mes joues. Il sentait sûrement mon excitation à travers notre lien. Et même s'il ne pouvait pas, il pouvait sans doute la *flairer.*

Foutu Melek, marmonnai-je en moi-même, prenant soin de ne pas transmettre cette pensée à Az ou à qui que ce soit d'autre. De toute façon, ni Melek ni Ajax n'avaient l'air de m'écouter en ce moment.

Je me raclai la gorge, mon regard voletant sur le balcon, loin du sexy Phénix noir. J'avais besoin d'une distraction, quelque chose, *n'importe quoi* pour me changer les idées.

Parce qu'en aucun cas je ne répondrais à sa dernière phrase.

Un marché, décidai-je. J'en tirai un de la pile de papiers que j'avais mise de côté pour déguster mon café.

Je ne doutais pas qu'Az pouvait sentir ce que j'avais fait avec Melek, mais il me laissait tranquille à ce sujet. Il paraissait plutôt résolu à remarquer mon désir.

Prenant à cœur la leçon de Melek, je poussai l'un des documents vers lui.

— Tu peux lire ça ? demandai-je bêtement.

Je n'avais aucune idée de quel marché il s'agissait, mais cela n'avait pas d'importance. Nous avions juste besoin d'une diversion. Quelque chose qui m'empêcherait de contempler ses formes trop parfaites.

Ta magie me rend folle, pensai-je à l'intention de Melek.

Hmm, fredonna-t-il en retour. *Profites-en, petit ange. Elle devient toi.*

Tu peux donc encore m'entendre, lui marmonnai-je. *C'est bon à savoir.*

Chut, mon ange. Je dois me concentrer sur Ajax à présent. Sois une bonne fille et joue avec le Phénix.

Je plissai les yeux. *Je ne suis* pas *une bonne fille.*

Pourquoi tous les hommes dans ma vie employaient-ils soudain cette phrase ? Qu'est-ce qui en moi leur faisait croire que j'étais une *bonne fille ?*

Tu es tout à fait ma bonne fille, répliqua Melek. *C'est juste que tu te conduis mal en ce moment. Et ce n'est pas grave. Mais tu dois savoir que c'est Ty qui aime punir les garnements, pas moi.*

Je faillis lâcher ma tasse de café, la mâchoire tombante.

Pardon ?

Le gloussement de Melek embrassa mes pensées puis disparut. Je me demandai ce qu'il avait bien pu vouloir dire par là. Et comment j'étais censée me concentrer maintenant que... que l'idée d'être punie par Typhos submergeait mon esprit ?

Putain de merde. Je me pinçai l'arête du nez et me forçai à inspirer, mon autre main tremblant en tenant l'anse de ma tasse de café.

Az s'éclaircit la gorge, me rappelant sa présence. Et bien sûr, il était toujours torse nu. Pourquoi aurait-il pris la peine de s'habiller ?

Où as-tu trouvé ça ? me demanda-t-il en levant le document que je lui avais donné, serrant fermement sa tasse de café de l'autre main.

Il ne faisait aucun doute dans mon esprit qu'Az ressentait mon état d'agitation – et en connaissait probablement en partie la cause –, mais il n'y avait pas la moindre trace de taquinerie ou d'intérêt dans ses traits. Il avait juste un regard sérieux, voire sévère, qui correspondait à son ton mental.

— Melek, répondis-je franchement.

Le Phénix leva les yeux pour croiser les miens, ce qui me fit sursauter. Car ce geste avait été nettement humain.

Qu'est-ce que Melek t'a dit d'autre ? demanda Az. *Qu'est-ce qui s'est passé entre vous ?*

Je déglutis. *Qu'est-ce qu'il ne m'a pas fait ?* faillis-je répondre. Mais je n'avais vraiment pas envie de parler de l'échange d'énergie, ni de la chaleur résiduelle qui couvait dans tout mon être à la suite de cet échange. Et je ne voulais pas non plus expliquer notre accord.

Donc à la place, je repensai à la dernière chose que Melek avait dite – la question qu'il m'avait demandé de poser à Az.

— Il a parlé de *Vivaxia*, lui dis-je. Il a dit que je devrais te demander qui elle est, alors qui est Vivaxia ?

La douleur me frappa à la poitrine, me fit reculer d'un pas et me coupa le souffle.

Qu'est-ce que... ? Je me palpai le sternum, cherchant la blessure. Mais je ne trouvai rien. Pas de sang. Pas de trou. Rien qui résultait d'un coup physique quelconque.

Parce que ça n'est pas venu de l'extérieur, réalisai-je. *C'est venu... de l'intérieur.*

Je scrutai Az, dont le corps était étrangement immobile. Il avait un regard vague, il serrait les poings et sa tasse de café était en miettes par terre.

Et sa poitrine ne bougeait pas. Pas d'inspiration ni d'expiration.

La douleur… c'était la *sienne.*

Je le fixai en cillant. Il restait rigide, mais son état interne était tout sauf inerte. Une tempête faisait rage en lui, tandis que l'engourdissement touchait ma poitrine. Non, pas la mienne, la *sienne*. Et *ça*, c'était physique.

— Respire, Az, l'enjoignis-je, sentant filtrer son manque d'oxygène à travers notre lien.

Il n'obéit pas de suite, me forçant à répéter, sa souffrance faisant sortir ma voix comme un râle. Parce que je *ressentais* tout.

Son mur est-il toujours en place ? me demandai-je étourdiment. *A-t-il fini de l'ériger ?*

Devrais-je ressentir tout cela ?

Az ? l'appelai-je en toussant. *Az… Je ne peux pas…*

Il inspira brusquement, ses yeux sombres se focalisèrent sur les miens.

— Qu'est-ce que t'a dit Melek à propos de Vivaxia ? questionna-t-il.

— Il… il m'a juste dit de demander…

Je m'interrompis, le front plissé. Az venait de me parler. À *haute voix.*

Je le fixai, les yeux écarquillés. Il retrouva un peu de son assurance décontractée devant mon expression choquée.

— Attends. Depuis combien de temps tu as repris le contrôle ? demandai-je.

Car Az venait de répondre à *haute voix*. Les poils se dressèrent sur ma nuque tandis que mon cœur battait la chamade. L'envie de fuir un prédateur fit flancher mes genoux. Je les bloquai, mais mes doigts cherchèrent une lame sur ma hanche.

Il n'a pas respecté sa part du contrat. Il n'a pas tenu sa promesse. Il a menti.

Merde.

La trahison me noua les tripes, me faisant réaliser que

j'avais stupidement commencé à faire confiance à Az – le *commandant de Lucifer.*

J'avais pris trop d'aisance. J'avais commis une erreur.

Parce qu'il avait été tenu en laisse, d'abord par un sort, puis dans le cadre d'un accord. Je comprenais maintenant à quel point cela m'avait procuré un faux confort.

Merde. Où est mon couteau ?

— Un couteau ne servirait à rien contre moi, petite guerrière, dit Az d'un ton las. Et pour répondre à ta question, j'ai repris le contrôle depuis un moment. Enfin, en quelque sorte. C'est compliqué.

— Compliqué, répétai-je. Bon.

Ça ne pouvait pas être une coïncidence qu'il me révèle cela maintenant, alors que j'étais seule. *Alors qu'Ajax...* J'écarquillai de nouveau les yeux.

— Tu l'as éloigné, c'est ça ? Toi et Melek... Où est Ajax, bordel ?

Az fit un pas en arrière.

— Quoi ? (Il m'étudia un moment.) Qu'est-ce que tu demandes, Cami ? Qui j'ai éloigné ?

— Ajax ! (Je bouillonnais, ayant *vraiment* envie d'une lame.) Melek l'a emmené quelque part. Parce que vous complotez ensemble, hein ?

Il leva les mains en un geste de reddition – ce que j'aurais normalement trouvé drôle, mais après avoir appris la vérité, je voulais lui faire du mal. Le tuer pour sa trahison. *Trouver Ajax.*

— Attends... Ajax m'a demandé s'il pouvait partir avec Melek en toute sécurité. Je lui ai dit qu'il n'y avait pas de problème, car Typhos ne revient pas sur ses engagements. Il ne fera pas de mal à Ajax.

Que se passe-t-il, petit ange ? chuchota Melek dans mon esprit. *Pourquoi tu fulmines ?*

Tu sais très bien pourquoi je fulmine, lui rétorquai-je. *Az et toi conspirez pour faire du mal à Ajax. Vous m'avez menti tous les deux !*

Un silence plana, confirmant mes soupçons.

— Cami, commença Az. Je… je ne complote pas contre toi ou Ajax. Je le jure. J'ai promis de laisser le contrôle à mon Phénix jusqu'à ce que je regagne ta confiance, et c'est ce que j'ai fait. Je lui ai donné le contrôle. C'est juste que… m'accoupler à toi et Ajax m'a fait quelque chose.

— Vraiment ? Ça m'a fait des choses à moi aussi, raillai-je avec un sarcasme évident.

— Oui, concéda-t-il. Mais je veux dire que ça a changé ma relation avec mon Phénix. Nous sommes… nous sommes plus proches maintenant. Je lui ai laissé les rênes, comme je l'avais dit. Mais je n'ai pas réussi à m'enfermer au fond de mon esprit. En quelque sorte, j'ai plané à côté de lui pendant qu'il menait la danse. Et puis tu m'as pris au dépourvu, et j'ai… j'ai repris le dessus par instinct.

— Comment je t'ai pris au dépourvu ? En mentionnant Vivaxia ?

La violence brilla dans son regard.

— Tu ferais bien de ne pas prononcer ce nom sans savoir ce qu'il signifie, Camillia.

Ajax est en sécurité, petit ange, me souffla Melek. *Je ne t'ai pas menti. Et Az non plus, je suppose.*

— Je n'ai pas révélé que j'avais repris le contrôle parce que, techniquement, ce n'est pas le cas. Mon Phénix et moi… nous sommes aux commandes à parts égales, ajouta Az avant que je puisse répondre à Melek. Je ne savais pas trop comment l'expliquer. Honnêtement, je ne sais toujours pas comment l'expliquer.

Je grinçai des dents. Tout cela me paraissait un peu trop *commode.*

C'est le Commandant de Lucifer. Puis-je vraiment lui faire confiance ? Il est essentiellement l'animal de compagnie du dia…

Az tressaillit visiblement, sa colère s'abattit sur moi comme un raz-de-marée de pur courroux. Je reculai d'un pas, le cœur soudain serré. Az avait dû entendre ma pensée, et ça l'avait mis en rogne. J'ignorais pourquoi. Mais ses yeux violets flamboyaient de fureur tandis qu'il s'avançait vers moi, son ombre s'étendant sur le mur à côté de nous. Je sursautai en voyant cette ombre se doter d'ailes inquiétantes qui se déployèrent pour caresser les lianes qui se tordaient à l'extérieur du palais.

Az avait beau être sous sa forme de Faë, son Phénix était lui aussi bien présent.

— Je ne suis pas un *animal de compagnie*, me siffla-t-il, avant de lever le document qu'il serrait dans son poing. Je ne sais pas à quel jeu vous jouez, Melek et toi, mais *ça* c'est le tout premier marché de Typhos. Tu ne sais peut-être pas ce que c'est, mais Melek le sait foutrement bien.

Je cillai. J'avais choisi cette page au hasard dans la pile par terre. Je ne savais même pas de quoi elle parlait.

— Ce marché a été le premier d'une longue série que Typhos a conclu avec Vivaxia, mon ancienne *propriétaire*. Celui-ci, en particulier, a déterminé que je ne sois plus jamais l'*animal de compagnie* de qui que ce soit.

Cela ferma mon clapet. Je baissai les yeux sur le document, mais la page était trop froissée pour que je puisse la lire. Aucune importance. Je captais la vision de l'accord dans l'esprit d'Az, son mur ayant disparu ou étant temporairement démantelé, car il me montrait une image vivace de Lucifer en train de rédiger l'accord.

Le sang, réalisai-je. *C'est la signature de Lucifer.* En ce cas, le griffonnage sanglant à côté était la signature d'une autre puissante magicienne : *Vivaxia*.

Le premier marché d'une longue série, pensai-je, répétant les paroles d'Az. C'était le tout premier contrat de Lucifer, et il avait permis de libérer Az.

Sa colère s'estompa pour laisser place à la douleur, tandis que le silence s'étendait entre nous. Son Phénix pleurait au fond de mon esprit, comme si le souvenir que je l'obligeais à extraire était une douleur qui ne guérirait jamais.

Je... je ne voulais pas lui faire de mal. À aucun des deux.

— Tu veux qu'on en parle ? demandai-je en guise d'excuse.

Je posai une main sur la sienne, mon cœur remontant soudain dans ma gorge.

Manifestement, il me manquait une partie importante de l'histoire d'Az et de Lucifer. Ce qui n'était pas surprenant. Ils avaient des millénaires de vie commune. Et Az ne m'avait guère raconté leur passé. Melek en avait parlé un peu lors de ma visite du palais, mais à part ça, je ne connaissais pas vraiment Lucifer, juste qu'il ne m'aimait pas.

Les yeux sombres d'Az oscillaient entre le noir et le violet, comme s'il essayait de redonner le contrôle au Phénix. Comme s'il essayait de fuir. Mais il ne se transforma pas en bête à plumes. Il ne s'envola pas comme ses émotions passant par notre lien me disaient qu'il en avait envie.

Son débat intérieur me permit également de comprendre ce qu'il entendait en disant que son Phénix partageait les rênes avec lui. *Ils sont totalement liés,* m'étonnai-je.

Son accouplement avec Ajax et moi avait essentiellement marié Az à sa bête. Ils avaient toujours fait qu'un, mais trouver les morceaux manquants de son âme avait renforcé l'esprit de son animal. Ç'avait aussi guéri une sorte de douleur intérieure, une douleur qui les avait opposés l'un à l'autre.

Désormais, ils empruntaient le même chemin.

Az ne pouvait pas donner à sa bête un contrôle total, réalisai-je. *Même s'il le voulait.*

Mais il avait essayé – pour Ajax. Pour moi. Pour *nous.*

Je pouvais voir tout cela, étalé dans son esprit, la vérité étant à portée de main. Car ce n'était pas un mensonge.

Il avait ouvert son âme pour que je l'explore. Peut-être sans le vouloir, ou peut-être que si. L'intention n'avait pas d'importance. Ce qui importait, c'était l'information qu'il me permettait de trouver. La vérité qu'il me montrait, bien qu'elle la fasse souffrir.

Sa solitude. Son passé douloureux. La façon dont mes mots l'avaient blessé. *Vivaxia* et *animal de compagnie* tourbillonnaient dans ses pensées, ressemblant à des couteaux contre sa psyché.

Des cris lointains résonnèrent dans mon esprit tandis que des flashs de souvenirs qui n'étaient pas les miens jaillissaient dans ma tête. *Les cris d'Az et ceux de son Phénix.*

Dieux, qu'avait-il donc enduré ?

Cette Vivaxia avait dû posséder une force considérable si elle avait instillé ce genre d'émotion chez Az, rien qu'à la simple mention de son nom.

Il laissa pendre le document au bout de son bras.

— Est-ce que j'ai envie d'en parler ? répéta-t-il d'une voix rauque. Non. Mais peut-être que je devrais. Peut-être que mon histoire avec Typhos est ce que tu as besoin d'entendre pour mieux le comprendre. Pour mieux *me* comprendre.

Je déglutis. L'émotion dans son ton révélait la frustration que je ressentais en lui. S'il ne parlait pas du passé, ce n'était pas pour l'éviter, mais parce qu'il était si ancien. Or son esprit me disait qu'il réalisait l'importance de tout cela maintenant. Nous ne pouvions pas aller de l'avant sans que je connaisse ces détails cruciaux à son sujet.

Typhos ferait toujours partie de lui. Il serait toujours quelqu'un qu'Az admirait, respectait et dont il prenait soin, et cette histoire était la clé pour comprendre *pourquoi*.

Je recueillis tout cela dans ses pensées, la révélation me laissant sans voix.

— J'ai essayé de te montrer qui est vraiment Typhos, mais ça n'a pas l'air de marcher. Maintenant, je sais pourquoi. Il te faut son histoire. *Notre* histoire.

Ses iris violets brillaient de détermination et d'une petite lueur d'espoir, comme s'il pouvait enfin raconter son passé et en tirer quelque chose de bien.

— C'est une longue histoire, si tu veux l'entendre. Je vais donc te la raconter à une condition.

Je voulais l'entendre. Plus que tout. Avec précaution, je repris le document à Az et je le roulai.

— À quelle condition ?

— Que tu ne m'interrompes pas jusqu'à ce que j'aie terminé.

CHAPITRE 29

AJAX

Je ne me rendis pas dans la salle du trône. Je préférai aller chez Zenaida.

Lucifer s'attendait à ce que j'obéisse hâtivement à sa demande, mais je n'avais plus de comptes à lui rendre. Il m'avait retiré mon titre. Traité comme un étranger. Prétendu que je ne pouvais pas avoir Cami parce que je n'étais pas un Faë de l'Enfer. Pourtant il attendait de moi que je m'incline devant lui en tant que mon roi.

Non. Ce n'était pas censé marcher comme ça.

J'avais voulu une nouvelle maison, un endroit pour me refaire et oublier mon passé.

— Tu t'enfuis, m'avait dit Shade bien des années plus tôt. (Et il l'avait dit ici, devant la maison de Zenaida.) Je comprends. Mais au moins, assume ce que tu fais, Ajax.

— On n'a pas tous un foyer où revenir, Shade, avais-je rétorqué. Ma famille et la femme que j'aimais sont mortes. Disparus à jamais. *Anéantis* par un salaud sadique qui s'est autoproclamé roi. Il ne me reste plus rien là-bas. J'en ai fini. Je vais de l'avant.

Il m'avait dévisagé un long moment, puis avait acquiescé.

— Tu dois trouver ta famille. Ensuite, tu rentreras à la maison.

J'avais grogné, pensant alors qu'il n'avait rien compris à ma situation.

Mais ce qu'il avait dit au cimetière m'avait fait me demander si ce n'était pas moi qui ne l'avais pas compris en fait. Il avait peut-être anticipé quelque chose à ce moment-là qui l'avait convaincu de me laisser prendre cette voie-là.

— Peut-être que tu devrais amener tes nouveaux compagnons ici pour une visite, avait-il suggéré en s'asseyant sur une tombe au hasard, mon familier sur son épaule. Présenter ta nouvelle famille à ton ancienne famille. Leur faire voir ta maison. Pour qu'ils te connaissent.

Les Faë de la Fortune avaient un don pour les énigmes. Et Shade en sortait à la pelle.

— Tu vas rester à papillonner ici ou entrer manger quelques biscuits ? me demanda une douce voix féminine derrière moi. J'ai préparé tes préférés, aux flocons d'avoine et pépites de chocolat. J'ai même ajouté des pépites de cacao noir.

La présence familière de Zenaida m'arracha un sourire tandis que je faisais face à la femme brune. Elle avait beau être la grand-mère de Shade, elle ne paraissait pas avoir plus de trente ans. Le vieillissement des Faë de Minuit ralentissait considérablement à partir de la vingtaine, la plupart d'entre nous vivant cinq ou six mille ans. Donc Zenaida était encore assez jeune, bien qu'elle soit née il y avait plus d'un millénaire.

— Bonjour, mon cher, m'accueillit-elle. On joue à cache-cache ?

J'esquissai de nouveau un sourire. Bien sûr qu'elle savait pourquoi j'étais là.

— Je voulais juste passer te remercier pour le sort.

Elle arqua les sourcils.

— Quel sort ?

Je lui lançai un regard. Elle savait bien de quel sort je

parlais – le sort de domptage –, donc je ne pris pas la peine de préciser.

— Ça a marché.

— Vraiment ? dit-elle en clignant de ses grands yeux bleus.

J'acquiesçai.

— Mais ça a paru le blesser.

Elle fronça le nez.

— De quelle façon ?

— Je crois que ça lui a fait remonter des souvenirs d'une époque où ce sort a servi à lui faire du mal.

Repenser à la réaction d'Az me fit déglutir, mal à l'aise. J'avais été en colère. *Très* en colère. Et l'idée de lui faire ressentir ce qu'il m'avait infligé m'avait bien plu à l'époque.

Mais maintenant... Je ne savais plus trop ce que je voulais maintenant. Il avait fait tout ce que j'avais exigé ces deux dernières semaines. En outre, il s'était montré ouvert et m'avait laissé plus d'une fois jeter un coup d'œil dans son esprit.

Il avait voulu que je le connaisse mieux. Que je le comprenne. Que je lui *pardonne.*

Je ne l'avais pas encore fait.

Toutefois je n'étais plus en colère. Je n'acceptais toujours pas ce qu'il avait fait, mais j'en comprenais mieux la raison. Il pensait vraiment qu'il m'avait protégé, car il se souciait de ce qui m'arrivait. Et de ce qui arrivait à Cami. Et ce, avant que notre lien se mette en place.

À présent, il était carrément possessif envers nous. Pourtant, je l'avais senti tempérer ses instincts, dire à son oiseau d'*attendre*. Mais je me doutais qu'il allait bientôt exploser.

Une partie de moi guettait cette explosion avec impatience. Ce serait chaud et dangereux. *Et orgasmique.*

Mais une autre partie de moi en était terrifiée. Parce que cette explosion brûlerait le lien dans nos âmes, le cimentant pour l'éternité. Et là, il n'y aurait vraiment plus de retour en arrière possible.

On ne pouvait pas briser les liens de toute façon, mais à l'instant où j'accepterais notre destin, à l'instant où j'en laisserais l'intensité me pénétrer, tout changerait irrévocablement.

En supposant que Lucifer me laisse en vie, pensai-je amèrement.

Ignorer sa convocation n'était sans doute pas ma décision la plus sage, mais il fallait qu'il comprenne que ce n'était plus lui qui me commandait. Zakkai avait restructuré ma connexion à la Source Faë de Minuit pour me permettre d'entrer dans le royaume des Faë de l'Enfer, mais je n'étais pas un Faë de l'Enfer. Je n'étais plus le Gardien des Faë de l'Enfer. Et je ne faisais pas partie du cercle intime de Lucifer.

En réalité, j'étais de nulle part.

Quoique Shade m'avait clairement fait comprendre que j'étais plus que bienvenu au royaume des Faë de Minuit – indéfiniment.

— C'est bizarre que tu lui aies donné un sort qui a pu blesser le Commandant des Faë de l'Enfer, Melek, dit Zenaida quand apparut le prince des Faë de l'Enfer. J'imagine qu'il s'agissait d'une leçon en quelque sorte ?

Je fronçai les sourcils. *Attends... C'est* Melek *qui a fourni le sort ?*

— La carte disait qu'il venait de toi, intervins-je avant que Melek puisse répondre. Et il y avait des biscuits.

— Les biscuits étaient de ma part. (Elle sourit.) Pas le sort.

Je serrai les dents et lançai un regard noir à Melek.

— C'est toi qui as déposé la carte ?

Il hésita un instant, levant les yeux au ciel avant de secouer la tête.

— Pas tout à fait. Ou plutôt pas directement, en tout cas.

— Tu l'as donné à Shade, marmonnai-je en secouant la tête à mon tour.

Bien sûr que Melek était allé chercher Shade. Ces deux-là pourraient probablement faire tomber des monarchies dans tous les royaumes Faë avec leur penchant commun pour l'ingérence.

— Hmm, fredonna Melek, sans confirmer ni infirmer ma supposition. Le palais des Faë de Minuit est tout à fait fascinant. Toute cette magie. Encore maintenant, je ressens le baiser résiduel du pouvoir. Un peu comme si j'avais laissé des choses derrière moi… ce que je suppose. Certains accords, en tout cas.

Je haussai un sourcil devant son charabia.

— Des accords ?

— Des trucs anciens, murmura-t-il. Ne t'inquiète pas, Az s'en occupera.

J'arquai mes deux sourcils cette fois.

— Il s'occupera de quoi au juste ? (Je marchai vers lui.) Qu'est-ce que tu as fait ?

— Attention, Ajax. Camillia est en sécurité, intervint Zenaida. Mais toi tu ne le seras plus si tu fais attendre le roi des Faë de l'Enfer trop longtemps.

— Elle a raison, acquiesça Melek, que je continuais à fusiller du regard. Sur les deux points. Mais je t'assure que Cami va bien. Je ne ferais jamais rien qui puisse la blesser. Ni toi. Nous sommes tous liés maintenant. Nos âmes. Te faire du mal, ou à elle, reviendrait à me faire du mal à moi-même, ce que je ne ferai pas.

Cette révélation me fait réfléchir.

Il est lié à Cami.

Je le savais déjà. Ce que je n'avais pas envisagé, c'était que mon lien avec Cami me relierait à Melek. Tout comme mon lien avec Az me relierait à Lucifer.

Je me tournai lentement vers Zenaida, l'esprit bruissant de cette nouvelle compréhension.

— Il ne peut pas me faire de mal.

— Non, il ne peut pas, opina-t-elle, sachant très bien de qui je parlais.

Typhos Lucifer.

Je n'avais pas trop su pourquoi j'étais venu ici, juste que ça m'avait paru bien. Peut-être parce que Zenaida m'y avait attiré. Mais apparemment, j'avais cherché une validation. La confirmation que Lucifer ne me ferait pas de mal. *Le besoin de savoir que c'est vraiment sans danger de rencontrer le roi des Faë de l'Enfer.*

Sauf que Zenaida avait dit que je ne serais plus en sécurité si je le faisais attendre.

— Pourquoi ? lui demandai-je. Tu as dit qu'il ne pouvait pas me faire de mal. Alors pourquoi je ne serais pas en sécurité si je le fais attendre ? Ce sont des termes contradictoires.

— Je n'ai jamais dit que Typhos serait une menace pour ta sécurité, Ajax.

Ses cheveux noirs ondulaient autour de ses épaules graciles, sa petite taille trahissant son statut d'Oméga. Mais être une Oméga dans la société des Faë de la Fortune ne signifiait pas qu'elle était faible ou sans pouvoir. Bien au contraire. Zenaida était l'une des Faë les plus fortes que j'aie jamais rencontrées.

Un grand homme sortit de la maison, ses cheveux argentés brillant au soleil. *Kodiak.* Le compagnon Alpha Faë de la Fortune de Zenaida. Sauf que ses yeux n'étaient pas bridés comme ceux d'un Alpha normal. En revanche, il avait bien des crocs d'Alpha, deux pointes acérées qu'il exhiba en me souriant.

— Zen m'a dit que tu voudrais peut-être emporter ça, me dit-il en me tendant un sac brun. Quelque chose à propos d'une réunion importante.

— D'accord.

Donc je n'obtiendrais pas plus d'informations de Zenaida. Typique des Faë de la Fortune, toujours énigmatiques. *Tout comme son petit-fils.*

— Merci, Zen, dis-je doucement.

— De rien, mon cher.

Elle s'approcha et me serra dans ses bras.

Kodiak regardait avec intérêt, sans doute parce que c'était étrange pour une Oméga Faë de la Fortune d'éteindre ouvertement quelqu'un comme cela. Le *toucher* inspirait la prédiction, et beaucoup de membres de l'espèce de Zenaida faisaient attention à l'avenir qu'ils évoquaient.

Après quelques secondes, elle me relâcha, ses yeux bleus brillant de larmes retenues.

— Choisis sagement, Ajax, murmura-t-elle. Aime ardemment.

Sur ces mots quelque peu inquiétants, elle se retourna pour regagner sa maison.

— Oh… (Elle se tourna de nouveau vers Melek.) Invoquer ce contrat pour Az et Camillia était plutôt astucieux. Nous devrions jouer aux échecs un de ces jours.

— J'en serais ravi, opina-t-il.

— Moi aussi. (Les larmes dans son regard s'évaporèrent derrière son sourire.) À la semaine prochaine.

Je plissai le front.

— Qu'est-ce qu'il y a la semaine prochaine ? demandai-je à Melek après qu'elle et Kodiak furent rentrés chez eux.

— Le bal des Faë interroyaume, répondit-il. Cependant, quelque chose me dit que ce n'est pas de ça qu'elle parlait. Ou peut-être que si. (Il haussa les épaules.) Je suppose qu'on le découvrira bien assez tôt. Mais d'abord…

Il tendit la main en remuant les sourcils. Je secouai la tête.

— Non.

J'allais m'éclipser moi-même. Il n'avait qu'à me suivre. Vu qu'apparemment, il était doué pour ça.

Au fait... Attends...

— Comment tu as su que j'étais ici ?

— Comment je sais quoi que ce soit ? rétorqua-t-il, l'amusement dansant sur ses traits.

Sur un grognement, je m'éclipsai de nouveau.

Essayer d'obtenir des réponses de Melek, c'était comme tenter de changer un rocher en sable : éprouvant. Frustrant. Et une tâche bien trop longue pour que le résultat final en vaille la peine.

Peu importe.

J'avais un roi des Faë de l'Enfer à rencontrer.

Puis un compagnon pour rentrer chez moi.

Chez moi, me répétai-je, un sourire au coin des lèvres. *J'aime ces mots...*

CHAPITRE 30

AZ

Quelques minutes plus tôt

Azazel ? La voix grave de Typhos était teintée d'inquiétude, une émotion que j'avais l'impression de capter souvent chez lui ces derniers temps. *Est-ce que tu vas bien ?*

Je finis de me servir une nouvelle tasse de café, grâce à l'omniprésente gargouille. Cette créature serviable avait posé deux nouvelles tasses et une carafe à piston sur la table à l'intérieur, m'ayant sans doute entendu casser ma première tasse.

Les tessons de céramique avaient également disparu en quelques minutes, ma maladresse inhabituelle effacée et nettoyée sans que j'aie eu à lever le petit doigt.

C'est vraiment une petite bête utile, pensai-je en préparant une tasse pour Cami. Elle était assise sur le canapé qui me servait de lit, ses longues jambes repliées sous elle, attendant patiemment que je la rejoigne.

Az ? appela encore Typhos. Son inquiétude me touchait à travers notre lien. Le roi des Faë de l'Enfer s'était toujours soucié de moi. Mais cela me paraissait un autre niveau d'attention de sa part, presque comme s'il savait quelque chose que j'ignorais.

Je vais bien, lui répondis-je. *Je suis juste secoué.*

Il resta silencieux un moment.

Tu es sûr ? Je ressens ta détresse.

Hmm, lui grognai-je en tendant sa tasse à Cami. *Ton prince a interféré et m'a laissé une surprise inattendue, que je n'ai pas vraiment appréciée.*

Le soupir de Typhos fut si puissant que je pus quasiment le *sentir.*

Qu'est-ce que Melek a encore fait ?

Il a suggéré à Cami de m'interroger sur Vivaxia.

Une décharge d'électricité traversa notre lien, déclenchée instantanément à la mention de la femme qui avait causé sa chute. Mais sa colère retomba aussi vite qu'elle avait surgi, le Roi des Faë de l'Enfer se maîtrisant avant que je subisse la violence de sa fureur.

C'était toujours comme ça avec lui lorsqu'il s'agissait de Vivaxia, un peu comme s'il éprouvait le besoin d'étouffer ses réactions à son nom en ma présence. Sans doute pensait-il que j'avais plus de motifs que lui de la détester. Et peut-être n'avait-il pas tort. Mais en réalité, nous avions tous deux les mêmes raisons de mépriser cette femme.

Qu'est-ce que tu lui as répondu ? s'enquit-il un instant plus tard, d'une voix mentale soigneusement neutre.

Je n'ai pas encore vraiment répondu, je lui ai juste demandé un moment pour retrouver mon calme. Mais j'ai l'intention de tout lui dire.

Le silence retomba et la réaction de Typhos s'atténua, m'indiquant qu'il maîtrisait sa réponse émotionnelle à mon aveu.

Définis « tout », dit-il enfin.

Mon histoire, reformulai-je. *Ce qui implique de lui raconter une partie de la tienne.*

Je vois.

Il faut qu'elle sache, insistai-je. *C'est ma compagne, Typhos. Mon Phénix l'a choisie. Je n'ai pas le choix. Elle doit me comprendre pour m'accepter. Tout comme elle doit te comprendre pour* nous *accepter.*

C'était une leçon dont je n'avais pas réalisé qu'elle avait besoin jusqu'à présent : une leçon de vérité.

C'était la pièce manquante à tout cela – la connaissance du passé par Cami. Elle devait comprendre pourquoi Typhos prenait certaines décisions aujourd'hui. Pourquoi il préférait passer des marchés. Comment son tout premier marché m'avait endetté auprès de lui pour l'éternité. Pourquoi ma vie – et celle de Cami maintenant – serait à jamais mêlée à la sienne.

Mon prince joue avec le feu, grogna Typhos. *Il l'a aussi accouplée au second niveau.*

Oui, je l'avais remarqué quand je m'étais réveillé et avais rejoint Cami sur le balcon. Mon pouvoir avait aussitôt réagi au courant plus fort en elle, mon Phénix bourdonnant d'approbation.

Si Melek approfondit leur accouplement, il est d'autant plus important qu'elle comprenne qui nous sommes, dis-je à Typhos en m'installant à côté de Cami sur le canapé. *Je sais que tu ne lui fais pas confiance, Typhos. Je sais que tu n'es pas prêt à l'accueillir. Mais mon Phénix en a marre d'attendre.*

Comme en témoignait le fait que mon oiseau l'avait mordue sans hésiter.

On dirait que Melek aussi en a marre d'attendre.

Ses mots n'étaient qu'un soupir dans mon esprit, l'épuisement de Typhos était palpable. Pourtant, il y avait un courant de pouvoir sous-jacent qui bourdonnait à travers notre lien. Comme un fil sous tension qu'il ne parvenait pas à contenir. Je n'aurais su dire si c'était lié à des émotions résiduelles ou si c'était un indice de son contrôle en train de s'effilocher.

Je me fie à ton jugement, Azazel. Mais je me réserve le droit d'intervenir dès que je connaîtrai les véritables intentions de Camillia.

Elle ne veut faire de mal ni à toi ni à moi, Typhos. Je le sais parce que je peux entendre son esprit, lui murmurai-je.

Ce n'avait pas été intentionnel, mais lorsqu'elle avait prononcé le nom de Vivaxia, mes barrières étaient temporairement tombées. Elle avait ressenti le choc de ma douleur, tout comme j'avais ressenti sa réaction. Ainsi que son inquiétude résiduelle pour Ajax, sa pensée que j'avais comploté avec Melek pour les bercer, Ajax et elle, d'un faux sentiment de sécurité. Cette perspective l'avait bien plus bouleversée que sa découverte que mon Phénix et moi avions partagé le contrôle pendant tout ce temps.

Cela me disait tout à fait ce qu'elle ressentait pour Ajax. Elle tenait à lui. Profondément. Même si je soupçonnais qu'elle ne l'avait pas encore vraiment discerné.

Sa décision de l'accoupler semblait reposer sur une idée fausse concernant le peu de temps qu'il lui restait à vivre. Mais bientôt, elle comprendrait qu'elle l'avait accouplé pour une raison très différente : ils étaient faits l'un pour l'autre.

Tout comme ils étaient tous deux destinés à être miens.

Mon Phénix l'avait compris avant moi, son instinct animal était aiguisé, déterminé et ne se laissait pas influencer par la logique ou la raison. Il les avait voulus, alors il les avait pris.

Au cours des dernières semaines, j'avais lentement déchiffré la cause, mon esprit têtu se déployant comme les ailes de mon Phénix.

Ajax avait toujours été compatible. C'était pourquoi il m'avait servi de partenaire d'entraînement capable de gérer ma marque de chaleur. Mais aucun de nous deux n'avait été prêt à reconnaître ou accepter l'inévitable. Bon sang, il n'était toujours pas prêt.

Or l'arrivée de Cami avait accéléré le traitement des événements par mon oiseau. Il l'avait de suite identifiée comme une combattante, quelqu'un qui pouvait le défier et lui donner un nouveau but. Cela avait commencé lorsque les chiens de l'Enfer n'avaient pas réussi à la capturer, obligeant Ajax à la traquer. Et cela s'était confirmé quand j'avais été chargé de la retrouver moins d'une semaine plus tard.

Mon Phénix s'était entiché d'elle pendant la poursuite, son incapacité à la retrouver l'ayant presque rendu fou. Son père nous avait entraînés dans une poursuite tout aussi irréfléchie, mais ce n'était pas la même chose.

Ma bête avait voulu détruire son père pour ce jeu. Putain, il voulait *encore* le détruire. Mais pas Cami. Non, il avait voulu la *féliciter* d'avoir conçu une traque aussi unique et difficile. Il avait alors décidé qu'elle était à lui.

Une femme belle et rusée avec un cœur de guerrière.

Elle n'allait pas facilement tomber amoureuse de moi. Elle me demanderait des efforts pour ça, même avec les traits sensuels de mon Phénix.

Tout comme Ajax allait me faire ramper jusqu'à ce qu'il décide de me pardonner, ou que je fasse en sorte qu'il me pardonne. À ce stade, j'estimais que ce serait plutôt ce dernier point.

Quelques semaines, ce n'était peut-être pas long dans le grand ordre de l'univers, mais c'était bien plus que cela.

Mon Phénix avait enfin marqué ses compagnons, mais je n'avais pas été autorisé à compléter physiquement notre revendication parce qu'Ajax et Cami étaient trop en colère et blessés pour que je puisse le faire.

Dire la vérité à Cami maintenant pourrait y contribuer, mais ce n'était pas là ma véritable intention. Tout ce que je voulais, c'était qu'elle comprenne non seulement moi, mais aussi Typhos.

Et, espérons-le, cette leçon d'histoire serait la clé de cette compréhension.

Fais-moi savoir si tu as besoin de moi.

Ces mots doux de Typhos ne lui ressemblaient pas du tout. Mais il savait à quel point ce sujet était sensible pour moi. Et il m'offrait sa force en cas de besoin.

Merci.

Il ne répondit pas, la connexion n'étant pas forcément fermée, mais pas totalement ouverte non plus.

Cami sirotait son café en m'observant ; sa patience était une vertu que j'avais envie de récompenser. Ce que j'allais faire, supposai-je – avec la vérité.

Je la rejoignis et savourai le café un moment, puis mis ma tasse de côté et me tournai sur le canapé pour lui faire face. Cela m'amena à poser un genou dessus, mon autre jambe posant mon pied à terre.

Ses yeux papillotèrent sur mon tatouage, qu'elle appréciait de toute évidence, vu ses pupilles dilatées. Mais au lieu de la taquiner là-dessus, j'attaquai :

Je dois commencer par te parler des Faë Vertueux. Mais je ne peux pas parler à voix haute.

C'était difficile de savoir qui pourrait écouter cette conversation, et je ne voulais pas risquer que quiconque l'entende. Elle inclina le menton en signe de compréhension, son esprit demeurant silencieux.

Je lui avais demandé de ne pas m'interrompre avant que j'aie terminé. Il semblait qu'elle ait traduit cela par ne pas parler du tout. Ou peut-être montrait-elle simplement qu'elle acceptait ma demande. Quoi qu'il en soit, je lui en étais reconnaissant. Car j'avais besoin de silence pour digérer tout ce que j'avais à dire – *toute une histoire de souffrance.*

Les Faë Vertueux sont les premiers Faë ayant jamais existé.

C'est grâce à leur magie que les différentes espèces de Faë sont nées. Ils étaient créationnistes, je dirais. Un peu comme les humains considèrent les divinités. Sauf que les Faë ne savent pas qu'ils ont existé. Ils supposent que leurs sources Faë sont les créatrices ultimes, et en substance, ils ont raison. Mais ces sources ont été créées lors de la chute de Typhos.

Au lieu de développer, je démantelai soigneusement le mur entre nos esprits et lui permis de voir cette période de l'histoire de mon point de vue.

Mais alors que je commençais à évoquer ce souvenir, un autre similaire remonta à sa mémoire : le récit de cette journée du point de vue de Typhos.

Je haussai un sourcil.

— C'est Melek qui t'a montré ça ?

— Non, répondit-elle à voix haute en secouant la tête. *C'est le livre,* ajouta-t-elle mentalement. *Mais je croyais que c'était un rêve.*

Ce n'est pas un rêve, lui dis-je. *Ce moment a créé tous les Faë – le moment où la Source des Faë Vertueux s'est brisée en mille morceaux.*

Je lui montrai les conséquences, comment ces morceaux étaient devenus leurs propres sources de pouvoir dans les royaumes, créant toutes les espèces de Faë.

Les Faë Vertueux sont dotés d'un pouvoir de création. Fondamentalement, ce sont des êtres capables de créer toutes les formes de magie imaginables. Certains sont plus puissants que d'autres, mais la clé de leurs capacités est l'énergie qu'ils portent en eux. Et Typhos possède plus d'énergie que la plupart des Faë Vertueux. Il est comme un phare – et cette lumière est le pouvoir.

J'essayai d'illustrer ce que je voulais dire en lui montrant un souvenir de Typhos brandissant cette lumière pour sauver une Faë Métamorphe abattue. Comme la plupart de mes semblables, elle avait été créée par un Faë Vertueux pour son amusement frivole. Lorsque ce Faë Vertueux s'était lassé de son

« animal de compagnie », il l'avait poignardée avec une lame d'argent et l'avait laissée mourir.

Typhos l'a sauvée en ranimant sa lumière, expliquai-je.

Cami écarquilla les yeux tandis que le vif souvenir se déroulait pour elle dans mon esprit.

C'est comme ça que vous vous êtes rencontrés ? demanda-t-elle. Puis elle ajouta aussitôt : *Peu importe. Désolée. Je ne voulais pas t'interrompre. Continue.*

Je souris. *Ce n'est pas grave. Mais non, ce n'est pas comme ça qu'on s'est rencontrés.*

Je levai un bras et l'étendis sur le dossier du canapé, enfonçant davantage mon flanc dans le coussin.

Comme j'ai dit, les Faë Vertueux possèdent essentiellement la magie de création. C'est un peu comme le concept des dieux dans le royaume des humains.

Cela me paraissait la meilleure analogie, étant donné les racines de Cami. Elle hocha la tête, m'indiquant qu'elle avait compris. Donc je continuai :

Mais ce sont des êtres anciens. Et beaucoup d'entre eux s'ennuyaient. C'est pourquoi les Faë Métamorphes et quelques autres espèces ont été créés – pour amuser les Faë Vertueux. Mais toutes ces espèces étaient considérées comme des êtres inférieurs, dont le but était surtout de vénérer leurs supérieurs.

Cami porta sa tasse à ses lèvres, et je soupçonnai que c'était pour cacher un froncement de sourcils. Je n'allais pas le lui reprocher : l'idée de faire d'une vie une distraction ne me plaisait pas non plus. Et j'avais vécu cette époque historique.

Comme tu peux l'imaginer, les êtres « inférieurs » se sont mis à se confier les uns aux autres. Cela a conduit à des relations et au final, à la création de plus de vie, ainsi qu'au développement de nouveaux pouvoirs et de nouveaux types de Faë. Les Faë Vertueux ont laissé faire, en partie parce qu'ils étaient trop arrogants pour voir le potentiel de rébellion.

Ils étaient également trop divertis par leurs projets d'animaux de compagnie pour s'intéresser à autre chose.

J'imagine que c'est un peu comme les humains qui ne tiennent pas compte des comportements des animaux, mais imagine que les animaux soient en fait des Faë aux pouvoirs croissants : tu vois comment ça pourrait dégénérer en conflit ?

Cami grogna, son esprit me disant qu'elle visualisait sans peine cette issue potentielle.

Mon espèce a été l'une des premières créations, poursuivis-je. *Ma mère était un Phénix noir. Il n'en existe pas beaucoup, ainsi qu'une poignée d'autres types de métamorphes. Le compagnon de ma mère n'était donc pas un Phénix noir. Il était une combinaison de plusieurs espèces de Faë.*

Ce que l'on qualifierait aujourd'hui d'abomination. Ou Faë de l'Enfer.

Il y avait en lui du Faë du Paradoxe, du Faë des Cadavres et du Faë des Goules, poursuivis-je. *Mais le type n'est pas vraiment important. Ce qu'il faut comprendre, c'est que tous ces Faë – ces* amusements *créés par les Faë Vertueux – faisaient partie de la source originale des Faë Vertueux. Car c'est cette magie qui a servi à fabriquer toutes ces espèces de Faë.*

Alors quand Lucifer a chuté... Elle s'interrompit.

Lorsqu'il a chuté, la Source des Faë Vertueux s'est brisée en tous ces morceaux, donnant aux nouvelles espèces de Faë leurs propres éclats de pouvoir, complétai-je à sa place. *Mais Typhos a gardé le plus gros morceau. Et ce morceau est maintenant la Source des Faë de l'Enfer.*

Ses yeux s'écarquillèrent, comme si elle commençait enfin à comprendre toute l'étendue du pouvoir de Typhos.

Mais elle fait partie de lui, dit-elle lentement. *C'est ça ?*

Oui. Parce que c'est un Faë Vertueux. Tout comme Melek.

Peut-être que ce n'était pas à moi de divulguer cette dernière partie. Mais Melek était à l'origine de toute cette conversation. Il pouvait donc s'accommoder du fait que j'évente sa surprise.

Toutefois, Typhos n'est pas n'importe quel Faë Vertueux. Il est l'un des plus forts qui soient. Sa lumière a dynamisé la source d'origine. C'est pourquoi une grande partie de celle-ci est restée dans son esprit lorsqu'il a chuté. Contrairement à Melek, par exemple, qui n'a plus aucun lien avec une source, car la Source des Faë Vertueux n'existe plus. Elle est dispersée entre tous les Faë et constitue la source de pouvoir propre à chaque royaume.

Qu'est-il arrivé à tous les autres Faë Vertueux ?

Je haussai les épaules.

On ne sait pas vraiment. La chute de Typhos a été accompagnée d'une lumière aveuglante. Et nous nous sommes réveillés dans les fosses de l'Enfer – un royaume que les Faë Vertueux avaient créé pour leurs animaux indésirables ou imparfaits.

Les Faë du Cauchemar, réalisa-t-elle, un souvenir de Melek lui parlant de la chute de Typhos lui revenant à l'esprit. Elle n'avait pas compris grand-chose à l'histoire de Melek à l'époque, mais cela commençait maintenant prendre sens pour elle.

Typhos s'est emparé de cet Enfer et l'a fait sien, créant divers royaumes pour les Faë du Cauchemar et tissant de la magie dans les atmosphères afin de les rendre assez hospitaliers pour qu'ils puissent y prospérer.

Cette partie, elle semblait la comprendre grâce à la leçon précédente de Melek. C'était peut-être ce qu'il avait voulu dire en déclarant qu'il avait essayé de lui enseigner : il avait tenté d'expliquer le royaume des Faë de l'Enfer, mais il avait omis les détails importants concernant l'existence même de ce royaume.

Je comblai ces lacunes en lui montrant des bribes de mes souvenirs. Mais c'était une danse prudente, qui exigeait que je surveille mes pas mentaux. Car la dernière chose que je voulais, c'était de lui faire découvrir les horreurs de ma jeunesse.

Ce n'était pas par honte ou par peur, mais plutôt par besoin intrinsèque de m'assurer qu'elle ne connaisse jamais ce genre de douleur. Surtout pas à travers moi.

Si je te raconte tout ça, c'est pour que tu comprennes l'impact de ce que je m'apprête à révéler. Car bien que la chute de Typhos ait entraîné la création de toutes les espèces de Faë, ça n'a jamais été son intention.

Bien sûr, il ne regrettait rien aujourd'hui. Au contraire, il était plutôt fier de la façon dont tout s'était déroulé. Mais ses intentions et comment tout s'était déroulé étaient une conversation pour un autre jour. Ce qui importait aujourd'hui, c'était la réponse à la question que Cami m'avait posée à l'origine : *qui est Vivaxia ?*

La chute de Typhos a été déclenchée par un accord corrompu. Une Faë avide a voulu voler son énergie – sa lumière –, *mais pour ça, il fallait que Typhos meure volontairement.* (Ce qui n'était pas une mince affaire pour un Faë Vertueux.) *Après avoir prétendu être sa mentore pendant des années, elle l'a piégé. Et il a chuté.*

Ce n'était pas toute l'histoire, mais c'était suffisant. Typhos pourrait la développer plus tard.

La Faë qui a provoqué sa chute était Vivaxia, mon ancienne propriétaire.

CHAPITRE 31

CAMI

Ancienne propriétaire... ? Ces deux mots tournaient dans ma tête, ce concept m'échappait. Az était bien trop dominant pour avoir une *propriétaire*.

Comment ? faillis-je demander. *Comment quelqu'un peut-il te posséder ?*

Apparemment, je ne parvins pas à garder ces pensées pour moi, parce qu'Az lâcha un rire et passa ses doigts dans son épaisse chevelure.

— Crois-moi, ce n'était pas un arrangement volontaire.

Il prononça ces mots à voix haute et grave, teintée de nuances sardoniques.

Cette partie de son passé était manifestement pénible à revivre pour lui. Mais je n'arrivais pas à me résoudre à lui dire d'arrêter. Je voulais savoir. Je voulais *le connaître*.

Vivaxia m'a trouvé quand j'avais une vingtaine d'années. Elle a tout de suite été intriguée par ma génétique mixte et m'a demandé si ça m'intéressait de conclure un marché avec elle. J'étais fier et un peu naïf, alors j'ai accepté de l'écouter.

Son regard violet prit une lueur distante et il serra la mâchoire, faisant saillir encore plus ses pommettes.

Elle a proposé d'arranger le nid de ma mère en quelque chose de plus accueillant, ainsi que de lui fournir divers articles de première nécessité et des biens de facture supérieure, tout cela dans le but d'améliorer sa qualité de vie. (Il plissa un peu les yeux.) *Tu vois, mon père... n'était plus dans le coup. Ma mère n'était pas sa seule compagne. Et il avait choisi sa compagne Faë du Paradoxe au lieu de ma mère.*

Oh, il a l'air charmant, murmurai-je.

Az esquissa un sourire en coin.

C'est peu dire. Mais il est mort depuis longtemps. Je pense rarement à lui.

Son commentaire me fit me demander si c'était Az qui l'avait tué, mais je ne voulais pas l'interrompre encore. Je l'avais déjà fait plusieurs fois par accident, réduisant à néant ma promesse de ne rien dire jusqu'à ce qu'il ait terminé. Heureusement, mes questions curieuses n'avaient pas l'air de le déranger.

Malheureusement, ma mère ne possédait pas grand-chose. L'offre de Vivaxia d'améliorer sa qualité de vie m'a donc séduit, d'autant plus qu'elle le ferait comme une faveur pour moi, me donnant ainsi l'impression d'avoir l'opportunité de prendre soin de ma mère.

Hmm, marmonnai-je en moi-même, en prenant soin de ne pas partager mes pensées avec lui. *Je crois savoir où ça va nous mener...*

Elle ne voulait qu'une seule chose en échange de tout ça, et comme tu l'as sûrement deviné, ce qu'elle voulait, c'était moi, dit-il, les yeux brillants tandis qu'il parlait dans mon esprit.

Oui, c'est ce que j'ai deviné, me dis-je, mais je ne lui envoyai pas la réponse. Ou du moins, j'essayai de la garder pour moi. Avoir tous ces « canaux » dans ma tête était intéressant à gérer, pour le moins.

Comme j'ai dit, j'étais fier et naïf, reprit-il. *Fier parce que je voulais être l'homme du nid. Naïf parce que je n'ai pas demandé à Vivaxia de préciser ses intentions. J'ai juste supposé qu'elle me voulait pour le sexe. Je me suis trompé.* Beaucoup *trompé.*

Je frissonnai lorsqu'une poignée de ses souvenirs atteignit mon esprit, la barrière entre nous ayant disparu. Sauf qu'il contrôlait ce qu'il me montrait, et je savais d'après ses pensées que c'était pour me protéger. Il ne voulait pas me blesser. Donc il avait en tête des images dont je n'aurais certainement jamais voulu être témoin. Et d'après moi, ce n'étaient pas des choses qu'il avait faites à d'autres, mais qu'on lui avait faites.

Elle voulait mon Phénix, pas moi – l'homme. (Les muscles de son bras se contractèrent quand il leva la main pour se passer les doigts dans les cheveux.) *Elle m'a jeté un sort qui m'a forcé à me transformer, puis a contrôlé les moindres mouvements de mon animal. Comme une simple marionnette.*

Le sort d'Ajax, chuchotai-je.

Une variante plus forte, oui. (Il déglutit, sa peine se propageant à travers notre lien, tandis qu'il repensait à la douleur qu'il avait éprouvée en entendant ces mots des lèvres d'Ajax.) *Je suppose que nous avons tous deux fait l'un à l'autre des choses qui ont éveillé de sombres échos de notre passé. Mais aucun de nous n'avait l'intention de faire du mal à l'autre de cette façon. Du moins, je ne pense pas.*

Je ne pense pas non plus, admis-je. Az avait essayé de protéger Ajax en réprimant son envie d'interférer avec la punition de Lucifer. Je le comprenais maintenant. Tout comme je commençais à saisir que rien avec Lucifer n'était ce qu'il paraissait.

Vivaxia aimait me faire parader, reprit Az, poursuivant son récit. *L'une de ses démonstrations favorites concernait ma mort.* (Ses iris violets brûlaient tandis qu'il me fixait.) *Les Phénix sont immortels, mais ils peuvent mourir temporairement. Et quand nous mourons, nous prenons feu. Puis nous renaissons de nos cendres.*

Ça m'a l'air... douloureux.

Ses lèvres se retroussèrent, et il allongea nouveau son bras sur le canapé.

Ça dépend de la façon dont je meurs, mais je n'ai pas peur de brûler, petite guerrière. En fait, j'en ai envie.

Je frissonnai. Seul Az pouvait rendre sensuel un sujet aussi sombre.

Mais ce sont les séquelles qui font le plus mal, dit-il, reprenant son sérieux. *Lorsqu'un Phénix noir de pure race meurt, ses souvenirs meurent avec lui. Il renaît totalement, sauf s'il a un compagnon, auquel cas les souvenirs reviennent par le biais du lien d'accouplement. Un peu comme si le compagnon d'un Phénix noir conservait des morceaux de son âme dans ce seul but.*

Je le fixai, les yeux écarquillés.

Tu oublies tout quand tu meurs ?

Non, je ne suis pas pure race. Par conséquent, mes souvenirs sont généralement conservés par mon autre moitié. Et lorsqu'ils se mettent à affluer, ils ressemblent à des balles dans mon esprit. Ils me tombent dessus d'un seul coup ou l'un après l'autre.

Je restai bouche bée. Je n'avais pas de mots. Aucune idée de comment répondre. Ça... ça avait l'air *atroce.*

La vitesse de récupération dépend généralement de la rapidité de ma mort, poursuivit-il. *Une mort immédiate signifie que je retrouverai mes souvenirs en un seul choc catastrophique au cerveau. Une mort lente se traduit par des sensations semblables à des balles qui transpercent mes pensées pendant des heures ou des jours.*

Je tressaillis.

Mon Dieu, Az, je ne sais pas quoi dire.

Il n'y a rien à dire, petite guerrière. (Son regard brillait comme d'ardents diamants violets.) *Mais « mon Dieu, Az » est agréable à entendre.*

Je cillai, sa remarque sensuelle était inattendue mais, d'une certaine manière, fort à propos. Parce qu'elle me fit rire aux éclats, malgré la sensation qui me nouait les tripes.

— Je ne parierais pas là-dessus.

— Oh, moi si, répondit-il, sa voix n'étant plus qu'un ronronnement bas. Un jour prochain, tu comprendras pourquoi.

Mon estomac se serra pour une tout autre raison, ses mots soyeux m'enveloppant en une caresse d'une chaleur inattendue.

Az m'étudia, l'amusement taquinant encore les commissures de ses lèvres pleines – et à croquer.

Typhos a assisté à l'une des démonstrations de Vivaxia, reprit-il.

Ses mots ne correspondaient pas à l'éclat affamé sur ses traits. Mais il voulait terminer son histoire, et j'avais très envie d'entendre la conclusion.

Elle l'a invité dans le but de le séduire. Je pense que ça aurait marché si elle ne m'avait pas impliqué. Mais le fait de la voir me torturer – moi, son animal de compagnie *– a modifié ses plans. Au lieu de coucher de suite avec lui comme elle en avait l'intention, ils se sont mis à négocier leur premier marché.*

Il désigna la pile de documents sur la table à manger, celui dont nous avions discuté sur le balcon se trouvant sur le dessus.

Le contrat que tu m'as montré tout à l'heure est le marché en question. (Il fronça légèrement un sourcil.) *Je soupçonne Melek d'avoir quelque chose à voir avec le fait que tu l'aies choisi* au hasard *dans la pile.*

J'esquissai une moue.

Les pages étaient éparpillées dans la pièce quand il est parti. Je ne les ai pas mises en ordre.

Il baissa le menton.

Je suis sûr que la magie l'a fait pour toi à ton insu. (Il passa encore ses doigts dans ses cheveux et soupira.) *Quoi qu'il en soit, ce n'est pas une coïncidence si tu m'as tendu le contrat traitant de ma proposition de liberté. Sauf que je n'ai jamais été vraiment libre.*

Qu'est-ce que tu veux dire ?

J'avais pratiquement renoncé à attendre pour poser des questions. Heureusement, ça n'avait pas l'air de le déranger.

Typhos a négocié un changement de propriétaire, en gros en demandant à Vivaxia de lui donner son animal de compagnie. Elle a accepté à une condition : qu'il passe une nuit dans son lit à faire tout ce qu'elle désirait.

Je haussai les sourcils.

Et il a accepté.

Bien sûr. Vivaxia était une femme désirable, et une nuit de péché n'était pas une épreuve pour lui. Seulement, il a commis une erreur fatale en acceptant. Il n'a pas fixé de durée pendant laquelle je serais à lui. Elle m'a donc cédé à lui pour une nuit, puis s'est pointée le lendemain matin pour me reprendre.

Oh. Une nuit dans son lit en échange d'une nuit de transfert de propriété. (Je grimaçai.) *Je suppose que ce n'est pas ce qu'il avait en tête.*

Pas du tout, murmura Az. *Bien sûr, Vivaxia le savait. Mais au début, elle ne savait pas trop pourquoi. Elle pensait qu'il avait juste envie de jouer avec moi. C'était plus que ça, mais elle était trop arrogante pour imaginer une autre raison.*

Parce qu'elle te considérait comme un animal, pas comme une personne, traduisis-je.

Oui. Mais Typhos m'a vu, lui. Et il m'a juré en secret qu'il ferait tout pour me libérer.

Pourquoi ? m'étonnai-je. *Non pas que je le blâme, mais s'il a été élevé dans cet environnement où les Faë Vertueux sont supérieurs, pourquoi aurait-il songé à aider un être « inférieur » ?*

Parce qu'il a toujours pensé que le pouvoir n'est pas synonyme de supériorité.

Cela me parut surprenant, vu mes expériences avec le roi des Faë de l'Enfer, mais je n'émis pas de commentaire.

Typhos estime que ceux qui sont nés avec certains dons doivent protéger leurs créations, non les torturer. Et il n'a jamais approuvé ce qui arrivait aux êtres marqués comme défectueux. *Il a toujours pensé que toute vie doit être chérie et récompensée, à moins que l'âme ait commis un péché, auquel cas elle mérite son tourment. D'où sa version de la punition pour ceux qui ne respectent pas ses marchés.*

Les âmes sombres, réalisai-je. *C'est pourquoi certains Faë du Cauchemar ont des auras noires.*

Tu peux les voir ?

Parfois, acquiesçai-je.

Il y réfléchit un instant.

Intéressant.

Le silence tomba entre nous, et son regard perçant hérissa mes bras de chair de poule. Malgré le sérieux de notre conversation, je ne pouvais m'empêcher d'admirer la vue qui s'offrait à moi : un homme torse nu, aux pectoraux bien marqués, aux abdominaux sculptés et au pantalon bas qui épousait joliment les formes de ses cuisses.

L'énergie résiduelle de Melek était clairement en train de perturber ma libido.

Ou bien c'était le rêve.

Je ne le savais pas trop, mais avoir Az assis là devant moi, l'air si décontracté, ressemblait presque à une invitation. Une invitation que j'envisageais d'accepter.

C'est mon compagnon, me dis-je. *Bien sûr que je le veux. Mais puis-je lui faire confiance ?*

Ses narines s'évasèrent, suggérant qu'il avait surpris mes pensées.

Il faut vraiment que je maîtrise cette histoire de canal, songeai-je en soupirant.

Oui, il faudrait, opina-t-il d'un ton grave. *Et oui, tu peux me faire confiance.*

Je déglutis, m'efforçant de ne pas répondre ni penser car il aurait capté chaque mot.

Après ce premier marché, Typhos est devenu obsédé par l'idée de vaincre Vivaxia, continua Az, donnant un répit à mes pensées. *C'est ainsi qu'a débuté leur longue relation où elle jouait un rôle de mentor, tandis qu'il tentait de la battre et qu'elle cherchait un moyen de lui voler sa lumière.*

Sa lumière étant son énergie, précisai-je.

Oui. C'était son objectif depuis le début. Elle reconnaissait son pouvoir et le voulait pour elle. Elle a donc commencé par tester les limites de ses accords, pour voir s'il y avait un moyen d'emprunter ses capacités. Pendant ce temps, il a négocié plus de nuits avec moi. Comme j'ai dit, elle croyait que c'était parce qu'il m'appréciait comme animal de compagnie. Ça lui plaisait infiniment de pouvoir m'utiliser à son profit personnel.

Je serrai les dents, l'idée qu'Az soit utilisé de la sorte aigrissant considérablement mon humeur.

Elle croyait qu'il me baisait, poursuivit Az. *Mon Phénix noir est sensuel. Beaucoup de ses admirateurs me voulaient pour cette raison. Mais Typhos était le seul à qui elle accordait ce privilège, parce qu'elle pensait qu'il serait plus facile à manipuler s'il était distrait par les charmes de mon Phénix. C'est pourquoi elle relâchait un peu plus ma laisse chaque fois qu'elle me confiait à lui pour une nuit, sachant qu'il me fallait reprendre ma forme humanoïde pour plaire à Typhos.*

Que faisait-il en réalité ? questionnai-je.

Il me parlait comme à un égal, répondit Az, baissant un instant les yeux comme s'il était gêné de l'admettre. *Il voulait savoir comment j'étais tombé entre ses mains, et je lui ai parlé de ma mère.* (Il déglutit et son expression se durcit.) *Il s'avère que mon marché avec Vivaxia comportait la même faille : pas de clause temporelle.*

Ses iris violets scintillèrent lorsqu'il croisa de nouveau mon regard.

L'arrangement du nid n'a duré qu'une semaine. C'était l'effort que Vivaxia a estimé valoir pour m'emprisonner à vie.

La fureur de sa voix mentale embrasa mes pensées, ses mots inspirant une réaction similaire de ma part. Mais une pointe d'inquiétude suivit aussitôt. Car si Vivaxia n'avait pas respecté sa part du marché…

Qu'est-il arrivé à ta mère ?

Sa mâchoire se crispa.

Elle s'est flétrie.

CHAPITRE 32

CAMI

Je fixai Az.

Elle s'est flétrie. Qu'est-ce que… qu'est-ce que ça voulait dire ?

Est-ce qu'elle… ? (Je m'interrompis et déglutis, tentant de trouver le courage d'achever ma question.) *Est-ce qu'elle est morte ?*

Mais il venait de dire que les Phénix noirs étaient immortels, non ?

Les Phénix noirs femelles sont très protecteurs envers leurs petits. Et elle s'est reproché que j'aie accepté le marché de Vivaxia. Ma mère… (Il s'interrompit un instant, la gorge nouée.) *Elle s'est terrée dans son nid, refusant de manger, de prendre soin d'elle, de* vivre, *pendant des décennies. Lorsque Typhos l'a retrouvée – après que je lui ai parlé de mon marché avec Vivaxia –, ma mère n'était plus qu'une coquille vide.*

Mon cœur tambourinait dans ma poitrine, mes yeux me piquaient d'une soudaine envie de pleurer. Je n'étais pas proche de mes parents, mais il était clair qu'Az tenait beaucoup à sa mère. Qu'il s'en voulait autant qu'elle s'en était apparemment voulu.

Elle va mieux maintenant, ajouta-t-il doucement. *Elle vit dans le royaume des Faë Lunaires.*

Les Faë Lunaires ? répétai-je. (Je ne les connaissais pas.) *Une autre espèce de Faë du Cauchemar ?*

Il secoua la tête.

Non. C'est une espèce rare de loups métamorphes. L'un des Alphas a marqué ma mère. Elle vit avec lui maintenant. Elle est heureuse. C'est ce qui compte.

Et elle sait que tu es en sécurité ? supposai-je.

Oui, mais notre relation n'a plus jamais été la même. Elle m'a pleuré comme si j'étais mort. (Il balaya d'une pichenette une peluche invisible sur son pantalon.) *Je suppose que c'était une expérience réciproque. Toutes ces morts ont pesé sur mon esprit. J'ai fini par apprendre à ne plus m'en soucier. Si ça ne m'avait pas dérangé, ça ne m'aurait pas fait aussi mal.*

Je commençais à comprendre pourquoi Az aimait ajouter la douleur au plaisir.

Ainsi que son besoin de domination. Il ne laisserait plus jamais personne le contrôler. Et pour cause.

Quoi qu'il en soit, si je te raconte tout ça, c'est pour t'aider à mieux comprendre ma relation avec Typhos. Il m'a sauvé, Cami. Il a sauvé ma mère. Sans lui... je ne sais pas où j'en serais aujourd'hui. Peut-être que Vivaxia aurait fini par trouver comment contrecarrer mon immortalité et par me tuer pour de bon.

Je frissonnai à cette idée.

Je suis contente qu'elle n'ait pas fait ça.

Le sourire qui en résulta fut presque doux. Du moins, aussi doux qu'il pouvait l'être avec ses pommettes saillantes et ses traits ciselés.

Je suis content aussi qu'elle ne m'ait pas tué. Mais aussi horrible qu'elle ait été, elle m'a appris beaucoup de leçons précieuses. Typhos aussi.

Comment a-t-il fini par la vaincre ? demandai-je. *Comment a-t-il fini par te sauver ?*

Il ne l'a pas vraiment fait. En vérité, il est tombé dans la fosse que les Faë Vertueux avaient créée pour leurs créations rejetées, répondit Az en haussant les épaules. *Mais il a fait quelque chose qui a changé le cours de l'histoire. Et bien que je puisse l'expliquer, je pense que cette histoire doit vraiment être racontée par lui.*

*Hmm, je vois. Donc l'*entraînement *d'aujourd'hui a pour but de m'intriguer sur le passé de Lucifer afin que je lui pose des questions à ce sujet,* ironisai-je. *C'est bon à savoir.*

La discussion d'aujourd'hui a pour but de t'aider à me comprendre, Cami. Et pour ça, tu dois aussi comprendre Typhos.

Et quelle est la place de Melek dans tout ça ? C'est un Faë Vertueux, tu as dit. Donc… il était forcément là, n'est-ce pas ?

Tu peux le lui demander, répondit Az. *Considère que c'est ma façon de me venger de son ingérence.*

Je m'appuyai contre l'accoudoir du canapé derrière moi en soupirant.

— Vous aimez tous me raconter des demi-histoires, pas vrai ?

— Non, en fait, pas nous tous. Je t'ai raconté *mon* histoire. Les autres peuvent partager la leur, conclut-il d'un ton quelque peu définitif.

Bien que j'aurais aimé insister, je ne pouvais pas nier la justesse de sa déclaration. Il m'avait révélé son passé, mais ce n'était pas à lui de révéler celui des autres.

— Merci de m'avoir raconté tout ça, dis-je avec franchise. Je… je sais que ça n'a pas dû être facile pour toi.

— Ça a été plus facile que ce à quoi je m'attendais, avoua-t-il. Peut-être parce que tout ça s'est passé il y a si longtemps. Ou peut-être parce que je suis uni à mon Phénix, et qu'il te fait confiance. Du coup, moi aussi je te fais confiance.

— Et Ajax ?

— La façon dont mon oiseau a réagi lorsqu'Ajax a lancé une version du sort de domptage m'a montré qu'au fond, mon âme lui fait confiance. Sinon, j'aurais été fâché, pas blessé.

Az posa la main sur sa poitrine, comme s'il revivait la douleur que ce sort avait ravivée. Je ressentais cette souffrance résiduelle en lui, notre lien me permettant de l'éprouver comme si c'était la mienne. Tout comme je pouvais sentir Az rebâtir ses murs, non pas pour m'exclure, mais pour me protéger une fois de plus.

Son énergie était ardente. Puissante. *Chaude.* En son for intérieur, il ne cessait de penser à son besoin d'expulser son feu, tout en s'émerveillant de le sentir plus maîtrisé que d'habitude.

Il continua à m'exposer à voix haute des réactions de son Phénix :

— Ma bête n'est pas accablée par des pensées ou des émotions humaines. Il sait ce qu'il veut. Et cette connaissance primitive m'aide en partie à guérir maintenant. On ne peut pas lutter contre ce que nous sommes ensemble, et honnêtement, je ne voudrais pas lutter contre, même si on le pouvait.

— Ton Phénix et toi êtes plus forts maintenant. Parce que vous êtes ensemble.

— Je parlais de nous, Cami, répondit-il doucement. On ne peut pas lutter contre ce que toi et moi avons ensemble maintenant. Et même si je le pouvais, je ne le combattrais pas. Mon Phénix a raison. Tu es faite pour être notre compagne. Ajax aussi.

Je fronçai les sourcils.

— Mais comment tu sais ça ? On ne... on ne se connaît pas vraiment... n'est-ce pas ?

Le regard intense d'Az capta le mien.

— J'imagine que la confiance n'est pas quelque chose que tu octroies facilement. J'ai lu un peu ton dossier et je sais que tes parents t'ont pratiquement abandonnée dans ta jeunesse, te forçant à vivre seule. Donc ça peut être difficile d'accepter un destin comme le nôtre. Mais nos âmes... elles se connaissent très bien. Je le sens au fond de moi.

Un rire surpris m'échappa.

— Serais-tu en train de dire que nous sommes des âmes sœurs ?

— Oui, répondit-il sérieusement. Tout à fait.

J'arquai les sourcils.

— Ça n'existe pas.

— Dans le royaume humain, non. Mais dans les royaumes Faë, c'est possible et ça arrive. (Il se pencha en avant sur le canapé, ses iris violets tourbillonnant de mouchetures d'encre, l'homme et le Phénix ne faisant plus qu'un.) Je t'ai désirée dès que j'ai posé les yeux sur toi, Cami. Tu as combattu Ajax alors que toutes les autres femmes de ce camp le fuyaient. Tu es forte. Une guerrière. *Ma* guerrière.

Mon amusement mourut dans un souffle, mon cœur manquant un battement sur ces mots. Il les avait prononcés avec une telle conviction, une telle *certitude*, que je... je ne savais pas comment réagir. Je m'étais attendue à ce qu'il dise qu'il avait voulu me baiser dès qu'il m'avait rencontrée. Quelque chose à propos de mon look ou du désir qui brûlait entre nous. Mais pas qu'il parle de ma force.

— Tu ne ressembles à personne que je connaisse, Camillia, ajouta-t-il. (Il posa sa main sur la mienne près de ma jambe, tandis que je gardais mes genoux levés comme un bouclier entre nous.) Tu es farouche. Intelligente. *Attentive*. Et il y a en toi une gentillesse qui interpelle mon Phénix. Une douceur que j'ai envie d'explorer. Parce que je soupçonne que tu montres rarement ce côté de toi. Je veux mieux te connaître, Cami. Je veux être avec toi. (Il serra ma main et la relâcha.) Mais je sais que tu ne me fais pas encore confiance. Ce n'est pas grave. La patience est une chose que je maîtrise depuis longtemps. Et pour toi, je crois que j'attendrai une éternité s'il le faut.

Ma poitrine se réchauffa, sa déclaration se répercutant dans son esprit, son sérieux étant palpable dans notre lien. Il pensait vraiment chaque mot.

Je… je ne savais pas trop comment gérer ce côté d'Az. Ce mâle sentimental. Il était toujours aussi dur, limite *cruel*, et intensément sensuel.

Mais ça… c*'est ce qu'Az est avec moi.*

Lorsqu'il était seul. Quand il n'y avait que nous. L'homme et le Phénix avec leur compagne.

Je sentais son besoin résiduel de domination tapi sous cette surface sentimentale, sa propre chaleur l'incitant à prendre ce qui lui revenait de droit. Mais il domptait cette envie d'une simple pensée, l'homme maîtrisant parfaitement sa propre nature sauvage.

La juxtaposition entre sa virilité et sa tendresse me laissait pantoise.

Mes mains retombèrent sur mes flancs et je glissai sur mes genoux, mon corps semblant agir de lui-même. Az m'observait les yeux mi-clos, son expression ne laissant rien transparaître. Mais je *sentais* sa faim. Son *désir*.

Toutefois, il me laissait mener la danse. Il ne me tendit pas la main, ne me dit pas d'arrêter ni de m'approcher, il se contenta de m'observer à travers ses magnifiques iris tandis que je m'approchai de lui.

Son expression ne changea pas lorsque je saisis ses épaules et me mis à califourchon sur ses genoux. Il ne m'empoigna pas. Il laissa juste un bras étendu sur le dossier du canapé, l'autre lâche à son côté.

Je pris son beau visage entre mes mains en coupe, mes yeux cherchant les siens, mon esprit communiquant ouvertement mes intentions. Son acceptation me parvint par notre lien, sa compréhension de ce dont j'avais besoin fut un baiser pour mes sens.

Il refusait de laisser quiconque le contrôler ou le maîtriser à nouveau. C'était pour cela qu'il avait envie de dominer, qu'il avait besoin d'être aux commandes. Or il m'accordait ce moment pour lui faire ce que je voulais.

Cet unique *baiser* brûlant.

Je pressai mes lèvres contre les siennes et serrai mes cuisses autour de ses hanches tandis que l'électricité bourdonnait entre nous.

Il me faisait penser à un feu de forêt, un contact chaud et destructeur à la trajectoire inconnue. Pourtant résidait là-dedans une beauté intense. C'était si séduisant que je ne pouvais m'empêcher d'embrasser ses flammes.

Chaque effleurement de nos lèvres me séduisait davantage, m'attirait dans sa chaleur prometteuse.

Je ne te ferai pas de mal, semblaient dire ces flammes. *Caresse-moi. Livre-toi à moi. Laisse-moi marquer ton âme. Je te promets de te submerger. De te tenter. De te faire du* bien.

Je glissai ma langue dans sa bouche et entourai son cou de mes bras, mon corps cédant au désir. Il ne prit pas les choses en main. Il me laissa le lécher à mon rythme, mes lèvres mémorisant les siennes, mes doigts taquinant ses cheveux épais, mes seins poussant contre son torse dur.

C'était une tendre étreinte, que je prolongeais.

Mais comme tous les feux de forêt, notre étreinte finit par échapper à mon contrôle. Et Az intervint pour tempérer les flammes, sa langue douce contre la mienne, me guidant dans notre baiser et approfondissant son contact sur mon âme.

Je ne comprenais plus pourquoi nous avions attendu. Pourquoi je ne m'étais pas laissée aller à ce maelström qui couvait entre nous.

Ce Faë était à moi. Mon Phénix Faë. Mon Az. *Mon compagnon.*

Il m'entoura de son bras, son contact évoquant une bande embrasée enveloppant le haut de mon dos, tandis qu'il posait son autre main sur ma hanche.

Me retenant. Me revendiquant. Me captivant.

Je veux une autre leçon, murmurai-je dans son esprit.

Nomme-la, répondit-il, glissant toujours avec résolution sa langue contre la mienne.

Montre-moi comment tu baises, lui dis-je. *Apprends-moi comment te faire plaisir.*

C'était une proposition dangereuse, qui détruirait sans aucun doute toutes les idées que je me faisais d'Az et du sexe.

Mais ce n'était pas grave.

Car je voulais le connaître. Connaître ça. *Nous* connaître.

Savoir ce que nous pourrions être ensemble.

Montre-moi ce que tu désires, ajoutai-je. *Montre-moi ce que signifie être à toi.*

CHAPITRE 33

TYPHOS

Quelques minutes plus tôt

Ajax et moi sommes en route, mon amour, murmura Melek dans mon esprit.

Hmm, bourdonnai-je. *La visite à Zenaida était-elle ton idée ou celle d'Ajax ?*

Inutile de cacher que je savais où ils étaient allés. J'avais senti leur présence dès qu'ils étaient entrés dans mon royaume.

Tu me surveilles ? me taquina Melek.

Toujours. C'était une réponse honnête, que je n'avais pas à cacher non plus. Melek était à moi. Bien sûr que je prêtais attention à ses déplacements et disparitions.

Tout comme je savais qu'il rendait visite à Camillia au royaume des Faë de Minuit. Sauf que je ne lui avais pas dit que j'étais au courant. S'il voulait jouer avec sa promise, qu'il en soit ainsi. Tant qu'il restait en sécurité, je ne me mêlerais pas de ses choix. Même si je n'étais pas d'accord avec nombre d'entre eux.

L'amusement de Melek me réchauffa l'esprit, mais il garda

mentalement le silence. Apparemment, il n'allait pas répondre à ma question à propos de Zenaida.

Toujours en train de jouer, lui émis-je en soupirant.

Tu aimes mes jeux presque autant que tu m'aimes.

Hmm, marmonnai-je de nouveau.

Je me téléportai dans la salle du trône, que j'avais choisie pour la réunion d'aujourd'hui dans un but précis.

La plupart de mes sujets ne savaient même pas que j'avais une salle du trône. Mais il y en avait une – poussiéreuse et fort peu utilisée – qui me servait à rencontrer mes lieutenants et d'autres Faë royaux.

Contrairement à la plupart des salles du trône, celle-ci n'était pas une démonstration de pouvoir. C'était plutôt une question d'égalité : un lieu où j'invitais ceux que j'admirais et respectais. Toutes les personnes autorisées à entrer dans cette salle avaient un trône sur lequel s'asseoir, pas seulement moi. Ce qui, supposai-je, la faisait ressembler davantage à une simple salle de conférence, sauf qu'il n'y avait pas de table. Il n'y avait qu'un sol décoré, constitué de feu et d'obsidienne.

Ajax avait déjà été invité à me rencontrer dans cette salle, donc il avait dû entendre mon message fort et clair : ici, il s'asseyait à mes côtés, il ne se prosternait pas à mes pieds.

Ses ombres précédèrent sa puissante silhouette, et son essence parut se fondre dans les murs enflammés de la salle. C'était différent d'avant, où son énergie particulière était habituellement en décalage avec la mienne. Or aujourd'hui, son aura paraissait danser avec la mienne. *Et croître.* Enflammée par une reconnaissance mutuelle.

Voilà qui est intéressant, songeai-je en observant la façon dont mon essence réagissait à la sienne. *Intéressant, vraiment.*

Je m'installai sur mon trône préféré, ma curiosité piquée par ce changement inattendu. L'accouplement avec Camillia avait dû modifier la magie d'Ajax, sa nouvelle énergie étant étonnamment compatible avec la mienne.

Melek se matérialisa un instant plus tard, un sourire peccamineux étirant ses lèvres parfaites tandis qu'il suivait Ajax dans la salle.

Est-ce que tu vas m'en dire plus sur ta visite à Zenaida ? le questionnai-je. *Ou peut-être comment tu as embobiné Az pour qu'il parle de Vivaxia ?*

L'amusement de mon prince s'accentua.

Je crois qu'Ajax cherchait à obtenir la validation de Zenaida. Quant à Az, je pense que cette conversation aurait dû avoir lieu depuis longtemps.

Et tu as estimé que c'était à toi de la provoquer ?

J'ai simplement fourni à Cami les moyens de la lancer elle-même, répliqua-t-il. *Az avait besoin de gagner sa confiance. Comme toi, il était trop têtu pour le comprendre de lui-même, alors j'ai fourni une solution. Ce n'est pas de l'ingérence, Ty. C'est de l'aide.*

Je ricanai.

— Ta définition de l'*aide*, c'est l'*ingérence*, lui dis-je à haute voix.

Melek se contenta de sourire encore et s'installa sur le trône à ma droite.

— Le sort de domptage de Zenaida t'a-t-il semblé de l'ingérence ou utile, Ajax ?

Je plissai les yeux.

C'est toi qui as donné à Zenaida le sort de domptage ?

Pas vraiment.

Ni développement ni remords. Il fixa simplement Ajax, attendant sa réponse.

— Tu parles du sort que tu m'as laissé avec les biscuits de Zenaida ? répondit Ajax en lui lançant un regard noir. Pourquoi tu m'aiderais à faire du mal à Az ?

— Je ne t'ai pas aidé à lui faire du mal. Je t'ai aidé à le dompter. (Melek me jeta un coup d'œil.) Tu vois, Ty ? J'*aide*, je ne m'ingère pas.

Ma mâchoire se crispa.

Alors tu as donné à Ajax le sort que Vivaxia a employé sur Az ?

Une variante, précisa-t-il. *Qu'Az aurait pu briser facilement s'il l'avait tenté.*

Tu as perdu la tête ? m'emportai-je, entièrement concentré sur Melek au lieu du marché que je m'apprêtais à proposer à Ajax. *Tu n'as donc aucune considération pour le passé d'Az ? Des dégâts que ce sort pouvait causer ?*

Melek finit par reprendre son sérieux, ses yeux irisés tourbillonnant d'une myriade de secrets et de vérités.

— Le sort a été conçu de manière à ce qu'Az puisse le rompre. Mais il a fait confiance à Ajax pour ne pas profiter de son pouvoir, c'est pourquoi il ne l'a jamais combattu. Le but était de révéler la vérité, et je crois que le sort y est parvenu.

— Quelle vérité ? lui demandai-je. Celle que *tu* penses que Camillia est digne d'entendre ?

— Oui. (Il n'y avait plus aucune trace de taquinerie dans son ton.) C'est une vérité qu'Ajax mérite d'entendre aussi.

Camillia doit connaître l'histoire de ta chute, et notre Commandant doit être prêt à affronter les troubles à venir – ce qu'il ne peut pas faire s'il est accablé par le passé, ajouta Melek dans mon esprit. *Le Phénix noir a enfin trouvé ses compagnons. Raconter son histoire à quelqu'un de sûr l'aidera à tourner la page une fois pour toutes.*

Je suis son compagnon, répliquai-je. *Il peut toujours me parler.*

Tu n'es pas le compagnon de son Phénix, rétorqua Melek.

Oh non, supposai-je. J'avais lié Azazel à ma source via le sort des Faë Vertueux, mais cela ne me liait qu'au Faë, pas à la bête en lui. Son âme avait toujours été divisée. Or l'accouplement de Camillia et d'Ajax l'avait changé. Je ne pouvais pas définir précisément ce qui avait changé, mais je le sentais. C'était comme si son âme s'était réunie et devenait plus forte chaque jour.

Pourtant, il n'avait pas eu besoin de moi pour expulser son pouvoir. En fait, je remarquais à peine son feu. J'avais l'impression qu'il avait trouvé un autre moyen de retenir son énergie.

Via ses nouveaux compagnons.

Est-ce pour cela qu'Ajax est bien plus attirant maintenant ? m'étonnai-je en observant le stoïque Faë de Minuit. Il restait là, les mains dans le dos, attendant manifestement que je dise ce que j'avais à dire pour pouvoir partir.

Très différent du Gardien du passé. M'évoquant bien plus un nouveau compagnon potentiel. Un homme que j'aimerais peut-être ajouter à mon cercle intime.

Car il se tenait devant moi maintenant comme un égal. Pas un Faë de Minuit sous le charme, nourrissant un complexe d'adoration du héros. Auparavant, il me voyait comme un roi – un roi puissant qu'il voulait servir pour l'éternité, quel qu'en soit le prix. À présent, il me regardait comme si je comptais à peine pour lui.

Un changement fascinant, qui me fit esquisser un sourire malgré tout ce que Melek venait de révéler.

Ton ingérence s'est transformée en jeu, Melek, dis-je à mon petit prince, glissant mon regard vers le sien. *Tu es sûr d'avoir tiré la bonne main ?*

Melek s'affala sur son trône et renversa sa tête en arrière, dévoilant sa gorge d'une manière qui me donna envie de *mordre*.

Allons, mon amour. Tu sais bien que je ne jouerais jamais aux cartes sans avoir quelques as dans ma manche.

Hmm.

Melek jouait avec le feu, mais peut-être en ressentait-il le besoin.

Trop de choses dans mon royaume – dans ma *vie* – risquaient de s'effondrer.

Les Faë du Cauchemar avaient l'habitude de me placer sur un piédestal, m'admirant de loin, mais les événements de ces derniers temps avaient semé le trouble dans les rangs. Ils étaient inquiets.

À juste titre, pensai-je en me renfrognant intérieurement.

Toutefois, je n'avais jamais gouverné pour le pouvoir. Je gouvernais pour servir ceux qui avaient besoin de protection. Et si je ne pouvais pas le faire, je perdrais bien plus que ma couronne. Je me perdrais moi-même.

La mâchoire d'Ajax se contracta tandis que je dévisageais ses traits durs. Il représentait un passé que je reconnaissais au fond de mon âme. Un moment où j'avais cru que tout était perdu. *Mes ailes. Ma lumière pétillante. Tous ces Faë morts.*

Melek m'avait sorti de l'ombre, m'avait aidé à trouver mon chemin dans le noir.

Ajax s'était tourné vers moi pour une ancre similaire il y avait un peu plus de dix ans. Je lui avais fourni les outils dont je pensais qu'il avait besoin. Mais en le voyant maintenant, je réalisais à quel point je m'étais trompé. Ce n'était pas son poste ou son foyer dans mon royaume qui l'avaient aidé à survivre. C'était Az.

Et maintenant… on aurait dit que Camillia lui avait rendu sa lumière.

Ou peut-être que c'était Az et Camillia qui avaient ravivé son étincelle, leurs accouplements lui donnant un nouveau but dans la vie.

Quoi qu'il en soit, il semblait que je l'avais déçu.

Je n'aurais pas dû mettre Camillia sur cette scène, me dis-je. *Elle était sa lumière. Et mes actes ont failli l'éteindre.*

Peut-être pas au sens propre.

En fait, si, j'avais absolument prévu de la tuer. Mais c'était après qu'elle avait de nouveau touché à ma source.

Cette nuit au club avait été ma version ludique d'une punition. Cependant, rien de tout cela n'avait été ludique pour Ajax. Et en revoyant ce que je j'avais fait, je compris parfaitement pourquoi il avait préféré Camillia à sa loyauté envers moi : il l'aimait.

J'avais menacé cet amour. Je l'avais menacée *elle*. Ce qui faisait de moi son ennemi. Celui qu'il n'admirait plus, en qui il n'avait plus confiance. Pourtant, il restait ici, tel un égal désormais. *Un roi*.

Le Phénix d'Az avait fait un choix judicieux, du moins concernant Ajax.

Avec Camillia… cela restait à voir. Quoique je commençais à en comprendre l'attrait.

Melek m'avait suggéré de proposer à Ajax davantage que simplement son poste. Je n'avais pensé à rien d'autre depuis qu'il l'avait dit, mon esprit moulinant toutes sortes de promesses et possibilités que je pourrais accorder à Ajax pour regagner ses faveurs.

Cependant, rien de tout cela ne serait suffisant aujourd'hui. Pas face à un égal. Un immortel transformé. *Un homme amoureux*.

En vérité, il n'y avait qu'une seule chose que je pouvais lui offrir pour qu'il envisage de reprendre son poste, de revenir vers *moi*.

— Je veux te proposer un marché, Gardien, allai-je droit au but.

— Ajax, me corrigea-t-il. Je ne suis plus ton Gardien, si je me souviens bien. Et même si tu me considères comme ton Gardien, j'ai démissionné au moment où je suis parti.

Il prononça ces mots avec précision et sans aucune crainte.

Oui, un candidat idéal pour mon cercle, décidai-je. Car Az me parlait de la même façon.

Tout comme Cami, murmura une petite voix dans mon

esprit. Une voix qui ressemblait beaucoup à mon ton mental, mais avec les mots de Melek.

Sauf que mon prince était focalisé sur Ajax, pas sur moi. Je ressentais son regard intense comme si c'était le mien, son attente était palpable. Il avait joué sa main, et voulait voir maintenant comment je jouerais la mienne.

Je me doutais que j'étais sur le point d'abattre les cartes qu'il avait tirées pour moi, ce qui me pousserait normalement à le choquer en faisant quelque chose d'inattendu – juste pour augmenter l'excitation de ses jeux.

Mais j'étais fatigué de celui dans lequel nous étions déjà perdus.

J'avais besoin d'un changement. J'avais besoin d'aller de l'avant.

J'ai besoin d'un cercle plus fort. Sans lui, je risquais de perdre mes royaumes et les Faë qui les habitaient. Car celui qui était à l'origine de toutes ces attaques était bien plus futé que n'importe quel adversaire passé. Il se servait des autres – les manipulaient avec la magie des Faë Vertueux – pour attaquer ma maison, mes *Faë*.

Pour le combattre, je devais être en pleine possession de mes moyens. Et je ne pourrais pas y parvenir avec mes pouvoirs éparpillés dans tout le royaume à réparer ces portails destructeurs et soigner mes Faë malmenés.

Ajax était un atout que j'aurais dû promouvoir depuis longtemps. Accueillir dans le cercle. *Transformer en Faë de l'Enfer.* Mais je l'avais gardé en dehors. J'avais choisi de l'employer là où je le pouvais sans jamais vraiment l'accueillir.

Cela allait changer.

— Camillia de la Croix a accédé à mon pouvoir plus d'une fois. Sa capacité à siphonner et à utiliser ma source est quelque chose que je ne peux pas tolérer dans ma position, lui dis-je.

Ses lèvres s'entrouvrirent, sa façade stoïque s'effrita sous ce que j'imaginais être un argument pour la défendre. Mais je l'arrêtai en levant la main.

— Cela dit, je suis disposé à garantir sa sécurité dans mon royaume, déclarai-je, commençant à exposer les termes du marché. Je suis disposé à fermer les yeux sur ses capacités et à lui offrir un foyer ici. Avec toi. Si tu souhaites revenir.

Il referma sa mâchoire, rendu muet par le choc.

— Je suis sûr que tu apprécies ton séjour chez la reine des Faë de Minuit et ses compagnons, mais tu ne peux pas y rester éternellement. Bien sûr, tu pourrais trouver un foyer Faë de Minuit quelque part, mais que ferais-tu ? Quel but servirais-tu ? Est-ce que c'est ce que veut Camillia ?

Je compris à son mutisme qu'il ne savait pas trop comment répondre à mes questions. Probablement parce qu'il avait supposé que j'allais simplement les ramener ici, Camillia et lui, pour achever ce que nous avions commencé après la dernière attaque. Il n'avait même pas envisagé d'alternatives. Donc Camillia non plus.

Au lieu de poursuivre, j'attendis qu'il assimile mes propos.

Melek demeurait silencieux lui aussi, son silence confirmant son intrigue. Il était impatient de voir comment les cartes allaient tomber ; mon petit fouineur aimait observer les dénouements.

Finalement, Ajax s'éclaircit la gorge et demanda :

— Comment ? Quelles seraient tes conditions ?

— Tu reprendras ton poste de Gardien, lui dis-je. Et tu devras devenir un Faë de l'Enfer officiel. C'est le seul moyen pour que tu puisses prétendre à une épouse Faë de l'Enfer.

Il haussa les sourcils.

— Une épouse Faë de l'Enfer ?

— L'épouse de ton choix, précisai-je. Y compris Camillia.

Il redressa le menton, l'air méfiant.

— Sauf qu'elle n'est plus une épouse. Tu l'as annoncé à tes sujets.

J'esquissai une moue, impressionné – mais pas si surpris – qu'il ait relevé ce détail.

— Une partie de mes conditions sera sa réintégration en tant qu'épouse.

— Avant ou après que je sois devenu un Faë de l'Enfer ? demanda-t-il, m'impressionnant une fois de plus en posant des conditions précises.

— Après. (Je me raclai la gorge.) Strictement parlant, ce ne serait qu'une formalité à ce stade, mais je ne peux pas me permettre de déroger à cette exigence. Si mes Faë de l'Enfer croient qu'ils peuvent accoupler des épouses à volonté, ça provoquera le chaos. Et compte tenu de tout ce qui se passe sur mon territoire, je ne suis pas sûr de pouvoir supporter ça en plus.

C'était un aveu de vulnérabilité que je n'aurais pas déballé à n'importe qui. Par chance, Ajax comprit que cet aveu signifiait que j'avais confiance en lui. Que je voulais l'accueillir dans mon cercle.

— Quoi d'autre ? demanda-t-il, les yeux mi-clos.

— Cami et toi pourrez résider dans le palais ou là où vous le souhaitez, tant que c'est dans le royaume des Faë de l'Enfer. Je ne veux pas qu'elle habite dans la prison.

Surtout parce que je savais que Melek voudrait lui rendre visite, et que ces logements n'étaient pas appropriés pour mon petit prince. Ni à la compagne qu'il avait choisie.

— Ça implique que tu devras faire la navette jusqu'à la prison, poursuivis-je. Je veux donc que tu embauches un apprenti Gardien pour t'aider à supporter le fardeau. Je te laisserai toute latitude pour choisir la personne que tu embaucheras.

Cela lui permettrait de passer beaucoup de temps avec sa compagne, sans travailler en permanence. Il avait besoin d'équilibre. Il était clair que cela l'aiderait à s'épanouir.

Et j'avais besoin de lui pour m'épanouir moi-même.

Il déglutit.

— Tu vas me demander quelque chose d'important en retour.

Je retroussai mes lèvres.

— Oui, Ajax. En effet.

Il hocha la tête, l'air plus résigné que curieux.

— Tu nous offres donc, à Cami et à moi, la sécurité, la citoyenneté Faë de l'Enfer – à défaut d'un meilleur terme – et mon ancien poste. Autre chose ?

— Y a-t-il autre chose que tu désires ? répliquai-je en haussant un sourcil.

— Je veux juste que Cami soit en sécurité, admit-il. Ce qu'elle est en ce moment même au Palais des Faë de Minuit.

— Oui, opinai-je. Et je ne menace pas de lui faire du mal. Mais je t'offre une alternative – un but et une bonne vie – avec ton épouse. Une vie dont je soupçonne Az d'avoir très envie de faire partie, lui aussi.

— Alors tu fais ça pour lui ? devina Ajax.

— Je fais ça pour nous tous. (Pour Az. Pour Melek. Pour *moi*.) Nous avons besoin d'une solution et je t'en propose une. Mais il faudra que tu l'acceptes.

Il m'étudia, la mâchoire serrée.

— D'accord, je mords à l'hameçon, dit-il, la suspicion assombrissant ses traits. Qu'est-ce que tu me demandes en retour ?

L'excitation de Melek réchauffa notre lien, mais il ne la montra pas.

Il savait exactement ce que j'allais dire, parce que j'étais entré dans son jeu – ses cartes flottaient pratiquement dans l'air devant moi. Sauf que ce n'étaient pas des cartes. C'étaient des mots. Des promesses. Une voie à suivre. *Un nouveau chemin.*

— Pour que je puisse t'offrir du réconfort, un foyer, ton poste de Gardien, l'accès à la Source des Faë de l'Enfer et l'épouse Faë de l'Enfer de ton choix, tu devras devenir mon compagnon, Ajax.

C'était le seul moyen de garantir tout ce que j'avais promis. Mais il devait comprendre ce que s'accoupler avec moi impliquerait.

— M'accoupler signifie que tu me donneras accès à ton âme, à ton esprit et à la possibilité de savoir exactement où tu es à tout moment. Ça signifie aussi que je serai plus proche de Camillia de la Croix parce que nous partagerons trois compagnons : toi, Az et Melek. Ça me permettra de mieux surveiller son pouvoir et, je l'espère, de trouver des moyens de protéger le mien. *Sans* lui faire de mal.

Il resta bouche bée, sa surprise était palpable. Je me délectai de cette expression, qui me disait qu'il ne s'attendait pas le moins du monde à une telle demande.

Elle impliquait qu'il devait sérieusement réfléchir à sa réponse. Et j'aimais les marchés qui exigeaient de la réflexion.

Toutefois cet accord avait une date limite : le bal Faë interroyaume.

Avec un sourire en coin, je posai le dernier terme :

— Tu as une semaine pour te décider, Ajax. Choisis sagement. Ça pourrait être la dernière décision que tu prendras.

L'histoire continue avec le Prince des Faë de Lucifer...

Les rubans sont fascinants.
Ils s'enroulent et s'entortillent, mais se dénouent si joliment.
Surtout lorsqu'ils entourent les formes sensuelles d'une femme.

Hélas, j'ai tissé tant de nœuds complexes autour de Camillia de la Croix
que je crains qu'elle ne m'accorde jamais le privilège de la délier.

Ma jolie petite captive est têtue. Puissante. Si délicieusement parfaite.
Je la voulais depuis de nombreuses lunes.
Pour la goûter.
La subjuguer.
L'habiller de rubans et la dévorer.

Mais alors que je suis sur le point de passer à l'action, de lui

montrer enfin qui je suis vraiment, elle m'échappe pour se rendre dans un endroit
que je croyais détruit depuis longtemps.
Et je suis le seul à pouvoir la ramener.

Cependant, il va falloir que tout le cercle des compagnons me donne le pouvoir de le faire.
Typhos. Az. Ajax. Moi.

Puis-je les convaincre de jouer le jeu ?
Ou sommes-nous destinés à passer l'éternité sans notre belle compagne ?

Ne t'inquiète pas, petit ange.
Je te trouverai. Je tuerai pour toi. Et puis...
Nous te vénérerons tous.

Note des autrices : *Le Prince Faë de l'Enfer* est une romance paranormale sombre avec quatre compagnons tourmentés et aucun choix requis. Si vous aimez les antihéros dominants et sexy, vous êtes au bon endroit : le royaume de l'Enfer, où la romance est torride et où le pardon n'est pas nécessaire. Ce livre fait partie d'une série de cinq livres et se termine sur un cliffhanger.

L'auteure à succès d'*USA Today* Lexi C. Foss est une écrivaine perdue dans le monde de l'informatique. Elle vit à Chapel Hill, en Caroline du Nord, avec son mari et leurs enfants à fourrure. Quand elle n'écrit pas, elle est occupée à cocher des cases sur sa liste de voyages à faire. On peut retrouver beaucoup des endroits qu'elle a visités dans ses écrits, notamment le monde mythique d'Hydria, inspiré d'Hydra, dans les îles grecques. Elle est excentrique, boit beaucoup trop de café et adore nager. Tchao !

https://www.lexicfoss.com/Français

Pour être au courant des dernières nouvelles et connaître les dates de publication, abonnez-vous à ma newsletter: https://www.lexicfoss.com/la-newsletter-de-lexi

Romance paranormale du genre Harem inversé — pas de choix à faire.

J.R. Thorn est une auteure de romance paranormale de genre harem inversé, qui adore le café, le temps orageux et les discussions animées avec sa muse intérieure. On la trouve souvent en train de coucher ses histoires torrides dans son atelier d'écriture, loin des regards indiscrets de son enfant en bas âge, de son mari et de ses deux chats bruyants.

Pour être informé des nouvelles parutions, n'oubliez pas de suivre J.R. Thorn sur Amazon.fr.

www.ingramcontent.com/pod-product-compliance
Lightning Source LLC
La Vergne TN
LVHW050922080826
845145LV00001B/171

* 9 7 8 1 6 8 5 3 0 3 4 0 2 *